VEREINT DURCH DEN TIERKREIS

DIE WÖLFE DER TIERKREISE #4

ELIZABETH BRIGGS

Umschlaggestaltung von Natasha Snow

Umschlagfoto von Wander Aguiar

Model: Pat Tanski und Evan Keys

Übersetzt von Sabrina Barde

KAPITEL EINS

Die Sterne funkelten am Himmel über mir, kühl und schön, und ich konnte nicht anders, als mich zu fragen, ob mein Schicksal in ihrem schimmernden Licht geschrieben stand. Ich starrte sie an und hoffte verzweifelt auf ein Zeichen oder einen Hinweis auf meine Zukunft, aber ich fühlte mich nur verloren, unfähig, den Weg zu finden, dem ich folgen sollte.

Ich wandte meinen Blick wieder auf das, was vor mir lag, aber es trug nicht dazu bei, meine Stimmung zu heben. Die schneebedeckte Lichtung, auf der am Vortag die Schlacht des Zusammentreffens stattgefunden hatte, war verwüstet worden, sowohl von menschlichen Füßen als auch von Wolfskrallen zerrissen. Ein Teil des Bodens war von den Flammen der Sonnenhexen verbrannt, und der Geruch von Tod und Rauch lag in der Luft.

Auf der einen Seite war eine Ansammlung von Zelten für die verbliebenen Wandler aufgestellt worden, von denen sich viele um die Verwundeten kümmerten und die Erschöpfung nach der Schlacht ausschliefen. Es war eine vorübergehende Einrichtung, aber wir mussten uns alle erst einmal erholen, bevor wir schwierige Entscheidungen darüber treffen konnten, wie es weitergehen sollte.

So viele Menschen hatten ihr Leben verloren, als die Sonnenhexen die Kontrolle über die Wölfe der Tierkreise übernommen hatten und sie dazu brachten, sich gegenseitig wie hirnlose Tiere zu bekämpfen. Noch mehr waren verletzt worden, und einige der Wunden waren schwerwiegend. Ich war zuvor durch einige der Zelte gegangen, um nach den anderen Rudeln zu sehen, aber irgendwann musste ich gehen, um Luft zu schnappen. Der Anblick von so vielen verletzten Wandlern auf einmal brach mir das Herz.

Mit der Hilfe der Heiler der Jungfrauen und der Ophiuchus sowie etwas Ruhe und Nahrung würden die meisten der verletzten Wandler mit der Zeit von selbst heilen können. Die anderen ... Ich versuchte, nicht an sie zu denken. Vor allem, weil ich jetzt, da ich kein Ophiuchus mehr war, sehr wenig für sie tun konnte.

Aber es könnte schlimmer sein. Ja, wir hatten eine furchtbare Niederlage erlitten. Wir hatten so viel verloren, und alle unsere Pläne, die Sonnenhexen aufzuhalten, waren gescheitert. Aber wir hatten auch das wahre Ausmaß der Kräfte der Sonnenhexen für alle Wölfe der Tierkreise aufgedeckt, und als sie alle Rudel – mit Ausnahme des Ophiuchus – unter ihre Kontrolle gebracht hatten, hatten wir einen Weg gefunden, uns zu befreien. Jetzt konnte niemand mehr leugnen, dass die Sonnenhexen uns all die Jahre lang belogen hatten, oder so tun, als wären sie noch immer unsere Verbündeten. Wir hatten es sogar geschafft, selbst einen kleinen Sieg zu erringen.

Zwei Gestaltwandler standen vor einem der Zelte und bewachten es. Obwohl Evanora zusammen mit dem magischen Stab, den sie benutzte, um uns zu kontrollieren, entkommen war, war es uns gelungen, ihre Tochter Roxandra gefangen zu nehmen. Wir hatten sie vorerst mit Ophiuchus-Gift außer Gefecht gesetzt, aber wir wollten kein Risiko eingehen. Sie wurde unter strenge Bewachung gestellt, und so würde es auch bleiben, bis wir entschieden, was wir mit ihr machen wollten. Roxandra war unsere beste Chance, einen Weg zu finden, die Sonnenhexen zu besiegen, und ich konnte es kaum abwarten, bis wir sie an einen sicheren Ort bringen und sie verhören konnten. Sie hatte Informationen, die wir brauchten, unter anderem, wie man die falschen Paarungsbindungen auflösen konnte. Zu diesem Zeitpunkt war ich bereit, so ziemlich alles zu versuchen, um das Paarungsband mit Jordan zu lösen.

Etwas fiel mir auf und lenkte meinen Blick auf den Rand der Lichtung. Das Wassermann-Rudel bewegte sich geschlossen und erhobenen Hauptes, wenn auch mit hagerem Gesicht und wachsamen Augen, als sie im verschneiten Wald verschwanden. Ich war nicht überrascht, sie gehen zu sehen. Viele der anderen Rudel waren bereits aufgebrochen, um in ihre Gebiete zurückzukehren. Das Skorpion-, das Widder- und das Stier-Rudel waren, wenig überraschend, die Ersten gewesen, die gegangen waren. Sie waren mit den Löwen und den Sonnenhexen verbündet gewesen, und keiner von uns wusste mehr, auf wessen Seite sie standen. Würden sie sich mit uns verbünden, nachdem sie gesehen hatten, wie die Sonnenhexen sie kontrollierten? Könnten wir ihnen vertrauen, wenn sie es täten?

Für den Moment würden wir sie gehen lassen. Alle anderen Rudel würden am Morgen ebenfalls aufbrechen und in ihr Rudelgebiet zurückkehren, um sich zu erholen und für den nächsten Kampf neu zu formieren. Es würde einen nächsten Kampf geben, so viel war klar, und wir alle mussten entscheiden, was wir dagegen tun wollten.

Hinter mir raschelte etwas im Gebüsch, und ich drehte mich schnell um, brachte mich bereits in Kampfposition und ließ Mondmagie in meine Hände fließen. Ich war immer noch nervös von dem Kampf und erwartete beinahe, dass Evanora aus dem Wald auftauchen würde, den Stab in der Hand und bereit, mich zu töten, weil ich ihre Tochter entführt hatte.

Als ich sah, wer es war, konnte ich mich immer noch nicht entspannen. Kaden stand hinter mir, sein dunkles Haar war widerspenstig und sein Bart ein wenig zu lang. Er bewegte sich mit der Anmut eines Alphas und einer maskulinen Präsenz, obwohl seine Schritte zögerlicher wurden, als er sich mir näherte. Als seine Augen auf meine trafen, überkam mich ein heißer Schauer. Ich ertappte mich dabei, wie ich seinen Anblick in mich aufnahm, als ob ich verdurstet wäre und nur er mich sättigen könnte, aber dann sah ich schnell wieder weg. Ich hasste es, dass er immer noch diese Reaktion in mir auslösen konnte, mit nur einem Blick.

„Ist alles in Ordnung?", fragte er. „Ich habe gesehen, wie du allein hier rausgegangen bist, und als du nicht zurückkamst …"

Ich versteifte mich und war hin- und hergerissen zwischen der Freude darüber, dass er sich Sorgen um mich machte, und der Verärgerung darüber, dass er mich nicht in Ruhe lassen wollte. Ich bin ihm so gut wie möglich aus dem Weg gegangen, indem ich immer gegangen bin, wenn er aufgetaucht ist, oder mich schnell aus Gesprächen herausgehalten habe, wenn er dazukam. Ich wusste, dass wir irgendwann miteinander reden mussten, aber jedes Mal, wenn ich ihm gegenüberstand, empfand ich nur Schmerz.

„Ich brauchte nur etwas frische Luft", sagte ich.

Ich konnte immer noch nicht glauben, dass er mich aus dem Ophiuchus-Rudel geworfen hatte. Nach allem, was ich durchgemacht hatte, musste er doch wissen, wie sehr mich diese Tat verletzen würde, und trotzdem hatte er es getan. Es spielte keine Rolle, dass er sich im Nachhinein entschuldigt hatte, oder dass er bereute, was er getan hatte. Er hatte mir und allem, was wir gemeinsam aufgebaut hatten, trotzdem den Rücken gekehrt und mich wieder einmal hilflos zurückgelassen. Ich konnte nicht so tun, als wäre das alles nicht passiert oder als wäre ich dadurch nicht zerstört worden.

Er hatte mein Vertrauen gebrochen. Er hatte *mich* gebrochen.

Und ich war mir nicht sicher, ob ich ihm das jemals verzeihen konnte.

Er wusste es auch. Das merkte ich daran, wie sich sein Blick von mir abwandte, und an dem schweren Atemzug, den er nahm, als er über seine nächsten Worte nachdachte.

„Wir haben Essen im Ophiuchus-Zelt." Er hielt inne und wartete auf eine Antwort von mir. „Du kannst dich uns gerne anschließen."

Ich starrte ihn ein paar Sekunden lang an, und mein Atem blieb mir im Hals stecken, als ich mich daran erinnerte, wie seine Stimme geklungen hatte, als er mein Ophiuchus-Rudelzeichen entfernt hatte. Ich vermisste die anderen Rudelmitglieder mehr, als ich in Worte fassen konnte, und ich sehnte mich verzweifelt danach, jetzt mit ihnen eine Mahlzeit zu teilen. Ihre Gerüche würden warm, tröstlich und vertraut sein – wie ein Zuhause. Nur dass es ein Zuhause war, das nicht mehr das meine war.

„Ich habe keinen Hunger", sagte ich schließlich. Eine Lüge, und wir beide wussten es.

Kaden trat vor, seine Augenbrauen zogen sich zusammen. „Du bist immer noch eine von uns. Auch wenn dein Rudelzeichen weg ist."

Seine Stimme wurde leise und enthielt eine weitere unausgesprochene Entschuldigung. Sie hatte nicht den Effekt, den er sich wahrscheinlich gewünscht hatte. Wut stieg in mir auf, und ich drehte mich zum ersten Mal, seit er aus dem Gebüsch aufgetaucht war, ganz zu ihm um.

„Du bist derjenige, der mich rausgeschmissen hat." Meine Hände ballten sich zu Fäusten und heiße Tränen brannten in meinen Augen. „Du bist derjenige, der mein Rudelzeichen entfernt hat. Und jetzt tust du so, als könnte ich immer noch einer von euch sein? Als wäre es nie passiert? Als hättest du mir nicht das Herz gebrochen, als du mich zurückgewiesen und rudellos gemacht hast?"

Kadens Gesicht verzog sich vor Frustration und er fuhr sich mit einer Hand durch die Haare, seine Bewegungen waren fast wütend. Das war gut. Ich wollte ihn nicht sanft sehen. Ich wollte nicht, dass ich dadurch schwächer wurde.

„Ayla", sagte Kaden. „In dieser Nacht ... habe ich nicht richtig nachgedacht, und ich bereue alles, was ich getan habe. Ich habe dir gesagt, dass ich einen Fehler gemacht habe. Was willst du noch von mir? Willst du, dass ich auf Knien vor dir krieche und dich um Vergebung bitte? Ich werde es tun. Ich werde alles tun, was nötig ist."

„Ich will nichts von dir." Eine weitere Lüge. Mein Herz schmerzte und sehnte sich wieder nach dieser Verbindung. Ich wollte ein Teil des Rudels sein, das ich mein Zuhause nannte, und noch mehr als das wollte ich wieder seine Gefährtin sein, aber das wollte ich ihm auf keinen Fall sagen.

„Ich kann dich wieder zu einem Teil des Rudels machen", sagte Kaden, als hätte er meinen tiefsten Wunsch ohnehin gehört. „Es war ein Fehler, dein Rudelzeichen zu entfernen. Lass es mich wiedergutmachen."

Ich schüttelte den Kopf, als die Wut mich verließ und sich wieder in Verzweiflung verwandelte. „Alles, was ich je wollte, war ein Rudel. Eine Familie. Einen Gefährten. Und gerade als ich das alles gefunden hatte, hast du es mir weggenommen." Eine einzelne Träne löste sich und kullerte mir über die Wange, als ich die nächsten Worte herauspresste. „Du hast mir mehr wehgetan, als du je verstehen könntest."

Kadens Augen fixierten die Träne auf meiner Wange, sein Kiefer wurde steif. „Ayla ..."

Ich unterbrach ihn, bevor er etwas sagen konnte, das mich noch mehr aus der Fassung brachte. Ich musste die nächsten Worte herausbringen, egal wie sehr sie mich schmerzten. „Ich weiß nicht, ob ich noch zum Ophiuchus-Rudel gehöre." Ich holte zittrig Luft. „Oder zu dir."

In Kadens Augen blitzte ein Spiegelbild meines Schmerzes auf, und ich wandte mich ab, bevor ich darin ertrinken konnte. Früher wäre ich in seine Arme gelaufen und hätte ihm meine Ängste gestanden, weil ich wusste, dass er mein sicherer Ort war, die Person, an die ich mich wenden konnte, wenn ich Hilfe brauchte. Aber er war nicht mehr dieser Mensch. Er hatte meine Liebe genommen und sie gegen die Wand geschmettert, sodass sie wie eine Glasscheibe zerbrach.

Er rief einmal nach mir, aber ich zuckte mit den Schultern und ging weiter.

Ich entfernte mich von Kaden und drehte mich nicht um.

KAPITEL ZWEI

Ich wischte mir über die Augen, als ich zurück zu den Zelten ging. Wesley war so freundlich gewesen, mir eines zu leihen, und ich hatte es in der Nähe des Krebs- und des Waage-Rudels aufgestellt, aber immer noch weit genug entfernt, damit klar war, dass ich nicht zu ihnen gehörte.

Ein weiteres Außenseiterzelt stand neben meinem. Keiner wollte Jordan auch nur im Geringsten zu nahe kommen, um nicht in die Politik um ihn herum verwickelt zu werden. Ethan, der Waage-Alpha, hatte ihm das Zelt geliehen, weil er immer bereit war, den Friedensstifter zu spielen, und ich schätzte seinen kühlen Kopf mehr, als ich es ihm je in Worten fassen konnte.

Wenn ich doch nur selbst diesen kühlen Kopf bewahren könnte, dachte ich trocken und erinnerte mich an meinen Gefühlsausbruch gegenüber Kaden. Ich konnte nicht klar denken, wenn er in der Nähe war. Jedes Mal, wenn er mit mir sprach, füllte sich die ganze Wut und der Schmerz in mir, bis ich platzte, und ich wusste nicht, wie ich das stoppen sollte. Das Schlimmste war, dass ich Kaden immer noch liebte, selbst nach allem, was er getan hatte. Mein Herz war gebrochen, mein Verstand war verwirrt, aber meine Seele wusste immer noch, wer mein wahrer Gefährte war.

Jordan sah auf, als ich zurück zum Zelt stapfte. Seine große Gestalt hockte vor einer behelfsmäßigen Feuerstelle und stocherte mit einem Stock in der Glut. Sein Gesichtsausdruck war mürrisch, und seine Körpersprache schrie: *Lass mich in Ruhe.*

„Du siehst aus, als wärst du in der gleichen Stimmung wie ich", sagte ich.

Jordans finsterer Blick vertiefte sich, und er ließ den Stock in die Feuerstelle fallen. Er fing Feuer, nachdem er ein paar Mal bedrohlich geknallt hatte. „Das Löwe-Rudel ist ohne mich gegangen."

Das ließ mich innehalten. „Was?"

„Der Beta hat die Führung übernommen, behauptet, er sei der neue Alpha, und jetzt sind sie weg. Ich habe keine Ahnung, wohin sie gegangen sind. Ich kann ihnen nicht einmal folgen, um zu versuchen, meinen Titel als Alpha zurückzufordern." Er ließ sich auf den Boden sinken, lehnte sich zurück und streckte seine langen Beine aus. „Es ist, als wäre ich jetzt rudellos."

Ein bitteres Lachen entrang sich mir, als ich mich neben ihn setzte. „Willkommen im Club."

„Es ist ein beschissener Club", murmelte er.

„Wem sagst du das."

Jordan bot mir eine Tüte Chips an, die ich mit einem dankenden Nicken annahm. Bei der Erinnerung daran, dass ich mit den Ophiuchus hätte essen können, wenn die Dinge anders gelaufen wären, wurde mir flau im Magen. Das musste für den Moment genügen.

„Du bist immer noch der Alpha", sagte ich, während ich ein paar Chips mampfte. Sie schmeckten nicht besonders gut, aber ich aß noch ein paar, weil ich Hunger hatte und meine Kräfte brauchte. „Das hast du während des Zusammentreffens bewiesen, als du dein Alphakommando eingesetzt hast, um dein Rudel zu retten und sie vom Kämpfen abzuhalten."

„Ich denke schon", sagte er und starrte ins Feuer. Das war weit entfernt von dem großspurigen Alpha, den ich kennengelernt hatte, und ich hasste es, ihn so verstimmt zu sehen. Nach ein paar Augenblicken schüttelte er den Kopf und wandte seinen Blick zu mir. „Warum hast du heute Abend so schlechte Laune?"

„Kaden will mich zurück, aber ich bin immer noch wütend auf ihn." Ich überlegte, wie viel ich Jordan erzählen sollte, bevor ich beschloss, dass er alles erfahren konnte. Seltsamerweise verstand Jordan mich im Moment besser als jeder andere. „Ich weiß nicht mehr, wo ich hingehöre."

„Hmm." Jordan blickte zu dem Zelt hinüber, in dem Roxandra festgehalten wurde. „Vielleicht wirst du es wissen, sobald das Paarungsband gelöst ist. Vielleicht werden wir es beide wissen."

„Ich hoffe es", sagte ich.

In Jordans Augen leuchtete endlich der Funke, den ich

gewohnt war, dort zu sehen. „Ich kann es kaum erwarten, bis jeder Rest von Sonnenhexenmagie aus mir verschwunden ist." Seine Hand wanderte zu seinem Hals, wo er den Mondstein-Anhänger berührte, den ich ihm geschenkt hatte. Er durfte ihn vorerst behalten, denn er war das Einzige, was sie davon abhielt, in seinen Kopf einzudringen. Ich konnte mir nicht vorstellen, wie es war, ihre Magie die ganze Zeit in meinem Kopf zu haben.

„Wie stark haben sie dich kontrolliert?", fragte ich mit leiser Stimme.

„Zu stark. Das ging eine ganze Weile so." Er öffnete den Mund, als wolle er noch etwas sagen, hielt sich aber zurück und sah weg.

„Es ist in Ordnung, wenn du nicht darüber reden willst", sagte ich. „Aber wenn du es willst, bin ich da und höre dir zu. Es könnte sich gut anfühlen, sich alles von der Seele zu reden, weißt du?"

Jordans Mund verzog sich, und ich dachte, er würde schweigen, aber schließlich begann er zu reden. „Nach dem Zusammentreffen im Sommer haben die Sonnenhexen angefangen, mit dem Löwe-Rudel zu leben. Da haben sie sich zum ersten Mal in meinem Kopf eingenistet."

Er hielt inne, und ich öffnete den Mund, um ihm zu sagen, dass er mir nicht alles erzählen musste, wenn es ihm unangenehm war, aber er fuhr fort, bevor ich die Worte herausbringen konnte.

„Am Anfang war es sehr subtil. So subtil, dass ich nicht einmal wusste, dass sie da waren. Sie nutzten meine Gefühle, meine Schwächen und meine Ängste aus, um sie gegen mich zu verwenden. Erst zu spät erkannte ich, dass sie mich manipulierten. Zu diesem Zeitpunkt brachten sie mich dazu, Dinge zu tun, die ich bei klarem Verstand niemals tun würde." Jordan sah wieder zu mir hinüber, und ein Muskel in seinem Kiefer kribbelte. „Dinge wie die Drohung, Kinder anzuzünden. Das tut mir leid."

Ich schluckte und erinnerte mich daran, wie er mich dazu gebracht hatte, das Ophiuchus-Rudel mit ihm zu verlassen. Dafür hatte ich ihn lange Zeit gehasst. Zu wissen, dass es nicht er selbst war, veränderte alles. Ich hätte nicht gedacht, dass ich die Sonnenhexen noch mehr hassen könnte, als ich es ohnehin schon tat, aber als ich hörte, was Jordan durchgemacht hatte, sah ich mich getäuscht. Ich hatte das Gefühl, dass er mir auch nicht alles erzählte.

„Was haben sie noch mit dir gemacht?", fragte ich und fürchtete mich fast vor der Antwort. Wie viel von dem, was ich an Jordan gehasst hatte, war gar nicht wirklich er gewesen?

Jordan starrte ins Feuer, als ob er sich an etwas erinnern würde. „Nachdem mein Vater gestorben war und ich zum Alpha wurde, wurde es noch schlimmer. Sie ließen mich glauben, ich hätte die Kontrolle, bis sie mir etwas beweisen wollten. So wie damals, als sie mich dazu brachten, dich zu schlagen, als du versucht hast zu fliehen."

Ich erinnerte mich daran, wie Roxandra damals etwas in Jordans Ohr geflüstert hatte. Damals hatte ich mir nichts dabei gedacht, aber jetzt ergab es einen vollkommenen, ekelerregenden Sinn. Und wenn sie ihn dazu gezwungen hatten ...

„Sie haben dich auch gezwungen, die Paarung mit mir zu erzwingen, nicht wahr?", fragte ich.

Jordan holte zitternd Luft. „Ich weiß immer noch nicht, wie du danach noch mit mir reden kannst."

Ich schluckte schwer und verdrängte die Erinnerungen an diese Nacht. „Selbst nachdem es passiert war, selbst als ich das Schlimmste von dir dachte, habe ich gesehen, dass auch etwas Gutes in dir steckt, tief in dir."

„Du irrst dich." Jordan schüttelte den Kopf. „Zwischen den Alpha-Befehlen meines Vaters und dem Flüstern der Sonnenhexen in meinem Kopf weiß ich nicht mehr, wer ich bin. Aber ich weiß, dass es nicht gut ist."

Ich stieß meine Schulter gegen seine. „All das ist jetzt vorbei. Keiner ist mehr in deinem Kopf. Du kannst jetzt entscheiden, wer du sein willst."

Jordan schaute wieder weg, aber das Stirnrunzeln auf seinem Gesicht war jetzt nachdenklicher. Ich hoffte, dass meine Worte ihm zumindest etwas zum Nachdenken geben würden. Jordan war eine Figur in einem langen, furchtbaren Spiel gewesen, aber jetzt hatte er die Chance, neu anzufangen und etwas zu ändern. Aber es lag an ihm, dies in die Tat umzusetzen. Alles, was ich tun konnte, war, für ihn da zu sein und dafür zu sorgen, dass er nicht wieder auf einen dunklen Pfad stolperte.

„Hey", sagte Stella, und ich blickte überrascht auf, als sie sich mir näherte und ihre Stiefel durch den Schnee knirschten. Sie trug einen dicken, bauschigen Mantel, aber ihr langes dunkles Haar war offen und wehte hinter ihr im

Wind. Sie warf Jordan einen kalten Blick zu und grüßte ihn absichtlich nicht. „Wie geht es dir, Ayla?"

„Es geht mir gut. Ich meine, so gut, wie es jedem von uns gehen kann." Ich konnte den bitteren Ton nicht aus meiner Stimme heraushalten.

„Irgendwie glaube ich das nicht." Sie legte den Kopf schief und musterte mich mit Augen, die denen ihres Bruders zu sehr ähnelten. „Kaden sah aus wie die Hölle, als er zum Zelt zurückkam, also dachte ich, ihr zwei hättet euch wieder gestritten."

Ich seufzte. „Die Dinge zwischen uns sind im Moment kompliziert."

„Das ist die Untertreibung des Jahres. Ich kann nicht glauben, was mein Bruder dir angetan hat. Ich habe ihm die Leviten gelesen, was für ein Idiot er ist, und dass er dich sofort wieder ins Rudel aufnehmen muss. Es ist nicht richtig. Du bist eine von uns."

„Danke", sagte ich und mir wurde bei ihren Worten ein wenig warm ums Herz. „Aber wir werden es klären. Irgendwann."

„Du weißt, dass du in meinem Zelt bleiben kannst, oder?"

„Das weiß ich zu schätzen, aber ich denke, es ist besser, wenn ich erst einmal fernbleibe."

„Okay", sagte Stella und klang, als würde sie nur zustimmen, damit ich mich besser fühlte. „Aber in meinen Augen gehörst du für immer zu uns."

Bei diesem Satz bildete sich ein Kloß in meinem Hals, und ich blinzelte schnell, um zu verhindern, dass mir die

Tränen kamen. „Danke", schaffte ich schließlich herauszupressen.

„Wir sehen uns morgen", sagte sie, bevor sie sich umdrehte und wegging, ohne Jordan auch nur eines Blickes zu würdigen.

Ich warf ihm einen Blick zu, um zu sehen, ob er beleidigt war, aber er starrte sie mit einer Intensität an, wie ich sie schon lange nicht mehr gesehen hatte. Seine Augen folgten ihr bis zu ihrem Zelt, und er sah mich erst wieder an, als sie darin verschwunden war.

„Wer war das?", fragte er.

„Kadens Schwester, Stella", sagte ich. „Warum?"

„Ah, deshalb hasst sie mich also." Er nickte langsam, als ob er sich etwas in den Kopf gesetzt hätte, aber bevor ich ihn fragen konnte, was es war, stand er auf. „Ich gehe jetzt ins Bett. Gute Nacht."

Als er in sein Zelt schlüpfte, sah ich ihm stirnrunzelnd hinterher und fragte mich, was das zu bedeuten hatte. Verfluchte Alphas und ihre Stimmungsschwankungen. Ich schüttelte den Kopf und aß meine Chips zu Ende, bevor ich in mein eigenes Zelt ging und betete, dass der morgige Tag die dringend benötigte Klarheit bringen würde.

KAPITEL DREI

Als der Morgen anbrach, packte ich meine Sachen zusammen und baute mein Zelt ab, dann ging ich zu Wesley, um mich zu verabschieden. Er sah auf, als ich zum Teil des Lagers der Krebse ging, und stand auf, um mir entgegenzukommen. Ein paar andere Krebs-Rudelwandler warfen mir einen Blick zu, aber sie blieben alle weg, während sie ihre Sachen zusammenpackten und sich zum Aufbruch bereit machten.

„Dann heißt es jetzt Abschied nehmen?", fragte er mit einem schiefen Lächeln und warmen Augen.

„Ich bin sicher, dass wir uns bald wiedersehen", sagte ich, obwohl ich den Schmerz in meiner Brust nicht ignorieren konnte, weil ich wusste, dass er sich auf den Weg zurück ins Land des Krebs-Rudels machen würde. Er war der einzige Mensch hier, der mich nach allem, was passiert war, noch genauso behandelte wie vorher.

Er räusperte sich. „Du könntest mit uns kommen. Ich

könnte dich wieder zu einem Mitglied unseres Rudels machen."

Seine Worte waren freundlich, und ich wusste, dass er nur versuchte, mir zu helfen, aber der Gedanke, wieder ein Krebs zu sein, ließ mein Inneres verkrampfen. Ich hatte als einer von ihnen so sehr gelitten, und ich war mir nicht sicher, ob sie mich jemals akzeptieren würden, auch wenn mein Bruder jetzt ihr Alpha war. Wenn überhaupt, würde es ihm nur Probleme bereiten, mich zum Mitglied zu machen, nachdem ich von einem anderen Rudel verstoßen worden war. Ich konnte nicht zulassen, dass irgendjemand seine Führung infrage stellte, nicht wenn die Lage schon so schlimm war. Die Krebse – ja, die gesamten Wölfe der Tierkreise – brauchten Wesleys Führung jetzt mehr denn je.

„Das ist ein nettes Angebot, aber ich glaube nicht, dass das eine gute Idee ist." Selbst als ich ihn abwies, fragte ich mich, ob ich einen Fehler machte. Wesley war immer mein Fels gewesen, die einzige Person, auf die ich mich verlassen konnte, als ich aufwuchs. Obwohl ich das Leben mit dem Krebs-Rudel gehasst hatte, war es verlockend, zu dem zurückzukehren, was mir vertraut war, auch wenn ich in meinem Herzen wusste, dass es nicht richtig war. „Fürs Erste bleibe ich rudellos. Außerdem habe ich noch etwas zu erledigen." Ich zeigte mit dem Kopf in Richtung des Zeltes, das die Mitglieder des Ophiuchus-Rudels bewachten. „Ich gehe mit den Waagen, um die Sonnenhexe zu befragen und zu sehen, ob wir die Paarungsbänder brechen können."

„Ich verstehe", sagte Wesley. „Aber du wirst im Krebs-Rudel immer willkommen sein. Ich hoffe, das weißt du." Er berührte sanft meinen Arm. „Die Dinge sind jetzt anders. Du wärst keine Ausgestoßene mehr."

Ich umarmte ihn ganz fest. „Du bist das Beste, was dem Rudel je passiert ist. Ich hoffe, das weißt du."

Er gluckste leise vor sich hin. „Da bin ich mir nicht sicher, aber ich tue mein Bestes."

Widerstrebend zog ich mich von ihm zurück. „Pass auf dich auf."

„Du auch. Wir sprechen uns bald."

Ich ging schnell weg, unsicher, was ich tun würde, wenn ich länger bliebe. Mich durchströmten immer noch so viele Emotionen, und der Schlaf der letzten Nacht hatte sie nicht beseitigen können. Der Wunsch, wieder Teil eines Rudels zu sein oder meiner Familie wieder nahe zu sein, war manchmal überwältigend.

Als Nächstes machte ich mich auf den Weg zum Waage-Rudel und suchte unter all den Wandlern nach Ethans vertrautem Gesicht. Sie waren bereits mit dem Packen fertig, und es schien, als wären sie bereit zum Aufbruch. Er unterhielt sich gerade mit ein paar anderen Mitgliedern des Waage-Rudels, als ich ihn fand. Obwohl noch Schnee lag, trug er keinen Mantel, sondern nur ein Hemd mit hochgekrempelten Ärmeln, das seine tätowierten Arme zeigte. Wandlern war immer heiß, aber ich hatte das Gefühl, dass er so beschäftigt war, dass er die Kälte kaum bemerkte.

„Oh, Ayla, gut", sagte er, als er sich von den anderen Wandlern entfernte, um allein mit mir zu sprechen. „Ich wollte gerade nach dir suchen kommen. Meinst du, du kannst alle Mitglieder des Waage- und des Ophiuchus-Rudels in das Hotel in Toronto zurückteleportieren?“

„Beide Rudel?“, fragte ich, auch wenn es eine dumme Frage war. Das Ophiuchus-Rudel wohnte ja immer noch in dem Hotel in Toronto. Natürlich würden sie zur gleichen Zeit wie die Waage abreisen. Aber die Mitglieder des Ophiuchus-Rudels zu teleportieren bedeutete, auch Kaden zu teleportieren.

„Ja, zusammen mit Larkin und Jordan“, fuhr Ethan fort. „Sie haben beide darum gebeten, mit uns zu kommen. Und wir werden natürlich auch Roxandra mitnehmen. Werden so viele Leute ein Problem sein?“

„Ich bin mir nicht sicher, aber ich kann es versuchen.“ Beide Rudel hatten nur ihre besten Krieger mitgebracht, und ein paar waren während des Kampfes umgekommen. Ich hatte noch nie so viele Menschen teleportiert, aber ich war in den letzten Monaten immer stärker in meiner Magie geworden. Ich glaubte nicht, dass der Mond mich im Stich lassen würde.

„Danke, dass du das tust“, sagte Ethan mit leiser Stimme. „Ich weiß, dass es schwer für dich sein muss.“

Ich wippte auf meinen Füßen und versuchte, nicht zu zeigen, wie unwohl ich mich fühlte. „Ich will einfach nur weg von hier.“

„Das kann ich verstehen.“ Er hielt inne und musterte mich, wobei seine Augen viel zu viel sahen. „Ich bin nicht einverstanden mit dem, was Kaden getan hat, aber ich bin auch nicht die Person, die es in Ordnung bringen kann. Du sollst nur wissen, dass du im Waage-Rudel immer als Gast willkommen bist. Wir werden dir bei allem helfen, was du brauchst."

„Danke", sagte ich, und meine Brust zog sich vor Rührung zusammen. „Ich weiß das wirklich zu schätzen. Aber im Moment möchte ich nur ein paar Antworten von Roxandra bekommen und versuchen, weiterzukommen."

„Natürlich."

Dann erschien das Ophiuchus-Rudel, und mein Blick wurde sofort von Kaden angezogen, obwohl ich versuchte, ihn nicht anzuschauen. In seiner Nähe zu sein war wie ein Schlag in die Magengrube, und es fiel mir plötzlich schwer zu atmen. Ich riss meinen Blick von ihm los, um die Leute zu zählen, aber als ich sah, wie Stella und die anderen Ophiuchus-Mitglieder – darunter Harper, Dane und Jack – mir mitleidige Blicke zuwarfen, wurde mir klar, dass ich nicht mehr zu ihnen gehörte.

Ich war eine Ausgestoßene, jemand, der nirgendwo hingehörte. *Rudellos.*

Ich schüttelte die Gedanken ab, als Jordan sich zu der Menge gesellte, obwohl alle einen großen Bogen um ihn machten und einige ihn sogar unverhohlen feindselig ansahen. Er war so lange unser Feind gewesen, dass niemand wirklich glaubte, dass er jetzt auf unserer Seite war. Keiner außer mir jedenfalls.

Jordan schien das jedoch nicht zu stören. Sein großspuriges Auftreten war wieder voll da, und er verschränkte einfach die Arme und ignorierte sie alle, wie ein König, der sich nicht um die Verachtung seiner Bauern scherte. Typisch Löwe. Zumindest nahmen das alle an, aber ich wusste es besser. Ich sah den leichten Riss in seiner Fassade, das Aufblitzen von Schmerz in seinen Augen, bevor sie wieder hart wurden.

Ich war mir nicht sicher, was schlimmer war: das Mitleid der anderen Rudel oder ihre Wut. Ich wusste nur, dass die Spannung um uns herum zu groß geworden war, und bald würde selbst Ethans kühler Kopf nicht mehr ausreichen, um sie zu unterdrücken, wenn wir weiter so herumstehen würden.

Als das letzte Mitglied unserer Gruppe zu uns stieß, atmete ich erleichtert auf. Larkins kleine Gestalt eilte auf mich zu, ihr langes Haar wehte hinter ihr, fast so weiß wie der Schnee unter unseren Füßen. Sie lächelte mich an, als sie sich mir näherte, und die Sonne schien auf ihr süßes, sommersprossiges Gesicht. Obwohl sie wie ein vierzehnjähriges Kind aussah, war sie in Wirklichkeit eine der ältesten Menschen hier, auch wenn die meisten der Wandler das wahrscheinlich nicht wussten. Als einsame Hexe unter uns war sie genauso ein Außenseiter wie ich.

„Tut mir leid, dass ich zu spät komme", sagte sie, während sie sich fröstelnd die Kapuze ihres lila Gewandes über den Kopf zog. „Ich habe die Gegend mit ein paar Reinigungszaubern belegt."

„Wir sind jetzt alle hier", sagte Ethan zu mir. „Du kannst anfangen, wenn du bereit bist."

Ich zählte noch einmal durch und wich Kadens Blick aus, bevor ich mich an Larkin wandte. „Meinst du, du könntest mir helfen, wieder zusätzliche Magie zu kanalisieren? Ich habe noch nie so viele Leute auf einmal teleportiert."

Sie stellte sich ein wenig aufrecht hin, und ihre Augen flackerten kurz zu Ethan. „Ich helfe gern."

„Danke."

Ich nickte ihr zu, um ihr zu zeigen, dass ich bereit war, und sie sammelte die Mondkraft in sich, die ihren Körper schwach glühen ließ. Während sie das tat, gab Ethan allen ein Zeichen, näher zu kommen, und sie drängten sich auf eine Weise um mich, die mein Herz schneller schlagen ließ. Auch ich zog meine eigene Mondmagie heran und schöpfte aus ihr, bis ich zu platzen drohte und sie in einem sanften weißen Licht aus meinen Augen und Händen strömte. Dann übertrug Larkin ihre Magie auf mich, und einen Moment lang war es zu viel, eine Bombe, die unter meiner Haut zu explodieren drohte, ein Wirbelsturm, der auf die Welt losgelassen wurde – aber dann ließ ich es heraus, während ich wünschte, dass wir alle in Toronto waren.

Mit einem Mal wurde die Magie, die Larkin an mich weitergegeben hatte, aus meinem Körper gesaugt, so schnell, dass ich nach vorne stolperte. Dann stürzte meine eigene Magie hinterher, und die Umgebung explodierte in weißem Licht. Einige der Wandler jaulten oder schrien auf, aber dann verblasste das Licht zu Flecken in unseren Augen, und als unsere Sicht wieder zurückkehrte, waren wir in der Lobby von Ethans Hotel in Toronto angekommen.

Erleichterung machte sich in mir breit, aber auch eine tiefe, schweißtreibende Erschöpfung. Meine Beine begannen zu versagen, aber dann fing mich jemand auf, und ich sank dankbar in seine Arme.

„Geht es dir gut?", fragte Kaden.

Ich hätte wissen müssen, dass er es sein würde. Oder vielleicht hatte ich es gewusst, und deshalb hatte ich mich so leicht in seine Umarmung fallen lassen, weil ich wusste, dass er mich beschützen würde.

Ich sammelte die letzten Reste meiner Energie und stellte mich wieder auf die Beine. „Mir geht's gut. Lass mich runter."

Er sah aus, als würde er widersprechen wollen, aber dann setzte er mich ab und trat zurück. Meine Beine gaben wieder fast nach. Nur die schiere Willenskraft und das Wissen, dass Kaden mich beobachtete, hielten mich aufrecht.

Larkin eilte an meine Seite, dicht gefolgt von Stella. „Du siehst wirklich blass aus", sagte Larkin. „Ich denke, du solltest dich hinlegen."

„Finde ich auch", sagte Stella, die ihre Stirn vor Sorge runzelte.

„Mir geht es gut", sagte ich. „Ich habe mich nur überanstrengt, weil ich so viele Leute bewegt habe, denke ich. Ich sollte bald wieder fit sein." Hoffentlich.

Während ich zu Atem kam, betrachtete ich die Hotellobby, die während meiner Abwesenheit in helles, goldenes Licht getaucht worden war. In einer Ecke überragte uns ein riesiger weißer Baum mit einem glitzernden Stern auf der Spitze. Plötzlich fiel mir das Datum ein – der dreiundzwanzigste Dezember. Nur noch zwei Tage bis Weihnachten. Irgendwie war mir das völlig entfallen, bei all dem, was in den letzten Wochen so los war.

„Fröhliche Weihnachten", sagte ich leise zu Larkin und Stella, die mich immer noch mit besorgten Blicken ansahen.

Larkin lächelte und klopfte mir auf den Arm. „Schön, dass du wieder da bist."

Ethan kam auf mich zu. „Geht es dir gut?"

„Gut", sagte ich, obwohl es ein wenig energischer klang, als ich es beabsichtigt hatte. Wenn noch jemand fragen würde, ob es mir gut geht, würde ich wahrscheinlich schreien.

Er nickte, meinen Tonfall wohlweislich ignorierend. „Ich wollte dir nur sagen, dass dein altes Zimmer immer noch für dich bereit ist. Wir haben es reinigen lassen, aber alle deine Sachen sind noch da. Du solltest versuchen, dich auszuruhen, bevor wir mit den Verhören beginnen."

„Ich denke, wir könnten alle etwas Zeit gebrauchen, um uns etwas auszuruhen", sagte Stella.

„Natürlich", sagte Ethan. „Wir treffen uns in ein paar Stunden wieder, um unsere nächsten Schritte zu besprechen."

„Wir sprechen uns später", sagte ich zu Stella und Larkin, bevor sie noch beschlossen, mich in mein Zimmer zu tragen. Ich machte mich auf den Weg zum Aufzug, aber die Schlange vor dem Fahrstuhl war lang, weil so viele Wandler in ihre Zimmer zurück wollten.

Könnte ich ...? Ich suchte nach der Magie in mir und stellte erleichtert fest, dass sie sich bereits wieder füllte und regenerierte. Es war gerade genug da, um noch eine kleine Teleportierung zu ermöglichen. Ich schloss die Augen und stellte mir mein Zimmer vor. Es gab ein Ziehen an der Kraft, und der Lärm um mich herum verschwand. Ich öffnete die Augen und sah mein altes Zimmer, dunkel und die Vorhänge bereits zugezogen.

Perfekt. Ich zog meine Schuhe aus und kümmerte mich um nichts weiter, bevor ich auf dem Bett zusammenbrach. Ich war eingeschlafen, bevor ich auch nur die Decke über mich ziehen konnte.

Ein paar Stunden später wurde ich durch ein Klopfen wach. Schlaftrunken stolperte ich aus dem Bett und riss die Tür auf, ohne erst nachzusehen, wer es war. Ein großer Fehler.

Alle Spuren von Schlaf verschwanden, als ich Kaden vor mir stehen sah. Er hielt mir ein kleines Gefäß mit Essen hin, und es dauerte einen Moment, bis mein Gehirn begriff, dass er es mir anbot. Es war nicht irgendein Essen, sondern mein Lieblingsessen aus einem indischen Restaurant am Ende der Straße. Ich atmete den würzigen Geruch von Curry ein, und mein verräterischer Magen knurrte.

„Ich dachte mir, du hast wahrscheinlich noch nichts gegessen", sagte er.

Ich zögerte, hin- und hergerissen dazwischen, das Essen anzunehmen oder mich von ihm fernzuhalten. Ich wollte so tun, als bräuchte ich ihn nicht mehr, als wüsste ich diese Geste nicht mehr zu schätzen, als Worte ausdrücken könnten, aber ich konnte mich nicht davon abhalten, die Hand auszustrecken und den Behälter entgegenzunehmen. Kaden wusste, dass die Anwendung von Magie mich auslaugte und dass ich am schnellsten wieder auf die Beine kam, wenn ich gut aß. Aber er wusste auch, dass ich es mir wahrscheinlich nicht selbst besorgen würde, also hatte er es für mich getan und war sogar so weit gegangen, mein Lieblingsessen aus Toronto zu holen. Das brachte mich beinahe zum Schmelzen. Beinahe.

„Danke", sagte ich und versuchte, ihm nicht in die Augen zu sehen. *Bleib stark*, sagte ich mir. Das Curry war verdammt gut, aber es war nicht genug, um das wiedergutzumachen, was er getan hatte.

Seine Augen verweilten auf mir, seine Anwesenheit füllte den Raum zwischen uns aus. „Wir treffen uns in einer Stunde im Konferenzraum, um mit dem Verhör zu beginnen."

„Ich werde bereit sein."

Ich schloss die Tür, bevor ich etwas Dummes sagen konnte wie: „Komm rein." Er stand ein paar lange Augenblicke vor der Tür. Ich rührte mich nicht, den Behälter an meine Brust gepresst, und wartete mit angehaltenem Atem, bis seine Schritte endlich verklungen waren. Erst dann ließ ich mich gegen die Tür sinken und atmete tief durch, hin- und hergerissen zwischen Erleichterung, dass er endlich gegangen und Enttäuschung, dass er nicht geblieben war.

Als ich im Konferenzraum ankam, fand ich Kaden, Ethan, Larkin und Jordan bereits dort vor. Der große Tisch war entfernt worden, und auf einer Seite des Raumes stand ein einsamer Stuhl, auf den eine Kamera und ein Stativ gerichtet waren. Es gab noch ein paar andere Stühle, aber niemand saß, stattdessen standen alle herum, als ob sie in Alarmbereitschaft wären.

Ethan stellte gerade die Videoausrüstung ein, als er sich umdrehte und mich ansah. „Gut, wir sind jetzt alle da. Wir können loslegen."

„Wo ist Roxandra?", fragte ich.

„Wir haben sie in unserem provisorischen Gefängnis eingesperrt, in dem auch Jordan festgehalten wurde. Wir planen, sie an einen sichereren Ort zu bringen, sobald das Verhör beendet ist, aber im Moment ist das das Beste, was wir tun können."

„Es ist schön, dieses Mal als Gast und nicht als Gefangener hier zu sein", sagte Jordan trocken.

Kaden knurrte und ließ es tief in seiner Brust grollen. „Pass auf, sonst landest du wieder in der Zelle. Wie würde es dir dieses Mal mit Roxandra gefallen?"

Jordans Lippen zogen sich knurrend von seinen Zähnen zurück, und er spannte sich an, eindeutig bereit zu kämpfen. Die beiden Alphas waren sich auf dem Schlachtfeld aus dem Weg gegangen, aber jetzt, wo sie außer Gefahr waren, hatte ich das Gefühl, dass sie ihre Krallen nicht mehr voneinander lassen konnten.

Ethan warf Kaden einen wenig amüsierten Blick zu, bevor er ihn auf Jordan richtete. „Benehmt euch, oder ihr werdet beide aus dem Verhör entfernt."

Die beiden Männer blickten finster drein, sahen aber vorübergehend beschwichtigt weg, und ich konnte nicht anders, als die Augen über sie zu verdrehen. Wenigstens ließ sich Ethan heute nichts von ihnen gefallen. Mir ging es genauso.

„Wie wollen wir Roxandra verhören?", fragte ich.

Larkin räusperte sich und zog damit die Aufmerksamkeit aller auf sich. „Ich kann Roxandra mit einem Wahrheitszauber zum Reden bringen."

„Warum hast du das nicht mit Jordan gemacht, als er unser Gefangener war?", schnauzte Kaden, was Jordans Grinsen nur noch mehr verstärkte.

„Ich habe es getan, aber es hat bei ihm nicht funktioniert", sagte Larkin und legte den Kopf schief. „Vielleicht, weil die Sonnenhexen schon so viele Zauber auf ihn gewirkt hatten. Ich bin mir nicht sicher, aber ich würde es gern noch einmal versuchen."

„Wenn es nicht klappt, müssen wir andere Taktiken anwenden, um sie zum Reden zu bringen." Jordan ließ seine Fingerknöchel mit einem grausamen Lächeln knacken, und mir wurde klar, dass er damit Folter meinte. Bei dem Gedanken daran drehte sich mir der Magen um, auch wenn es Roxandra war, über die wir sprachen.

„So oder so werden wir alles aufzeichnen, damit wir es mit den anderen Alphas teilen können", sagte Ethan. Wenn ihn der Gedanke an Folter abschreckte, zeigte er es nicht. „Sie müssen auf dem Laufenden gehalten werden, damit wir gemeinsam Entscheidungen treffen können. Larkin, möchtest du das Verhör leiten?"

Ihre Wangen wurden rot und sie schüttelte schnell den Kopf. „Nein, ich würde es vorziehen, nicht viel mit der Sonnenhexe zu tun zu haben. Ich werde den Zauber sprechen, aber jemand anderes kann die Fragen stellen."

Das musste schwer für sie sein. Ihr schlimmster Feind im selben Raum wie sie? Larkin mochte älter sein, als sie aussah, aber sie war immer noch in vielerlei Hinsicht behütet. Ich tätschelte ihren Arm und schenkte ihr ein warmes Lächeln, um ihr zu zeigen, dass ich für sie da war. Sie warf mir daraufhin einen dankbaren Blick zu.

„Ayla sollte es tun", sagte Kaden. „Sie hat die meiste Erfahrung sowohl mit Hexen als auch mit Wölfen."

„Jordan hat mehr Zeit mit den Sonnenhexen verbracht", wies ich darauf hin.

Kaden verschränkte die Arme. „Ja, aber wir können ihm nicht trauen.“

Jordan verdrehte die Augen, aber dann sagte er: „Ich stimme zu, Ayla sollte die Führung übernehmen.“

Ethan zog eine Augenbraue hoch. „Ich hätte nie gedacht, dass ihr beide mal einer Meinung seid. Ayla, was meinst du?“

„Ich werde es tun.“ Ich kaute ein paar Sekunden lang auf meiner Lippe. „Aber ich fürchte, ich könnte etwas vergessen. Wenn ihr Fragen an sie habt, könnt ihr sie jederzeit stellen.“

„Gut. Jetzt, wo das geklärt ist, lasse ich sie herbringen, damit wir anfangen können.“ Ethan griff nach seinem Telefon und tätigte einen kurzen Anruf, dann drehte er sich wieder zu uns um. „Seid auf alles gefasst.“

Wir blickten uns misstrauisch an, während wir uns im Raum verteilten, und mein Herz begann schneller zu schlagen, weil ich wusste, was wir gleich tun würden. Ethan ließ die Kamera mit der Aufzeichnung beginnen, und schon bald war ein Rascheln auf dem Flur zu hören, kurz bevor zwei stämmige Gestaltwandler Roxandra in den Raum zerrten. Sie versuchte, sich zu wehren, aber ihre Bewegungen waren schwach und unwirksam. Sie blickten nach vorne, während sie sie in den Stuhl drückten, und sahen sie nicht an, wenn sie es vermeiden konnten. Sie hatte Ketten um ihre Hand- und Fußgelenke, mit denen sie an den Stuhl gefesselt wurde, damit sie nicht aufstehen konnte.

Roxandras rotes Gewand war zerrissen und schmutzig,

kaum noch dieselbe Farbe wie in der Schlacht, und ihr platinfarbenes Haar war fettig und stumpf, als hätte sie seit Tagen nicht mehr geduscht. Ihre Arme waren mit Bisswunden und blauen Flecken übersät, die sie dem Ophiuchus-Gift zu verdanken hatte, das sie betäubt hatte. Außerdem trug sie ein silbernes Halsband mit eingravierten Mondphasen um den Hals. Sie tat mir fast leid, bis ich in ihre kalten, farblosen Augen blickte und den Hass in ihnen sah.

„Ihr seid noch dümmer, als ich dachte, mich hierherzubringen", knurrte sie. „Lasst mich gehen, bevor meine Schwestern euch alle vernichten."

„Die Sonnenhexen würden es nicht wagen, das Hotel anzugreifen, wenn so viele Wandler darin sind", sagte Ethan, ohne eine Spur von Besorgnis in seiner Stimme. „Niemand wird dich holen kommen."

„Ihr habt gesehen, wozu wir fähig sind. Glaubt ihr wirklich, ihr könntet uns aufhalten, wenn wir es versuchen?" Sie stieß ein Lachen aus. Es klang heiser, als hätte sie zuvor einige Zeit mit Schreien verbracht. „Eure Gedanken sind viel zu leicht zu kontrollieren."

Jordan knurrte und trat vor, aber Ethan hob eine Hand. Roxandras Lippen verzogen sich zu einem Lächeln, als ihr Blick auf Jordan fiel, und seine Wut wuchs zusehends, seine Hände waren zu Fäusten geballt, sein Körper war angespannt, als würde es ihn all seine Willenskraft kosten, sich zurückzuhalten.

„Larkin, sprich den Zauberspruch", sagte Ethan, während er sich vor Jordan stellte.

Larkin trat mit zögerlichen Bewegungen vor und Roxandra fixierte sie mit einem räuberischen Grinsen.

„Kleines Mondhexenmädchen", krächzte Roxandra. „Was glaubst du, wie du gegen mich ankommen kannst? Das Halsband, das du mir umgelegt hast, um meine Kräfte zu blockieren, wird nicht lange halten, und dann werden wir sehen, wer von uns beiden stärker ist, hm?"

Larkin ging nicht auf den Köder ein und begann stattdessen, leise auf Altgriechisch zu singen. Das Mondlicht sammelte sich um Roxandra und tauchte den Raum in ein sanftes, leuchtendes Licht. Roxandra stemmte sich gegen die Seile und fluchte, als sie spürte, wie die Kraft des Mondes sie berührte. Sie wehrte sich noch ein wenig mehr, sodass der Stuhl unsanft auf dem Boden aufschlug, aber Larkins Zauber ließ nicht nach. Wenn überhaupt, wurde ihre Wirbelsäule nur noch gerader, und ihre Stimme wurde stärker, als die Magie gegen ihren Feind wirkte.

Roxandras Stimme erhob sich plötzlich in einem verzweifelten Kreischen über die von Larkin und rief ebenfalls etwas auf Altgriechisch, aber es schien keine Kraft zu haben. Stattdessen pulsierte das silberne Halsband um ihren Hals in einem hellen, weißen Licht, und Roxandra gab ein verwundetes Geräusch von sich und verstummte. Ich wusste nicht, ob ihre Bemerkung, dass das Halsband versagen könnte, stimmte, aber ich hoffte, dass es lange genug hielt, um uns wenigstens durch dieses Verhör zu bringen.

Larkin runzelte konzentriert die Stirn, aber sie blieb standhaft, während die Magie ihre Wirkung entfaltete. Das

Licht pulsierte heller, und Roxandra gab ein weiteres Geräusch von sich, als würde sie verletzt, als die Magie in ihre Haut eindrang. Larkin hörte auf zu singen, und als das Licht schwächer wurde, sah der Raum ohne das Mondlicht, das ihn erhellte, plötzlich düster aus.

Larkin holte tief Luft und drehte sich zu mir um. „Es hat funktioniert. Roxandra wird jetzt gezwungen sein, deine Fragen zu beantworten, und sie wird nicht mehr lügen können."

„Gute Arbeit", sagte ich und drückte ihr die Schulter. Sie war stark geblieben, als sie den Zauber gesprochen hatte, sogar trotz Roxandras Spott, und ich war stolz auf sie.

Larkin ging vorsichtig der Kamera aus dem Weg und lehnte sich gegen die Wand im hinteren Teil des Raumes. Ich sah, wie Ethan zu ihr ging und ihr etwas zuflüsterte, was ein kleines Lächeln auf ihr Gesicht zauberte.

Jetzt war ich an der Reihe. Ich holte tief Luft und trat vor. Roxandras Augen wandten sich mir zu, so voller Hass, dass ich fast einen Schritt zurücktrat.

Nein. Dies war nicht der richtige Zeitpunkt für Schwäche. Ich konnte es schaffen. Ich brauchte Antworten, und ich würde alles tun, was ich tun musste, um sie zu bekommen. Die Sonnenhexen hatten uns zu lange kontrolliert und manipuliert, aber damit war jetzt Schluss. Es endete genau hier, genau jetzt, in diesem Raum.

Einen Moment lang betrachtete ich Roxandra einfach nur, studierte ihr hageres Äußeres, während ich versuchte zu entscheiden, welche Frage ich zuerst stellen sollte. Mir schwirrten zu viele Fragen im Kopf herum, und sie schienen alle lebenswichtig zu sein. Ich wollte endlich die Antworten bekommen, die ich von den Sonnenhexen brauchte. Aber wo sollte ich anfangen?

Einen Schritt nach dem anderen, sagte ich mir. Zuerst würde ich den Wahrheitszauber ausprobieren, um zu sehen, wie er funktionierte und wo seine Grenzen lagen. Ich vertraute auf Larkins Magie, aber ich kannte das Ausmaß nicht, und ich wollte sichergehen, dass sie wirklich funktionierte. Ich würde es Roxandra zutrauen, zu versuchen uns zu hintergehen, falls so etwas möglich war.

Ich zog einen Stuhl heran, damit ich mich vor Roxandra setzen konnte, wobei ich immer noch eine freie Sichtlinie für die Kamera freigab, um ihre Antworten und Mimik einzufangen. Als ich meine Beine übereinanderschlug, kam mir das Ganze eher wie ein Interview als ein Verhör vor. Vielleicht würde ich mich auf dieses Gefühl einlassen und sehen, ob sie dadurch ein wenig lockerer wurde. Selbst wenn es sie nur wütend machte, könnte es sie dazu bringen, etwas mehr zu verraten.

„Hallo, Roxandra", sagte ich, ohne das Lächeln aufzugeben. „Stört es dich, wenn ich dich Roxie nenne?"

„Mir wäre es lieber, du würdest es nicht tun", sagte sie mit zusammengebissenen Zähnen, fast so, als würden die Worte aus ihr herausgezerrt werden.

„Schade. Lass uns ein paar Fragen stellen, um zu testen, wie der Zauber wirkt." Ich beugte mich vor, ohne den Blickkontakt abzubrechen. „Was ist deine größte Angst?"

Sie presste den Mund zusammen, als wollte sie die Antwort für sich behalten, aber der Zauber brachte sie schließlich dazu, die Worte herauszuplatzen. „Meine Mutter zu enttäuschen und als ihr Erbe ersetzt zu werden."

Ich lehnte mich zurück und saugte ihre Antwort auf. „Interessant."

Roxandras unnatürlich blasse Augen blitzten auf, als sie mich beobachtete, aber sie hielt ihre Lippen geschlossen und bestätigte damit, dass sie nicht auf Kommentare, sondern nur auf Fragen reagieren musste. Aber was war mit Befehlen?

Ich beschloss, einen weiteren Test zu machen und erinnerte mich an das erste Mal, als ich diese seltsamen Augen auf mir gespürt hatte. „Beschreibe, was du gefühlt hast, als du mich zum ersten Mal bei dem Zusammentreffen im Sommer gesehen hast."

Roxandra rutschte ein wenig auf ihrem Stuhl hin und her, als ob sie sich bei der Befragung körperlich unwohl fühlte. „Ich empfand Abscheu und Eifersucht, dass ein Halbblut wie du mit Jordan verpaart wurde, und gleichzeitig Aufregung, weil ich wusste, dass die Löwen im Begriff waren, euer Rudel auszulöschen."

Eifersucht? Ich warf einen Blick auf Jordan, der von ihren Worten überrascht war. Er hatte die Arme verschränkt, aber sein Gesicht war hart, während er Roxandra ohne zu blinzeln anstarrte.

„Wusstest du, dass Jordan mein Bruder ist?", fragte ich.

„Nein."

Ich nickte, als sie meinen Verdacht bestätigte. „Wie bin ich dann mit ihm verpaart worden?"

Roxandras Antwort kam diesmal schneller, und ihre

Lippen zuckten zu einem schwachen Lächeln. „Dein Vater hat einen Handel mit uns abgeschlossen. Er wollte dich zu den Löwen schicken. Er wusste, dass es Dixon wütend machen würde, wenn sein Sohn mit einem Mischling verpaart würde."

Ich kannte die Antwort bereits, aber trotzdem verdrehte sich mein Herz ein kleines bisschen. „Sieht so aus, als würde der Wahrheitszauber gute Arbeit leisten. Dieses kleine Mädchen, die Mondhexe, hat dich doch überwältigt, was?" Ich grinste, als ich sah, wie Roxandras Gesicht sich verzog. „Das war übrigens eine rhetorische Frage. Du brauchst sie nicht zu beantworten."

„Warte nur, bis ich frei bin", spuckte sie mir praktisch entgegen. „Ich werde es genießen, dich leiden zu lassen."

„Da bin ich mir sicher." Ich rieb meine Hände aneinander und war begierig, weiterzumachen, da ich nun wusste, wie der Wahrheitszauber funktionierte. „Bist du jetzt bereit für die richtigen Fragen, Roxie?"

„Nein", stieß Roxandra hervor.

Ein verruchtes Lächeln umspielte meine Lippen. „Zu schade."

KAPITEL FÜNF

Ich beugte mich vor und bereitete mich darauf vor, Roxandra meine nächsten Fragen zu stellen. Ich konnte es kaum erwarten, endlich die Antworten zu bekommen, die ich brauchte. „Da du bestätigt hast, dass das Paarungsband mit Jordan ein Schwindel war, sag mir ... Sind alle Verbindungen unecht?"

Roxandra keuchte, als sie sich gegen den Wahrheitszauber wehrte, ihre Schultern zitterten vor Anstrengung. Ihr Gesicht verzerrte sich vor Schmerz, als ob der Zauber ihr körperlich zu schaffen machte.

„Wirklich, es wäre einfacher, wenn du einfach nachgeben würdest", sagte ich. „Ich verspreche, dass ich Mami nicht erzählen werde, dass du ein böses Mädchen warst."

„Fick dich", zischte Roxandra, was ein Fehler war. Sobald ihr Mund offen war, sprudelte die Wahrheit aus ihr heraus. „Ja, die meisten von ihnen sind unecht."

Es war erschreckend, die Worte direkt von der Quelle

zu hören, auch wenn ich die Antwort bereits kannte. Als das Gewicht der Wahrheit schwer im Raum hing, dachte ich an Mira, die hochschwanger mit dem Kind ihres Gefährten war. Sie wollte nicht wissen, ob ihr Paarungsband falsch war, und ich vermutete, dass es anderen Wandlern genauso ging. Aber wenn wir die Wahrheit nicht kannten, könnten wir niemals frei sein.

„Warum stellt ihr falsche Verbindungen her?", fragte ich, nun ohne Lächeln. All die falsche Leichtigkeit hatte mich verlassen, als wir mit dieser Art der Befragung begonnen hatten.

„Wir tun es, um euch zu kontrollieren und die Rudel so umzugestalten, wie wir es wollen. Wir sorgen dafür, dass ihr euch gegenseitig bekämpft, was euch schwach hält und verhindert, dass ihr euch gegen uns wendet." Sie schaute hinter mich, als sie die nächsten Worte sprach. „Und wir tun es, um Alphas zu schaffen, die sich uns unterordnen."

Daraufhin knurrten mehrere Leute hinter mir, und ich blickte zurück, um zu sehen, wie Kaden seine Hände ballte. Sogar Ethan sah sauer aus.

„Und wie läuft das nun für dich?", fragte ich und schüttelte den Kopf. Vielleicht waren die früheren Alphas bereit gewesen, den Sonnenhexen zu folgen, aber jetzt wehrten sich immer mehr gegen sie. Ich hatte das Gefühl, dass wir nach diesem Video alle dazu bringen würden, sich gegen sie zu wenden. „Ignoriere diese Frage. Was ich wissen will, ist ... Warum? Warum könnt ihr uns nicht einfach frei sein lassen?"

„Wir haben die Wölfe der Tierkreise erschaffen. Wir

sind eure Meister. Wie Hunde könnt ihr gezüchtet und trainiert werden, wie es uns gefällt." Ein grausames Lächeln umspielte ihre Lippen. „Und wir können euch töten, wenn ihr nicht gehorcht."

Diesmal herrschte nur Stille hinter mir. Die Mondhexen hatten mir erzählt, dass die Sonnenhexen so über uns dachten, aber es machte mich krank, als ich Roxandra diese Worte laut aussprechen hörte, so ruhig, als würde sie über das Wetter sprechen. Sie glaubten wirklich, dass sie jedes Recht hatten, uns wie Schachfiguren in ihrem Spiel zu benutzen.

Ich schluckte schwer und versuchte, mich zu konzentrieren. Ich war mir nicht sicher, wie lange Larkins Wahrheitszauber anhalten würde, und ich musste so viele Informationen wie möglich aus Roxandra herausholen, bevor es so weit war.

„Wie löst man die Paarungsbänder?", fragte ich.

Sie umklammerte die Armlehnen des Stuhls fest, hielt aber ihren Mund geschlossen. Sie wollte wirklich nicht, dass ich diese Antwort erfuhr.

„Gibt es einen Zauberspruch?", fragte ich erneut und richtete mich auf. „Sag es mir!"

Ihr Körper zitterte unter der Anstrengung, die Wahrheit für sich zu behalten, und ihre Augen leuchteten, als hätte sie Schmerzen. „Sie können gebrochen werden", stieß sie schließlich hervor. „Aber nicht leicht."

Eine Welle der Erleichterung durchfuhr mich. Bis jetzt war ich mir nicht sicher, dass wir sie brechen könnten und ob ich für den Rest meines Lebens an meinen Bruder gebunden sein würde. Zu hören, dass es möglich war, nahm mir eine große Last von der Seele.

„Erkläre", sagte ich, wobei ich das Wort mit so viel Befehlsgewalt ausstattete, wie ich nur konnte. Ich würde verdammt sein, wenn ich diese Antwort nicht aus Roxandra herauspressen würde. „Und lass dabei nichts aus. Sag mir alles, was du über das Brechen der Paarungsbänder weißt."

Sie blickte mich mit kalter Wut an, als sie antwortete, und es klang, als ob sie gegen jedes einzelne Wort ankämpfte, aber nicht verhindern konnte, dass es ihr über die Lippen kam. „Die Paarungsbänder sind Teil des Segens, den wir jedem Wandler als Baby bei dem Zusammentreffen auferlegen. Der Segen sperrt eure Wölfe zusammen mit euren natürlichen Paarungsbändern weg und erlaubt uns, ein neues Band zu schaffen, wenn wir bereit sind. Derselbe Segenszauber erlaubt es den Sonnenhexen auch, die Kontrolle über euch zu übernehmen, so wie wir es bei dem letzten Zusammentreffen getan haben."

„Was ist mit dem Stab, den Evanora in der Hand hatte?", fragte Ethan. „Ist es das, was uns kontrolliert hat?"

„Nein, der Stab verstärkt nur die Kräfte desjenigen, der ihn hält. Evanora hat den Zauber gewirkt, um euch zu kontrollieren, und der Stab hat ihn auf alle Anwesenden übertragen." Sie blickte plötzlich zu Kaden hinüber. „Mit Ausnahme des Ophiuchus-Rudels, das immun war, weil es nie gesegnet wurde." Sie blickte wieder zu mir. „Und dir, weil du die Mondstein-Halskette getragen hast." Ihr Blick wanderte zu der Stelle, an der sie um Jordans Hals lag. „Es ist eine Schande, dass du sie Jordan gegeben hast."

Ich schnippte mit den Fingern und versuchte, ihre Aufmerksamkeit wieder auf mich zu lenken. „Wie bricht man den Segenszauber? Ich brauche eine Antwort!"

„So einfach ist das nicht", zischte sie. „Man kann nicht einfach ein paar Worte sagen und erwarten, dass sich der Segen in Luft auflöst. Es ist ein komplizierter Prozess. Der Segenszauber muss vollständig enträtselt werden, und ich kenne niemanden, der das schon einmal gemacht hat. Aber vielleicht weiß eine ältere Sonnenhexe, wie es geht, oder es steht etwas in einem der alten Bücher ..."

„Wenn du herausgefunden hast, wie es geht, könntest du es Larkin beibringen?", fragte ich und wurde ungeduldig und frustriert über Roxandras Antwort.

„Nein", sagte sie und sah Larkin abschätzig an. „Sie hat keine Sonnenmagie. Man braucht eine Sonnenhexe, um den Zauber zu entschlüsseln, und es gibt keinen Wahrheitszauber auf der Welt, der mich dazu bringen würde, das für dich zu tun. Lieber würde ich sterben."

Bevor ich etwas erwidern konnte, sprang Jordan vor, knurrte etwas Unverständliches und griff nach Roxandras Kehle. „Du wirst den Zauber brechen, und wenn ich dich dazu zwingen muss."

Sie stieß einen Schrei aus, als er seine Hand um ihren Hals schloss und den Stuhl so hart gegen die Wand stieß, dass er ächzte. „Oh, ich liebe es, wenn du wütend bist", schnurrte sie, als würde sie es genießen.

Jordan versteifte sich und ließ sie los, als ob er sich vor ihr ekelte. Ich sah Kaden und Ethan unruhig an, unsicher, ob ich das Verhör fortsetzen sollte.

„Du warst schon immer der Wandler, den ich am liebsten kontrolliert habe", fuhr Roxandra fort, während ihr Blick an Jordans Körper hinunterwanderte, und zwar auf eine Weise, die in meinem Kopf sofort die Alarmglocken schrillen ließ. „Unser perfekter kleiner Alpha. Du hast so viel Feuer in dir. So viel Leidenschaft."

Jordans Beherrschung entglitt ihm und er stürzte sich auf sie, seine Hände umklammerten ihren Hals, während sie lachte. Das Geräusch verstummte, während ich entsetzt zusah, wie Jordan sie weiter würgte. Der Ausdruck in seinem Gesicht war fast unmenschlich. *Er wird sie umbringen,* dachte ich.

Ich packte seinen Arm und versuchte, ihn wegzuziehen, aber er war zu stark. Schließlich war ich nur ein halber Wandler, und er war ein Alpha. Aber dann kamen Ethan und Kaden dazu, und gemeinsam schafften wir es, Jordan von Roxandra wegzuziehen, bevor sie ohnmächtig werden konnte.

„Das reicht", sagte Ethan, als er sich vor Jordan drängte.

Jordan atmete schwer, sein Gesicht war wütend, als er Roxandra ansah. Sie hustete und rang nach Luft, aber obwohl Jordan sie fast umgebracht hatte, grinste sie immer noch, ihre blassen Augen auf ihn gerichtet.

„Ich werde mich nie wieder von dir kontrollieren lassen", knurrte Jordan.

Sie rieb sich den Nacken. „Das ist schade. Ich habe es geliebt, dich zu ficken."

Jordan stieß ein Brüllen aus und stürzte sich wieder nach vorne. Kaden sprang dazwischen, stieß Jordan zurück gegen die Wand und hielt ihn dort fest. Aber dieses Mal war ich bereit, Roxandra selbst zu erwürgen, nach dem, was sie gerade gesagt hatte.

Mit einer Wut, die mein Blut zum Kochen brachte, stürmte ich auf sie zu, aber Ethan hielt meinen Arm fest, bevor ich etwas tun konnte. Ich schüttelte ihn ab und wandte mich Roxandra zu, die vor Wut fast zitterte. „Hast du ihn gezwungen, mit dir zu schlafen?"

„O ja." Sie besaß die Frechheit, wieder zu lachen, und ich wurde rot. „Du hast ihn nackt gesehen, nicht wahr? Natürlich hast du das. Alle diese Wandler laufen immer mit heraushängenden Schwänzen herum. Er ist herrlich, und ich hatte gehofft, er würde mich schwängern, aber das ist nicht passiert."

Bei diesen Worten zuckte ich körperlich zurück. Jetzt wollte ich nur noch, dass sie aufhörte zu reden. Auch die anderen Wandler sahen sie mit Abscheu und Entsetzen an.

„Was zum Teufel?", murmelte Kaden, der Jordan immer noch gegen die Wand drückte.

Jordan hatte aufgehört zu kämpfen, aber er atmete schwer und starrte die Wand an. Ich konnte mir nicht vorstellen, was in ihm vorgehen musste, als er sie so schreckliche Dinge sagen hörte.

„Warum?", fragte ich mit zusammengebissenen Zähnen. Ich wollte ihr meine Eckzähne in den Hals rammen, weil sie meinem Bruder so etwas angetan hatte, aber ich hatte das Gefühl, dass es wichtig war. „Warum hast du gehofft, dass er dich schwängern würde?"

Roxandra lächelte, und dieses Mal war es gefährlich. Sie

schloss vorsichtig ihren Mund und starrte mich an, ihre Augen tanzten vor grausamer Belustigung.

Wut stieg in mir auf, und ich sah zu Larkin hinüber. „Was ist passiert?"

„Der Zauber ist abgeklungen", sagte Larkin. „Er hält nur eine kurze Zeit an. Ich muss ihn erneut sprechen."

„Es ist sowieso Zeit für eine Pause", sagte Ethan und schaute zu Jordan hinüber, der immer noch von Kaden an die Wand gedrückt wurde. „Wir könnten alle eine gebrauchen."

„Lass mich los", knurrte Jordan Kaden an.

„Warum, damit du wieder versuchen kannst, sie zu töten?", fragte Kaden. „Im Moment würde ich es vielleicht zulassen."

Jordan befreite sich aus Kadens Griff, und ich verkrampfte mich, um mich darauf vorzubereiten, dass er wieder auf Roxandra losgehen würde, aber stattdessen verließ er den Raum ohne ein weiteres Wort. Ich seufzte und folgte ihm nach draußen.

Ich fand Jordan im nächsten Konferenzraum, seine Hände zu Fäusten geballt, während er ausdruckslos an eine Wand starrte. Seine Brust hob sich, als wäre er gerade um den Block gesprintet, und er schien nicht zu bemerken, dass ich eintrat.

Ich ging zu dem Krug mit Wasser und goss etwas davon in einen Pappbecher. „Trink das."

Jordan nahm den Becher und starrte ihn einen Moment lang an, bevor er ihn hinunterschüttete, als könnte er seine ganze Aggression an dem Wasser selbst auslassen.

„Es tut mir leid", sagte ich, als er ausgetrunken hatte. „Ich weiß, dass das schwer für dich sein muss."

Jordan zerdrückte den Pappbecher in seiner Hand. „Warum sollte es schwer sein? Zu hören, dass mein ganzes Leben eine Lüge ist, und dass ich nichts weiter bin als ein kleiner Fuckboy für die Sonnenhexe?"

Er begegnete meinem Blick, und ich sah den Schmerz und die Angst hinter all der Wut. Er hatte nicht darum gebeten, und er brauchte dringend jemanden, der ihm half. Ich trat vor, bewegte mich langsam, um ihn nicht zu erschrecken, und schlang meine Arme um ihn.

„Ich werde nicht zulassen, dass sie dich jemals wieder kontrollieren." Meine Stimme wurde mit jedem Wort kräftiger. „Und ich werde auch einen Weg finden, das Paarungsband zu lösen. Ich schwöre es."

Jordan erstarrte für einige Augenblicke, obwohl er sich von mir festhalten ließ. Ich wollte mich gerade von ihm lösen, als er weich wurde und einen Arm um mich legte.

„Danke", sagte er, seine Stimme war rau.

Ich zog mich zurück, meine eigene Wut brodelte noch immer unter der Oberfläche. „Ich hatte keine Ahnung, dass sie dir das alles angetan hat."

Er sah weg, unfähig, meinen Blick zu erwidern. „Es fing an, nachdem du mit Kaden aus dem Löwe-Dorf geflohen bist. Damals übernahmen die Sonnenhexen die volle Kontrolle über mein Rudel, und sie schickten das Stier-Rudel hinter dir her. Da hat Roxandra ..." Er öffnete wieder den Mund, aber es kam nichts mehr heraus.

Ich drückte seine Hände fest in die meinen, Mitleid

durchströmte mich. Niemand sollte das durchmachen müssen, was er durchgemacht hatte. „Du brauchst es nicht zu sagen. Ich verstehe es."

Er nickte, obwohl er mir immer noch nicht in die Augen sehen wollte. „Ich wollte dir alles sagen, als du mich gefangen gehalten hast, aber die Sonnenhexen hatten mir befohlen, nichts über sie zu sagen. Ich konnte nicht widersprechen oder den Zauber brechen, so sehr ich es auch versuchte. Nicht, bis ich die Mondstein-Halskette trug."

Ich dachte an die vielen Male zurück, die ich ihn besucht hatte, während er in diesem Hotel festgehalten wurde, und wie es manchmal den Anschein hatte, dass er etwas sagen wollte, aber nicht konnte. Oder wie er mich immer weggestoßen hatte, wenn ich der Wahrheit zu nahe gekommen war. Irgendetwas verdrehte sich in meinem Bauch. Wenn ich das nur früher gewusst hätte.

Jemand räusperte sich hinter mir, und ich drehte mich um und sah Kaden in der Tür lehnen. Seine Arme waren vor der Brust verschränkt, und er sah Jordan aufmerksam an.

Wie viel hatte er gehört?, fragte ich mich. Ich hatte die Tür nicht geschlossen, also hatte er wahrscheinlich alles gehört.

Als Ethan und Larkin als Nächstes den Raum betraten, straffte Jordan seine Schultern und verbarg damit das biss-chen Verletzlichkeit, das er mir gezeigt hatte. Er sah wieder ganz und gar wie der Alpha-Löwe aus.

„Danke für dein Verhör, Ayla", sagte Ethan. „Du hast

ausgezeichnete Arbeit geleistet, und wir haben viel gelernt. Deine Fragen waren sehr … aufschlussreich."

„Es hat viel von dem bestätigt, was wir schon wussten", sagte Kaden.

„Stimmt, aber viele der anderen Alphas haben es vorher nicht geglaubt. Jetzt wird keiner von ihnen mehr leugnen können, dass die Sonnenhexen uns die ganze Zeit über manipuliert und kontrolliert haben. Nicht, wenn sie es direkt aus Roxandras eigenem Mund hören."

Kaden zuckte mit den Schultern. „Stimmt, aber Roxandra hat recht. Wir können sie nicht mehr lange hier behalten. Es ist zu riskant. Die Sonnenhexen könnten jederzeit auftauchen und die Kontrolle über die Wölfe wieder übernehmen."

Ein kollektives Schweigen überkam uns, als wir uns an das Blutvergießen beim letzten Mal erinnerten, als die Sonnenhexen die Kontrolle erlangt hatten.

„Wir könnten noch ein paar dieser Mondsteinketten gebrauchen", sagte Ethan und betrachtete die Kette um Jordans Hals. Er wandte sich an Larkin. „Ist es möglich, mehr zu besorgen?"

Larkin errötete unter dem Gewicht von Ethans Blick. „Ich kann versuchen, einige von den Mondhexen zu bekommen."

Kaden bewegte sich in meinem Augenwinkel, und ich konnte nicht umhin, ihn anzusehen. Seine Stirn war gerunzelt, sein Gesichtsausdruck besorgt. Ich wünschte mir plötzlich, ich wüsste, was in seinem Kopf vor sich ging. Ich wollte mit ihm über alles reden, was wir heute erfahren hatten, und meine Brust schmerzte angesichts des Verlusts dessen, was wir einmal hatten.

Kadens Augen hoben sich zu meinen, als könne er meinen Blick auf sich spüren. Wir waren für einen kurzen Moment miteinander verbunden, teilten für den Bruchteil einer Sekunde unsere gemeinsamen Sorgen und Ängste, und dann sah ich schnell weg, damit er nicht sah, wie sehr ich mich nach mehr sehnte.

„Wir werden nie genug Halsketten für alle bekommen", sagte Kaden. „Wir müssen eine Sonnenhexe finden, die uns helfen kann."

Ich seufzte und fühlte mich niedergeschlagen, als ich daran dachte, wie unmöglich es sein würde, die Paarungsbänder zu brechen. „Das wird nicht passieren. Wir hatten Glück, dass wir überhaupt Roxandra bekommen haben."

„Meine Mutter kann vielleicht helfen ...", sagte Jordan, und alle drehten sich mit heruntergeklappten Kinnladen zu ihm um. „Wenn wir sie finden können, meine ich."

„Deine Mutter?" Ich stellte mir Debra vor, das wilde, schöne Alphaweibchen, das Jordan daran gehindert hatte, sich mit mir zu paaren. „Was hat sie mit den Sonnenhexen zu tun?"

„Sie ist zur Hälfte eine Sonnenhexe", gab Jordan zu.

Kaden knurrte tief in seiner Brust. „Das hätten wir schon vor einem Monat wissen müssen."

Jordans Nackenhaare sträubten sich, als er Kaden gegenüberstand. „Hast du nicht gehört? Vor einem Monat wurde ich noch von den Sonnenhexen kontrolliert. Ich konnte nichts sagen." Er zuckte mit den Schultern.

„Außerdem weiß ich nicht, inwieweit diese Information hilfreich sein wird. Ich habe keine Ahnung, wo sie ist. Und auch nicht, wo mein jüngerer Bruder ist. Sie haben das Löwe-Rudel verlassen, nachdem Ayla geflohen war, und ich habe seitdem nichts mehr von ihnen gehört."

Es herrschte Schweigen im Raum, und selbst Kaden wirkte ein wenig beschwichtigt. Er hörte jedoch nicht auf, Jordan anzustarren.

„Meinst du, sie versteckt sich vor den Sonnenhexen?", fragte ich.

„Wahrscheinlich", sagte Jordan. „Wenn wir das Löwe-Rudel finden, weiß mein Cousin vielleicht, wo sie ist. Das ist die einzige Spur, die ich habe."

Ethan nickte. „Ich werde ein paar Fühler ausstrecken und sehen, ob die anderen Rudel eine Ahnung haben, wo die Löwen hingegangen sind."

„Klingt gut", sagte Jordan. Es war lustig zu sehen, wie viel leichter er sich mit Ethan verstand als mit Kaden. Wahrscheinlich, weil Jordan und Kaden sich ähnlicher waren, als einer von ihnen zugeben wollte – zu eigensinnig und schnell wütend, aber heftig beschützend gegenüber den Menschen, die ihnen wichtig waren.

„Ich schlage vor, dass wir das Verhör vorerst beenden", sagte Ethan. „Meine Leute werden das Video vorbereiten und heute Abend an die anderen Alphas schicken. Sie müssen wissen, was wir hier erfahren haben. Dann werden wir das Verhör nach Weihnachten wieder aufnehmen."

„Was ist mit Roxandra?", fragte Kaden.

„Wir werden ihre Sicherheit vorerst erhöhen. Sobald

wir mit dem Verhör fertig sind, überlegen wir uns, was wir mit ihr machen."

Keiner von uns schien davon begeistert zu sein, aber es meldete sich auch niemand mit einer besseren Idee zu Wort.

„Für den Moment schlage ich vor, dass wir uns alle etwas ausruhen", fuhr Ethan fort. „Ich halte euch auf dem Laufenden, falls sich etwas ändert."

Er nickte uns allen zu und verließ dann den Raum, und Jordan stürmte ein paar Sekunden später hinaus, als wolle er unbedingt von diesem Ort wegkommen. Ich konnte es ihm nicht verdenken.

Kaden verweilte, als wollte er bleiben und mit mir reden, aber ich vermied es, ihn anzusehen, bis er den Wink endlich verstanden hatte und hinausging, nur Larkin blieb zurück.

„Geht es dir gut?", fragte sie und rang die Hände.

„Ich glaube schon." Ich hatte gewusst, dass beim Verhör von Roxandra unangenehme Wahrheiten ans Licht kommen würden, aber sie hatte es trotzdem irgendwie geschafft, mich zu schockieren.

Wir hielten inne, als wir hörten, wie die Wandler Roxandra aus dem anderen Raum brachten, sie fluchte und wehrte sich den ganzen Weg über, bis sie im Aufzug verschwanden. Ich wollte ihr nicht noch einmal gegenübertreten, zumindest nicht im Moment. Mein Kopf schwirrte von allem, was ich erfahren hatte, und ich fühlte mich plötzlich, als wäre ich tagelang am Stück wach gewesen.

„Geht es dir gut?", fragte ich und bemerkte, dass Larkins Gesicht blasser war als sonst.

„Ich glaube schon", erwiderte sie mit einem kleinen Lächeln.

„Gute Antwort." Ich legte meinen Arm um sie und umarmte sie kurz. Das Verhör war für uns alle schwer gewesen, aus unterschiedlichen Gründen. Ich war dankbar, dass ich ein paar Tage Pause hatte.

KAPITEL SECHS

Als ich den Ballsaal des Hotels betrat, war ich sofort von der festlichen Atmosphäre beeindruckt, die meine Laune sofort hob. Ich hatte Weihnachten völlig vergessen, aber die Mitglieder des Waage- und Ophiuchus-Rudels hatten es offensichtlich nicht. Der große Raum war mit glitzernden Lichtern und Girlanden geschmückt, was ihm eine warme und gemütliche Atmosphäre verlieh, und in der Luft lag der Duft von Tannengrün, der von dem großen, mit Ornamenten und Lametta geschmückten Baum ausging. Alle waren in ihren schönsten Kleidern erschienen, und im Hintergrund lief leise Weihnachtsmusik.

Als ich gehört hatte, dass die Waagen an Heiligabend eine Party veranstalteten, war ich überrascht gewesen. Aber als ich die anderen Wandler lächelnd und lachend beobachtete, wie sie sich unter die Gäste mischten und tanzten, ergab es plötzlich Sinn. Nach allem, was wir in den letzten Monaten durchgemacht hatten, hatten wir alle etwas Spaß verdient, zumindest für eine Nacht. Ein bisschen Heiterkeit nach all den Schrecken, die wir erlebt hatten. Auch wenn wir noch viele Herausforderungen vor uns hatten, konnten wir für ein paar Stunden den Augenblick genießen und feiern, dass wir zusammen und am Leben waren.

Ich strich mit den Händen über den Rock des grünen Cocktailkleides, das ich für diesen Anlass angezogen hatte. Als ich vor ein paar Monaten mit meinen Freundinnen einkaufen gegangen war, hatte ich mich von ihnen überreden lassen, dieses Kleid zu kaufen. Damals war es mir albern und extravagant vorgekommen, vor allem, weil ich noch nie etwas so Schönes besessen hatte, aber jetzt war ich froh darüber.

Dieser Ausflug schien eine Ewigkeit her zu sein, und ich konnte nicht glauben, wie viel sich seither verändert hatte. Ich erinnerte mich gern daran, nur nicht an das, was danach geschah, als die Löwen uns im Park angegriffen hatten. Wir hatten es geschafft, sie zu überwältigen, aber dann hatte Kaden sie alle getötet, während sie ohnmächtig und wehrlos waren. Das war so untypisch für Kaden, dass ich immer noch kaum glauben konnte, dass er es getan hatte. In diesem Moment wurde mir klar, dass Kaden sich in jemanden verwandelt hatte, den ich nicht mehr erkannte. Eine dunklere Version seiner selbst.

Das war der Anfang vom Ende für uns gewesen.

Ich ertappte mich dabei, wie ich die Party nach einem Hinweis auf ihn absuchte, aber er war nicht da. Ein Teil von mir war enttäuscht, aber ich sagte mir, dass es besser war, wenn er nicht kam. Ich wollte heute Abend keine weitere hohle Entschuldigung hören, obwohl ich nicht verhindern konnte, dass mein Herz wegen seiner Abwesenheit schmerzte.

Mir fiel auf, dass auch Jordan nicht auf der Party war, aber das überraschte mich überhaupt nicht. Er war bei den meisten Wandlern hier immer noch nicht willkommen. Sie kannten die Wahrheit über das, was mit Roxandra geschehen war, nicht. Vielleicht würde sich das ändern, sobald mehr Leute das Video von ihrem Verhör gesehen hatten.

Ich holte tief Luft und bahnte mir einen Weg durch die Menge, lächelte und grüßte die, die ich kannte. Mein Plan war es, aufzutauchen, Ethan meinen Respekt zu erweisen und mich dann für den Rest des Abends in mein Zimmer zu verkriechen. Schließlich war ich immer noch eine Ausgestoßene, und dass ich hier mit den anderen Rudelmitgliedern zusammen war, machte mir das nur noch deutlicher bewusst. Ich gehörte nicht zu ihnen und würde es vielleicht nie wieder tun.

Ich entdeckte den Ophiuchus-Beta, Clayton, an einem Tisch mit süßen kleinen Hors d'oeuvres stehen. Er trug einen schwarzen Anzug, der über seinen breiten Schultern und seiner großen Statur eng anlag. Neben ihm steckte sich sein Gefährte Grant ein Canapé in den Mund. Clayton begegnete meinem Blick, hob eine Hand und winkte mich zu ihnen herüber.

„Fröhliche Weihnachten", sagte ich und versuchte, mir mein Zögern nicht anmerken zu lassen. Ich hatte Clayton und Grant nicht mehr gesehen, seit Kaden mich aus dem

Rudel ausgeschlossen hatte. Ich hatte keine Ahnung, wie sie jetzt auf mich reagieren würden.

Clayton schlang seine stämmigen Arme um mich. „Es ist schön, dich wiederzusehen. Ich habe mir schon Sorgen gemacht."

„Ein wunderschönes Kleid", sagte Grant, während er mich anerkennend musterte. „Dieses Grün ist der perfekte Farbton für dein Haar."

„Danke", sagte ich und entspannte mich sofort. Es war schön zu wissen, dass ich nicht von allen im Rudel wie eine Ausgestoßene behandelt werden würde.

„Ich bin froh, dass du zurück bist." Claytons Stimme wurde leiser, und er lehnte sich dicht an mich heran, als würde er vertrauliches Wissen preisgeben. „Kaden war ... verzweifelt ohne dich."

Grant tauschte einen Blick mit seinem Gefährten aus. „Wir hoffen, dass dies ein Zeichen dafür ist, dass du dich unserem Rudel bald wieder anschließen wirst."

Ich schenkte ihnen ein steifes Lächeln. Ich schätzte die Unterstützung durch die anderen Ophiuchus, aber ihre Worte brachten den Schmerz nur mit voller Wucht zurück. „Ich bin mir nicht sicher."

Die beiden tauschten einen weiteren Blick aus, diesmal besorgter als zuvor. Dann wandte Grant sein charmantes Grinsen wieder mir zu. „Was du brauchst, ist ein Eierlikör. Oder vielleicht einen Lebkuchen-Martini."

Meine Augenbrauen hoben sich. „Haben die das wirklich?"

„O ja." Er verschränkte seinen Arm mit meinem. „Komm mit."

Clayton kicherte, als Grant mich zur Bar führte, wo die Karte eine Vielzahl von Cocktails zum Thema Weihnachten enthielt. Die beiden Männer überredeten mich, den Lebkuchencocktail zu probieren, der zwar viel zu süß war, mich aber in bessere Stimmung versetzte. Alle anderen amüsierten sich – warum sollte ich das nicht auch tun?

Sie versuchten, mich zu überreden, als Nächstes zu tanzen, aber das war der Punkt, an dem ich einen Schlussstrich ziehen musste. Ich sah ihnen hinterher, während ich an meinem Drink nippte, und erblickte Stella und Ethan auf der Tanzfläche. Sie grinsten beide, als er sie herumwirbelte und zu der flotten Musik mit ihr tanzte, und ich konnte nicht leugnen, dass sie gut zusammen aussahen. Sie waren beide hinreißend, klug und vernünftig. Sah ich da etwa ein Paar vor mir entstehen?

Als das Lied zu Ende war, entdeckte mich Stella, rannte zu mir und warf ihre Arme um mich. „Fröhliche Weihnachten! Was trinkst du denn da? Was auch immer es ist, ich brauche sofort einen."

Als sie mich zurück zur Bar zerrte, lachte ich. „Du scheinst dich heute Abend zu amüsieren."

„Ich liebe gute Partys", sagte sie, bevor sie einen Drink wie meinen bestellte.

Ich erblickte Ethan wieder auf der Tanzfläche, jetzt mit einer mir unbekannten Waagefrau. „Du sahst gut aus da draußen mit Ethan." Ich stupste sie an. „Vielleicht ist er dein Gefährte."

Stella grinste. „Ist er nicht, obwohl ich mich nicht beschweren würde, wenn er es wäre."

„Bist du sicher?", fragte ich.

„Ziemlich sicher. Ich fühle keine Anziehungskraft zu ihm. Ich denke nur, dass er heiß ist. Aber wer würde das nicht?" Sie nahm einen Schluck von ihrem Getränk und legte den Kopf schief. „Ich glaube, wir sind uns sowieso zu ähnlich, um Gefährten zu sein. Dein Gefährte sollte dich herausfordern. Dich ein bisschen verrückt machen. Richtig?"

„Glaub mir, ich weiß es", murmelte ich und dachte daran, wie Kaden mir immer unter die Haut gegangen war, wie es kein anderer konnte.

„Ganz genau. Außerdem würde es Larkin das Herz brechen, wenn Ethan mein Gefährte wäre." Sie stupste mich am Arm an, und ich folgte ihrem Blick zu der Stelle, an der Larkin am Rande des Ballsaals stand und völlig deplatziert und unbehaglich aussah. Ihre Augen klebten an Ethan, der mit der Waagefrau tanzte. „Das arme Ding ist total verknallt in ihn, aber er betrachtet sie nur als Kind."

Mitleid für Larkin überflutete mich. Ich wünschte, ich könnte etwas für sie tun. Sie war als mächtige Verbündete der Wandler akzeptiert worden, aber sie würde nie wirklich eine von uns sein. Dass sie im Körper einer Vierzehnjährigen steckte, war auch nicht gerade hilfreich. Sie liebte es, Liebesromane zu lesen, aber sie hatte mir einmal gestanden, dass sie noch nie in einer Beziehung gewesen war. Als ich sah, wie sie Ethan anstarrte, hoffte ich, dass sie sich keinen Liebeskummer einhandelte.

Ich wollte gerade zu ihr hinübergehen, als Kaden den Ballsaal betrat und alles einfach ... stehen blieb. Mein Atem blieb mir in der Kehle stecken. Mein Herz setzte einen Schlag aus. Meine Augen hörten auf zu blinzeln. Alles, was es gab, war Kaden in einem schwarzen Anzug, dessen weißes Hemd am Kragen gerade so weit geöffnet war, dass ein Stückchen Haut zu sehen war. Jeder Instinkt in meinem Körper schrie danach, zu ihm zu gehen, und meine Hände zitterten vor Anstrengung, mich zurückzuhalten.

Stella folgte meinem Blick und kippte schnell den Rest ihres Getränks hinunter. „Zeit für mich, woanders zu sein."

„Was?", fragte ich und riss mich aus meiner Benommenheit. „Nein, geh nicht."

Sie legte eine Hand um ihr Ohr und rief über die Musik hinweg: „Sorry, ich kann dich nicht hören."

Sie verschwand, um sich Larkin an der Seite des Raumes anzuschließen, und ließ mich allein zurück, während Kaden auf mich zukam. Ich hatte keine andere Wahl, als mich ihm zu stellen.

„Ayla", sagte er und sein Blick wanderte wie eine langsame Liebkosung an meinem Körper hinunter. „Du siehst heute Abend umwerfend aus."

Ich errötete, als ich mich daran erinnerte, wann ich das Kleid gekauft hatte. Ich hatte mich nur von den Mädchen überreden lassen, es zu kaufen, weil ich mir vorgestellt hatte, dass Kaden es mir ausziehen würde. Wenn die Dinge anders gelaufen wären, wäre das vielleicht heute Abend gewesen. „Ich danke dir. Du siehst auch sehr gut aus."

„Können wir irgendwo reden, wo es ruhiger ist?", fragte er.

Ich nickte und trank schnell meinen Cocktail aus. Ich wusste nicht, worüber Kaden reden wollte, aber ich wollte keine Szene machen und niemandem den Abend verderben.

Wir bahnten uns einen Weg durch die Menge zu einem Seiteneingang, und dann waren wir aus dem warmen Gedränge heraus und in der kühlen Nachtluft. Der Garten funkelte mit weißen Lichtern, und der frische Schnee verstärkte die weihnachtliche Stimmung noch. Es juckte mich in den Fingern, nach Kadens Hand zu greifen, und ich wünschte, wir könnten wie Verliebte durch die Nacht schlendern, aber stattdessen standen wir in einem unangenehmen Abstand zueinander, als wüsste keiner von uns so recht, wie er sich verhalten sollte.

„Ich habe ein Geschenk für dich", sagte Kaden, als wir allein waren.

Meine Augenbrauen zogen sich hoch. „Ich habe gar nichts für dich."

„Ich verdiene nichts."

Ich antwortete nicht. Dagegen konnte ich nichts sagen.

Kaden holte ein kleines Geschenk aus seiner Anzugjacke und reichte es mir. Die Verpackung war aus schlichtem Gold mit einer roten Schleife, einfach und elegant, und ich öffnete es vorsichtig. Darin befand sich ein weicher Leder-Kameragurt, der mit den Worten *Kleine Wölfin* zwischen einer Mondsichel und dem Ophiuchus-Symbol personalisiert worden war. Meine Brust spannte sich an, als ich ihn in den Händen hielt und mit den Daumen über das glatte Leder strich. Ich hatte als Kind nicht viele Geschenke bekommen, und sie zu bekommen, machte mich immer noch emotional, besonders wenn sie so perfekt waren wie dieses.

„Danke. Es ist wunderschön." Ich blinzelte die Tränen zurück und versuchte, Kaden nicht zu zeigen, wie viel mir sein Geschenk bedeutete. Ich konnte mich kaum zusammenreißen, und wenn eine einzige Träne fiel, würde ich vor ihm völlig zusammenbrechen und zu einem schluchzenden Chaos werden. Ich schniefte und versuchte, meine Gefühle zu verbergen, indem ich sagte: „Aber ich gehöre nicht mehr zum Ophiuchus-Rudel."

„Du kannst wieder dazugehören", sagte er mit zuversichtlicher Stimme.

„Wie kannst du dir da so sicher sein?"

Kaden streckte die Hand aus, um mein Gesicht zu berühren, und seine rauen Fingerspitzen strichen leicht über meine Wange. „Weil ich weiß, dass wir füreinander bestimmt sind. Ich werde alles tun, um dich zurückzugewinnen. Ich habe den größten Fehler meines Lebens gemacht, als ich dein Rudelzeichen entfernt habe, und ich bin mir nicht sicher, ob ich mir das je verzeihen kann."

Ich ertappte mich dabei, wie ich mich gegen seine Berührung stemmte, während ich ihm in die Augen blickte. „Kaden ..."

„Jedes Mal, wenn ich mich an diesen Moment erinnere, kann ich immer noch nicht glauben, dass ich es war. Es war, als ob etwas in mir zerbrach und eine Dunkelheit von mir

Besitz ergriff. Sie flüsterte mir schreckliche Dinge in den Kopf, und ich konnte sie nicht abschütteln." Seine andere Hand hob sich und umfasste die andere Seite meines Gesichts, während er mir in die Augen blickte. „Aber ich arbeite daran. Ich werde versuchen, mich zu bessern, weil ich ohne dich nicht leben kann. Selbst wenn das Paarungsband zwischen dir und Jordan nie gebrochen wird, bist du die Einzige, die ich als mein Alphaweibchen haben will."

Irgendwie waren wir uns näher gekommen, als könnten unsere Körper nicht anders, als sich zueinander hingezogen zu fühlen, und sein Daumen strich über meine Unterlippe. Seine Augen verengten sich auf meinen Mund, als ob er nichts mehr auf der Welt wollte, als die Lücke zwischen uns zu schließen und seine Lippen auf meine zu pressen. Das wollte ich auch, und zwar so sehr, dass ich meine eigenen Hände auf seiner Brust fand und die Vorderseite seines Anzugs ergriff, um ihn zu mir zu ziehen. Der Anziehungskraft zwischen uns war nicht zu widerstehen. Irgendwann wusste ich, dass ich ihm nachgeben würde.

Aber etwas, das er gesagt hatte, ließ mich innehalten. Ich drückte meine Hand gegen seine Brust und schob ihn leicht zurück, während mein Verstand auf Hochtouren lief. Das Geflüster in seinem Kopf, so subtil, dass er es nicht bemerkt hatte, bis es zu spät war ... Das kam mir sehr bekannt vor.

„Was ist los?", fragte Kaden und für einen kurzen Moment blitzte ein Hauch von Verletzlichkeit über sein Gesicht, als ich ihn von mir stieß.

Ich biss mir auf die Lippe, noch nicht bereit, meine

Theorie mitzuteilen. Was, wenn ich falsch lag? „Ich weiß das Geschenk zu schätzen, aber ich brauche ... Ich brauche etwas Zeit. Kannst du mir die geben?"

„Natürlich." Er steckte die Hände in die Hosentaschen, offensichtlich enttäuscht, aber er ging nicht weiter darauf ein. „Ich werde ewig warten, wenn es sein muss. Frohe Weihnachten, Ayla."

Er ging weg und kehrte auf die Party zurück, und ich beschloss, ihm nicht zu folgen. Ich hatte meinen Auftritt gemacht, und jetzt war es Zeit für mich, allein in mein Zimmer zurückzugehen – obwohl ich das Gefühl hatte, dass ich heute Nacht auch nicht viel schlafen würde.

War es möglich, dass die Sonnenhexen auch in Kadens Geist eingedrungen waren?

„Das ist eine schreckliche Idee", sagte Jordan und sah mich finster an.

„Wahrscheinlich, aber wir machen es trotzdem." Ich ergriff seine Hand und dachte an die Insel, auf der ich viele meiner Sommerurlaube mit meiner Familie verbracht hatte. In einem Wimpernschlag verließen wir die Hotellobby und kamen am kalten Ufer des Verstecks des Krebs-Rudels an, wobei unsere Schuhe im Sand versanken.

Jordans Mund verzog sich. „Ich hasse es, wenn du das tust."

Ich konnte nicht anders, als über sein säuerliches Gesicht zu lachen. „Ich dachte, du hättest dich inzwischen daran gewöhnt."

„Nö. Ich könnte mich jedes Mal übergeben." Er schüttelte das Gefühl ab und stellte sich etwas aufrechter hin. Er trug ein dunkelrotes Hemd und eine Jeans, sein spärlicher Versuch, festlich zu wirken. „Bringen wir es hinter uns."

Wir gingen die Stufen des nächstgelegenen Hauses hinauf, das hellblau war, mit einer weißen, umlaufenden Veranda und einem alten, schiefergrauen Dach. Ich klopfte leicht an die Tür, während eine kühle Meeresbrise durch mein Haar peitschte und an meinem grünen Kleid zerrte. Es war dasselbe Kleid, das ich am Abend zuvor getragen hatte, weil ich mir dachte, wenn Jordan und Wesley es nicht gesehen hatten, warum sollte ich es nicht noch einmal anziehen? Ich hatte es ein wenig mit einer schwarzen Strickjacke bedeckt, obwohl ich mir jetzt wünschte, ich hätte etwas Dickeres angezogen.

Als Wesley die Tür öffnete, lächelte ich breit. „Fröhliche Weihnachten!"

„Ayla! Ich bin so froh, dich zu sehen." Wesleys Gesicht erhellte sich, als er mich in die Arme nahm, doch dann runzelte er die Stirn, als er Jordan neben mir erblickte. „Er hingegen ist hier nicht willkommen."

„Ich habe es dir gesagt", sagte Jordan.

„Was hast du dir dabei gedacht, ihn hierherzubringen?", fragte Wesley mich, während er Jordan anschaute. „Wir sind doch nur hergekommen, damit die Löwen uns nicht finden können. Und jetzt hast du ihren Alpha direkt vor meine Haustür gebracht."

„Ich habe uns hierher teleportiert, also hat er keine Ahnung, wo wir sind oder wie man hierherkommt", sagte ich. „Aber Jordan ist auch nicht der Feind. Du musst mir in dieser Sache vertrauen."

„Du hättest mich im Hotel zurücklassen sollen", murmelte Jordan.

„Stimmt", sagte Wesley und verschränkte die Arme.

„Auf keinen Fall." Ich warf jedem von ihnen einen strengen Blick zu. „Es ist Weihnachten, und ich will es mit meinen Brüdern verbringen. Mit *beiden* Brüdern. Es ist mir egal, dass ihr euch nicht versteht oder dass sich eure Rudel schon seit Menschengedenken hassen. Ihr könnt euch ein paar Stunden zusammenreißen und wenigstens höflich sein. Das ist alles, was ich mir zu Weihnachten wünsche. Okay?"

„Ich kann höflich sein", sagte Jordan und reckte sein Kinn vor. „Kann er das?"

Wesleys Kiefer krampfte sich zusammen. „Ich bin nicht derjenige, der geholfen hat, das Krebs-Rudel abzuschlachten."

Jordans Haltung änderte sich in einem Augenblick von neutral zu defensiv. „Das war das Werk meines Vaters, nicht meines."

„Du warst aber nicht gerade ein unschuldiger Zuschauer, oder?", knurrte Wesley.

„Genug!" Ich hob die Hände, um zu verhindern, dass die Sache noch weiterging. „Wir alle hatten beschissene Väter. Hier ist eure Chance zu beweisen, dass ihr besser seid als sie und dass wir diese blöde Blutfehde hinter uns lassen können, zumindest für einen einzigen Tag."

„Na schön", sagte Wesley und trat einen Schritt zurück. „Geh rein, bevor dich noch jemand aus dem Rudel sieht. Ich kann keine Blutflecken auf meiner Veranda gebrauchen."

„Keine Sorge, ich habe Ayla bereits versprochen, dass ich heute niemanden töten werde", sagte Jordan.

„Du bist es nicht, um den ich mir Sorgen mache", murmelte Wesley, als er uns ins Wohnzimmer führte.

Als ich das letzte Mal hier war, war das Haus voller Leute gewesen, hauptsächlich Teenager, die ihre Eltern bei dem Zusammentreffen verloren hatten. Ich war erleichtert, dass jetzt keiner von ihnen hier war, denn sie würden wahrscheinlich auch nicht allzu viel vom Löwe-Alpha halten.

Auf der einen Seite des Raumes knisterte ein warmes Feuer, und in der Ecke stand ein kleiner, spärlich geschmückter Weihnachtsbaum, als wäre er nachträglich aufgestellt worden, aber wenigstens hatte Wesley daran gedacht, einen aufzustellen. Ich ließ mich auf einem der weißen Sofas nieder und versuchte, die anfängliche Unbehaglichkeit und Spannung zu überwinden. Ich hatte gewusst, dass dieses Treffen schwierig werden würde, aber wenn wir eine richtige Familie sein wollten und, was vielleicht noch wichtiger war, den Krieg zwischen den Krebsen und den Löwen beenden wollten, mussten wir irgendwo anfangen.

„Du wirst froh sein, dass ich nicht mehr der Löwe-Alpha bin", sagte Jordan zu Wesley, als er Platz nahm. „Dein Geheimversteck ist bei mir sicher."

Wesley schüttelte den Kopf. „Ich weiß nicht, was schlimmer ist – du, der die Löwen anführt, oder ein anderes Arschloch, das ich nicht einmal kenne."

„Für dich? Eindeutig Letzteres. Der neue Alpha war unser ehemaliger Beta und der engste Verbündete meines Vaters. Ich glaube nicht, dass er zögern würde, dein Rudel auszulöschen. Diesmal für immer."

„Das ist nur vorübergehend", sagte ich und winkte mit der Hand. „Du bist der wahre Alpha der Löwen. Ich weiß es, und alle anderen auch. Du wirst dein Rudel zurückbekommen, und wenn du das geschafft hast, kannst du es in eine neue Richtung führen." Ich beugte mich vor und blickte zwischen meinen beiden Brüdern hin und her. „Gemeinsam könnt ihr das Löwen- und das Krebs-Rudel zu dem machen, was sie eigentlich sein sollten. Verbündete."

Jordan ließ ein Stöhnen hören. „Okay, wir haben es kapiert. Am Ende des Abends werden wir beste Freunde sein. Bist du jetzt zufrieden, Ayla?"

„Sehr", sagte ich, zog meine Beine auf die Couch und machte es mir bequem. Er war sarkastisch, aber ich spürte bereits, wie sich die Spannung zwischen den beiden Männern lockerte. Das könnte tatsächlich funktionieren.

Wesley zog eine Augenbraue hoch. „Dieses Gespräch ist viel tiefgründiger geworden, als ich es für einen Weihnachtsnachmittag erwartet hätte. Ich hole mir noch einen Eierpunsch, bevor wir weitermachen."

„Bitte sag mir, dass er gespickt ist", sagte Jordan.

Wesley schnaubte. „Eierpunsch ist sinnlos, wenn er den Raum nicht zum Drehen bringt."

Jordan grinste. „Endlich können wir uns auf etwas einigen."

Als Wesley mit drei Bechern zurückkam und sie unter uns verteilte, verflog die Unbehaglichkeit schnell. Zuerst war die Unterhaltung etwas gestelzt, aber schon bald brachte Wesley uns alle zum Lachen, indem er peinliche Geschichten über mich erzählte, bis ich als Antwort ein

Kissen von der Couch nach ihm warf. Dann erzählte Jordan, wie er als Kind einmal seinen Weihnachtsbaum angezündet und dabei fast sein ganzes Haus niedergebrannt hätte, aber er machte es so lustig, dass wir uns bald alle vor Lachen krümmten. Der sehr alkoholhaltige Eierpunsch hat auch nicht geschadet.

Schließlich wurde das Gespräch wieder ernster, und Jordan überraschte mich, indem er Wesley fragte, wie es dem Krebs-Rudel in letzter Zeit ergangen sei. Wesley sah bei dieser Frage verblüfft aus, stellte dann aber seinen Becher ab und gab Jordan einen Überblick. Danach konnten sie nicht mehr aufhören zu reden. Über unsere Väter. Über unsere Rudel. Darüber, was sie als Alphas tun wollten.

Irgendwann entschuldigte ich mich, um auf die Toilette zu gehen, und dann blieb ich in der Tür stehen und beobachtete sie. Meine beiden Brüder, die endlich miteinander sprachen. Sie sahen sich überhaupt nicht ähnlich, abgesehen von den gleichen blauen Augen, aber sie waren sich ähnlicher, als sie jemals zugeben würden. Mit etwas Mühe könnten sie eines Tages sogar Freunde werden. Und wenn sie sich vertragen würden? Vielleicht könnten es die anderen Alphas auch.

Ich beschloss, ihnen ein paar Minuten zu geben, damit sie sich auch ohne mich anfreunden konnten, also schlich ich mich auf die hintere Veranda und ging hinunter zum Strand. Die Sonne ging gerade unter und warf ein leuchtendes orangefarbenes und rosafarbenes Licht auf das Wasser, und die Meeresbrise streichelte mein Gesicht. Ich atmete tief ein und ließ den vertrauten Meeresduft auf mich wirken. Auch wenn ich im Krebs-Rudel immer ein Außenseiter gewesen war, liebte ich das Meer. Wie oft war ich schon an diesen Ort gegangen, um vor meinem Vater und meiner Stiefmutter zu fliehen?

Schwere Schritte im Sand ließen mir die Nackenhaare zu Berge stehen. Irgendein Instinkt sagte mir, dass ich in Gefahr war, und als ich mich umdrehte, durchfuhr mich beim Anblick meiner alten Peiniger, des Sohns des Betas, Brad, und seiner Freundin Lori, ein kurzer Angstschauer. Die beiden hatten besonderen Gefallen daran gefunden, mich zu quälen, als ich ihnen als ausgestoßener halb menschlicher Wandler noch völlig ausgeliefert war. Zusammen mit ihren Freunden hatten sie mir viele der Narben verpasst, die jetzt an meinem Körper zu sehen sind. Aber ich war nicht mehr das verängstigte, wehrlose Mädchen – und ich weigerte mich, jemals wieder Angst vor ihnen zu haben.

„Ich dachte, ich hätte etwas gerochen", sagte Lori und kniff sich in die Nase, als sie sich näherten. „Wie sich herausstellte, war es ein rudelloser Köter."

Ich verdrehte die Augen. „Man sollte meinen, dass du nach so vielen Jahren, in denen du mich schikaniert hast, mit besseren Beleidigungen aufwarten könntest."

„Du musst wirklich eine Tracht Prügel wollen", knurrte Brad. „Hier wieder aufzutauchen? Du hast einen ernsthaften Todeswunsch."

„Versuch's doch", sagte ich und wünschte mir, sie würden entweder endlich damit anfangen oder mich in

Ruhe lassen. „Oder verpisst euch, wenn ihr meinen Abend nicht interessant gestalten wollt.“

„Hau ab, kleiner Köter“, sagte Lori und schnippte mit ihren rosa Nägeln nach mir. „Bevor wir dir eine weitere Lektion erteilen.“

Brad schlich sich näher heran. „Diesmal hast du weder deinen Schlangenfreund, der dich beschützt, noch deinen Bruder.“

Brad stürzte sich plötzlich auf mich, seine Hände verwandelten sich in Klauen. Früher wäre ich zurückgewichen und hätte versucht, seiner überlegenen Kraft und Geschwindigkeit zu entkommen, aber jetzt blieb ich standhaft. Mit den Tricks, die Kaden mir beigebracht hatte, wich ich in letzter Sekunde aus und nutzte dann Brads Schwung, um ihn auf den Rücken zu werfen. Er landete mit einem Aufprall auf dem Sand, während ich über ihm stand.

„Ich brauche niemanden, der mich beschützt“, sagte ich. „Das kann ich jetzt selbst erledigen.“

Lori griff mich als Nächstes an, aber ich schlug sie mit einer Welle von Mondmagie zurück. Es war nicht einmal eine starke, aber sie fiel auf ihren Hintern ins Wasser und ihre weiße Hose wurde durchnässt. Ich konnte mir bei diesem Anblick das Grinsen nicht verkneifen.

Brads Augen brannten vor Hass, als er sich wieder aufrichtete. „Du bist so was von tot, Köter.“

Die beiden verwandelten sich in ihre Wolfsgestalten und kamen auf mich zu. Vor einem Jahr hätte das bedeutet, dass ich in ernsten Schwierigkeiten steckte. Ich hatte keinen Wolf und keine Krebskräfte, die mich beschützen konnten, nur meine vorlaute Klappe, die mir, um ehrlich zu sein, meistens mehr Ärger einbrachte. Jetzt war alles ganz anders.

Ich verwandelte mich, ohne darüber nachzudenken, und mein Körper veränderte sich so schnell wie der eines Alphas. Meine weißen Pfoten berührten den Sand und mein Schwanz zuckte hinter mir, als ich mich meinen beiden größten Feinden stellte. Sie griffen mich mit ihren Zähnen und Klauen an, aber ich war zu schnell für sie, und ich war von den Besten ausgebildet worden. Meine Fähigkeiten waren in echten Kämpfen verfeinert worden, während ihre nur dazu benutzt worden waren, schwächere Gegner zu tyrannisieren. Und obwohl ich nicht mehr über den Ophiuchus-Giftbiss verfügte, waren meine Eckzähne immer noch sehr scharf. Innerhalb von Sekunden hatte ich sie beide zum Bluten gebracht, aber sie hörten nicht auf. Es war, als könnten sie einfach nicht glauben, dass ich besser war als sie.

Zeit, ihnen eine Lektion zu erteilen, dachte ich, als ich meinen Kiefer weit öffnete. Reine weiße Mondmagie sprudelte aus meinem Mund, wie das Feuer eines Drachens. Sie legten ihre Krebspanzer an, aber sie konnten den Schwall des Mondlichts, der sie traf, kaum aufhalten und wurden in die Wellen zurückgeschleudert. Sie hatten Glück, dass ich nicht noch mehr Kraft hineinsteckte. Im Gegensatz zu ihnen hatte ich keine Lust, an Weihnachten jemanden zu töten.

Sie stotterten und kläfften, als sie aus dem Wasser stiegen, und dann rannten sie mit eingezogenen Schwänzen über den Strand davon. Ich sah ihnen nach, und ein

Lächeln breitete sich auf meinem Gesicht aus. Irgendetwas sagte mir, dass ich nichts mehr von ihnen hören würde.

Jemand begann hinter mir zu klatschen, und ich drehte mich um, bereit, wieder zu kämpfen, aber es waren nur Wesley und Jordan. Wie lange waren sie schon da? Hatten sie mich die ganze Zeit über beobachtet?

Ich wich zurück und suchte nach meinen Kleidern, um mich ein wenig zu bedecken. Mein grünes Kleid war zerrissen, aber nicht völlig untragbar. Meine Unterwäsche war allerdings ein hoffnungsloser Fall, ebenso wie meine Strickjacke. „Was macht ihr zwei denn hier draußen?"

Wesley grinste. „Wir haben einen Aufruhr gehört und wollten nachsehen, aber als wir hier ankamen, hattest du es schon unter Kontrolle. Übrigens, gute Arbeit."

„Sehr beeindruckend", stimmte Jordan zu. „Kaden ist wirklich ein Narr. Du wärst ein mörderisches Alphaweibchen gewesen."

„Du bist auch ohne Rudel ein echter Alpha." Wesley trat einen Schritt vor und drückte meine Schulter. „Ich bin stolz darauf, dein Bruder zu sein."

Ich öffnete den Mund, um es zu leugnen, hielt mich aber zurück. Er hatte recht. Ich brauchte weder ein Rudel noch einen Gefährten, um ein mächtiger Alpha zu sein. Ich war ein Wolf der Tierkreise und eine Mondhexe, und das konnte mir niemand jemals nehmen. Ich hatte alles, was ich brauchte, in mir.

Das hatte ich immer gehabt.

KAPITEL ACHT

Fahle Mondmagie erleuchtete den Konferenzraum und drang in Roxandras Haut ein. Sie gab einen Laut von sich, als ob sie Schmerzen hätte, hörte aber nicht auf zu kämpfen, verdrehte ihre Hände in den Fesseln und versuchte, den Stuhl nach hinten zu kippen.

Larkin atmete schließlich aus und trat einen Schritt zurück, um das Licht verschwinden zu lassen. „Der Zauber ist in Kraft."

Die Kamera zeichnete bereits auf, das rote Licht blinkte und eine Miniaturversion von Roxandra spiegelte sich auf dem kleinen Bildschirm. Ethan nickte mir knapp zu, um mir zu signalisieren, dass ich beginnen sollte. Hinter ihm lehnte Kaden mit verschränkten Armen in der Tür, während Jordan an der anderen Wand lehnte, ebenfalls mit verschränkten Armen. Die Blicke der beiden waren fast identisch, und ich hätte gelacht, wenn die Situation nicht so angespannt gewesen wäre.

Meine Nerven waren heute noch angespannter als beim letzten Mal. Ich hatte Roxandra einige sehr wichtige Fragen zu stellen, und ich wollte sicherstellen, dass ich dazu kam, bevor der Wahrheitszauber nachließ.

Ich nahm vor ihr Platz. „Zeit für ein weiteres Gespräch, Roxie."

Roxandra starrte mich an, die Lippen so fest zusammengepresst, als hätte sie Angst, dass sie jedes einzelne Sonnenhexengeheimnis ausplaudert, wenn sie anfängt zu reden.

„Erste Frage. Ist der Mondfluch eine Lüge?" Ich hatte vor, mit ein paar Fragen zu beginnen, auf die ich die Antwort bereits kannte, die aber für die anderen Alphas vor der Kamera aufgezeichnet werden sollten. So konnte ich mich vergewissern, dass der Zauber gewirkt hatte.

„Ja", sagte sie, ihre Stimme klang fast gelangweilt. „Der Mondfluch ist schon seit vielen Jahren nicht mehr aktiv."

„Warum habt ihr zugelassen, dass das Löwe-Rudel uns bei dem Zusammentreffen angreift?", fragte ich als Nächstes und beobachtete sie genau.

„Um einen Rudelkrieg auszulösen, der beide Rudel schwächen würde, damit wir leichter die Kontrolle übernehmen können", spuckte Roxandra aus. „Warum stellst du mir Fragen, auf die du die Antworten bereits kennst?"

Ich schenkte ihr mein lieblichstes, zuckersüßestes Lächeln. „Es macht mich glücklich, dir dabei zuzusehen, wie du dich windest."

Als Nächstes ging ich eine Liste von Fragen durch, die Ethan von den anderen Alphas für mich vorbereitet hatte und die meist Dinge bestätigten, die wir bereits wussten, und Roxandra beantwortete jede mit demselben gehässigen Blick in ihren Augen. Ich hatte das Gefühl, wenn sie ihre Hände frei hätte, würde sie sie mir um den Hals legen und lachen, während sie das Leben aus mir herausquetschte.

Als ich mit der Liste der Fragen fertig war, sprach Larkin erneut den Wahrheitszauber aus, um sicherzugehen, dass er nicht zu Ende ging, bevor wir das Verhör beendet hatten. Roxandra starrte mich schweigend an, als die Befragung beendet war, und reckte mürrisch ihr Kinn, doch dann fiel ihr Blick auf Jordan. Wie sie ihn ansah, machte mich wieder einmal wütend. Er schien völlig entspannt zu sein, an seinem Platz an der Wand lehnend, aber ich konnte sehen, wie angespannt seine Schultern waren und wie fest er den Kiefer zusammengebissen hatte. Auf der anderen Seite des Raums sah Kaden ebenso aufgeregt aus.

Ich werde das für euch beide regeln, dachte ich. *Für euch und alle anderen, die von den Sonnenhexen verletzt wurden.*

Ich straffte meine Schultern und sah Roxandra an. „Wo ist Jordans Mutter?"

Roxandras Augenbrauen zogen sich zu einem Stirnrunzeln zusammen, und ich war mir nicht sicher, ob es vom Widerstand gegen den Wahrheitszauber oder von der Verwirrung herrührte. „Ich weiß es nicht."

Frustration stieg in mir auf, aber ich schob sie beiseite und stellte meine nächste Frage. „Wo sind die Löwen jetzt?"

„Ich weiß es nicht", sagte sie wieder.

„Gibt ..." Ich verschluckte mich an den Worten. Ich wollte fragen: Gibt es etwas, das du weißt? Aber ich wollte diese Frage nicht Roxandras Interpretation überlassen. „Wo sind die Sonnenhexen jetzt?"

Roxandra stieß einen gequälten Laut aus und versuchte, den Mund zu halten. Sie schüttelte einmal den Kopf, dann ein zweites Mal, aber schließlich gewann der Wahrheitszauber die Oberhand. „Sie sind wahrscheinlich in Solundra."

„Was ist Solundra?", fragte ich.

„Das Reich von Helios", stieß Roxandra hervor, als sei ich ein Idiot.

Aber natürlich. Ich hätte wissen müssen, dass es ein Reich für Helios geben würde, so wie Selene Lunatera hatte. „Kannst du uns dorthin bringen?"

Ihre Augen verengten sich. „Können? Ja. Wollen? Nein."

Ich starrte sie an, ohne mit der Wimper zu zucken, aber wir wussten beide, dass niemand sie dazu zwingen konnte, etwas anderes zu tun als unsere Fragen zu beantworten. Es sei denn, wir würden zu Folter greifen, aber ich hatte das Gefühl, dass das bei ihr nicht gut funktionieren würde. Sie hatte Nerven aus Stahl und würde ihr Volk oder ihre Mutter nicht so leicht verraten.

Ich war mit den geplanten Fragen fertig, und nun war es an der Zeit, die Fragen zu stellen, über die ich in den letzten Nächten nachgedacht hatte. Die, vor denen ich wirklich Angst hatte, sie zu stellen, die ich aber mehr als alles andere wissen wollte. Mein Blick wanderte einmal zu Kaden, während ich mich auf das vorbereitete, was wir erfahren würden.

„Ich habe noch ein paar Fragen, Roxie.“

„Ich Glückspilz“, schnauzte sie.

„Können die Sonnenhexen die Gedanken der Menschen ohne Segenszauber kontrollieren?“, fragte ich.

Ein langsames Lächeln breitete sich auf ihren Lippen aus, als wüsste sie, worauf ich hinauswollte, und freute sich über die Aussicht auf mein Leid. „Ja. Der Segenszauber erlaubt es uns, die Wölfe vollständig zu übernehmen, aber wir können unsere Gedankenmagie auf jeden anwenden.“

Meine Hände krampften sich in meinem Schoß zusammen, als sich ein mulmiges Gefühl in meinem Bauch ausbreitete. „Haben die Sonnenhexen diese Gedankenmagie bei noch jemandem in diesem Raum angewendet, außer bei Jordan?“

„Ja“, sagte Roxandra und legte den Kopf schief, ihr Lächeln wurde breiter. „Ich habe mich gefragt, wie lange du brauchen würdest, um es herauszufinden. Ich hatte so viel Spaß daran, ihm dunkle Gedanken in den Kopf zu setzen.“

„Wem?“, fragte ich. Ich musste es von ihr hören.

„Dem Ophiuchus-Alpha.“

„Was?“, fragte Kaden, obwohl es sich eher wie ein Schrei anhörte. Er stürmte auf uns zu wie ein Krieger auf dem Schlachtfeld. „Wovon redest du?“

Roxandra stieß ein Lachen aus und ließ sich den Kopf gegen den Stuhl zurückfallen. „Ich bin so froh, dass du nicht gemerkt hast, dass wir dich verarscht haben. Meine Mutter sagte, ich müsse für dich besonders subtil sein. Es war schwer, aber das war es wert.“

„Wie?", verlangte Kaden zu wissen. „Wie habt ihr mir die Gedanken in den Kopf gesetzt?"

„Als wir dich getötet haben, hat sich unsere Magie ein wenig in dich hineingefressen. Gerade genug, um uns leichter hineinzulassen." Sie zuckte lässig mit den Schultern. „Ein unerwarteter Nebeneffekt, aber einer, der dich für uns sehr nützlich machte. Anfangs war es allerdings schwierig, vor allem wegen der Schutzwälle, die du um das Hotel errichtet hast. Wir hätten sie natürlich durchbrechen können, aber das hätte dich auf unsere Anwesenheit aufmerksam gemacht. Stattdessen bin ich jedes Mal, wenn du das Hotel verlassen hast, in deinen Kopf eingedrungen und habe dir Dinge ins Ohr geflüstert. Wir haben die dunklen Gedanken, die du ohnehin schon hattest, immer weiter verstärkt, bis du ausgerastet bist."

Die Spannung in Kaden löste sich schließlich bei ihrem letzten Wort, und er stürzte sich auf Roxandra. Ethan war im Nu auf ihm, zerrte ihn zu Boden und versuchte, ihn festzunageln, aber Kaden riss ihn von sich und warf ihn zur Seite, als würde er nichts wiegen. Ethan schlug mit dem Rücken gegen die Wand und stöhnte vor Schmerz, schüttelte ihn aber ab. Er ging in die Hocke, bereit, erneut zuzuschlagen, aber Jordan hatte seinen Platz eingenommen. Er stand vor Kaden, die Hände ausgestreckt.

„Nicht", sagte er, seine Stimme war tief, tödlich und mit einem Hauch eines Befehlstons.

Kaden fletschte die Zähne. „Beweg dich."

„Nein", sagte Jordan einfach und begegnete Kadens Wut mit unerschütterlicher Ruhe. Er war vor Tagen in der gleichen Situation gewesen. Er wusste genau, wie es sich anfühlte. Kaden hatte ihn damals davon abgehalten, Roxandra zu töten, und jetzt schien Jordan sich zu revanchieren. Sie starrten sich einen langen Moment lang an, und es kam zu einer Verständigung zwischen ihnen. Zum ersten Mal schienen sie auf der gleichen Wellenlänge zu sein.

Kadens Haltung änderte sich und er wich zurück. „Das ist noch nicht vorbei."

„Nein, ist es nicht", stimmte Jordan zu. „Wir werden sie nicht davonkommen lassen."

„Ich habe noch ein paar Fragen", sagte ich, und beide Männer drehten sich zu mir um. Meine Stimme sank auf ein Flüstern. „Wir müssen es wissen."

„Frag sie, bevor der Zauber nachlässt", sagte Kaden mit zusammengebissenen Zähnen. Genau wie ich war er hin- und hergerissen zwischen dem Wunsch, alles zu wissen, und dem Wunsch, den Kopf in den Sand zu stecken und zu vergessen, dass dies alles jemals passiert war.

Ich klammerte mich an die Armlehnen meines Stuhls und drehte mich wieder zu Roxandra um. „Hast du Kaden dazu gebracht, die Löwen zu töten, die mich und meine Freunde angegriffen haben?"

„Ja." Zu diesem Zeitpunkt hatte sie es aufgegeben, sich gegen den Wahrheitszauber zu wehren. „Ich musste sichergehen, dass sie die Geheimnisse der Sonnenhexen nicht verraten würden. Aber das war nicht schwer. Er wollte es sowieso tun."

„Wenn du hier warst, warum hast du Kaden nicht einfach befohlen, Jordan gehen zu lassen?", fragte Ethan.

„Das wollte ich, aber meine Mutter hat mich nicht gelassen. Sie war der Meinung, Jordan als Gefangenen zu haben, würde noch mehr Konflikte verursachen." Ihre Augen flackerten zwischen Jordan und Kaden hin und her, dann wieder zu mir. „Stattdessen sind wir in Kadens Kopf eingedrungen, um Zwietracht zu säen, und haben ihm jedes Mal, wenn er das Hotel verließ, ein wenig mehr Gift in den Kopf geträufelt. Wir hofften, das würde seine Beziehung zu Ayla zerstören, Kämpfe innerhalb des Rudels auslösen und alle dazu bringen, sich gegen ihn zu wenden. Es war einfach, denn er war bereits an einem dunklen Ort. Alles, was wir tun mussten, war, diese Gefühle zu verstärken." Sie warf mir einen hochmütigen Blick zu. „Scheint ja auch funktioniert zu haben."

Mir wurde ganz mulmig zumute. Es ergab alles einen perfekten, entsetzlichen Sinn. Ich hätte wissen müssen, dass mit Kaden etwas nicht stimmte. Nein, ich hatte es gewusst, tief im Inneren. Ich hatte gespürt, dass etwas mit ihm nicht stimmte. Aber das alles hätte ich mir niemals vorstellen können.

„Ich werde dich umbringen", sagte Kaden zu Roxandra, seine Stimme war todernst.

Jordan stieß ein Schnauben aus. „Stell dich hinten an."

Doch bevor einer von ihnen handeln konnte, durchdrang ein plötzliches ohrenbetäubendes Geräusch die Luft und ließ uns alle zusammenzucken. Der Hotelalarm.

Scheiße, dachte ich. *Das kann nicht gut sein.*

KAPITEL NEUN

Als der Alarm weiter durch den Konferenzraum schrillte, wurden alle um mich herum aktiv und bereiteten sich auf den Kampf vor. Die beiden stämmigen Wachen rannten zurück, und ich drehte mich zu Roxandra um und fragte mich, ob sie etwas getan hatte, um das hier zu verursachen, aber sie sah genauso überrascht aus, wie ich mich fühlte.

„Das ist der Alarm", sagte Ethan, als er sein Handy herauszog und begann, eine Nachricht zu senden. „Wir werden wohl angegriffen."

„Sind es die Sonnenhexen?", fragte ich. Waren sie gekommen, um Roxandra zu befreien? Verdammt, ich hatte gehofft, wir hätten mehr Zeit, bevor sie etwas unternehmen würden.

„Die Schutzwälle um das Hotel sind noch intakt", sagte Larkin, nachdem er konzentriert die Stirn gerunzelt hatte. „Das ergibt keinen Sinn."

„Vielleicht sind es nicht die Sonnenhexen", sagte Kaden.

Larkins Augen wurden groß. „Wer sollte es sonst sein?"

Jordan fluchte leise vor sich hin. „Wer auch immer es ist, sie müssen wegen ihr hier sein. Wir dürfen nicht zulassen, dass sie sie kriegen."

Ethan schnippte mit den Fingern nach den Wachen. „Bringt sie zurück in ihre Zelle, während wir uns darum kümmern. Lasst niemanden an sie heran. Ich schicke noch mehr Verstärkung runter."

Die beiden Wachen nickten und begannen, Roxandra aus dem Stuhl zu ziehen. Ihre Überraschung hatte sich in Belustigung aufgelöst, als sie uns in Panik beobachtete.

„Ich habe euch doch gesagt, dass sie kommen, um mich zu holen", sagte sie mit einer schrecklichen Singstimme. „Ich kann es kaum erwarten, euch alle sterben zu sehen."

„Kaden, beiß sie, bevor ich ihr den verdammten Kopf abreiße", knurrte Jordan.

„Mit Vergnügen." Kaden packte einen von Roxandras Armen, und obwohl sie sich gegen ihn wehrte, war sie nicht annähernd stark genug, um seine Giftzähne davon abzuhalten, sich in ihre Haut zu bohren. Sie sah ihn noch eine Sekunde lang mit absoluter Abscheu an, bevor ihr die Augen zufielen und ihr Körper in ihrem Stuhl zusammensackte.

„Lasst uns gehen", sagte Ethan und stürmte aus dem Konferenzraum.

Alle folgten ihm ohne zu fragen, und wir rannten die Treppe hinunter, anstatt auf den Aufzug zu warten. Mein Herz schlug schneller, als ich versuchte, mit den Schritten der Alphas mitzuhalten, während Larkin als letzte hinter uns auftauchte. Wir stürmten in die Lobby, und ich wurde sofort von dem starken Geruch von Blut überwältigt. Ich verschluckte mich ein paar Sekunden lang an dem Gestank und blinzelte, als ich das Geschehen vor mir wahrnahm.

Es herrschte absolutes Chaos, um uns herum kämpften Wandler, und viele lagen bereits tot auf dem Boden. Ein riesiger Kronleuchter war irgendwie auf den Boden gestürzt und hatte überall Kristallscherben verteilt, die mit Blut bedeckt waren. Auch der Weihnachtsbaum in der Ecke war völlig zerfetzt, die Dekoration verstreut oder durch den Kampf zerstört worden. Die Wölfe knurrten und kämpften, und zuerst konnte ich nicht erkennen, gegen wen oder was sie kämpften. Keine Sonnenhexen, das war klar. Aber auch nicht gegen andere Wandler.

Unglaublich schnelle Männer und Frauen in schwarzen Kleidern kämpften mit unseren Wölfen, schlugen mit messerscharfen Nägeln zu und rissen mit ihren Reißzähnen Kehlen auf. Mein eigener Wolf erwachte in mir, und meine Instinkte drängten mich, *zu töten, zu töten, zu töten,* als ob er auf einer primitiven Ebene erkannt hätte, dass diese Kreaturen unsere natürlichen Feinde waren und dass auf dieser Erde nur Platz für einen von uns war. Denselben Drang hatte ich nur einmal zuvor verspürt, als ich Killian, dem Vampir, der bei den Mondhexen lebte, zum ersten Mal begegnet war.

„Vampire", schrie ich, laut genug, um über die Kampfgeräusche hinweg gehört zu werden.

Die Alphas verwandelten sich augenblicklich in ihre

Wölfe und stürmten ohne zu zögern in den Kampf. Jordan ließ sein Löwe-Gebrüll los, das sowohl die Wandler als auch die Vampire in unserer Nähe in Panik aufschrecken ließ. Kaden und Ethan sprangen im Tandem über ein Gewirr von kämpfenden Wandlern und Vampiren, und dann verlor ich sie in dem Chaos aus den Augen.

Eine dunkelbraune Wölfin lag ausgestreckt neben mir und blutete aus einer Wunde in ihrer Seite. Sie wimmerte und drehte ihre braunen Augen zu mir, doch dann stürzte einer der Vampire herbei. Die Vampirin war unerträglich schön, mit goldenem Haar, das sich an den Enden perfekt kräuselte, und ihre Augen trafen meine, als sie ihre Reißzähne in den Hals der Wölfin schlug. Ich sammelte Mondmagie in mir und beschoss sie damit. Es warf die Vampirin zurück, und meine Magie betäubte sie für einen Moment, doch dann schüttelte sie sie ab und kam direkt auf mich zu. Sie bewegte sich viel schneller als alle anderen Wandler, die ich bisher gesehen hatte, und ich begann, wütend Kugeln aus Mondmagie nach ihr zu werfen. Es gelang mir, sie am Weiterkommen zu hindern, aber viel mehr Schaden konnte ich nicht anrichten.

„Wie können wir sie verletzen?", fragte ich Larkin, der hinter mir gekämpft hatte.

Larkin erschuf einen Blitz aus Mondlicht, der zu einer Art Eissplitter geformt war, und schleuderte ihn auf die Vampirin, der er die Brust durchbohrte. Die Vampirin sackte in sich zusammen und war endgültig tot.

„Es sind Vampire", sagte Larkin. „Man muss ihnen ins Herz stechen oder den Kopf abtrennen."

Es schien so offensichtlich, wenn sie es so sagte, aber ich hatte noch nie gegen Vampire gekämpft, woher sollte ich also wissen, wie viel von den Überlieferungen stimmte? Vieles von dem, was die Leute über Werwölfe glaubten, war schließlich ein Haufen Blödsinn.

„Zielt auf ihre Köpfe oder ihre Herzen“, brüllte ich so laut ich konnte und hoffte, dass die mir am nächsten stehenden Wandler das Wort durch ihre telepathische Verbindung an die anderen Rudelmitglieder weitergeben würden.

Weitere Vampire stürmten auf uns zu, und ich machte es Larkin nach und schaffte es, einen von ihnen niederzustrecken, aber sie bewegten sich so schnell, dass es schwierig war, die Mondlichtspeere so auszurichten, dass sie ihre Brust an der richtigen Stelle trafen. Ein schwarzhaariger männlicher Vampir stürzte sich auf mich, übernatürlich schnell, und ich verfehlte sein Herz, sodass ich mit meiner Magie nur die Wand hinter ihm traf, und mein Puls raste, als er immer näher kam.

Aber dann war Kaden da, sein riesiger schwarzer Wolf beschützte mich mit seinem Körper, und er schlug mit einer gewaltigen Klaue nach der Brust des Vampirs. Die Reißzähne schnappten nach Kadens Kehle, aber er biss zurück, fast genauso schnell, und riss dem Vampir den Hals auf. Er schaffte es, dem Vampir den gesamten Kopf abzureißen, sodass das Blut in einem grauenhaften Schauspiel wild herausspritzte. Es schien, als hätte er begriffen, wie man sie tötete.

Und er war nicht der Einzige. Auf der anderen Seite des

Raumes sah ich, wie Jordan, wieder in menschlicher Gestalt, in die Brust eines Vampirs griff, um ihm das Herz herauszureißen. Ethans grauer Wolf stand neben einem anderen Vampir, der aussah, als wäre er völlig zerstückelt und nur noch ein blutiger Brei.

Weitere Gestaltwandler, allesamt Ophiuchus, kamen aus dem Aufzug, um sich dem Kampf anzuschließen. Kaden stieß ein kurzes Heulen aus, und die anderen Ophiuchus-Krieger formierten sich um ihn herum, wobei sie ihre Angriffe darauf ausrichteten, die Vampire zu enthaupten oder ihre Herzen zu zerstören. Es war, als hätten sie jahrelang für den Kampf gegen die Vampire trainiert, und die wenigen Waagen in der Lobby begannen ebenfalls, ihre Bewegungen zu kopieren.

Verdammt, Kaden ist ein guter Alpha, dachte ich mit einem Stich in der Brust. Aber auch wenn ich ohne Rudel war, konnte ich ihnen im Kampf helfen.

Larkin schien die magische Situation unter Kontrolle zu haben, also verwandelte ich mich und schloss mich den anderen Wölfen im Kampf an. Im ersten Moment, als meine Zähne auf Vampirfleisch trafen, jubelte mein innerer Wolf förmlich, als hätte er sein ganzes Leben auf diesen Moment gewartet. Nachdem ich Kaden geholfen hatte, einen anderen Vampir zu erledigen, drückte ich mich an seine Seite, und er kraulte mich mit seiner blutigen Schnauze. Ich erwiderte seine Streicheleinheiten, erleichtert, dass er noch am Leben war, und insgeheim begeistert, wieder an seiner Seite zu kämpfen.

Innerhalb weniger Minuten gewannen wir die Oberhand, als immer mehr Vampire um uns herum fielen. Meine Reißzähne schnappten nach der Ferse eines rothaarigen Vampirs, aber er flüchtete in einer verschwommenen Bewegung nach draußen, in die sonnenbeschienenen Gärten hinter dem Hotel. Als ich ihm hinterherlief, war er schon längst verschwunden.

Der Kampf endete abrupt und ging vom absoluten Chaos ins Nichts über, als die verbliebenen Vampire mit ihrer unglaublichen Geschwindigkeit entkamen. Blutspritzer befleckten fast jede Oberfläche der Lobby, und der gesamte Raum war so zerstört, als wäre ein Abrisskommando hindurchgekommen. Viele Wölfe waren tot oder verletzt, übersät mit Biss- und Kratzspuren, und die, die noch lebten, sahen völlig geschockt aus. Es gab auch tote Vampire, aber ihre Körper waren weitaus weniger erkennbar, nachdem die Wandler sie in Stücke gerissen hatten.

Kaden und ich verwandelten uns zurück, und er legte seine Hände auf meine Oberarme, um sich schweigend zu vergewissern, dass es mir gut ging. Ich nickte ihm zu, unfähig, Worte zu finden, um den Schrecken dessen auszudrücken, was wir gerade durchgemacht hatten. Ich war so erleichtert, dass Kaden unverletzt war, und ich ertappte mich dabei, dass ich meine Stirn an seine drückte, während ich nach Luft schnappte.

Als der erste Schock überwunden war, drehte ich mich um und sah mich nach den anderen um. Jordan stand an der Seite, rollte mit der Schulter und zuckte ein wenig. Larkins Shirt war zerrissen und sie blutete aus einer kleinen Wunde an ihrer Schulter, aber es sah nicht allzu schlimm aus. Ich nahm an, dass sie sich nicht einfach so in einen Vampir verwandeln würde, aber was wusste ich schon? Nicht genug über Vampire, offensichtlich. Dagegen würde ich etwas unternehmen müssen.

Ethan sah grimmig aus, als er die Schäden an seinem Hotel und das Gemetzel um uns herum betrachtete. Sein Blick blieb an einem toten Wandler ein paar Meter entfernt hängen, der Waage, mit der er auf der Weihnachtsfeier getanzt hatte, und ein Muskel zuckte in seinem Kiefer.

„Ich dachte, Vampire wären ein Mythos", sagte er mit leiser Stimme.

Das haben wir auch einmal über das Ophiuchus-Rudel gedacht, dachte ich, obwohl ich es nicht laut aussprach.

„Es gibt sie wirklich." Larkin wischte sich die Hände an ihrer Jeans ab, aber das führte nur dazu, dass sie sich mit Blut vollschmierte. „Allerdings waren diese Vampire tagsüber unterwegs, was mit dem Sonnenfluch nicht möglich sein sollte."

„Was haben sie in meinem Hotel gemacht?", knurrte Ethan. Ich hatte ihn noch nie so wütend gehört.

„Sie arbeiten mit den Sonnenhexen zusammen", sagte Jordan.

„Woher weißt du das?", fragte Kaden, während er neben einem seiner gefallenen Krieger hockte. Die meisten der Kämpfer waren Ophiuchus gewesen, da wir im Hotel wohnten, und ich konnte sehen, wie sehr es ihn schmerzte, noch mehr Mitglieder seines Rudels tot oder verletzt zu sehen. Es tat auch mir weh.

Jordan zuckte mit den Schultern und zuckte dann

zusammen. Ich hatte das Gefühl, dass er ein paar Stunden lang Schmerzen haben würde, bis seine Fähigkeit, sich selbst zu heilen, dies behoben hatte. „Einer hat das Löwe-Rudel besucht, als die Sonnenhexen mich kontrollierten. Ich habe sie aber noch nie in Aktion gesehen. Ich wusste nicht, dass sie so ... tödlich sein können.“

In Wolfsgestalt stürmte Jack von draußen herein, zusammen mit Harper und Dane. Sie müssen versucht haben, den Vampiren zu folgen, als sie geflohen waren. Jack verwandelte sich zurück und schüttelte den Kopf. „Sie sind weg.“

„Warum sind sie so plötzlich verschwunden?“, fragte Ethan.

Eben noch hatte ich gedacht, sie würden fliehen, weil wir sie überwältigt hatten, aber jetzt erschien es mir seltsam, wie schnell sie ihren Angriff abgebrochen hatten.

Es traf mich wie ein Tritt in die Brust. „Roxandra!“

„Scheiße“, murmelte Jordan. „Das war ein Ablenkungsmanöver.“

Wir rannten die Treppe hinauf und machten uns nicht einmal die Mühe, uns umzuziehen, bevor wir zum Konferenzraum rannten, aber wir kamen zu spät. Die beiden Wachen lagen tot im Flur, immer noch in menschlicher Gestalt mit riesigen Wunden in der Brust, die Kehle von Vampirzähnen aufgerissen. Zwei weitere Gestaltwandler, die vermutlich zur Bewachung von Roxandra geschickt worden waren, waren ebenfalls getötet worden.

„Scheiße!“, brüllte Kaden.

Ethan ging in den Konferenzraum, obwohl er wohl

wusste, dass es sinnlos war. Roxandras Stuhl war leer, das Kamerastativ umgestoßen. Ihre Fesseln waren durchgeschnitten worden, wahrscheinlich mit den Nägeln eines Vampirs, und ihr Mondhalsband lag in zwei Hälften zerbrochen auf dem Boden. Ethan fluchte und schleuderte das Halsband quer durch den Raum.

Ich bückte mich und griff nach der Kamera, weil ich befürchtete, die Aufnahmen könnten verloren gegangen oder gelöscht worden sein, aber als ich sie zurückspulte, waren sie noch da. Der Göttin sei Dank. Wenigstens hatten wir Roxandras Geständnis aufgezeichnet, damit die anderen Alphas es sehen konnten.

Hinten im Flur war ein Fenster in der Nähe zerbrochen, offensichtlich von innen. Jordan pirschte sich dorthin und schaute hinaus. Er schüttelte den Kopf und bestätigte damit, was wir bereits wussten.

Roxandra war weg.

Wir halfen alle mit, die Lobby aufzuräumen, weil wir *etwas* tun mussten, nachdem Roxandra uns entwischt war. So konnten wir die Energie, die vom Kampf übrig geblieben war, irgendwie bündeln, auch wenn die Stimmung jetzt sehr viel gedämpfter war. Die Leichen mussten weggeschafft und die Verwundeten versorgt werden, bevor sie in ihre Zimmer zurückkehren und sich ausruhen konnten. Trümmerhaufen mussten zusammengefegt und Blut von den Wänden und Marmorböden geschrubbt werden.

Als ich mich in mein Zimmer zurückteleportierte, war fast jeder Zentimeter von mir mit getrocknetem Blut bedeckt. Ich nahm eine lange, heiße Dusche und nutzte die Zeit, um alles durchzugehen, was in den letzten Stunden geschehen war. Ich erlitt praktisch ein Schleudertrauma, als ich versuchte, das alles zu verarbeiten. Nicht nur der Angriff der Vampire, sondern alles, was davor passiert war, einschließlich der Enthüllungen darüber, was die Sonnenhexen Kaden angetan hatten.

Roxandra hatte zugegeben, dass sie versucht hatten, einen Keil zwischen uns zu treiben, um unsere Beziehung zu ruinieren, und es war ihnen gelungen. Kaden und ich mussten das irgendwie überwinden, wenn wir Verbündete sein wollten. Die Wölfe der Tierkreise brauchten uns beide, so viel war klar, und wir mussten zusammenarbeiten, wenn wir die Sonnenhexen besiegen wollten. Ich konnte es nicht länger hinauszögern – ich brauchte Kadens Hilfe, und er brauchte meine. Und vielleicht würden wir eines Tages auch wieder mehr als nur Verbündete sein können.

Ich musste mit ihm reden – und Larkin hatte mir die perfekte Ausrede geliefert.

Ich nahm den Aufzug, um mir etwas mehr Zeit zum Nachdenken über meine Worte zu verschaffen. Kaden wohnte immer noch in der Penthouse-Suite, die einst auch meine gewesen war, bevor unsere Beziehung in die Brüche gegangen war.

Als ich die Tür erreichte, zögerte ich ein paar Sekunden, bevor ich klopfte. Es gab eine kurze Pause, in der ich überlegte, ob ich wieder in mein Zimmer gehen sollte, aber dann öffnete Kaden die Tür. Er hatte ebenfalls geduscht, und seine Haarspitzen waren noch nass. Außerdem trug er kein Oberteil. *Typisch.*

Er lehnte sich an die Tür, sodass mein Blick eine große Fläche seiner perfekten, muskulösen Brust erfassen konnte. „Hallo, Ayla."

„Hallo", sagte ich und fühlte mich plötzlich unbehaglich, während ich nach meinen nächsten Worten suchte und versuchte, nicht auf seine nackte Haut zu starren. „Ich glaube, wir sollten uns unterhalten."

„Komm rein."

Er trat zurück und gab mir ein Zeichen, ihm zu folgen. Ich betrat das Wohnzimmer, und als er die Tür schloss, stieg die Spannung zwischen uns. Ich schluckte, als ich mich an unsere gemeinsame Zeit in diesem Penthouse erinnerte, daran, wie er mir in der Küche das Frühstück gemacht hatte, oder wie wir gemeinsam auf die Stadt hinausgeschaut hatten, oder wie er mich über die Couch gebeugt und von hinten genommen hatte ...

Ich leckte mir über die Lippen, mein Mund war plötzlich trocken, mein Blut plötzlich warm. Kaden sah auf meinen Mund hinunter, als würde er ähnliche Gedanken haben.

Ich räusperte mich. „Ich habe etwas für dich mitgebracht."

Kaden zog eine Augenbraue hoch. „Ich hoffe, es ist kein verspätetes Weihnachtsgeschenk."

„Nicht ganz." Ich griff in meine Tasche und holte die Mondstein-Halskette heraus, die Larkin mir heute Morgen geschenkt hatte, als wir einen Moment allein waren. Sie ähnelte der, die Jordan trug, war aber nicht ganz so groß und mächtig. „Larkin hat sie von meiner Mutter bekommen, als sie uns zu Weihnachten besuchte. Ich glaube, sie wollte sie ursprünglich Ethan schenken, aber heute Nachmittag schlug sie vor, dass ich sie an dich weitergebe."

Er rieb sich den Nacken. „Wenn sie für Ethan ist, möchte ich sie nicht annehmen."

„Wir haben beschlossen, dass du sie dringender brauchst. Sie wird die Sonnenhexen davon abhalten, wieder in deinen Kopf einzudringen. Es sei denn, du möchtest, dass ich sie zurücknehme ..."

„Nein." Kaden nahm die Halskette und legte sie an. Er atmete tief durch, als wäre ihm etwas Schweres von den Schultern genommen worden. „Danke. Bitte richte Larkin auch meinen Dank aus, wenn du sie siehst."

„Das werde ich." Die Anspannung in meinem Körper löste sich auch, weil ich wusste, dass er beschützt wurde. „Vielleicht kann ich dich mal zu meiner Mutter bringen. Sie kann dir beibringen, deinen Geist zu schützen."

Kaden schenkte mir ein schiefes Lächeln, aber in seinen Augen lag auch ein Hauch von Traurigkeit. „Es überrascht mich, dass du mich deiner Mutter vorstellen willst, nachdem, was zwischen uns passiert ist."

Mein Herz schmerzte bei der Erinnerung an unsere Vergangenheit, aber ich wusste, dass ich deshalb zu ihm gekommen war. „Ich weiß jetzt, dass es die Sonnenhexen waren, die das alles getan haben, nicht du."

Er stieß einen schweren Seufzer aus, setzte sich auf das Sofa und sah niedergeschlagen aus. „Das ist nicht ganz richtig. Es war nicht nur die Magie. Ein Teil davon war ich."

Ich setzte mich auf das andere Ende des Sofas, sah ihm zu, wie er seine Gedanken sammelte, und wünschte, ich wüsste, wie ich alles besser machen könnte. Meine Brust schmerzte bei allem, was ich sagen wollte, aber ich musste meine Emotionen unter Kontrolle halten, sonst könnte ich wieder explodieren … oder ganz zusammenbrechen.

„Ayla, was ich sagen will … Es ist schwer für mich, aber du musst es wissen", sagte Kaden, seine Stimme schwer von Gefühlen. „Als ich starb, hat es mich zerstört. Ich konnte dich nicht beschützen und ich fühlte mich machtlos."

„Das war nicht deine Schuld."

„Das spielte keine Rolle. Das Gefühl wurde nur noch schlimmer, als die Mitglieder meines Rudels mich verrieten. Dann kamen sie tot zu mir zurück, und die anderen Alphas weigerten sich, etwas dagegen zu unternehmen. Und dann hast du dich auf die Seite von Jordan gestellt und nicht auf meine …"

Ich stieß einen kurzen Laut des Protests aus. „Das war nicht fair. Du hättest mich nie vor die Wahl stellen dürfen."

„Ich weiß", sagte Kaden und klang frustriert. „Glaub mir, ich weiß es. Ich wusste es damals auch. Aber ich konnte nicht aufhören."

„Ich habe mich sowieso nicht wirklich für Jordan entschieden, sondern für dich. Ich habe mich dafür entschieden, dich Jordan nicht töten zu lassen. Das ist ein Unterschied." Das hatte ich ihm auch gesagt, als wir uns gestritten hatten, aber er war von seiner Wut so geblendet gewesen, dass er nicht bereit gewesen war, mir zuzuhören. „Nicht nur, weil er mein Bruder ist, sondern weil ich die Wut und die Eifersucht in deinen Augen gesehen habe, und das hat mir Angst gemacht. Wenn du ihn getötet hättest, wärst du an einen sehr dunklen Ort gegangen, von dem du nicht mehr hättest zurückkehren können, … und ich konnte den Gedanken nicht ertragen, euch beide zu verlieren."

„Ich war bereits an diesem dunklen Ort. Die Sonnenhexen haben vielleicht die Fäden gezogen, aber ich bin mir nicht sicher, ob ich ohne ihr Gift in meinem Kopf etwas anders gemacht hätte."

Ich schüttelte den Kopf, weil ich nicht glauben wollte, was er sagte. „Nein, ich hätte wissen müssen, dass du es nicht warst. Du hast dich nicht wie du selbst verhalten. Zumindest nicht der Kaden, den ich kannte. Es war, als wärst du ein anderer Mensch geworden."

„Glaub mir, es wäre einfacher, alles auf die Sonnenhexen zu schieben. Glaubst du nicht, dass ich das tun will, weil ich weiß, dass du mir dann vielleicht verzeihen kannst?" Er stieß ein scharfes, gequältes Lachen aus. „Es ist verlockend, aber ich habe es satt, mich oder dich zu belügen. Die Sonnenhexen konnten mich so leicht kontrollieren, weil ich diese ganze Dunkelheit bereits in mir hatte. Die Wut und die Eifersucht, die gehörten mir. Sie haben mir nur einen kleinen Schubs gegeben."

„Es klang nach viel mehr als einem Schubs", murmelte ich, obwohl ich es zu schätzen wusste, dass er endlich ehrlich zu uns beiden war. Aber um ehrlich zu sein, musste er sich eingestehen, dass die Sonnenhexen auch ihn kontrolliert hatten.

„Vielleicht war es so. Ich weiß es nicht. Es ist schwer zu sagen, wie viel von mir und wie viel von ihnen stammt. Meine Erinnerungen an diese Zeit sind ... verworren. Aber ich weiß, dass es nicht nur sie waren, und es tut mir leid, was ich getan habe." Als er wieder sprach, war seine Stimme rau. „Ich habe mich verirrt. Ich habe mich selbst verloren. Und was am schlimmsten ist, ich habe dich verloren."

Ich griff nach seiner Hand und spürte die Wärme seiner Haut an meiner. „Du hast mich nicht verloren. Ich bin hier, nicht wahr?"

Irgendetwas in meinen Worten veränderte seine Haltung, als gäben sie ihm Hoffnung, obwohl er vorher keine hatte. „Dann schwöre ich, dass ich dich nie wieder gehen lassen werde. Ich werde den Rest meines Lebens damit verbringen, der Mann zu sein, den du verdienst. Ich liebe dich mehr als alles andere, Ayla."

Mein Herz schwoll vor Liebe und Traurigkeit zugleich an, und Tränen füllten meine Augen. Ich blinzelte sie schnell zurück, da ich nicht zeigen wollte, wie sehr mich das verletzte. „Ich liebe dich auch, Kaden. Es tut mir leid, dass ich an all dem beteiligt war und dass ich die Wahrheit nicht früher erkannt habe. Und ich vergebe dir ..."

„Aber ...", sagte Kaden, als wüsste er, was jetzt kommen würde.

„Aber wir brauchen beide Zeit, um uns von all dem zu erholen. Wir sind immer noch so frisch verletzt von allem, was in den letzten Wochen passiert ist, und von all den neuen Dingen, die wir erfahren haben, und ich denke, du musst auch selbst ein paar Dinge aufarbeiten. Das müssen wir beide."

Kaden nickte langsam, seine Augen waren voller Schmerz und Verständnis. „Ja, du hast wahrscheinlich recht. Es ist schrecklich, dass ich meinem eigenen Verstand nicht trauen kann. In den letzten Monaten habe ich angefangen, alles infrage zu stellen, was ich gesagt und getan habe. Vieles davon war ich selbst, das gebe ich offen zu, aber wie viel? Schlimmer noch, woher soll ich wissen, ob sie wieder in meinem Kopf waren. Wie könnte ich sie aufhalten, wenn sie es wären?"

Ich konnte die Zerrissenheit in seinem Gesicht sehen, und ich wollte ihm seinen Schmerz nehmen, aber ich wusste, dass ich das nicht konnte. „Die Mondstein-Halskette wird dich beschützen, solange du sie trägst", sagte ich und hoffte, dass ihm das etwas Frieden bringen würde, aber ich spürte, dass es nicht reichen würde. Eine Halskette war zu einfach zu entfernen oder zu überwinden. Ich konnte mir nicht vorstellen, wie schrecklich es sein würde, zu wissen, dass die Sonnenhexen in meinen Kopf eingedrungen waren oder dass sie es so leicht wieder tun konnten. Ein Besuch bei meiner Mutter stand auf jeden Fall auf dem Programm – sie hatte mir beigebracht, wie ich meinen Geist abschirmen konnte, und ich wusste, dass sie auch Kaden helfen konnte.

Aber bis dahin ... Ich kaute ein paar Sekunden lang auf meiner Lippe und fragte mich, was passieren würde, wenn ich Kaden sagen würde, was ich dachte. Aber wir waren ehrlich zueinander, und wenn Kaden bereit war, sich wirklich zu ändern, würde er vielleicht auf mich hören.

„Es gibt noch eine Person, die wir kennen, die das Gleiche durchmacht wie du", sagte ich langsam. „Vielleicht solltest du mit ihm reden."

Kadens Rücken versteifte sich in dem Moment, als er begriff, wen ich meinte. „Nein."

„Denk einfach darüber nach", sagte ich schnell, bevor er mich zum Schweigen bringen konnte. „Ihr beide habt etwas Schreckliches durchgemacht, und obwohl ich immer ein offenes Ohr habe, werde ich nie ganz verstehen können, wie es für euch war. Wie es jetzt ist, wenn man die Wahrheit kennt. Aber Jordan kann es."

„Ich kann es kaum ertragen, mit diesem eingebildeten Löwen in einem Raum zu sein", knurrte Kaden.

Ich seufzte und konnte meine Enttäuschung nicht verbergen. „Vergiss nicht, dass ihr jetzt auf der gleichen Seite steht. Wenn ihr wirklich miteinander reden würdet, würdet ihr vielleicht endlich erkennen, wer der wahre Feind ist."

Kaden grunzte, sein Blick war stur. „Ich versuche nicht mehr aktiv, Jordan zu töten. Das ist das Beste, was ich tun kann."

„Ich denke, das ist besser als nichts." Vielleicht würde Kaden seine Meinung später ändern, wenn er mehr über die Situation nachgedacht hatte. Ich konnte nicht erwarten, dass er sich über Nacht änderte, vor allem nicht, wenn er erst heute Morgen von all dem erfahren hatte. Aber das war auch der Grund, warum wir nicht zusammen sein konnten, zumindest jetzt noch nicht. Solange er seine Wut, seinen Hass und seine Eifersucht nicht überwunden hatte, würde in seinem Herzen kein Platz für mich sein.

„Ich sollte wohl ins Bett gehen", sagte ich, als ich mich

erhob. „Es war ein langer Tag, und wir haben alle eine Menge nachzudenken."

Kaden folgte mir zur Tür, doch er hielt mich auf, bevor ich sie öffnen konnte. „Ayla, warte."

„Was ist los?", fragte ich und bemerkte die Besorgnis in seiner Stimme.

„In etwa einer Woche ist Vollmond, und du bist rudellos. Du wirst wieder läufig werden."

Oh, Mist. Bei allem, was sonst so los war, hatte ich gar keine Zeit gehabt, darüber nachzudenken, was es bedeutete, beim nächsten Vollmond rudellos zu sein. Die Erinnerungen an meinen ersten Vollmond mit Kaden trafen mich so hart, dass ich keuchte, während das Verlangen durch mein Blut raste. Es wurde fast augenblicklich von dem Schrecken überlagert, den der Gedanke auslöste, stattdessen während des Vollmonds in Jordans Nähe zu sein.

„Scheiße", flüsterte ich.

„Ganz genau. Wenn du dich nicht wieder dem Ophiuchus-Rudel anschließen willst, solltest du dir von Wesley das Krebs-Rudelzeichen geben lassen. Oder bring Jordan dazu, dir das Löwe-Zeichen zu geben. Sie werden erst viel später im Jahr läufig. Du wärst sicher, bis wir einen Weg gefunden haben, das Paarungsband zu brechen."

Er musste wirklich besorgt sein, wenn er vorschlug, dass ich ausgerechnet ein Löwe werden sollte. Aber einem dieser Rudel beizutreten, kam nicht infrage. In meinem Herzen war ich ein Ophiuchus, aber wenn ich zuließ, dass Kaden mir das Rudelzeichen wieder aufdrückte, fühlte es sich zu sehr an, als würde ich vergessen, dass er derjenige gewesen war, der es mir weggenommen hatte. Und wenn er mich wieder zu einem Ophiuchus machte, machte mich das dann auch wieder zu seinem Alphaweibchen? Wollte ich das überhaupt?

Ich schloss meine Augen und schluckte schwer. „Ich werde mir etwas einfallen lassen."

„Ich weiß, dass du das wirst." Er legte mir eine Hand auf die Schulter. „Aber ich bin hier, wenn du mich brauchst."

Ich ertappte mich dabei, wie ich zu ihm aufsah und daran dachte, wie er mir geholfen hatte, als ich das letzte Mal läufig war. Damals hatte er keinen anderen Mann an mich herangelassen, und ich wusste, dass er jetzt noch besitzergreifender sein würde. „Du würdest mir wieder helfen?"

Seine Hände legten sich um meine Taille und er zog mich näher zu sich. „Würde ich dafür sorgen, dass kein anderer Mann dich berührt? Würde ich dich die ganze Nacht ficken, um das Bedürfnis in dir zu stillen? Würde ich dafür sorgen, dass du so oft kommst, dass du keinen einzigen Zweifel mehr daran hast, dass du mir gehörst?" Seine Lippen berührten mein Ohr. „Ja. Tausend Mal, ja."

Dann war sein Mund auf meinem, und meiner auf seinem. Ich war mir nicht sicher, wer den Kuss begonnen hatte, nur, dass wir beide ihm ohne zu zögern erlegen waren, und als er einmal begonnen hatte, war er nicht mehr aufzuhalten. Mein Körper hatte sich schon so lange nach seiner Berührung gesehnt, und sein vertrauter Duft und Geschmack ließen mich mit ihm verschmelzen. Mit einem zufriedenen Geräusch glitten seine Hände auf meinen

Rücken, hinauf zu meinen Schultern und meinem Nacken. Er grub seine Hände in mein Haar und wickelte es um seine Finger, während er den Kuss noch weiter vertiefte.

Das Vergnügen befreite mich aus dem Bann, in den ich geraten war, und ich löste mich mit einem Keuchen. Wir starrten uns an, unsere Pulse rasten im gleichen Tempo, und ich berührte meine Lippen, die noch immer nach ihm schmeckten. Ich wollte weggehen, und ich wollte bleiben, Ich war so hin- und hergerissen zwischen den beiden Optionen, dass ich mich überhaupt nicht bewegen konnte.

Kaden überraschte mich, indem er mir die Tür öffnete. „Wie ich schon sagte, ich bin hier, wenn du mich brauchst. Schlaf gut, Ayla."

Ethan beschloss, eine Sitzung im Freien einzuberufen, obwohl die Temperaturen unter den Gefrierpunkt gefallen waren und es jeden Moment zu schneien drohte. Keiner von uns wollte jedoch so schnell wieder in einem Konferenzraum sitzen. Stattdessen saßen wir an einem langen Holztisch mit Wärmelampen um uns herum und versuchten herauszufinden, was wir als Nächstes tun sollten.

„Wir haben bei diesem Angriff zu viele von uns verloren", sagte Kaden mit wütendem Blick. „Wir müssen uns einen Plan ausdenken, um zu verhindern, dass so etwas noch einmal passiert."

„Die Vampire haben uns überrumpelt", sagte Ethan in scharfem Ton. Er hatte es persönlich genommen, dass sie sein Gebiet angegriffen hatten und dass wir sie nicht hatten kommen sehen. „Das wird nicht noch einmal passieren."

Jordan lehnte sich zurück und verschränkte die Arme.

„Wir müssen die Patrouillen verstärken und bessere Warnsysteme einrichten, vor allem, da die Schutzvorrichtungen versagt haben.“

Larkin ärgerte sich darüber. „Sie haben nicht *versagt*. Sie wurden eingerichtet, um alle Sonnenhexen am Betreten des Hotels zu hindern. Aber alle anderen – Wandler, Menschen und sogar Vampire, wie es scheint – können kommen und gehen. Wir können nicht viel anderes tun, da wir uns mitten in Toronto befinden.“

„Das klingt für mich nach einem Versagen“, sagte Jordan.

Ich warf ihm einen Blick zu. Alle waren mit den Nerven am Ende, aber er machte die Sache nicht einfacher. Der Vampirangriff war schon ein paar Tage her, und wir hatten uns alle nur schwer davon erholt.

„Vielleicht ist es an der Zeit, das Ophiuchus-Rudel wieder zu verlegen“, sagte Clayton, obwohl er zögernd klang, es vorzuschlagen. Ich war mir nicht sicher, warum Kaden ihn diesmal gebeten hatte, an dem Treffen teilzunehmen, aber vielleicht traute er sich selbst noch nicht und wollte auch die Meinung seines Betas hören.

„Aber wohin?“, fragte ich, und mir drehte sich der Magen um bei dem Gedanken, dass das Ophiuchus-Rudel gehen würden. Würden sie vor dem Vollmond gehen? Ich konnte mir nicht vorstellen, dass Kaden mich im Stich lassen würde. Oder erwartete er vielleicht, dass ich mit ihnen ging?

„Ich könnte die Mondhexen fragen, ob sie euch

erlauben würden, euch eine Weile in Lunatera zu verstecken", sagte Larkin.

„Nein. Wir sind fertig mit dem Verstecken." Kaden rieb sich den Bart, während er nachdachte. „Ich glaube, du hast recht, Clayton. Wir sind schon zu lange bei den Waagen untergetaucht. Wir müssen uns darauf vorbereiten, bald nach Coronis zurückzukehren."

Meine Augen weiteten sich bei der Vorstellung, dass sie in das Ophiuchus-Rudelgebiet in Manitoba zurückkehren würden. „Ist das sicher?"

Kadens Augen trafen meine. „Nirgendwo ist es sicher, aber zumindest wären wir dann zu Hause."

Zuhause. Das Wort traf mich hart, und ich wandte den Blick ab. Wo genau war mein Zuhause jetzt?

„Ihr könnt so lange bleiben, wie ihr wollt", sagte Ethan. „Ihr alle."

Ich dachte, er würde direkt zu mir sprechen, aber dann bemerkte ich, dass er Jordan ansah. Wenn die Ophiuchus dieses Hotel verließen, wäre Jordan auch auf sich allein gestellt.

„Haben wir irgendwelche Hinweise darauf, wo die Löwen jetzt sind?", fragte ich.

„Noch nicht", sagte Ethan und runzelte die Stirn. „Und auch nichts über die Vampire oder die Sonnenhexen."

Larkin seufzte. „Die Sonnenhexen sind wahrscheinlich in ihrem Reich, in das wir nicht vordringen können. Vielleicht haben sie auch die Vampire bei sich."

„Noch eine Sackgasse", murmelte Jordan.

„Was ist mit den anderen Alphas?", fragte ich. „Hast du

schon irgendwelche Reaktionen auf das letzte Video erhalten?“

„Ja, es gab eine Welle des Schocks, des Entsetzens und des Unglaubens“, sagte Ethan. „Wir müssen bald ein weiteres Zoom-Meeting mit allen einberufen, um unsere nächsten Schritte zu besprechen.“

Das war wenigstens etwas. Ethan hatte Kaden gefragt, ob er den Teil über seine Gedankenkontrolle aus der Aufnahme entfernen wollte, aber Kaden hatte ihm gesagt, er solle ihn drin lassen. Er wollte, dass die anderen Alphas alles erfuhren, auch wenn es ihn in einem schlechten Licht erscheinen ließ.

„Ich werde mich auf den Weg zurück nach Lunatera machen“, sagte Larkin, während sie sich langsam aufrichtete. „Ich werde versuchen, weitere Mondsteinketten anfertigen zu lassen, und ich werde meinen Vampirfreund fragen, ob er etwas weiß, das uns helfen kann, obwohl ich mir nicht sicher bin, wie hilfreich er sein wird. Er lebt schon seit Langem in Lunatera.“

„Jede Hilfe, die du uns geben kannst, wäre uns willkommen“, sagte Ethan.

Ich stand auf und umarmte sie. „Sag meiner Mutter, dass ich sie vermisse.“

„Das werde ich.“

Sie ging wieder hinein, als eine Waagefrau, die ich in der Lobby gesehen hatte, auf uns zukam. Sie hatte dunkle Haut, kurzes braunes Haar und trug einen Anzug. „Entschuldige, dass ich störe, aber wir haben etwas erhalten, das dich vielleicht interessieren könnte.“

„Wir sind hier sowieso fast fertig", sagte Ethan. „Was ist es?"

Sie reichte ihm einen roten Umschlag. „Es sieht aus wie eine Weihnachtskarte."

Ethan blickte stirnrunzelnd darauf hinunter, während die Frau wieder im Hotel verschwand. „Sie ist an Jordan adressiert."

Jordan nahm Ethan den Umschlag aus der Hand und begann ihn aufzureißen. „Und jeder weiß, dass das verdächtig ist, denn niemand, der bei Verstand ist, würde mir eine Karte schicken." Auf der Vorderseite der Karte war das Bild eines Wolfes mit einer Weihnachtsmannmütze abgebildet. Jordan überprüfte schnell die Innenseite. „Sie ist vom Skorpion-Alpha. Er sagt, die Löwen bleiben in ihrem Rudelgebiet in New Mexico. Sie wollen sich uns als Verbündete anschließen, brauchen aber zuerst etwas Hilfe, um das Löwe-Rudel zu vertreiben."

„Glaubst du, es ist ein Trick?", fragte Kaden.

„Nein, ich glaube, sie ist echt." Jordan reichte Kaden die Karte, damit er sie sich selbst ansehen konnte. „Der Löwe-Beta ist mit einem Skorpion verpaart, und sie sind seit vielen Jahren unsere Verbündeten. Jetzt, wo er sich als Alpha ausgibt, dachte er wahrscheinlich, er könnte sich eine Weile bei ihnen verstecken."

„Klingt, als wären sie darüber nicht sehr glücklich", sagte ich. Wenn wir die Löwen finden konnten, bestand die Chance, dass wir Jordans Mutter finden würden. Vielleicht sogar noch rechtzeitig zum Vollmond. Wenn wir sie gefunden hatten, gab es natürlich keine Garantie, dass sie den Zauber über uns brechen konnte.

„Wie möchtest du die Sache angehen?", fragte Ethan Jordan.

„Bring mich in das Gebiet des Skorpion-Rudels, und ich werde den Beta um die Position des Alphas herausfordern – und ich werde nicht verlieren."

„Und falls du gewinnst?", fragte Kaden.

Jordan warf Kaden bei dem Wort ‚falls' einen vernichtenden Blick zu. „Sobald ich wieder der Alpha bin, werde ich die Löwen dazu bringen, friedlich zu gehen und in unser Dorf zurückzukehren."

„Das ist ein riskantes Unterfangen", sagte Ethan. „Es könnte eine Falle sein, und selbst wenn nicht, könnten wir scheitern. Aber wenn wir gewinnen, würden wir zwei neue Verbündete gewinnen – die Skorpione und die Löwen."

„Wenn das klappt, kann ich vielleicht auch das Stier- und das Widder-Rudel dazu bringen, sich gegen die Sonnenhexen zu wenden", sagte Jordan.

Kaden lachte spöttisch. „Alle Wölfe der Tierkreise vereint? Das scheint unmöglich zu sein."

„Wir werden es schaffen", mischte ich mich ein, bevor Jordan noch etwas zu Kaden sagen konnte. Ich wollte nicht, dass sie sich wieder stritten. „Wir müssen alle Rudel dazu bringen, zusammenzuarbeiten, wenn wir uns von den Sonnenhexen befreien wollen, vor allem, wenn sie jetzt die Vampire auf ihrer Seite haben."

„Das Waage-Rudel wird dir bei allem helfen, was du

brauchst", sagte Ethan. „Aber ich denke, ich sollte mich persönlich aus diesem Kampf heraushalten."

„Wahrscheinlich eine gute Idee", sagte Jordan mit einem Nicken.

„Ich komme mit dir", sagte ich zu Jordan. Ich konnte mir nicht vorstellen, ihn so schnell zu verlieren, nachdem wir endlich einen Punkt erreicht hatten, an dem wir miteinander auskamen. Er war mein Bruder, und trotz unseres steinigen Weges wollte ich ihn in Sicherheit wissen. Ich würde alles tun, was ich konnte, um sicherzustellen, dass er hier lebend herauskam. „Ich kann uns schnell raus teleportieren, wenn etwas schiefgeht."

„Ich komme mit", sagte Kaden, und alle drehten sich schockiert zu ihm um, auch ich.

„Warum, damit du meinen Gegner anfeuern kannst?", fragte Jordan.

Kaden verdrehte die Augen. „Mit meiner Unsichtbarkeit kann ich dir helfen, unbemerkt hineinzukommen. Danach bist du auf dich allein gestellt."

Ich war mehr als überrascht, dass er Jordan anbot, ihm bei irgendetwas zu helfen, selbst wenn er nur ging, weil ich es tat. Vielleicht hatte er sich wirklich verändert. Etwas in mir wurde ein wenig weicher. Ein weiteres Stück meines Herzens fügte sich wieder zusammen.

„Mit Kadens Unsichtbarkeit und meiner Teleportation bräuchten wir nur eine kleine Angriffstruppe, um die Skorpione zu infiltrieren", sagte ich.

Jordan schüttelte den Kopf. „Reinschleichen ist keine Option. Die Skorpione leben in unterirdischen Höhlen, in denen man sich nur schwer zurechtfindet, wenn man sich nicht auskennt. Ich war nur ein paar Mal mit meinem Vater dort, und ich bin mir nicht sicher, ob ich uns hindurchführen könnte."

„Was schlägst du vor?", fragte Kaden.

„Wir klopfen an ihre Tür und verlangen eine Audienz." Jordan zeigte ein freches Grinsen. „Immerhin bin ich der Löwe-Alpha. Wie könnten sie mich da abweisen?"

Wir verbrachten die nächsten Stunden damit, Pläne zu schmieden, während Ethans Assistent uns Sandwiches brachte. Clayton würde damit beginnen, das Ophiuchus-Rudel für die Rückkehr nach Coronis vorzubereiten, während Ethan daran arbeitete, weitere Verteidigungsanlagen für den Fall eines weiteren Vampirangriffs zu errichten. Der Rest von uns würde eine kleine Gruppe von Kriegern zum Gebiet des Skorpion-Rudels in New Mexico führen, um Jordans Thron zurückzufordern.

Ich hoffte nur, dass es keine Falle war. Falls doch, war ich mir nicht sicher, wie wir uns davon erholen würden. Jedes Mal, wenn wir eine Schlacht verloren, war es schwieriger, sich neu zu formieren. Zu sehen, wie Freunde und Familienmitglieder starben, ohne dass wir uns revanchieren konnten, war für alle demoralisierend. Ich konnte es den anderen nicht verübeln, dass sie sich verloren, müde und angespannt fühlten. Mir ging es genauso wie ihnen.

Diese Gedanken gingen mir nicht aus dem Kopf, als ich mich auf den Weg zurück in mein Zimmer machte. Ich hätte mich teleportieren können, aber stattdessen fand ich mich mit Kaden im Aufzug wieder. Alleine.

Hatte ich das mit Absicht getan? Vielleicht.

Wir standen uns im Aufzug gegenüber, und die verspiegelten Wände reflektierten unsere Gesichtsausdrücke. Kadens maskuline Präsenz füllte den Raum aus, und wir starrten uns ohne Vorbehalt an. Zum ersten Mal seit Wochen war es, als ob ich ihn wirklich sehen würde. All seine Stärken und Schwächen. All seine Sehnsüchte und Ängste. Einfach alles.

„Ich bin froh, dass du mit uns kommst", sagte ich, als der Aufzug weiter nach oben fuhr. Mein Herz raste, als ich ihm in die Augen sah, und ich spürte eine Anziehungskraft auf ihn, der ich mich nicht entziehen konnte. „Danke, dass du Jordan hilfst."

„Ich tue es nicht für ihn", sagte Kaden mit tiefer und intensiver Stimme.

„Ich weiß, aber ich weiß es trotzdem zu schätzen."

„Ich würde *alles* für dich tun, Ayla. Einfach alles. Sogar Dinge, von denen ich nie gedacht hätte, dass ich sie tun würde, wie den Sohn des Mannes zu unterstützen, der meine Eltern getötet hat." Er machte einen Schritt auf mich zu, seine Augen glühten. „Es gibt niemanden mehr, der meine Gedanken kontrolliert. Ich treffe jetzt alle meine eigenen Entscheidungen, und sie führen alle zu dir zurück."

Die Fahrstuhltür öffnete sich zu meinem Stockwerk, und ich trat heraus und wartete, dass er mir folgte. „Aber das Ophiuchus-Rudel wird doch bald abfahren ..."

„Ja. Mit dir." Kaden verließ den Aufzug und trat dicht an mich heran. „Ich habe dir schon gesagt, dass ich dich nicht wieder gehen lasse."

Ich ging den Flur entlang in Richtung meines Zimmers, mit Kaden an meiner Seite. „Was ist, wenn ich nicht mit dir gehen will?"

„Wir wissen beide, dass du es willst."

Ich spürte ein Flattern in meinem Magen, als eine Welle von Verlangen und Angst über mich hinwegspülte. Als wir meine Tür erreichten, hielt ich inne. „Ich weiß nicht, was ich will."

„Ich schon." Er fixierte mich mit seinem dunklen Blick. „Lass mich rein und ich zeige es dir."

KAPITEL ZWÖLF

In seinen Augen braute sich Hunger zusammen wie ein Sturm, und das weckte etwas in mir, einen Ruf der Antwort, der sich so natürlich anfühlte wie das Atmen. Ich schluckte und sagte mir, dass ich jeden Moment darauf bestehen würde, dass er geht. Das würde ich wirklich tun.

Aber dann ertappte ich mich dabei, wie ich in mein Hotelzimmer trat, die Tür weit öffnete und ihn leise einlud, mir hineinzufolgen. Während ich darauf wartete, dass er sich zu mir gesellte, zog ich meine Jacke aus und starrte aus dem Fenster, wobei ich mich fragte, was ich mir dabei dachte. Ich hatte den Wolf in mein Nest eingeladen – würde er mich im Gegenzug beißen?

War es schlimm, dass ein Teil von mir hoffte, er würde es tun?

Kaden schloss die Tür und näherte sich mir von hinten, wobei er seine Hände auf meine Schultern legte. Sie waren warm und besitzergreifend, und mein Körper versteifte sich daraufhin.

„Du wirkst angespannt." Er schob mein rotes Haar langsam zur Seite und senkte dann seine Lippen auf meinen Hals. „Ich kann dir dabei helfen."

Kadens Mund traf auf meine Haut, und ich versank in seiner Berührung, die Augen flatterten zu, als ich mich daran erinnerte, wie gut es sich anfühlte, *ihm* zu gehören. Sein Atem war heiß an meinem Hals und jagte mir Schauer über den Rücken, und jeder sanfte, langsame Kuss fühlte sich wie eine Sühne an. Er knetete die Muskeln meiner Schultern und meines Rückens, massierte den Stress dort heraus, und ich stieß ein leises Stöhnen aus.

Ohne nachzudenken, drehte ich mich in seinen Armen und zog seinen Mund zu meinem. Ich hatte in letzter Zeit viel zu viel nachgedacht. Alles, was ich wollte, war zu fühlen.

Kaden stöhnte und drückte sich an mich, vertiefte den Kuss. Es war, als würde ich nach einer langen Wanderung einen Schluck Wasser trinken, um einen Teil von mir zu befriedigen, von dem ich gar nicht wusste, dass er so durstig war. Seine Hände fuhren meinen Körper hinunter, und ich stieß mit dem Rücken gegen die Wand, als uns beide ein verzweifeltes Bedürfnis überkam.

Aber dann erinnerte ich mich an das letzte Mal, als ich mich so gefühlt hatte, und wie er meine Lust benutzt hatte, um mich zu manipulieren. Das könnten die Sonnenhexen gewesen sein, aber wie konnte ich mir da sicher sein?

Ich drehte mein Gesicht zur Seite und schnappte nach Luft. „Kaden, ich weiß nicht, ob ich das schaffe."

Er drückte sein Gesicht in mein Haar. „Du musst gar nichts tun. Ich kümmere mich um dich."

Ich wollte das so sehr, aber mein Gehirn dachte immer noch daran, wie er mich im Schnee gefickt und dann zum Weinen zurückgelassen hatte. „Aber das letzte Mal ...."

„Es wird nicht wie beim letzten Mal sein", sagte Kaden, und es klang wie ein Versprechen. „Diesmal wird es nur um dich gehen."

Seine tiefe Stimme ließ das Verlangen in meinem Inneren aufsteigen. Ich verlor zusehends die Fähigkeit, Entscheidungen mit Logik zu treffen. Alles in mir schrie danach, ihn mit mir machen zu lassen, was er wollte.

„Vertrau mir." Er nahm mein Kinn und drehte mein Gesicht wieder zu ihm. „Meinem wahren Ich. In das du dich verliebt hast. Das, das jetzt um eine zweite Chance bettelt."

Ich suchte seine Augen und sah nur Verlangen und das Bedürfnis nach Erlösung. Dieser Moment würde alles zwischen uns verändern. Ließ ich ihn wieder herein? Oder stieß ich ihn weiter weg?

„Ich vertraue dir", flüsterte ich, als alle meine Mauern einbrachen.

Ein langsames, wunderschönes Lächeln breitete sich auf seinen Lippen aus, als mein eingebildeter Alpha zurückkehrte. Langsam und ganz bewusst kniete er vor mir nieder, wobei seine Augen meine nicht einmal verließen. „Als Alpha knie ich vor niemandem außer vor dir. Ich werde jede einzelne Nacht auf die Knie gehen, wenn es das ist, was nötig ist, um dich zurückzugewinnen."

Freude flammte in mir auf, als ich seine Worte hörte und ihn so vor mir sah. „Ich mag es, wenn du auf den Knien bist."

„Das, was ich für dich geplant habe, wird dir noch besser gefallen."

Er zog mir zuerst die Stiefel aus, fast ehrfürchtig, und stellte sie ordentlich zur Seite. Dann glitten seine Hände meine Waden hinauf und an meinen Oberschenkeln entlang, unter mein langärmeliges Kleid und bis zu meiner Taille, wo er meine Leggings herunterzog. Ich wölbte mich gegen die Wand, um ihm zu helfen, sie auszuziehen, und mein Höschen fiel mit ihr.

Er hielt inne, die Augen immer noch auf mein Gesicht gerichtet, während seine Hände meine Knöchel umkreisten. Verglichen mit anderen Dingen, die er mit mir gemacht hatte, war das nichts, aber irgendwie fühlte es sich aufreizender an als alles andere. Mein Herz schlug wie wild und mein Atem blieb mir im Hals stecken, als ich darauf wartete, was er als Nächstes tun würde.

Kaden führte meine Füße weiter auseinander, und dann streichelten seine Hände meine nackten Beine hinauf, während ich mich leicht für ihn spreizte. Er fuhr mit seinen Fingerspitzen über die empfindliche Haut meiner Kniekehle, bevor er fester in meine Oberschenkel drückte, und ich keuchte bei dem leichten Druck. Er behielt mich im Auge, während seine Hände unter mein Kleid glitten, und ich musste mich mit dem Rücken an die Wand lehnen, während mein Körper unter seinen Berührungen dahinschmolz. Ich schloss kurz die Augen und fragte mich, worauf ich mich da eingelassen hatte, aber dann bewegte Kaden seine Hände höher, und alle Gedanken verließen mich endgültig.

Er streichelte ein paar Herzschläge lang die Haut meiner Innenschenkel, und als ich die Augen öffnete, sah er zu mir auf, als hätte er noch nie etwas Schöneres gesehen. „Ich werde mich um dich kümmern. Jetzt und jede andere Nacht wirst du mich haben, solange wir leben.“

Er griff nach meinem Kleid und schob es hoch, und dann brachen seine Augen endlich den Kontakt, als sein Kopf zwischen meine Schenkel tauchte. Sein Atem kitzelte mich zuerst, und ich erschauderte in Erwartung. Dann fand sein Mund, dieser perfekte, sinnliche Mund, endlich seinen Weg zu mir.

Ich schrie auf, als seine Zunge meine empfindlichste Stelle berührte und ich spürte, wie sie gegen mich glitt und dann in mich eindrang. Er streichelte mich langsam, als würde er den Geschmack genießen, während seine Hände meine Hüften umklammerten, um mich zu fixieren. Ich konnte mich nur noch mit dem Rücken an die Wand lehnen und versuchen, meine Beine nicht unter mir nachgeben zu lassen.

Kaden richtete seine Aufmerksamkeit auf meine geschwollene Klitoris, und ich stieß einen zittrigen Atemzug aus. Er fuhr ein paar Mal mit seiner Zunge um sie herum, um mich zu necken, und ich krallte meine Hände in sein Haar, meine Finger mussten sich an etwas festhalten, an irgendetwas. Dann schnippte er mit der Zungenspitze gegen mich, bevor er meinen Kitzler in seinen Mund saugte.

„Kaden ..." Ich war mir nicht sicher, was ich sagen wollte. Nur, dass ich seinen Namen sagen musste, auch wenn ich danach keine anderen Worte mehr bilden konnte. Ich wiegte meine Hüften in Richtung seines Mundes und stieß ein Wimmern aus, weil ich mehr wollte, aber nicht genau sagen konnte, was. Jetzt war ich diejenige, die bettelte, auch wenn er auf den Knien lag. „Bitte."

Er ließ meine Hüften los und hängte eines meiner Beine über seine Schulter, sodass er einen besseren Winkel hatte, um mich völlig zu verschlingen. Er hielt eine Hand auf meinem Oberschenkel, um mich in Position zu halten, während seine andere Hand meinen Arsch umfasste und ihn fest drückte. Dann schob er einen großen Finger in meine Muschi, während er immer noch an meiner Klitoris saugte und leckte.

„Ja", schrie ich auf. Er wusste genau, wie er die meiste Lust aus mir herausholen konnte, und obwohl er mich schnell hätte kommen lassen können, schien er es so lange wie möglich hinauszögern zu wollen. Er schob einen weiteren Finger in mich und fickte mich langsam damit. Diesmal hatte er es nicht eilig, als wollte er jede einzelne Sekunde auskosten.

Er ließ mich meine Hüften an seinem Gesicht reiben, nahm mein Vergnügen, wie ich es wollte, und er brummte, als ob es sich für ihn genauso gut anfühlte wie für mich. Ich ließ meinen Kopf zurück gegen die Wand fallen, während ich meine Muschi an seinem Mund rieb. Kaden gab und gab und gab, benutzte seine Zunge und seine Finger, um mich für eine gefühlte Ewigkeit am Rande des Wahnsinns zu halten.

„Kaden!", schrie ich schließlich, denn ich wusste, dass ich sterben würde, wenn er mich nicht in dieser Minute kommen ließ.

Er kicherte gegen mich, und dann glitt seine andere Hand an meinem Arsch hinunter zu meinem anderen Loch. Ich keuchte, als er es einmal umkreiste und sich dann langsam hineinarbeitete. Er fickte mich aus zwei verschiedenen Winkeln, während er hart an meiner Klitoris saugte. Ich explodierte förmlich vor Vergnügen, kam heftig gegen seinen Mund und um seine Finger, schrie und bettelte darum, dass er aufhören und gleichzeitig weitermachen möge. Ich war mir ziemlich sicher, dass meine Beine irgendwann nachgaben, weil sie mich bei dem Orgasmus, der mich durchströmte, nicht mehr halten konnten, aber Kaden hielt mich irgendwie aufrecht.

Er hörte aber nicht auf. Nicht bevor er jeden einzelnen Tropfen der Lust aus mir herausgeholt hatte. Erst dann ließ er mich los.

Seine Augen trafen wieder auf meine, als er langsam aufstand und mich in seine Arme nahm, während ich fast auf dem Boden zerfloss. Er hob mich hoch und trug mich zum Bett, das nicht weit entfernt war, da dieses Hotelzimmer nicht annähernd so groß war wie das Penthouse. Ich war immer noch ganz benommen, als er mich sanft auf die Lippen küsste und eine Decke über mich zog.

„Fühlst du dich besser?", fragte er.

„Viel besser", brachte ich hervor.

„Gut." Er drückte mir einen Kuss auf die Stirn. „Ruh dich aus, kleine Wölfin."

Ich blickte zu ihm auf und war überrascht, dass er sich nicht auszog oder zu mir ins Bett kletterte, aber stattdessen ging er zur Tür. Wie er es versprochen hatte, hatte er alles für mich getan. Er gab alles und nahm nichts dafür. Was mein Verlangen natürlich nur noch mehr steigerte.

„Bleib", sagte ich.

Kaden hielt inne, holte einmal tief Luft und drehte sich wieder zu mir um. Er legte sich auf die Decke, stützte sich mit einem Kissen ab und griff nach der Fernbedienung des Fernsehers. „Lass uns diese kitschige Backsendung ansehen, die du so magst. Dann können wir etwas zum Abendessen bestellen. Chinesisch? Indisch? Was hältst du davon?"

„Das fände ich schön."

Als er die Sendung einschaltete, legte er seinen Arm um mich, und ich kuschelte mich an ihn.

Es war, als käme ich nach Hause.

Es fühlte sich an wie unser *Schicksal*.

KAPITEL DREIZEHN

Ich atmete die frische Luft New Mexicos ein und untersuchte die Höhlenöffnung, von der Jordan uns gesagt hatte, dass sie der Haupteingang sei. Das Skorpion-Rudel lebte unterirdisch in Tunneln und Höhlen, in einem zusammenhängenden System, das für jeden, der sich nicht damit auskannte, ein Labyrinth war. Ich konnte uns nicht hineinteleportieren, da ich noch nie dort gewesen war. Wir konnten uns nur auf Jordans Gedächtnis verlassen, und er hatte die Skorpione seit ein paar Jahren nicht mehr besucht, also gingen wir weitgehend blind hinein.

„Ich sehe zwei Wachen", sagte Kaden und schirmte seine Augen mit der Hand gegen die Sonne ab. Er sorgte dafür, dass wir alle unsichtbar blieben, während wir einen Plan schmiedeten, denn hier konnte man sich nirgends verstecken. Im Umkreis von mehreren Kilometern gab es nichts außer Felsen und Sträuchern. „Das sollte kein Problem sein."

Stella rieb sich die Arme. „Ich dachte, hier wäre es wärmer. Soll es in New Mexico nicht heiß sein?"

„Nicht im Januar", sagte Jordan. „Es ist immer noch viel wärmer als in Toronto."

„Ja, aber ich wäre lieber wieder in Toronto", schnauzte sie.

Jordan zog eine Augenbraue hoch. „Warum *bist* du dann hier?"

Sie schnaubte. „Ich nehme jede Ausrede, um meine Zähne in einen Löwen zu versenken."

Ein freches Grinsen breitete sich auf Jordans Gesicht aus. „Ich bin dabei, wenn du es bist."

„Was?" Stellas Augen weiteten sich, und dann kräuselten sich ihre Lippen angewidert. „Igitt!"

Sie stapfte auf die andere Seite unserer Gruppe und stellte sich neben Jack. Jordan zuckte mit den Schultern und wandte sich wieder Kaden und mir zu, um den Höhleneingang zu studieren. Ich warf ihm einen scharfen Blick zu. Die beiden hatten mich auf dem ganzen Weg hierher in den Wahnsinn getrieben. Ich war überrascht gewesen, als Stella sich bereit erklärt hatte, mit uns zu kommen, aber auch dankbar, da ihre Unsichtbarkeit nützlich sein könnte. Sie ging Jordan jedoch so weit wie möglich aus dem Weg, als könnte sie seine Nähe nicht ertragen. Das war natürlich eine Herausforderung für Jordan, der entschlossen schien, sich ihr so weit wie möglich zu nähern.

„Was?", fragte Jordan, sein Gesicht ein Abbild der Unschuld.

„Verärgere sie nicht."

Er zuckte wieder mit den Schultern. „Das hat sie sich selbst zuzuschreiben."

„Genug", sagte Kaden, der offensichtlich von uns allen genervt war. „Machen wir uns fertig zum Aufbruch."

Es war ein langer Flug gewesen, gefolgt von einer langen Fahrt zu den Höhlen, und alle waren müde und gespannt auf das, was wir tun würden. Kein Wunder, dass wir alle mürrisch waren. Aber auf Kadens Kommando rissen wir uns zusammen und wurden wieder ernst.

Jack gab den drei anderen Ophiuchus-Kriegern ein Zeichen, sich mit ihm und Stella in Position zu bringen und sich hinter den beiden Alphas und mir aufzubauen. Wir hatten die Krieger hauptsächlich zur Demonstration mitgebracht, da, wenn alles gut ging, nur Jordan kämpfen würde. Aber Vorsicht konnte nie schaden, und wir waren darauf vorbereitet, zu kämpfen – oder zu fliehen – wenn es nötig war.

Ich wünschte, Harper und Dane hätten mitkommen können, aber Kaden hatte beschlossen, dass sie zurückbleiben sollten, um das Hotel zu bewachen, falls die Vampire oder Sonnenhexen erneut angriffen. Das war auch gut so, denn es wäre die perfekte Gelegenheit für einen Hinterhalt, während wir weg waren.

„Bereit?", fragte Kaden.

Jordan nickte, sein Blick war auf die Wachen vor uns gerichtet, sein Rücken gerade und entschlossen. Das Selbstbewusstsein und die Tapferkeit der Löwen strahlten von ihm ab wie Sonnenlicht. Ich bedauerte jeden, der versuchte, ihm sein Recht, heute Alpha zu sein, abzusprechen. „Bereit."

Kaden ließ unsere Unsichtbarkeit fallen. Eine Sekunde lang staunte ich darüber, wie seine Magie – und die von Stella – in den letzten Monaten gewachsen war, und das alles dank Larkins Training. Vorher hatte er mich berühren müssen, um uns beide unsichtbar zu machen, und ich konnte weder mich noch ihn sehen. Jetzt konnte er mehrere Personen aus der Ferne unsichtbar machen, und wir konnten uns die ganze Zeit über sehen.

Die Skorpion-Wachen entdeckten uns sofort. Wir näherten uns langsam dem Höhleneingang, um zu zeigen, dass wir nicht zum Kämpfen da waren, ich auf der einen Seite von Jordan und Kaden auf der anderen. Weitere Skorpion-Wachen kamen hinzu, aber wir gingen ohne zu zögern weiter, obwohl ich betete, dass wir nicht in einen Hinterhalt gerieten.

„Nennt euer Anliegen", sagte einer der Skorpione. Er war ein großer, muskulöser Mann mit gewelltem schwarzem Haar und markanten Wangenknochen, der eine gewisse Autorität auszuüben schien. Der Beta, vermutete ich.

„Ich bin Jordan Marsten, Alpha des Löwe-Rudels, und ich verlange eine Audienz."

Ein paar der Wachen tauschten unsichere Blicke aus, aber der Verantwortliche nickte. „Kommt mit uns."

Wir wurden hineingeführt, und die Wachen bewegten sich vor und hinter uns, und sperrten uns ein. Meine Wandleraugen gewöhnten sich schnell an das schwache Licht in der Höhle, und ich wurde von dem modrigen Geruch feuchter Erde und dem Geräusch von tropfendem Wasser begrüßt. Die Höhle verengte sich zu einem schmalen Tunnel und zwang uns, einzeln hindurchzugehen. Ich fuhr mit den Fingern über die rauen, zerklüfteten Wände und spürte die kühle, körnige Struktur. Ich konnte mir nicht vorstellen, hier unten zu leben, obwohl ich nicht leugnen konnte, dass es dem Skorpion-Rudel eine Menge Schutz vor Angriffen bot. Es war auch der perfekte Ort für die Löwen, um sich zu verstecken, obwohl ich mich fragte, ob sie die Sonne vermissten.

Der enge Tunnel machte eine scharfe Biegung, und ich musste aufpassen, dass ich nicht über den unebenen Boden stolperte. Als er sich wieder verbreiterte, trafen wir auf weitere Wachen, die einen direkt in den Felsen eingebauten Aufzug bewachten. Der Skorpion-Beta öffnete den Aufzug mit seinem Handabdruck und einem Code. Der Aufzug war riesig und konnte eine große Anzahl von Menschen oder eine Menge schwerer Fracht aufnehmen. Wir kletterten alle hinein, und er benutzte wieder seinen Handabdruck, um uns nach unten zu bringen, tief unter die Erde.

Als sich die Aufzugtür öffnete, keuchte ich auf. Das Dorf der Skorpione lag in einer großen natürlichen Kammer, und Dutzende Löcher in der Decke ließen Sonnenstrahlen einfallen, die den Raum erhellten. Häuser und Strukturen waren in die Höhlenwände gemeißelt worden und bildeten ein Netz von terrassenförmigen Ebenen mit erhöhten Wegen, Treppen und Aufzügen, die sie miteinander verbanden. Wasserbecken unterbrachen die verschiedenen Räume, zusammen mit natürlichen Felsformationen, die von der Decke hingen oder aus dem Boden wuchsen. In der Mitte des Ganzen befand sich ein großer, flacher Raum mit einem riesigen Skorpion-Symbol auf dem Boden, und dorthin führte uns der Beta nun.

Ich sah niemanden außer den Wachen, die um uns herum standen. Es war kein einziger Wandler auf den Gehwegen oder vor den Häusern zu sehen. Hatte man die Skorpione und Löwen gewarnt, drinnen zu bleiben? Wurden wir in eine Falle gelockt?

Als wir das Zentrum erreichten, tauchten vier Sonnenhexen vor uns auf. Ich hatte kaum Zeit, ihre orangefarbenen Gewänder zu erkennen, bevor sie etwas auf Altgriechisch zischten, während die Skorpione sich zur Seite duckten. Ich warf so schnell ich konnte einen Schild auf, der unsere gesamte Gruppe in nur einem Herzschlag einschloss. Glühend heiße Kugeln aus Sonnenmagie prallten daran ab und verpufften, und die Sonnenhexen schauten überrascht. Sie versuchten es mit einem anderen Zauber, und ich spürte, wie sie mich unter ihre Kontrolle brachten und versuchten, mich ihrem Willen zu unterwerfen, aber meine Mutter hatte mich gelehrt, wie man sich gegen solche Magie wehren konnte. Mondlicht leuchtete aus meinen Augen, als ich sie abwehrte. Alle anderen in unserer Gruppe waren immun, da sie zum Ophiuchus-Rudel gehörten oder, wie in Jordans Fall, eine Mondstein-Halskette trugen.

Jordan ließ sein Löwengebrüll los, ohne sich die Mühe

zu machen, in seine Wolfsgestalt zu wechseln, und die Sonnenhexen duckten sich vor Angst, da sie durch die Kraft seines Gebrülls in Panik versetzt wurden. Es würde uns nur ein paar Sekunden geben, aber das würde reichen.

„Macht sie fertig", befahl Kaden, kurz bevor er sich in seinen riesigen schwarzen Wolf verwandelte. Die anderen Ophiuchus-Krieger verwandelten sich ebenfalls, und dann wurden sie alle unsichtbar, dank Stellas und Kadens Gabe der Mondberührung. Ich teleportierte mich und Jordan auf einen Felsvorsprung über dem Dorfzentrum, und wir sahen zu, wie unsichtbare Klauen und Reißzähne die vier Frauen in orangefarbenen Gewändern niederstreckten. Die Sonnenhexen versuchten, sich zu wehren, aber es war schnell vorbei. Nur eine von ihnen schaffte es, zu entkommen und verschwand in einer Rauchwolke, wahrscheinlich auf dem Weg zurück nach Solundra, um zu berichten, was sie gesehen hatte. Das war nicht ideal, aber es gab auch nichts, was wir dagegen tun konnten.

Als das erledigt war, ging Jordan zurück in die Dorfmitte und rief: „Eine Falle? Wirklich? Das hätte ich nicht von euch erwartet."

„Es ist schön, dich wiederzusehen, Jordan." Ein älterer Mann trat hinter einer Felsformation hervor. Seine kupferfarbene Haut war faltig, und er hatte langes schwarzes Haar mit grauen Strähnen, aber er hatte eine Anziehungskraft, die sowohl verlockend als auch einschüchternd war. Ich erkannte ihn als den Skorpion-Alpha, obwohl wir uns nie formell begegnet waren. Die anderen Skorpion-Krieger versammelten sich um ihn, offensichtlich bereit, ihren Anführer zu verteidigen, falls wir angriffen.

„Hast du mir die Karte geschickt, Dasan?", knurrte Jordan. „Wolltest du mich in den Tod locken?"

„Ich habe die Karte geschickt, ja, aber es war keine Falle. Alles, was ich darin sagte, war wahr. Ich habe nur die Tatsache weggelassen, dass die Sonnenhexen auch ihre Schwerter an unseren Kehlen hatten." Der ältere Mann breitete seine Hände mit einem hintergründigen Lächeln aus. „Aber ich wusste, dass ihr dieses Problem für uns lösen könnt. Wir danken euch für eure Hilfe."

„Wie praktisch", murmelte Kaden.

„Wo ist das Löwe-Rudel?", fragte ich.

Dasan hob eine Hand, und Wandler aus beiden Rudeln kamen aus dunklen Höhlen und hinter verschlossenen Türen hervor. Allein an ihrer Hautfarbe konnte ich erkennen, um welches Rudel es sich handelte – die Löwen hatten in der Regel hellere Haut und helleres Haar als die Skorpione. Die Wandler versammelten sich um das Dorfzentrum, als ob sie sich auf eine Show vorbereiteten, während Jordan aufrecht stand und sie anschaute.

Irgendwo im hinteren Teil der Menge gab es eine Bewegung, und ein großer Wandler, den ich von dem Zusammentreffen im Winter kannte, trat vor. Er hatte sandblondes Haar, das zu einem Kurzhaarschnitt rasiert war, und Muskeln, die sein T-Shirt bis an die Grenzen strapazierten. Er war älter, etwa so alt wie Jordans Vater, aber das ließ ihn nur noch härter wirken, als hätte er schon einige Schlachten gesehen und überlebt. Die Art, wie er sich bewegte, machte deutlich, dass er der Löwe-Beta, Austin Bates, war.

„Du hast vielleicht Nerven, hierher zurückzukommen, wenn du nicht mehr der Alpha bist", schrie er Jordan an, als er sich durch die Menge drängte. „Jetzt nehme ich dir dein Löwe-Symbol weg, und du wirst rudellos sein wie deine Schlampengefährtin."

Mit einem Schock wurde mir klar, dass er von mir sprach. Ich hatte mich nie als Jordans Gefährtin betrachtet, nur als seine Schwester.

Jordan knurrte neben mir, tief in seiner Brust. „Ich bin der wahre Alpha der Löwen. Wenn du die Position willst, musst du mit mir darum kämpfen."

„Du bist nichts weiter als das uneheliche Kind eines schwachen Krebses und einer Halb-Hexenhure", spuckte Bates. „Du nennst dich Alpha? Du bist noch nicht einmal ein Löwe."

Wenn die Worte Jordan verletzten, zeigte er es nicht. Er blieb standhaft, als Bates ihm direkt ins Gesicht sah. „Klingt, als hättest du Angst, gegen mich zu kämpfen. Was denkst du, Ayla?"

Ich warf Bates einen vernichtenden Blick von Kopf bis Fuß zu. „Ich glaube, er hält sich kaum noch in dieser Posi-tion, und das weiß er auch."

Seine Augen blitzten hasserfüllt auf. „Was zum Teufel weißt du schon, du ..."

Kaden packte den Beta an der Kehle. „Wenn du sie noch einmal so nennst, reiße ich dir auf der Stelle die Kehle durch, um Jordan den Ärger zu ersparen."

Bates schubste Kaden weg. „Fass mich nicht an, du verdammte Schlange."

„Was darf es denn sein?", fragte der Skorpion-Alpha, und seine Augen tanzten vor dunklem Amüsement. „Wirst du um die Rolle des Alphas kämpfen?"

„Nur wenn es ein Kampf bis zum Tod ist", knurrte Bates.

Jordan zögerte nicht einmal. „Von mir aus."

Dasan nickte. „Jeder von euch hat fünf Minuten Zeit, sich vorzubereiten, und dann fangen wir an"

Die Löwe- und Skorpion-Wandler bildeten einen Kampfkreis direkt über dem Skorpion-Symbol auf dem Boden, mit Jordan auf der einen und Bates auf der anderen Seite. Die Menge war aufgeregt und ängstlich zugleich, und ich fragte mich, wen sie hofften, lebend aus diesem Kampf herauskommen zu sehen.

„Bist du sicher, dass du gewinnen kannst?", fragte ich Jordan mit leiser Stimme, während ich zusah, wie Bates sich das Shirt vom Leib riss. „Er ist größer als in meiner Erinnerung."

Jordan warf mir einen ungläubigen Blick zu. „Zweifelst du jetzt ernsthaft an mir?"

„Nein." Ich biss mir auf die Lippe. „Ich glaube an dich, aber du bist mein Bruder, und ich mache mir auch Sorgen um dich. Wenn es irgendwelche Zweifel gibt, können wir sofort verschwinden."

„Ich muss das tun. Das Löwe-Rudel braucht mich als Anführer." Er legte mir eine Hand auf die Schulter. „Mach dir keine Sorgen. Ich werde nicht verlieren."

Kaden rückte dicht an Jordan heran, dann sprach er so leise, dass ich ihn kaum hörte. „Pass auf deine linke Seite auf. Das ist deine schwache Seite, wenn du kämpfst."

„Danke." Jordan nickte ihm leicht zu, obwohl seine hochgezogenen Augenbrauen zeigten, dass er von Kadens Worten genauso überrascht war wie ich. Danach ging Kaden weg und gesellte sich zu den Ophiuchus-Kriegern an der Seitenlinie.

Jordans Blick blieb auf Stella haften und er grinste. „Ein Kuss als Glücksbringer?"

„Wie wäre es mit einem Schlag ins Gesicht?", antwortete sie.

„Was immer dich in Fahrt bringt ..."

Sie stieß ein genervtes Schnaufen aus und verschränkte die Arme, wandte sich aber nicht ab. Jordan ließ sie nicht aus den Augen, als er sein Shirt auszog und sich dann seiner Jeans und seines Slips entledigte, als wolle er sie herausfordern, wegzusehen ... oder nach unten zu schauen. Ihre Augen wichen nicht von seinem Gesicht, als sie ihn anstarrte, bis er mir seine Kleidung zuwarf und auf den Ring zuging. Als er mit dem Rücken zu uns stand, ließ sie endlich den Atem heraus, den sie angehalten hatte. Ich zog eine Augenbraue hoch, aber sie ignorierte mich und stellte sich zu ihrem Bruder.

Als beide Männer nackt in der Mitte des Rings standen, trat Dasan vor und erhob seine Stimme, damit man ihn über die Menge hinweg hören konnte. „Eine Herausforderung wurde ausgesprochen und angenommen. Heute werden Jordan Marsten und Austin Bates unter der Aufsicht des

Skorpion-Rudels um die Position des Löwe-Alphas kämpfen. Bis zum Tod."

Beide Männer verneigten sich anerkennend, und dann verließ der Skorpion-Alpha den Ring. Der Kampf hatte offiziell begonnen.

KAPITEL VIERZEHN

Die beiden Löwen tänzelten im Ring herum und musterten sich gegenseitig, wobei sie sich in die Augen starrten. Als Rudelkameraden hatten sie wahrscheinlich schon früher zusammen trainiert, aber es war etwas ganz anderes, gegeneinander zu kämpfen, und zwar bis zum Tod. Bates war älter, größer und erfahrener, aber Jordan hatte Schnelligkeit und Jugend auf seiner Seite, zusammen mit einer starken Prise Trotz.

Bates durchbrach die aufkommende Spannung, indem er den ersten Schritt machte, heranschnellte und versuchsweise mit der Faust nach Jordans Gesicht ausholte. Mein Bruder wich mit Leichtigkeit aus und fuhr mit seinen Krallen an Bates' Seite entlang. Der Beta gab ein Knurren von sich, und dann begannen die beiden ernsthaft zu kämpfen, wobei sie sich gleichermaßen mit der Kraft und Geschwindigkeit eines Wandlers bewegten.

Bates verwandelte sich in einen großen, rotbraunen

Wolf, aber Jordans Verwandlung war schneller und geschmeidiger. Das Fell meines Bruders glänzte wie Gold in den Flecken Sonnenlicht, die durch die Höhle fielen, und ich glaubte fast, die Berührung von Helios auf ihm zu spüren, obwohl ich mir das wahrscheinlich nur einbildete. Was wusste ich schon von dem Sonnengott?

Die Wölfe umkreisten einander, knurrten und schnappten, während sie nach einer Angriffsmöglichkeit oder einem Moment der Schwäche suchten, den sie ausnutzen konnten. Ihr Fell stand ihnen zu Berge, als sie aufeinander losgingen und zu einem Wirrwarr aus rasiermesserscharfen Klauen und Zähnen wurden. Sie kämpften mit einer zielstrebigen Entschlossenheit, jeder davon überzeugt, dass er als Sieger hervorgehen würde, und ich hielt den Atem an, unfähig, meinen Blick abzuwenden.

Das Publikum war völlig still, alle hielten den Atem an, und nur das Knurren der beiden kämpfenden Löwen erfüllte die Höhle. Der Kampf war intensiv und brutal, und beide Wölfe versetzten sich gegenseitig mehrere Treffer. Mit jedem Schlag, den Jordan abbekam, wurde ich noch angespannter, und ich war froh, dass ich seine Kleidung halten konnte. So hatte ich wenigstens etwas mit meinen Händen zu tun.

Jordans Augen glühten förmlich vor intensiver, animalischer Wut, als er Bates zu Boden drückte, und ich dachte schon, es wäre vorbei. Doch dann hielt Jordan inne, abgelenkt durch etwas, das er sah, und seine Wolfsohren stellten sich aufrecht. Ich folgte seinem Blick und sah einen Blitz aus Platin und Rot, der hinter einem großen Stalagmiten verschwand.

Roxandra.

Der Moment der Ablenkung reichte Bates, um sich von Jordan loszureißen, und der Beta schüttelte sich, bevor er zu einem weiteren Angriff ansetzte. Jordan wich nur knapp aus, offensichtlich verunsichert durch das, was er gesehen hatte.

Mist. Ich konnte nicht zulassen, dass Roxandra Jordan die Sache vermasselte. Ich ließ Jordans Kleidung fallen und stürzte mich auf die Sonnenhexe, um sie aufzuhalten, bevor sie meinem Bruder etwas antun konnte.

Ich stellte mich langsam hinter sie, als sie um die Felsformation spähte, um den Kampf zu beobachten. „Ich habe dich gefunden."

Ich packte sie an der Schulter und teleportierte uns sofort zu einem Felsvorsprung, den ich auf meinem Weg hierher gesehen hatte. Roxandra wirbelte herum, aber die Teleportation verwirrte sie, und sie brauchte einen Moment, um sich zu erholen. Roxandra begann, mich mit Sonnenmagie zu beschießen, aber ich schirmte mich mit meiner eigenen Mondmagie ab, doch der Aufprall ließ uns beide nach hinten fliegen. Ich landete in einem flachen Becken, und das Wasser spritzte über mich hinweg, während Roxandra mit dem Rücken gegen die Höhlenwand prallte und kleine Felsen um sich herum fallen ließ.

Bevor einer von uns auf die Beine kommen konnte, teleportierte ich mich zu ihr zurück und warf mich mit einem lauten Brüllen auf sie. Ich griff nach ihrem Gewand, während meine Wut mich rot sehen ließ.

„Ich werde nicht zulassen, dass du sie noch einmal verletzt!“ Ich schleuderte sie mit dem Rücken gegen die Wand und war kurz davor, ihr die Kehle herauszureißen.

„Du Idiot“, sagte sie, während sie darum kämpfte, mich loszuwerden. „Ich werde Jordan nicht wehtun. Ich will ihn lebendig!“

Ihre Robe fing plötzlich Feuer und ich wich zurück, mein Körper reagierte instinktiv. Wir starrten uns gegenseitig an, bereiteten uns auf den nächsten Angriff vor und warteten darauf, wer den nächsten Zug machen würde.

„Was tust du hier?“, fragte ich.

„Ich stelle sicher, dass Jordan nicht verliert.“

„Er braucht deine Hilfe nicht!“

Ich sah, wie sie einen weiteren Angriff vorbereitete, und stürzte mich auf sie, wobei ich meine Hände zu Klauen formte. Ich kratzte über eine Seite ihres Gesichts und es floss Blut, sie schrie auf und löste sich in einer Rauchwolke auf.

Ich hoffe, das hat wehgetan, dachte ich, als ich meine Krallen ausfuhr. Dann hörte ich ein Heulen, das ich als das von Jordan erkannte, und Panik schoss durch mich hindurch. Ich griff nach dem Paarungsband, das jetzt so gedämpft war, dass ich es kaum noch wahrnahm, und spürte ihn dort. Verletzt, aber am Leben.

Ich eilte an den Rand des Felsvorsprungs. Unter mir bissen und krallten sich die beiden Löwen ineinander und rissen sich gegenseitig Fell- und Fleischstücke aus dem Körper. Der Boden war blutverschmiert, und beide Wölfe bluteten aus tiefen Wunden, aber sie zeigten keine Anzeichen, sich zurückzuziehen. Sie wurden allerdings langsamer. Jordan hinkte und bevorzugte sein linkes Bein, und Bates hatte eine Wunde in der Seite, die ihm Probleme zu bereiten schien.

Ich stützte mich mit der Hand auf die nächstgelegene Felsformation, als eine Welle der Sorge meine Knie weich werden ließ. *Komm schon, Jordan. Du schaffst das. Sei der bessere Löwe.*

Die beiden Wölfe prallten aufeinander und tänzelten dann wieder zurück.

Jordan hielt unter einem Fleckchen Sonnenlicht inne und brauchte sichtlich einen Moment, um wieder zu Kräften zu kommen, als die Sonnenstrahlen sein Fell beleuchteten. Er war ein Kind der Sonne, durch und durch, und als er wieder auf Bates zustürmte, bewegte er sich blitzschnell. Er warf Bates um und drückte seine Kiefer um die Kehle des Betas. Bates wehrte sich vergeblich gegen Jordans überlegene Stärke und Kraft, aber mein Bruder zeigte keine Gnade. Es ging schließlich um den Tod.

Bates sackte zu Boden. Jordan nahm wieder die menschliche Gestalt an und stand über dem besiegten Wolf. Sein nackter Körper war blutverschmiert, aber er stand aufrecht und blickte auf alle Wandler, die ihn beobachteten. Er stieß ein triumphierendes Gebrüll aus, sein Sieg hallte durch die Höhle, und mir lief ein Schauer über den Rücken. Überall um Jordan herum fielen die Löwen auf die Knie, mit gesenktem Kopf, um ihrem Alpha ihre Unterwerfung zu zeigen. Jetzt gab es keinen Zweifel mehr daran, dass er den Titel wirklich verdient hatte.

Ich gesellte mich wieder zu Kaden und Stella, als die Löwen begannen, ihren Alpha anzufeuern. Sie umringten Jordan, und die Ophiuchus und Skorpione hielten sich zurück, um dem anderen Rudel ihren Moment zu gewähren.

„Was war das?", fragte Kaden und wies mit dem Kinn auf den Vorsprung, wo ich mit Roxandra gekämpft hatte.

„Nichts, womit ich nicht fertig geworden wäre." Ich holte etwas Wasser aus meinem Rucksack und trank es. „Ich bin nur froh, dass das vorbei ist."

„Hast du dir Sorgen gemacht?" Kaden zuckte mit den Schultern. „Ich habe nie daran gezweifelt, dass er gewinnen würde. Er ist der stärkste Wandler, gegen den ich je gekämpft habe."

„Lass ihn das nicht hören", meldete sich Stella von meiner anderen Seite. Ihre Augen klebten an Jordan, und dieses Mal nahm sie ihn wirklich in sich auf. *Alles* von ihm. „Sein Ego ist schon groß genug."

Ich zog die Augenbrauen hoch, und sie wandte den Blick schnell ab, ihre Wangen erröteten. Dachte sie daran, dass sein Ego groß war ... oder etwas anderes?

Es dauerte eine Weile, bis sich die Aufregung gelegt hatte. Kaden und die anderen Ophiuchus gingen, um Pläne für die Rückreise nach Toronto zu besprechen, aber ich stand am Rande der Menge und wartete auf meinen Bruder. Um sicherzustellen, dass eine gewisse Sonnenhexe nicht zurückkam.

Schließlich begannen die Löwe-Wandler, zu den Höhlen zurückzugehen, und jemand deckte die Leiche des Betas zu. Jordan schlenderte zu mir herüber und wischte sich mit einem Handtuch etwas Blut ab. Er schenkte mir ein freches Lächeln. „Ich habe dir gesagt, dass ich gewinne."

„Ich bin froh, dass du nicht tot bist." Ich betrachtete die Art, wie er stand und es sah aus, als würde ihm eines seiner Beine zu schaffen machen. „Geht es dir gut?"

Er zuckte mit den Schultern. „Nichts, was ich nicht heilen kann."

„Ich könnte einen der Ophiuchus um Hilfe bitten."

„Die Einzige, von der ich mich lecken lassen würde, ist Stella, und irgendwie glaube ich, dass es ihr lieber wäre, wenn ich verbluten würde."

Ich war mir da nicht so sicher, nachdem ich gesehen hatte, wie sie ihn angestarrt hatte, aber ich fand, dass es mir nicht zu stand, das zu erwähnen. Irgendetwas ging zwischen den beiden vor, aber wir hatten im Moment größere Probleme, um die wir uns kümmern mussten.

Jordan trat näher heran und nahm mir seine Kleidung aus den Händen. „War Roxandra hier, oder bin ich durch den Blutverlust verrückt geworden?"

„Sie war hier. Ich habe mich darum gekümmert."

Er schloss für eine Sekunde die Augen, als ob er Schmerzen hätte. „Ich werde nie frei von ihr sein, oder?"

Ich wünschte, ich hätte eine Antwort für ihn, aber wir wussten beide, dass er recht hatte. Die einzige Möglichkeit, sie loszuwerden, war, sie zu töten. „Was will sie von dir?"

„Außer dem Offensichtlichen?" Er deutete auf seinen

nackten Körper, sein Grinsen kehrte zurück. Der Schmerz war immer noch da, aber der Humor machte es wahrscheinlich leichter, ihn zu ertragen.

Ich hob meinen Blick zur Decke. „Igitt."

Dann kam der Skorpion-Alpha zu uns und unterbrach uns, bevor wir weiter spekulieren konnten. „Glückwunsch zu deinem Sieg", sagte er zu Jordan. „Mein Beta wird dich zu einer kleinen, privaten heißen Quelle bringen, wo du deine Wunden waschen und deine Knochen ausruhen kannst. Dann werden wir uns unterhalten." Dasan wandte sich als Nächstes an mich. „Ich habe auch für deine Leute Zimmer herrichten lassen. Das Skorpion-Rudel würde sich geehrt fühlen, wenn ihr über Nacht bleibt und heute Abend mit mir ein Festmahl einnehmt."

Fast hätte ich ihm gesagt, dass ich nicht mehr für die Ophiuchus sprach, aber er war so höflich, dass ich nur sagte: „Danke für deine Gastfreundschaft."

„Nein, ich danke euch, dass ihr dieses Problem für uns gelöst habt." Er neigte leicht den Kopf. „Wir Skorpione halten unsere Versprechen. Wir werden uns euch im Kampf gegen die Sonnenhexen anschließen."

Ein großes Gefühl der Erleichterung durchflutete mich. Heute hatten wir nicht nur die Löwen für uns gewonnen, sondern auch die Skorpione. Ein Bündnis zwischen allen Rudeln schien plötzlich nicht nur möglich, sondern in greifbarer Nähe zu sein.

Das Fest der Skorpione war eine intime Angelegenheit, zu der nur einige wenige Mitglieder ihres Rudels eingeladen waren, sowie einige vertrauenswürdige Löwen, die Jordan handverlesen hatte, und die Ophiuchus, die wir mitgebracht hatten. Dasan und sein Alphaweibchen, eine umwerfende Frau mit Augen, denen nichts entgeht, bewirteten uns in einer dunklen und geheimnisvollen Höhle mit gedämpftem Licht und sanfter Musik um uns herum. Sie servierten südwestliche Speisen mit Aromen und Texturen, die mir neu waren, sowie eine Auswahl an edlen Weinen und starken Tequilas. Die Skorpione umgab ein Gefühl von Geheimnis und Intrige, während die Löwen damit beschäftigt waren, den Sieg ihres Alphas zu feiern, und die Ophiuchus einfach nur deplatziert aussahen. Dasan ermunterte jedoch alle, zu essen und zu trinken, und schon bald begannen sich alle zu entspannen und ihre Hemmungen abzulegen.

Danach waren wir alle ein bisschen wild. Vielleicht lag es am nahenden Vollmond oder am Gefühl des Sieges nach einer Schlacht, aber nachdem wir uns satt gegessen hatten, erwachte in uns ein anderer Hunger. Ein paar Leute machten sich gemeinsam auf den Weg in die Dunkelheit, darunter eine Skorpion-Frau, die Jack mit einem schüchternen Lächeln wegführte. Es schien, als wolle Dasan, dass wir in jeder Hinsicht zufrieden waren.

Zu meiner Überraschung entschuldigte sich Stella frühzeitig und ging allein auf ihr Zimmer. Jordan hatte viele Angebote von Löwen und Skorpionen gleichermaßen, aber er wies sie mit einem überheblichen Grinsen und einem koketten Wort zurück. Und ich? Ich war wieder einmal allein mit Kaden, nachdem er mich mit festem Griff von der Party weggezerrt hatte.

Er drängte mich in einen dunklen Teil der Höhle, wo kein Licht hinfiel, und kniete erneut vor mir. Als sich sein Mund auf meine warme Haut drückte und seine Zunge meinen Kitzler umkreiste, schrie ich seinen Namen wie einen Segen heraus. Wieder einmal gab er mir alles und verlangte keine Gegenleistung. Dann trug er mich zu meinem Bett, und ich bat ihn, zu bleiben. Nur wenige Minuten später schliefen wir in den Armen des anderen ein, erschöpft von allem, was an diesem Tag geschehen war.

Unnötig zu sagen, dass ich am Morgen sehr erfrischt aufwachte. Und Jordan? Er war ein ganz anderer Mensch. Er hatte einen neuen Beta ausgewählt und ihn damit beauftragt, das Rudel zurück in ihr Dorf außerhalb von Phoenix zu führen. Er hatte auch mit seinem Cousin gesprochen und wusste, wo sich seine Mutter versteckt hielt – in Nevada.

Unserem nächsten Ziel.

Wir fuhren eine lange, kurvenreiche Schotterstraße hinunter, die von der Hauptstraße abzweigte und mitten ins Nirgendwo führte. Jordan saß auf dem Fahrersitz, das Gesicht vor Konzentration angespannt, während das Auto über den unebenen Boden holperte und Staub aufwirbelte, sodass man kaum etwas sehen konnte. Nicht, dass es überhaupt viel zu sehen gab. Die Landschaft um uns herum war zerklüftet und karg, mit nichts als felsigen Hügeln, Sträuchern und knorrigen, stacheligen Bäumen so weit das Auge reichte.

„Bist du sicher, dass das der richtige Weg ist?", fragte Kaden.

„Nein", sagte Jordan. „Hast du eine bessere Idee, wohin wir gehen sollen? Ich würde sie gern hören."

Kaden knurrte und sackte in seinem Sitz zurück. So war es die ganze Fahrt über gewesen, was sie nur noch länger gemacht hatte. Ich war die Einzige, die hier zwischen den

Alphas vermitteln konnte. Stella, Jack und der andere Ophiuchus hatten sich dafür entschieden, nach Toronto zurückzukehren, anstatt mit uns auf diese wilde Suche zu gehen. Ich fing an zu glauben, dass sie die Klugen waren.

Bis jetzt hatten wir uns zweimal verfahren. Wir waren schon seit Stunden unterwegs, und es kam mir langsam so vor, als würden wir diesen Ort nie finden. Ich wischte mir mit den Händen über die Augen und wollte schon aufgeben, aber als ich wieder aus dem Fenster sah, entdeckte ich in der Ferne die Silhouette eines Hauses.

Ich setzte mich aufrechter hin und zeigte auf sie. „Dort. Meinst du, das ist es?"

„Lasst es uns herausfinden", sagte Jordan.

Er trat aufs Gaspedal, und ich hielt mich innen am Auto fest, als wir die steinige Straße entlangbrausten. Bald sahen wir einen großen Zaun mit einem Tor, das den Eingang zum Grundstück markierte, und wir hielten das Auto an, um auszusteigen. Das Tor bestand aus robustem, verwittertem Holz und war mit einem Schild versehen, das zu verblasst war, um es zu lesen. Dahinter führte eine lange Auffahrt zum Ranchhaus und einigen anderen Gebäuden, die von einer weiten, offenen Wüste und fernen Bergen umgeben waren.

Jordan betrachtete das Ranchhaus, ein großes, rustikales Holzgebäude mit einer breiten Veranda und zwei Schaukelstühlen. „Dieser Ort ist mir vertraut. Ich glaube, meine Mutter hat mich als Kind einmal hierhergebracht."

„Es sieht verlassen aus", sagte ich. Die einzigen Geräusche, die ich hörte, waren der Wind, der durch die Sträucher pfiff, gelegentliche Vogelstimmen und das Klimpern eines halb verheddertes Windspiels auf der Veranda.

Kaden hob sein Gesicht in die Sonne und atmete ein. „Das ist es nicht."

Wir kletterten über das Tor, und als wir das taten, spürte ich, wie etwas Unsichtbares um uns herum schnappte und ein Flackern von Magie meine Haut streifte. Ein Schutzwall.

Die Tür des Haupthauses sprang auf, und zwei ältere Frauen in Jeans kamen mit Schrotflinten heraus. Ich hatte sie noch nie zuvor gesehen, aber bei dem Gefühl ihrer Magie stellten sich mir die Nackenhaare auf. Jetzt, wo wir den Schutzwall durchbrochen hatten, spürte ich sie überall.

„Sonnenhexen", murmelte ich. „Wenn sie angreifen, teleportiere ich uns hier raus."

„Das werden sie nicht", sagte Jordan.

Seine Mutter Debra kam als Nächstes aus dem Haus, zusammen mit einem Teenager, den ich vage erkannte, obwohl ich ihm noch nie begegnet war. Bevor uns jemand angreifen konnte, rannte der Junge die Veranda hinunter und flitzte über die Einfahrt. „Jordan!", rief er.

„Hey, Griffin." Jordans Gesicht hellte sich auf, kurz bevor der Junge mit ihm zusammenprallte und die beiden ihre Arme umeinander warfen. Seite an Seite war es unmöglich, nicht zu erkennen, dass die Jungen Brüder waren. Sie hatten beide das goldene Haar der Löwen und die meerblauen Augen ihres Krebsvaters.

Debras eigenes goldenes Haar wehte im Wind, als sie Jordan fest umarmte und die Augen schloss, während sie ihn festhielt. „Ich bin so froh, dass es dir gut geht." Ihre Augen öffneten sich und landeten auf Kaden und mir. „Obwohl ich mir nicht sicher bin, was deine Gesellschaft angeht."

„Ayla gehört zur Familie", sagte Jordan. „Und sie ist auch Griffins Schwester. Er hat ein Recht darauf, sie kennenzulernen."

Griffin schaute überrascht zu mir hinüber. „Ich habe eine Schwester?"

Debra sah nicht sehr glücklich darüber aus, dass Jordan dieses Geheimnis preisgegeben hatte. „Sie gehören nicht hierher."

Jordan blickte wieder zu uns. „Ohne sie wäre ich nicht hier."

Debra schürzte die Lippen, während sie uns noch einmal scharf musterte, doch dann wandte sie sich einer der Frauen zu, die Gewehre in der Hand hielten. Die ältere Frau nickte, und beide Sonnenhexen ließen ihre Waffen sinken.

„Brea?", fragte Jordan und sah die ältere Frau an, als wäre er sich nicht sicher, ob sie es war.

Sie streckte einen Arm aus, und er trat in ihre Umarmung. „Ja, mein Kind. Es ist schön, dich zu sehen. Es ist schon viel zu lange her."

„Ich schätze, ihr kommt besser rein." Debra gab uns allen ein Zeichen, ihr zu folgen. „Griffin, geh und hilf Margaret mit den Pferden, während ich mit deinem Bruder spreche."

Griffin stöhnte und warf seinem Bruder einen verärgerten Blick zu, aber dann machte er sich auf den Weg zu den Ställen, während der Rest von uns ins Haupthaus ging. Unsere Schritte knarrten auf dem alten Hartholzboden, als wir in ein Wohnzimmer mit einem großen Steinkamin geführt wurden. Bequeme Ledersofas und Sessel waren um einen großen hölzernen Couchtisch herum angeordnet. Die Frau namens Brea ging mit uns hinein, während die andere Hexe draußen wartete, immer noch auf der Hut.

„Was macht ihr denn hier?", fragte Jordan seine Mutter, als wir uns in dem Raum ausbreiteten und versuchten, es uns bequem zu machen. Ich war bereit, uns sofort wegzuteleportieren, wenn es so aussah, als würden sie uns angreifen. Auch wenn sie mit Jordan verwandt waren, so waren sie doch immer noch Sonnenhexen.

Debra seufzte und setzte sich neben ihren Sohn. „Mein Leben war in Gefahr, nachdem ich die Sonnenhexen daran gehindert hatte, dich und Ayla zur Paarung zu zwingen. Nachdem Ayla entkommen war, nahm ich Griffin und floh hierher."

„Warum hast du mir das nicht gesagt?", fragte Jordan mit etwas fester Stimme. „Oder mich mitgenommen?"

Debra sah ihn an, ihre Augen waren traurig. Sie sah in diesem Moment viel älter aus als sie war. „Ich habe es versucht, aber die Sonnenhexen hatten ihre Krallen zu tief in dir. Ich konnte dich nicht befreien. Ich habe es gehasst, dich zurückzulassen, aber ich musste Griffin da rausholen, bevor sie ihm das Gleiche antaten."

Jordans Finger wanderten zu der Mondstein-Halskette um seinen Hals. „Ayla hat mir geholfen, mich zu befreien."

„Ist das so?" Dann sah sie mich an und schätzte mich erneut ein. „Deine Magie ist gewachsen. So viel ist klar."

„Es ist schön, dich wiederzusehen", sagte ich. Sie war zwar immer unhöflich zu mir gewesen, aber sie hatte mir auch ein paar Mal geholfen, auf ihre eigene Art. Ich deutete auf Kaden. „Das ist Kaden, der Alpha des Ophiuchus-Rudels."

„Wir wissen, wer er ist", sagte Brea. Sie hatte die Schrotflinte abgestellt, aber die Arme verschränkt, während sie uns von der Seite des Raumes aus beobachtete. Ich konnte nicht sagen, wie alt sie war. Wie Evanora und Celeste, die dank ihres Lebens in zeitlosen Welten praktisch unsterblich waren, hatte sie Augen, die uralt aussahen. Aber im Gegensatz zu ihnen war ihre Haut von der Wüstensonne gebräunt und ledrig, und ihr Haar war grau und strähnig, wie Wolken an einem heißen Sommertag.

„Das ist meine Tante Brea", sagte Debra und wies auf die Frau. „Sie ist vor vielen Jahren von den Sonnenhexen übergelaufen, zusammen mit ein paar anderen Frauen, die jetzt alle hier leben."

„Ich wusste gar nicht, dass es Sonnenhexen gibt, die Evanora nicht gefolgt sind", sagte ich und meine Augen weiteten sich vor Überraschung.

„Es gibt nur sehr wenige von uns, die noch leben", sagte Brea mit einem bitteren Unterton.

„Warum seid ihr übergelaufen?", fragte Kaden. Er war bis jetzt ruhig gewesen, aber seinen Augen entging nichts, und sein Körper war angespannt, als wäre er bei der geringsten Provokation zum Kampf bereit.

Brea warf ihm einen finsteren Blick zu, als wolle sie nicht antworten, doch dann sah sie Jordan an und verschränkte die Arme. „Ich nehme an, Jordan sollte über seine Familiengeschichte Bescheid wissen, so düster sie auch sein mag." Sie ging zum Fenster und blickte hinaus auf die untergehende Sonne am Horizont. „Die Sonnenhexen waren einst sehr patriarchalisch. Helios und die Sonne haben schließlich männliche Energie. Aber Evanoras Vater, der Hohepriester, hat diese Macht missbraucht. Er vergewaltigte, schlug und kontrollierte die weiblichen Hexen, und viele der anderen männlichen Sonnenhexen folgten seinem Missbrauchsmuster."

Ich hatte von meiner Mutter, die Opfer einer seiner Angriffe geworden war, schon ein wenig davon gehört. Es machte mich krank, zu wissen, dass ich von so einem Mann abstammte. Ich konnte mir nicht einmal das Trauma und den Schmerz vorstellen, den meine Großmutter und so viele andere erlitten hatten.

Brea drehte sich wieder zu uns um. „Evanora war seine Lieblingstochter, aber das bedeutete nicht, dass er sie schonte. Das Gegenteil war der Fall. Schließlich beschloss sie, dass er gestoppt werden musste. Sie versammelte viele der Frauen, die von den männlichen Sonnenhexen schlecht behandelt worden waren, und heckte einen Plan aus. Schon damals war ihre Magie unglaublich stark, aber es war ihr Verstand, der wirklich gefährlich war. Sie war die gerissenste Frau, die ich je getroffen hatte, und ich wurde ihre größte Unterstützerin und engste Freundin. Gemeinsam löschten wir die männlichen Anführer aus, einschließlich

Evanoras Vater, und sie erklärte sich zur Hohepriesterin."
Brea sah auf ihre Hände hinunter und streckte die langen,
geäderten Finger aus, als ob sie sich daran erinnern würde,
was sie getan hatten. „Aber sie hörte nicht damit auf. Sie
befahl uns, alle männlichen Sonnenhexen zu töten. Jeden
einzelnen von ihnen."

Das erklärte, warum ich noch nie einen männlichen
Sonnenhexer gesehen hatte. Ich schluckte schwer, und die
Augen aller waren auf Brea gerichtet, als sie ihre Geschichte
fortsetzte.

„Wir haben versucht, sie aufzuhalten – ich und ein paar
andere Sonnenhexen. Natürlich waren nicht alle Männer
böse. Es waren Ehemänner, Väter, Söhne ... Aber Evanora
sagte, sie seien alle befleckt. Sie verschonte niemanden.
Nicht einmal ihren eigenen Mann."

Mir drehte sich der Magen um, als ich daran dachte,
dass Evanora so viele Menschen umgebracht hatte. Logi-
scherweise wusste ich, dass sie dazu fähig war, aber es war
eine ganz andere Sache, von all den schrecklichen Dingen
zu hören, die sie getan hatte, sogar ihren eigenen Leuten
gegenüber. Ihre Fähigkeit zur Grausamkeit überraschte
mich immer wieder.

„Was ist danach passiert?", fragte Jordan, der auf der
Kante seines Sitzes hockte.

Brea legte ihm mit einer zärtlichen Geste die Hand auf
die Schulter. „Helios war nicht einverstanden mit dem, was
sie tat. Er hat die Sonnenhexen verflucht, und nicht nur
Evanora, sondern jeden einzelnen von uns, der überlebt hat.
Jetzt können wir keine männlichen Söhne mehr zeugen,

und so stirbt das Sonnenhexenblut aus und wird schwächer. Bald werden wir ganz verschwunden sein. Deshalb ist Evanora in Panik." Brea machte eine Pause, bevor sie hinzufügte: „Die Einzige, der es in all den Jahren gelungen ist, Söhne zu bekommen, ist Debra."

„Wie?", fragte ich.

Brea setzte sich schließlich auf die Couch gegenüber von uns. „Meine Schwester Eleanora hat sich in einen Wolf verliebt, den damaligen Löwe-Alpha – Marshall, Jordans Großvater. Es war verboten, aber das war ihr egal. Sie war schon immer eine Rebellin gewesen." Brea warf einen Blick auf Jordans Mutter. „Als sie Debra bekam, haben die Sonnenhexen sie beide vertrieben. Irgendwann fand ich die Kraft, Solundra ebenfalls zu verlassen, zusammen mit den anderen Hexen, die mit Evanoras Führung nicht einverstanden waren. Seitdem haben wir uns hier versteckt."

„Die Sonnenhexen hielten mich für eine Abscheulichkeit, weil ich Wolfsblut habe", erklärte Debra. „Ich wurde nie als eine von ihnen angesehen. Bis ich zwei Söhne gebar. Dann haben sie sich plötzlich für mich interessiert."

Ich wusste alles darüber, wie es ist, eine Ausgestoßene, ein Halbblut zu sein, und zum ersten Mal empfand ich einen Anflug von Mitleid und Verständnis für das, was Debra durchgemacht hatte.

„Deshalb hat Roxandra ...", begann Jordan, aber seine Stimme verstummte und seine Augen blitzten vor Schmerz.

Irgendwie wusste ich genau, was er dachte, vielleicht wegen des Paarungsbandes oder wegen eines Verständnisses, das wir teilten. Er erinnerte sich daran, wie Roxandra gesagt hatte, dass sie gehofft hatte, von ihm schwanger zu werden – und das alles nur, weil sie einen anderen Mann mit dem Blut einer Sonnenhexe wollte. Ich legte meine Hand auf Jordans, um ihm stillschweigend meine Unterstützung zu geben.

„Warum hat sie was getan?", fragte Debra.

Kadens Blick wanderte zwischen uns hin und her, und ich spürte, dass auch er verstand. Wie Jordan war er selbst ein Opfer der Sonnenhexen gewesen. Er räusperte sich und lenkte Debra von ihrer Frage ab. „Heißt das, dass Jordan die Magie der Sonnenhexen besitzt?"

Jordan schnaubte. „Wenn dem so wäre, hätte ich sie dann nicht schon längst bei dir eingesetzt?"

„Gutes Argument." Kaden zuckte mit den Schultern, und ich schenkte ihm ein dankbares Lächeln für die Art und Weise, wie er so geschickt das Thema gewechselt hatte.

„Wir haben nach Spuren von Magie in Jordan gesucht, aber keine gefunden", sagte Brea. „Wir glauben, dass Jordan und Griffin aufgrund des Fluchs von Helios keine Sonnenmagie anwenden können."

Debra winkte mit der Hand. „Wer kann das schon sagen? Es ist schon so lange her, dass ein männlicher Sonnenhexer geboren wurde, und ihr seid beide auch zum Teil Wandler."

„Wie brechen wir den Fluch von Helios?", fragte Jordan.

„Wir wissen es nicht genau", sagte Brea. „Ich vermute, er wird erst enden, wenn Evanora entmachtet ist ... oder tot."

„Evanora hat aber andere Vorstellungen." Debra sah mich wieder an. „Als sie erfuhren, dass Ayla zur Hälfte Mondhexe ist, waren sie noch entschlossener, Jordan mit ihr zu paaren. Evanora will ein Baby mit Sonnen-, Mond- und Wolfsblut. Eines, das sie kontrollieren kann. Kannst du dir vorstellen, wie mächtig es sein würde?"

Jordans Gesicht verzog sich vor Abscheu. „Gott sei Dank ist das nicht passiert."

Ich erschauderte. Der Gedanke war erschreckend, und das nicht nur, weil ich ein Baby mit meinem Bruder bekommen sollte.

„Warum bist du hierhergekommen?", fragte Brea und holte mich in die Gegenwart zurück.

„Wir brauchen deine Hilfe." Ich atmete tief durch und blickte Jordan an. „Das falsche Paarungsband zwischen uns muss gebrochen werden. Roxandra hat uns gesagt, dass es mit dem Segenszauber zusammenhängt, der uns als Babys auferlegt wurde, und dass es vielleicht einen Weg gibt, ihn zu entfernen. Weißt du, wie?"

„So etwas ist noch nie gemacht worden, aber es könnte möglich sein", sagte Brea langsam. „Nur die ältesten und weisesten Sonnenhexen wüssten überhaupt, wie man so etwas versucht."

„Dann ist es ja gut, dass wir zu dir gekommen sind", sagte Jordan grinsend.

„Ja, gut so." Brea lächelte ihn an, ihre Augen leuchteten vor jahrhundertealtem Wissen. „Vielleicht kann ich euch helfen."

Hoffnung und Erleichterung durchfluteten mich so

schnell, dass ich nach Luft schnappte und mich dabei ertappte, wie ich Kadens Hand festhielt. „Wirklich?"

Sie hob eine Hand, ihr Gesicht war ernst. „Ja, aber ich brauche etwas Zeit, um in meinen alten Büchern zu lesen und den Zauberspruch vorzubereiten. Außerdem geht die Sonne gerade unter, und so ein Zauber muss tagsüber durchgeführt werden."

„Natürlich." Ich senkte den Kopf und war dankbar für diese Chance.

„Danke", sagte Jordan und klang genauso erleichtert, wie ich mich fühlte.

Wir sahen uns kurz in die Augen, zum ersten Mal seit Langem waren wir beide aufgeregt und hoffnungsvoll, und dann wandte ich mich an Kaden. Seine Hand legte sich um meine, und mein Herz schlug schneller, weil ich wusste, dass das falsche Paarungsband bald gebrochen werden könnte und ich endlich entdecken könnte, wer ich wirklich war – und mit wem ich zusammen sein sollte.

KAPITEL SECHZEHN

Die Sonne brannte auf uns herab, als wir nach draußen gingen, als wüsste sie, dass wir sie für etwas Großes brauchen würden. Das trockene, trostlose Land erstreckte sich kilometerweit in alle Richtungen und war kaum begrünt, bis es die Berge in der Ferne erreichte. Unkraut wehte in der Brise über den Boden, und der Himmel über uns war ein riesiges, blaues Feld, an dem nur ein paar Wolkenfetzen vorbeizogen.

Brea blieb vor einem Zaun stehen, der zu nichts weiter als zu sonnenverbranntem Land führte. „Seht, wie wir Sonnenhexen einst unsere Magie für das Leben und nicht für den Tod eingesetzt haben."

Sie öffnete das Tor und sagte ein Wort auf Altgriechisch, und plötzlich veränderte sich alles vor mir. Das karge Land verwandelte sich in üppige, grüne Felder, die sich bis zu den Bergen erstreckten und auf denen Weizen, Kartoffeln und viele andere Dinge wuchsen, die ich nicht kannte.

Ich entdeckte sogar Obstbäume, Erdbeeren, Tomaten und andere Dinge, von denen ich nie gedacht hätte, dass sie hier überleben könnten.

„Die Sonnenhexen hatten so etwas im Löwe-Dorf, aber in kleinerem Maßstab", sagte Jordan, und ich erinnerte mich an den magischen Garten mit dem Pavillon und all die Dinge, die sich dort abgespielt hatten. Es waren keine schönen Erinnerungen. Kaden grunzte, und ich war mir sicher, dass er auch an diesen Ort dachte, wahrscheinlich an die Zeit, als er ihn mit einer Kombination aus Mondmagie und Wandlerkraft zerstört hatte.

Aber dieser Ort war anders. Es war klar, dass die Sonnenhexen ihn mit großer Sorgfalt angebaut und gepflegt hatten, was es ihnen ermöglichte, hier draußen, so weit weg von der Zivilisation, autark zu sein. Lange Zeit hatte ich die Sonnenhexen nur als Schurken betrachtet, die ihre Kräfte zum Verbrennen und Zerstören einsetzten, aber jetzt sah ich eine andere Seite ihrer Magie.

„Wie haltet ihr das versteckt?", fragte ich.

„Evanoras Familie ist stark in der Gedankenmagie, aber unsere ist stark in der Illusionsmagie", sagte Debra, die neben Jordan stand, mit Stolz.

„Wir verbiegen das Licht, um nur das zu zeigen, was wir sehen wollen." Brea sprach ein weiteres Wort auf Altgriechisch, und die Wüste erschien wieder vor uns, wie ein Vorhang, der vor einer Szene fällt.

„Unglaublich", sagte ich.

Sie ließ die Illusion wieder fallen und führte uns auf eine flache Wiese, auf der an einer Seite ein paar Kühe grasten. In der Ferne entdeckte ich Griffin auf einem der Pferde in der Nähe eines kleinen Flusses und sah eine mir unbekannte Sonnenhexe, die Himbeeren pflückte und in einen Korb legte.

Brea blieb in der Mitte des Feldes stehen. „Hier werden wir den Zauberspruch versuchen."

„Meinst du, du schaffst das?", fragte Jordan.

„Ich glaube schon, aber ich habe einen Großteil der Nacht damit verbracht, meine alten Bücher zu durchstöbern, und ich habe nie einen Hinweis darauf gefunden, dass so etwas schon einmal gemacht wurde. Trotzdem glaube ich, dass ich einen Weg gefunden habe, den Segenszauber zu entschlüsseln, auch wenn es vielleicht ein paar Versuche braucht. Ich warne euch aber, es wird sich nicht gut anfühlen."

„Wir werden alles tun, um das Paarungsband zu lösen", sagte ich, und meine Stimme klang verzweifelter, als ich beabsichtigt hatte. Dringlichkeit steckte mir in den Knochen, aber sie hatte nichts mit dem Zauber zu tun. Heute Nacht war Vollmond, und ich war sowohl verpaart als auch rudellos, was bedeutete, dass ich wieder läufig werden würde, wenn ich nichts dagegen unternahm – zum Beispiel Kaden anflehen, mich wieder in das Ophiuchus-Rudel aufzunehmen. Das war die kluge, offensichtliche Alternative, aber ich weigerte mich hartnäckig, es zu tun, außer als letzten Ausweg. Kaden hatte mir mein Rudelzeichen genommen, und wenn ich es zurückbekommen würde, wollte ich es, weil ich wirklich zu ihnen gehörte, und nicht, weil ich keine andere Wahl hatte.

„Bringen wir es einfach hinter uns", sagte Jordan, mit ebenso angespannter Stimme. Ich hatte ihm gegenüber den Vollmond nicht erwähnt, aber er war kein Idiot. Er wusste, was passieren würde. Das Paarungsband würde uns beide heute Nacht wild machen, selbst wenn wir es schafften, getrennt zu bleiben. Das letzte Mal hatte er durch das Band gespürt, wie ich Kaden gefickt habe. Ich war mir sicher, dass er eine Wiederholung heute Abend vermeiden wollte.

„Sprich den Zauber zuerst auf Ayla", sagte Debra. „Wenn der Zauber nach hinten losgeht, wollen wir nicht, dass er Jordan verletzt."

„Autsch", murmelte ich. Aber ich verstand es. Ihre Priorität war ihr Sohn, und ich war ihr egal. Aber ich zuckte mit den Schultern und trat vor. „Ich habe kein Problem damit, die Erste zu sein. Je früher, desto besser."

„Sehr gut." Brea musterte mich von oben bis unten. „Ich werde dich noch einmal warnen. Das wird nicht angenehm werden."

Ich hob mein Kinn an. „Ich kann es aushalten."

Ich hatte schon früher Schmerzen durchlebt. Ich konnte auch damit umgehen.

Brea schaute zur Sonne hinauf und begann zu singen, zunächst leise, und ich konnte nicht verhindern, dass sich meine Muskeln bei diesem Klang instinktiv anspannten. Jedes Mal, wenn eine Sonnenhexe in meiner Nähe auf Altgriechisch gesungen hatte, waren schlimme Dinge passiert. Ich zwang mich, mich zu entspannen. Brea war anders. Sie wollte uns helfen. Zumindest hoffte ich das. Was, wenn das alles nur ein Trick war? Nein, sie würde

Jordan nicht wehtun. Und falls sie sich gegen uns wenden sollten, war Kaden zur Stelle, bereit, Brea auszuschalten, falls nötig. Ich zwang mich, ruhig zu bleiben.

Die Wärme der Sonne drang in meine Knochen ein, als Breas Gesang lauter wurde und ihre Augen in hellem Licht erstrahlten. Als auch ihre Hände zu leuchten begannen, schien die Sonne noch heller zu werden, und ich blinzelte mit den Augen dagegen an. Schweiß tropfte mir den Rücken hinunter und perlte auf meiner Stirn, als die Hitze zunahm. Die Sonnenmagie summte in der Luft um uns herum und strömte durch Brea zu mir, und die Angst ließ mich noch mehr schwitzen. Es kostete mich alles, was in meiner Macht stand, um nichts zu tun, während eine Sonnenhexe mich mit einem Zauber belegte.

Als die Hitze fast überwältigend wurde, begann Brea, ihre Hände in langsamen, gezielten Bewegungen zu bewegen. Spuren von Sonnenmagie folgten ihr und hingen noch ein paar Sekunden in der Luft, nachdem ihre Hände die Stelle verlassen hatten. Sie fuhr mit ihrem Gesang fort und ging um mich herum, während sie die Magie wie ein Netz webte. Ich spürte sie auf mir, sie drang in meine Haut ein, aber ich zwang mich, mich nicht dagegen zu wehren.

Sie hilft mir, sagte ich mir immer wieder, während sie weitersprach. Die Magie wickelte sich um mich und begann zu zerren, wie Widerhaken, die in meiner Haut steckten und versuchten, etwas herauszuziehen, das sich nicht rühren wollte. Bei jedem Ruck durchfuhr mich ein Schmerz, und ich biss die Zähne zusammen und ballte die

Fäuste. Der Schmerz würde nur vorübergehend sein, und er war es wert, wenn es funktionierte.

Ich schloss die Augen und holte tief Luft, als die Tortur weiterging, meine Sicht rot wurde und meine Glieder zitterten. *Halte durch,* sagte ich mir. *Sicherlich wird es bald vorbei sein.* Aber der Schmerz wurde immer stärker, und ein gequälter Schrei entkam meinen Lippen, als ich auf die Knie fiel.

„Stopp!", brüllte Kaden. „Du bringst sie um!"

Wenige Augenblicke später schlug mein Gesicht auf dem Boden auf, und dann hörte der Schmerz auf. Kaden nahm mich in den Arm, als ich in die Wirklichkeit zurückschwebte, und ich blinzelte die Sterne in meinen Augen weg.

„Ayla", sagte Kaden. „Ayla!"

Ich holte tief Luft. Der Schmerz war völlig verschwunden, und ich fühlte mich wieder gut. Nur ein bisschen durchgeschüttelt. „Mir geht es gut."

„Tut es nicht", knurrte Kaden. Jordan sah ebenfalls besorgt aus, als er hinter Kaden stand, aber er wusste, dass er sich nicht einmischen sollte.

„Ich bin nicht verletzt. Es war nur ... eine Menge." Ich konnte aufstehen und bürstete mich ab. „Lasst es uns noch einmal versuchen."

„Auf keinen Fall", sagte Kaden. „Du bist fertig."

Ich knurrte ihn an. „Ich bin fertig, wenn ich sage, dass ich fertig bin. Wenn du damit nicht umgehen kannst, dann geh."

Er sah davon überrascht aus und hielt wohlweislich den

Mund. Er wusste nicht, wie es war, an seinen eigenen Bruder gefesselt zu sein, gezwungen, ihn zu begehren, obwohl mich der Gedanke daran krank machte. Außerdem war ich stärker, als er wusste, und ich war es leid, dass er mich unterschätzte. Auch Kaden musste lernen, mir zu vertrauen, wenn er wollte, dass unsere Beziehung funktionierte.

„Es tut mir leid", sagte Brea, ihre Stimme war aufrichtig. „Ich gebe dir einen Moment Zeit, und dann versuche ich etwas anderes."

„Wir haben keine Zeit zu verlieren", sagte ich. „Tu es jetzt. Ich werde es überleben."

Brea schaute skeptisch, drehte sich aber zu Debra um, die mit den Schultern zuckte. „Nun gut. Ich werde den Zauber etwas abändern und sehen, ob er besser funktioniert."

Sie sprach den Zauber erneut, aber diesmal sammelte sie zuerst die Energie der Sonne in sich, bis sie praktisch vor Energie strotzte. Sie machte keine Handbewegungen, und als sie fertig war, streckte sie mir ihre Handflächen entgegen und ließ den Zauber in einem Zug los. Sie traf mich heftig und schleuderte mich zurück, und einen Moment lang sah ich nur ein helles weißes Licht, während der Schmerz meine Welt beherrschte.

Als ich wieder zu mir kam, lag ich im Gras und starrte in den Himmel. Ich griff nach dem Paarungsband und spürte Jordan dort, besorgt, ängstlich, gestresst. Lust flammte in mir auf, verstärkt durch den bevorstehenden Vollmond, und ich zügelte sie schnell, indem ich das Paarungsband wieder hinter Mauern verschloss. Ich seufzte, denn ich wusste, dass der Zauber erneut fehlgeschlagen war.

Die beiden Männer halfen mir auf die Beine, sagten aber nichts dazu, obwohl sie beide aus unterschiedlichen Gründen unglücklich aussahen. Ich nickte Brea zu, damit sie es noch einmal versuchte.

Brea sah in einem der Bücher nach, die sie mitgebracht hatte, und sang dann etwas anderes, wobei sie ihre Hände in einem neuen Muster wie bei einem Tanz bewegte. Diesmal sprühte die Magie überall um mich herum wie kleine Glühwürmchen, die über meine Haut huschten. Während der erste Zauber stark am Segen gezerrt und der zweite versucht hatte, sich dagegen zu stemmen, fühlte es sich eher so an, als würde dieser versuchen, die Magie aus meiner Haut zu locken, sie langsam Stück für Stück zu entwirren. Das dauerte am längsten und tat am wenigsten weh, und ich war zuversichtlich, dass es endlich klappen würde.

Als der Zauber beendet war, musterte mich Brea mit müden Augen. „Fühlst du dich irgendwie anders?"

Als der Zauber verblasste, überkam mich dieses kranke, mächtige Verlangen nach Jordan, zusammen mit dem Juckreiz der aufkommenden Läufigkeit, die bereits unter meiner Haut Wurzeln schlug. Wenn überhaupt, dann hatten die Zauber das Paarungsband nur noch stärker gemacht, als würde es gegen die Magie ankämpfen und versuchen, sich fester um unsere Seelen zu wickeln.

Ich schüttelte den Kopf, als mir alle Hoffnung entglitt und die Niederlage mich zu Boden riss.

„Das hätte funktionieren müssen", sagte Brea mit gerunzelter Stirn. „Es tut mir leid. Das war meine letzte Idee."

„Scheiße", schrie Jordan und wandte sich ab, als könnte er es nicht mehr ertragen, mich anzusehen. Ich wusste, dass er das tat, um sich selbst davon abzuhalten, zu mir zu rennen, wie es das Paarungsband wollte. Ein unbedeutenderer Mann wäre nicht in der Lage gewesen, dagegen anzukämpfen, so stark war es geworden.

Ich presste meine Hände auf die Augen, spürte das gleiche Brennen in mir und die gleiche Qual, weil ich wusste, dass wir versagt hatten. Wir waren so weit gekommen, und nach all dieser Zeit konnten wir immer noch nichts tun, um das Band zu brechen. Kaden griff nach mir, aber ich stieß ihn weg, unfähig, seinen Trost anzunehmen, während in mir das Bedürfnis nach dem falschen Mann pulsierte.

„Bitte", flehte ich Brea an, während mir Tränen über die Wangen liefen. „Es muss doch noch etwas geben, was wir versuchen können."

Sie seufzte und begann wieder in ihren Büchern zu blättern, aber ich konnte in ihren Augen sehen, dass sie nicht glaubte, etwas zu finden. Wir hatten keine Möglichkeiten mehr.

Debra blickte zwischen mir und Jordan hin und her, ihre Lippen waren zu einem schmalen Strich verzogen. Ich wusste, dass sie diese Paarungsbindung genauso wenig wollte wie wir. „Meinst du, es könnte ihre Mondmagie sein, die den Zauber verhindert?"

„Nein", sagte Brea, während sie eine weitere Seite

umblätterte. „Wenn überhaupt, dann sollte ihre Mondmagie mir helfen. Sie hat sich immer gegen den Segenszauber gewehrt. Das ist der einzige Grund, warum sie Jordan so lange widerstehen konnte." Dann hielt sie inne und starrte in die Ferne. „Mondmagie ..."

Debra sog scharf den Atem ein. „Meinst du?"

Brea klappte das Buch zu und reichte es Debra. „Ja. Eine Mischung aus Sonnen- und Mondmagie. So wie es die alten Hexen früher gemacht haben. Es könnte funktionieren."

Mein Kopf schnellte hoch, aber ich hatte Angst, wieder zu hoffen. Trotzdem war es einen Versuch wert. „Was muss ich tun?"

In den nächsten dreißig Minuten brachte Brea mir den Zauber bei, während Kaden mit Jordan spazieren ging. Es war viel einfacher für mich klar zu denken, wenn er nicht hier war, und ich verstand das Altgriechische schnell, nachdem ich es bei den Mondhexen gelernt hatte. Dann führte mich Brea durch eine Reihe von Handbewegungen und Drehungen, die sie erst langsamer und dann schneller wiederholte, während Debra ihre Kritik an meinen Bewegungen teilte. Ich hatte noch nie zuvor so gezaubert, es war eher wie das Erlernen eines Tanzes als eines Zaubers, aber Brea entschied schließlich, dass ich bereit war, und Debra stimmte widerstrebend zu.

Wir riefen die Männer zurück, und dann war es so weit. Ich sah Jordan in die Augen und schluckte schwer. Das war unsere letzte Chance. Wenn das nicht klappte ... Ich konnte es nicht ertragen, daran zu denken.

Brea begann zu singen und ihre Sonnenmagie zu sammeln, um sie auf mich zu lenken, und ich wiederholte ihre Worte und Bewegungen und appellierte an den Mond. Ich erwartete, dass die Magie aufeinanderprallen würde, wie bei meinem Kampf gegen Roxandra, aber es gab keine Explosion, als die gegnerischen Kräfte aufeinandertrafen. Stattdessen verwoben sich Sonnen- und Mondmagie zu einem Lichtgeflecht, das sich wie ein Balsam über mich legte. Die Magie breitete sich in mir aus und ließ mich in einer Mischung aus Gold und Silber, heiß und kalt, männlich und weiblich glühen. Winzig kleine Lichtnadeln schienen sich in mich zu bohren und etwas tief in mir zu stechen, nicht nur in meinem Körper, sondern in meiner Seele selbst. Es gab einen scharfen Schmerzenslaut und einen hellen Lichtblitz, und dann spürte ich, wie sich etwas löste. Die Magie, die mich festhielt, ließ plötzlich nach, und ich fiel auf die Knie, als das Gewicht der Magie mich in Windeseile verließ.

Kaden und Jordan eilten an meine Seite, um zu sehen, ob es mir gut ging, und ich blinzelte und versuchte, mich auf sie zu konzentrieren. Ihre hübschen Gesichter waren beide vor Sorge angespannt, und sie fragten immer wieder, ob es mir gut ginge.

Ich holte tief Luft, als ich wieder zu mir kam, und dann sah ich Jordan an und fühlte ... nichts. Liebe, ja, aber die Art, die ein Geschwisterpaar empfindet, und nichts weiter. Keine Lust. Keine Anziehung. Kein Paarungsband.

Ich weinte vor Erleichterung. „Es ist verschwunden. Es ist wirklich verschwunden."

Jordan stieß einen erstickten Laut aus, dann nahm er mich in die Arme und wir weinten gemeinsam, die Erleichterung war so überwältigend, als wäre in uns beiden ein Damm gebrochen. Es war vorbei. Wir waren frei.

Ich zog mich zurück, wischte mir über die Augen und drehte mich zu Kaden um. Er sah mich mit Hoffnung in den Augen an, aber es war die Art von Hoffnung, vor der man Angst hat, sie zu fühlen, weil sie zu bedeutsam war, und man am Boden zerstört wäre, wenn sie sich als falsch herausstellen würde. Ich verstand vollkommen. Würden wir jetzt Gefährten sein? Wie er hatte ich Angst zu hoffen.

Ein scharfer Schmerz entzündete sich in meiner Brust, über meinem Herzen, und ich keuchte und drückte eine Hand darauf. Es fühlte sich an, als hätte mich etwas verbrannt. Ein verirrter Teil der Sonnenmagie? Eine Nebenwirkung des Zaubers? Es verblasste schnell, aber als ich meine Hand bewegte, konnte ich nicht glauben, was ich sah.

Ein Rudelabzeichen.

Ich knöpfte mein Hemd ein wenig auf, um es besser sehen zu können, und war erstaunt über das, was ich sah. Ein Ophiuchus-Symbol, so klar wie der Tag, das genau über meinem Herzen saß. Die Stelle, an der es sitzen würde, wenn ich ein Alphaweibchen wäre.

„Hast du das getan?“, fragte ich und blickte zu Kaden auf.

Sein Kiefer lag praktisch auf dem Boden und er brauchte eine Sekunde, um zu antworten. „Nein.“

„Wie?“, fragte ich.

Es war Jordan, der antwortete. „Weil du von Anfang an dazu bestimmt warst, ein Ophiuchus zu sein. Genau wie deine Mutter gesagt hat."

Ich drückte meine Hand auf das Zeichen, schloss die Augen und fühlte mich zum ersten Mal in meinem Leben ganz und gar ich selbst. Ich war von Rechts wegen ein Ophiuchus. Ich brauchte Kaden nicht, um mir ein Rudelzeichen zu geben. Ich hatte es mir ganz allein verdient, und dieses Zeichen würde mir niemals genommen werden.

„Ich wusste es", sagte Kaden, seine Stimme war kaum höher als ein Flüstern. Er starrte auf das Rudelzeichen über meinem Herzen, dann wanderte sein Blick zu mir. Etwas rührte sich in mir, ein Ruf, den ich nicht ignorieren konnte, und mein Wolf heulte in mir und sehnte sich danach, befreit zu werden.

„Heute Nacht", sagte ich zu ihm. Wahre Paarungsbänder wurden aktiviert, wenn beide Wandler in Wolfsgestalt waren, so hatte man mir gesagt. Heute Nacht würden wir herausfinden, ob wir wirklich füreinander bestimmt waren.

Er nickte, er wusste, was ich meinte, und die Hoffnung in seinen Augen wandelte sich in etwas anderes. Etwas wie Hunger.

Ich drehte mich zu den beiden Sonnenhexen um, die das Ganze mit Interesse beobachteten. „Danke", sagte ich zu ihnen, bevor mir die Kehle vor Rührung zuschnürte. Ich wollte noch mehr sagen, aber es war zu viel. Ich konnte nur hoffen, dass sie es in meinem Gesicht lesen konnten.

„Gern geschehen", sagte Brea und senkte leicht den

Kopf. „Ich bin froh, dass es funktioniert hat. Ich habe endlich das Gefühl, dass ich etwas von Evanoras Bösem rückgängig mache."

„Das ist ein Anfang", sagte Jordan.

„Geht es dir gut?", fragte Debra ihn, als wäre er derjenige, der gerade mit einem Zauber belegt worden war.

„Mir geht's gut. Besser als gut." Er fuhr sich mit einer Hand durch sein goldenes Haar. „Obwohl es mir noch viel besser ginge, wenn der Segenszauber auf mir auch verschwunden wäre. Bist du dazu bereit, Ayla?"

„Natürlich." Ich schnappte mir eine Flasche Wasser und kippte sie hinunter, denn ich fühlte mich ausgedörrt. Der Zauber hatte mich ganz schön mitgenommen, aber das hier würde erst zu Ende sein, wenn auch Jordan völlig frei war.

Und dann würden wir herausfinden, wie wir den Rest der Wölfe der Tierkreise befreien konnten.

KAPITEL SIEBZEHN

Eine Mischung aus Vorfreude und Aufregung raste durch meine Adern, als ich nach draußen trat. Die Sonne war gerade untergegangen und hatte den endlosen Himmel über der Ranch in leuchtendes Rot und Rosa getaucht, mit einem dunkelblauen Streifen an der Spitze, der zu Schwarz verblasste. Bald würde der Vollmond aufgehen, aber zum ersten Mal seit Tagen hatte ich keine Angst davor, was das bedeutete.

Jetzt, da ich nicht mehr verpaart und rudellos war, würde ich heute Nacht nicht läufig werden, aber jeder Wolf spürte den Ruf des Vollmonds, und das machte uns in der Regel ein wenig wild. Der Unterschied war, dass ich dieses Mal als freie Wölfin darauf eingehen würde.

Ich ging auf die Obstbäume zu, die ich vorhin gesehen hatte. Es war kein Wald, aber es war das Beste, was ich finden konnte, und die Bäume würde mir heute Nacht etwas Schutz und Privatsphäre bieten. Mein Atem stockte und mein Puls beschleunigte sich, als ich an das dachte, was kommen würde.

Die heutige Nacht würde alles verändern.

Als der Mond den Horizont durchbrach, zog ich schnell meine Kleider aus und legte sie unter einen der Bäume, bevor ich meinem Wolf freien Lauf ließ. Die Verwandlung verlief reibungslos und schnell, ohne dass mich auch nur eine Spur des Sonnenhexenzaubers in mir verlangsamte. Ich schüttelte mein weißes Fell aus und streckte meine Pfoten, bevor ich im Sprint davonlief.

Ich flitzte zwischen den Obstbäumen hindurch und atmete die für mich neuen Gerüche ein. Dieser Ort war so anders als die Wälder, die ich so gut kannte, und obwohl ich mein Zuhause vermisste, freute ich mich darauf, etwas Neues zu entdecken. Ich stellte meine Schnelligkeit auf die Probe und rannte so schnell ich konnte, um mich durch das Laub zu schlängeln. Mein Herz klopfte vor Freude und ich genoss das Gefühl, dass ich endlich frei war.

Der Mond stieg höher am Himmel, sein sanftes Licht schien wie ein Segen auf mich herab. Ich hob meine Schnauze und stieß ein kurzes Heulen aus, um Selene zu preisen. Hinter mir ertönte ein Gegenheulen, das meine Ohren aufhorchen ließ.

Kaden.

Sein Geruch wehte zu mir herüber, und etwas Ursprüngliches ergriff mich, weil ich wusste, dass er meinetwegen kam. Ich begann zu rennen, und es gab keinen Zweifel daran, dass er mir folgen würde. Genau wie ich es wollte.

Ich raste durch die Bäume, meine kräftigen Beine trieben mich mit jedem Schritt vorwärts. Die kühle Nachtluft peitschte durch mein Fell, und die einzigen Geräusche waren mein Hecheln und das Rascheln der gefallenen Blätter unter meinen Pfoten. Ein Schauer durchfuhr mich, als ich ein Knurren hinter mir hörte, und dann spürte ich Kadens heißen Atem auf meinen Fersen.

Du kannst rennen, kleine Wölfin, sagte seine Stimme in meinem Kopf. *Aber ich werde dich immer fangen. Und wenn ich das tue, ... werde ich dich nicht mehr gehen lassen.*

Ich stolperte, schockiert, ihn in meinem Kopf zu hören, aber dann erinnerte ich mich daran, dass ich wieder ein Ophiuchus war. Seine Worte weckten einen wilden Instinkt in mir, und ich wich plötzlich nach links aus, fest entschlossen, das Spiel zu verlängern. Der schwarze Wolf folgte mir, wie ich wusste, dass er es tun würde. Wir fühlten uns zueinander hingezogen, von einer magnetischen Anziehungskraft, der ich mich nicht entziehen konnte. Mein Herz schlug schneller, denn mir war klar, dass ich meinem Alpha niemals davonlaufen konnte. Er kam immer näher, und schon bald würde er mich einholen ... und mich für sich beanspruchen.

Ich bog in eine weitere Baumreihe ein und atmete den Duft von Orangen ein, doch dann spürte ich ein Zwicken an meinem Schwanz. Das war die einzige Warnung, die ich bekam, bevor Kaden mich zu Boden riss. Wir stürzten in einem Wirbel aus Fell und Zähnen, und ich knurrte den größeren Wolf an, als es mir gelang, mich zu befreien. Doch bevor ich zwei Schritte machen konnte, war Kaden wieder auf mir und drückte mich zu Boden. Ich wimmerte leise, als ich mich ihm unterwarf, obwohl ich keine Angst spürte, sondern nur intensives Verlangen und Liebe.

Er gab ein Knurren von sich, als er sich in meinen Nacken schmiegte. *Gefährtin,* sagte er. *Meine.*

Unsere Blicke trafen sich, und das Paarungsband wurde mit einer Intensität geknüpft, die uns beide schockierte. Plötzlich fühlte sich alles intensiver, realer an, besonders der Wolf auf mir. Ich spürte die Anwesenheit meines Gefährten in mir, als wären wir ein Wesen und nicht zwei. Alle Teile meines Lebens fügten sich plötzlich zusammen, und ich erkannte, dass jeder Schritt mich zu meinem wahren Gefährten geführt hatte. Zu Kaden.

Gefährte, wiederholte ich seine Worte. *Meiner.*

Diese Bindung war nicht wie die, die ich mit Jordan gehabt hatte. Diese Bindung war bedrückend und fast schmerzhaft in ihrer Intensität und Dringlichkeit gewesen. Es fühlte sich an, als käme ich nach Hause, als würde ich über eine schöne Erinnerung lächeln, als würde ich einen Bissen von meinem Lieblingsessen nehmen. Als hätte ich vom ersten Moment an, als ich Kaden kennengelernt hatte, gewusst, dass wir füreinander bestimmt waren, und jetzt war der Moment endlich da.

Wir verwandelten uns gleichzeitig zurück, beide nackt und in den Armen des anderen, immer noch aneinander geschmiegt, was dann in sanfte Küsse auf der Haut des anderen überging. Die Küsse wurden intensiver, als sich das Verlangen in uns ausbreitete und das Paarungsband darum bettelte, auf die ursprünglichste Weise vollendet zu werden.

Aber es hat uns nicht gezwungen. Es ließ uns die letzte Wahl.

„Ich wusste immer, dass du es bist", murmelte Kaden an meinem Hals. „Ich wusste es von dem Moment an, als wir uns am Wasserfall trafen, auch wenn dein Wolf noch weggesperrt war. Ich wusste es sogar, als du dich mit dem Sohn meines Feindes verpaart hast. Ich wusste es sogar, als die Sonnenhexen versuchten, mich gegen dich aufzubringen. Du bist meine Gefährtin. Mein Alphaweibchen. Mein Schicksal."

„Ich wusste es auch", sagte ich, während ich meine Beine um ihn schlang. „Ich hatte nur Angst, es zu glauben."

Sein Schwanz war steif und klemmte zwischen uns, so nah an der Stelle, an der ich ihn brauchte, aber er bewegte sich nicht, obwohl er das gleiche überwältigende Verlangen verspürt haben musste, sich mit mir zu vereinen. Ich konnte kaum noch klar denken. Alles, was ich wollte, war, ihn in mir zu spüren und das Paarungsband zu besiegeln.

„Willst du das?", fragte er, und ich verstand alles, was er mit diesen Worten meinte. Es war eine Sache, ihn wegen des Paarungsbandes zu wollen, aber eine ganz andere, ihn aus freiem Willen zu wollen. Nach allem, was zwischen uns geschehen war, wollte er sicher sein. Er wollte, dass ich mich für ihn entschied.

„Ja." Ich nahm sein Gesicht in meine Hände und sah ihm in die Augen. „Ich liebe dich."

Er holte tief Luft. „Ich liebe dich auch, kleine Wölfin."

Dann küsste er meine Lippen, und ich klammerte mich an ihn, als sein Schwanz in einer langen Bewegung in mich eindrang. Wir seufzten beide, als wir miteinander verschmolzen, als er mich so vollständig ausfüllte, dass ich jeden einzelnen harten Zentimeter von ihm spürte. Mehr als das, ich spürte ihn auf einer neuen Ebene, jetzt als meinen Gefährten. Ich spürte seine Liebe, sein Verlangen und sein Gefühl, dass dies das Richtige war, und ich wusste, dass er all diese Dinge auch bei mir spürte.

Kaden sah auf mich herab, als wäre ich eine Offenbarung. Als er mit seinem Daumen über meine Unterlippe strich, spürte ich sein Staunen und seine Ehrfurcht durch unsere Verbindung. Ich spürte es auch, aber das Bedürfnis pulsierte noch stärker in mir, und ich zog meine Beine um ihn zusammen und flehte ihn an, sich zu bewegen.

„Beeil dich und fick mich", sagte ich, während meine Hände seine breiten Schultern umklammerten und meine Nägel sich in seine Haut gruben.

Er grinste. „Wir haben den Rest unseres Lebens Zeit. Wir müssen uns nicht beeilen."

„Kaden", rief ich und heulte seinen Namen zu den Sternen. Ich hatte keine Ahnung, wie er sich so ruhig verhalten konnte, während sein Schwanz in mir pulsierte.

„Für dich tue ich alles, Ayla."

Dann knurrte Kaden und packte meine Hüften, als er die Bestie in sich wieder erwachen ließ. Er zog sich aus mir heraus und stieß dann wieder zu, wobei er meine Hüften auf den kühlen, weichen Boden drückte. Ja, schrie mein Körper. Ja. Das war es, was ich gewollt hatte, was ich vermisst und gebraucht hatte. Später würde es Zeit geben, es langsam anzugehen, den Körper des anderen zu bewundern, aber jetzt musste er mich als seine Gefährtin beanspruchen.

Er zog mich hoch, sodass er auf den Knien war und ich um ihn herum, auf ihm reitend, im hellen Mondlicht. Er küsste mich heftig, während wir uns zusammen bewegten, seine Hände streichelten meine Brüste, meine Hüften, meinen Hintern. Er fickte mich auf seinen Knien, als würde er mich anbeten, und sorgte dafür, dass jeder Stoß mich noch mehr befriedigte. Er beanspruchte mich wie ein Gott, und ich schrie seinen Namen zu den Sternen, während er mich zu seiner Göttin machte.

Der Höhepunkt durchfuhr uns beide gleichzeitig, pulsierte durch das Paarungsband, und alles, was wir tun konnten, war, ihn gemeinsam durchzustehen. Ich hatte noch nie etwas so Intensives gefühlt – eine Mischung aus meiner Lust und seiner, eine Liebe, die kein Ende und keinen Anfang hatte.

Als es vorbei war, starrten wir uns gegenseitig an, während wir nach Luft schnappten und sich das Paarungsband zwischen uns festigte. Die Intensität verblasste, bis sie einfach da war, angenehm und vertraut, als wären wir schon immer so miteinander verbunden gewesen.

„Meins.“ Kaden drückte seine Stirn gegen meine. „Ich habe es schon einmal gesagt, aber jetzt gibt es keinen Zweifel mehr. Jeder Zentimeter von dir gehört mir.“

„Zeig es mir.“

Mit einem verruchten Grinsen legte mich Kaden zwischen den Obstbäumen auf den Rücken, und dann wanderte er mit seinem Mund meinen Körper hinunter. Er küsste mich überall und ließ keinen Zentimeter Haut unberührt, von meinen Brustwarzen bis zu den Kurven meiner Hüften. Er nahm sich Zeit für meine Brüste, fuhr mit seiner Zunge um meine Brustwarzen, bevor er eine in den Mund nahm und mit den Zähnen darüber strich, wohl wissend, dass sich mein Rücken wölben und ich aufschreien würde. Er nahm sich genauso viel Zeit für meinen Kitzler und reizte ihn, bis ich praktisch schluchzend nach Erlösung verlangte, obwohl er nicht bereit war, mich noch einmal kommen zu lassen.

Dann drehte er mich auf den Rücken und machte dasselbe auf meinem Rücken, wobei er mit seinem Mund über mein nacktes Fleisch fuhr. Als seine Zähne die Wölbung meines Hinterns streiften, keuchte ich auf. Dann spreizte er meinen Arsch und schob seinen Finger in mein hinteres Loch.

„Jeder einzelne Zentimeter", knurrte er und schob dann einen weiteren Finger hinein, um mich weiter zu dehnen. Er bereitete mich auf das vor, was kommen würde. Er hatte mich einmal gewarnt, dass er mich eines Tages hier nehmen würde, und mein Herz pochte in Erwartung noch schneller.

„Zeig es mir", wiederholte ich. Ich wollte in jeder Hinsicht zu ihm gehören, und ich wollte, dass er wusste, dass ich ihm vollkommen vertraute.

Er zog meine Hüften nach oben und rieb seinen Schwanz an meiner Muschi, glitt zwischen meine Falten, um sich mit meinem Gleitmittel zu bedecken. Ich stöhnte bei diesem Gefühl und versuchte, meinen Körper anzuwinkeln, um mehr zu bekommen, meine Hände in den Schmutz gepresst. Aber gerade als ich dachte, dass er mich so zum Kommen bringen könnte, zog sich sein Schwanz zurück und positionierte sich an meinem Hintereingang, um Einlass zu finden.

Sein Schwanz war viel größer als seine Finger, und ich hörte auf zu atmen, als er sich langsam seinen Weg nach innen bahnte. Er dehnte mich, bis ich dachte, dass ich unmöglich noch mehr aushalten könnte, und ich wölbte meinen Rücken gegen die hellen Punkte des Schmerzes, die sich mit dem Vergnügen vermischten. Als er in mir zum Stillstand kam, weinte ich fast vor Erleichterung, und dann begann das eigentliche Fordern.

Mit einer Hand umfasste er meine Hüfte und hielt mich fest, während sein Schwanz in meinen Arsch hinein und wieder heraus glitt. Mit der anderen berührte er meinen Kitzler, seine Finger in meiner Muschi. So etwas hatte ich noch nie gefühlt, und ich konnte mich nur dem hingeben, was er mit mir machte.

„Bitte", schrie ich. „Mehr."

Kaden drückte mich nach unten, mein Gesicht gegen die Erde gepresst, und meine Finger gruben sich nutzlos hinein, während er härter zustieß und mich von hinten vögelte wie die Tiere, die wir wirklich waren. Ich genoss dieses Gefühl, die Dehnung um seinen Schwanz, das Klatschen von Haut auf Haut und das Geräusch seines schweren Atems über mir.

Als seine Finger ihren Druck erhöhten, wusste ich, dass ich nicht mehr lange durchhalten würde, und ich spürte, dass auch Kaden kurz davor war. Er knurrte und beugte sich über mich, seine Zähne streiften meine Schulter, und ich schloss die Augen und erschauderte, als die Lust mich durchflutete. Kaden warf seinen Kopf zurück und heulte seine Erlösung zum Mond, während sein Schwanz anschwoll.

Meine Glieder gaben nach, und Kaden folgte mir nach unten, sodass wir in einem Gewirr aus nackter Haut auf die Erde fielen. Ich schmiegte mich an meinen Gefährten, als sanftes Mondlicht auf uns fiel, wie Selenes Hand, die nach unten greift, um uns zu wiegen. Wir brauchten keine Worte und sprachen auch keine, als wir uns in den Armen hielten und einfach spürten, wie das Paarungsband zwischen uns pulsierte und uns für den Rest unseres Lebens aneinander band.

Wir waren jetzt wahre Gefährten, und nichts würde daran etwas ändern.

KAPITEL ACHTZEHN

Am Morgen entfernten Brea und ich den Segen von Griffin und Debra, und als sein Wolf frei war, verwandelte sich Griffin zum ersten Mal. Wir anderen lachten als sein schlaksiger, rötlicher Wolf über die Ranch flitzte und die Kühe und Hühner erschreckte. Dann kehrten wir zum Haus zurück, um zu Mittag zu essen, und danach machte ich ein Nickerchen in einem der bequemen alten Sessel. Die ganze Magie hatte mich ausgelaugt, vor allem nachdem Kaden mich viel zu lange wach gehalten hatte. Nicht, dass ich auch nur eine Sekunde davon bereut hätte.

Als ich aufwachte, war ich allein, und die Sonne stand viel tiefer am Himmel. Ich gähnte und trat auf die Veranda hinaus, denn ich spürte durch unsere Verbindung, dass Kaden da war, und hörte seine Stimme im Wind.

„Du weißt, wie es war", sagte er zu jemandem an der Seite des Hauses.

„Ja", antwortete Jordan. Es war seltsam, ihn nicht mehr

in der Nähe zu spüren. Ich hatte mich so sehr an seine ständige Präsenz in meinem Hinterkopf gewöhnt. Aber es war auch eine Erleichterung.

Ich zögerte, denn ich wusste, dass ich bleiben und zuhören konnte, aber irgendetwas an ihrem Gespräch fühlte sich privat an. Vielleicht hatte Kaden endlich meinen Rat befolgt, mit Jordan darüber zu reden, was sie durchgemacht hatten. Ich ging wieder hinein und ließ ihnen etwas Freiraum.

Debra und Griffin waren in der Küche, schnitten Gemüse und bereiteten das Abendessen vor. Bei ihrer Arbeit bewegten sie sich mit der Leichtigkeit zweier Menschen, die schon lange in der Nähe des jeweils anderen gelebt hatten. Griffin lächelte mich an, während Debra nicht versuchte, mir den Kopf abzubeißen, also fühlte ich mich fast schon willkommen.

„Wir machen einen Braten zum Abendessen", sagte Griffin und hielt das Messer hoch, mit dem er gerade Möhren schnitt.

„Das klingt köstlich", sagte ich und lächelte. Er schien ein lieber Junge zu sein, und ich hatte noch nie einen jüngeren Bruder gehabt. Ich war gespannt darauf, ihn besser kennenzulernen.

Ich hoffe, dass ich das kann, dachte ich mit einem Stich ins Herz. Wenn das alles vorbei war, würde ich ihn vielleicht auf ein Eis einladen und ihn fragen, was sein Lieblingsfach in der Schule war. Oder was auch immer coole ältere Schwestern taten.

Ich saß an der Kücheninsel und sah ihnen bei der Arbeit

zu, während Griffin anfing zu erzählen, wie es war, als er sich das erste Mal verwandelte. Debra und ich lachten mit ihm und stellten Fragen, aber ich musste schon wieder gähnen. Diesen Zauber mehrmals auszuführen, muss mich mehr gefordert haben, als ich gedacht hatte.

Das war ein Problem. Es gab Hunderte, vielleicht Tausende Wandler, die von dem Segenszauber entbunden werden mussten. Wie sollten Brea und ich sie alle befreien? Wir wären niemals in der Lage, einen nach dem anderen abzuarbeiten, wie wir es hier getan haben. Das würde eine Ewigkeit dauern. Nein, wir mussten einen Weg finden, den Zauber auf mehrere Wandler gleichzeitig zu wirken.

Wir brauchten Evanoras Stab oder etwas Ähnliches. Ihr Stab hatte ihre Macht verstärkt, sodass sie alle Wandler in der Gegend kontrollieren konnte. Könnte man etwas Ähnliches tun, um den Segensbann in großem Maßstab zu brechen? Würde es sogar mit meiner Mondhexenmagie funktionieren?

Ich entschuldigte mich für einen Moment und ging zu Brea, um sie zu fragen, ob sie eine Idee hatte. Sie saß in einem sauberen, aufgeräumten Arbeitszimmer, das nach alten Büchern roch, aber sie stand am Fenster und blickte hinaus auf die Berge.

„Du wirst uns bald verlassen, nehme ich an", sagte Brea, als sie sich mir zuwandte. „Kann ich darauf vertrauen, dass du diesen Ort geheim hältst, wenn du nicht mehr hier bist?"

„Natürlich", sagte ich, ein wenig verletzt, dass sie so etwas dachte, obwohl ich verstand, worauf sie hinauswollte. Sie hatte nur so lange überlebt, weil sie sehr vorsichtig und ein wenig paranoid war. „Ich stehe schließlich in deiner Schuld. Und wenn du irgendwelche Zweifel hast, denk daran, dass Griffin mein Bruder ist, und ich würde nie etwas tun, was ihn in Gefahr bringen könnte. Oder seine Mutter."

Wenn das, was die Sonnenhexen Jordan angetan hatten, ein Hinweis war, würden sie alles tun, um auch Griffin bald in die Finger zu bekommen. Im Moment war er hier sicherer als irgendwo sonst, besonders jetzt, da er frei von jeglicher Sonnenhexenmagie war, die ihn kontrollieren konnte.

„Gibt es etwas, das du mich im Gegenzug fragen woll-test?", fragte Brea, deren uralte Augen nichts ausließen.

„Wir brauchen deine Hilfe, um die anderen Wölfe der Tierkreise zu befreien", sagte ich. „Der Zauber erfordert sowohl Sonnen- als auch Mondmagie."

„Ja, das tut er." Sie legte den Kopf schief. „Du hast Glück, dass du beides in dir trägst."

„Ich?", fragte ich und blinzelte überrascht.

„Du bist doch die Tochter von Celeste, nicht wahr? Hat sie dir erzählt, dass sie Evanoras Schwester ist?"

Meine Wangen erröteten. „Ja, aber meine Mutter hat gesagt, dass ich keine Sonnenmagie in mir habe."

„Sie hat gelogen. Oder vielleicht konnte sie es nicht spüren. Aber ich spüre sie, besonders jetzt, da der Segen weg ist."

Ich schüttelte den Kopf, weil ich es kaum glauben konnte. „Ich spüre nichts."

„Es ist da, ein winziger Funke in dir, der zu einer Flamme werden könnte, wenn du ihn richtig entfachst." Sie nahm ein altes, in Leder gebundenes Journal von ihrem Schreibtisch und hielt es mir hin. „Dies ist eines der Bücher, die wir den Lehrlingen geben, damit sie die Sonnenmagie erlernen können. Du kannst Altgriechisch lesen, richtig?"

„Ja", sagte ich und nahm das Buch vorsichtig in die Hand, fast ängstlich, es zu berühren.

„Wenn du lernen willst, wirst du darin alles finden, was du brauchst. Ich habe auch den Zauberspruch aufgeschrieben, mit dem wir den Segen der Sonnenhexe gebrochen haben. Mit etwas Übung solltest du das auch alleine schaffen."

„Danke", brachte ich schließlich über den Kloß in meinem Hals hinweg heraus. Wenn ich es allein schaffen würde ... Das wäre großartig.

Brea nickte. „Celeste kann dir vielleicht auch helfen. Sie ist die einzige andere Hexe, der ich begegnet bin, die sowohl Sonnen- als auch Mondmagie anwenden kann."

„Woher wusstest du, dass sie meine Mutter ist?", fragte ich.

Sie zuckte mit den Schultern. „Es scheint mir offensichtlich zu sein. Was bedeutet, dass Evanora es auch wissen muss. Sei vorsichtig."

„Das werde ich", sagte ich und drückte das Buch an meine Brust. „Aber selbst wenn ich den Zauber alleine anwenden kann, wird das nicht ausreichen. Ich brauche Evanoras Stab."

Brea stellte sich hinter ihren Schreibtisch, ihre Augen verengten sich. „Was willst du von mir?"

Ich holte tief Luft, da ich die Antwort bereits kannte,

aber ich musste trotzdem fragen. „Könntest du uns nach Solundra bringen?“

„Es ist viele Jahrzehnte her, dass ich dieses Reich betreten habe.“ Sie berührte ihr faltiges Gesicht als Beweis. „Nein, ich kann dich nicht dorthin bringen. Nach Solundra zu gehen, wäre Selbstmord für uns alle.“

„Aber ...“

Sie hob eine Hand. „Du hättest dort keine Chance, egal wie viele Wandler du auf deiner Seite hättest. Die Sonnenhexen sind dort noch mächtiger als auf der Erde, und du könntest deine Mondmagie in Solundra nicht einsetzen. Da der Segenszauber noch aktiv ist, könnte Evanora auch leicht die Wölfe wieder übernehmen.“

Ich seufzte enttäuscht, auch wenn ich wusste, dass es weit hergeholt war. „Dann muss ich einen anderen Weg finden, um ihren Stab zu bekommen.“

„Vielleicht haben die Mondhexen etwas Ähnliches“, sagte Brea mit einer Handbewegung.

„Ich werde bei meinem nächsten Besuch nachsehen, obwohl sie uns nur ungern helfen wollen.“

„Es ist schwer zu kämpfen, wenn es viel sicherer ist, sich zu verstecken“, sagte sie und blickte noch einmal nach draußen. „Ich verstehe das nur zu gut.“

„Würdest du kämpfen?“, fragte ich sie. „Wenn wir uns gegen Evanora und ihre Hexen stellen, würdet ihr uns dann helfen?“

„Wir sind alte Damen“, sagte sie mit einem leisen Glucksen. „Wir werden euch keine große Hilfe sein.“

„Wir wissen beide, dass das nicht stimmt.“ Ich trat einen

Schritt vor. „Ich habe deine Magie gespürt. Du bist so mächtig wie Evanora, und du weißt, dass sie aufgehalten werden muss. Genauso wie du weißt, dass sie diesen Ort eines Tages finden wird. Du wirst nicht sicher sein, bis sie verschwunden ist – und es könnte dich auch von Helios' Fluch befreien."

Brea seufzte und strich sich ihr silbernes, strähniges Haar zurück. Wir hörten das Lachen von Griffin aus der Küche, und Brea schloss für einen Moment die Augen. Als sie sie wieder öffnete, waren sie voller Entschlossenheit. „Ja, wir werden kämpfen. Wenn die Zeit gekommen ist und du deinen Widerstand leistest, werden wir da sein."

„Danke", sagte ich und war einmal mehr verlegen. Nicht in einer Million Jahren hätte ich erwartet, dass eine Sonnenhexe mir helfen würde, geschweige denn, dass sie mir gegen Evanora zur Seite stehen würde. „Für alles."

„Danke mir nicht", sagte Brea, und ihr Mund verzog sich. „Ich war nie ein Freund der Wölfe oder der Mondhexen." Sie hielt inne und blickte noch einmal auf ihre Finger hinunter. „Aber ich bedaure vieles. Vielleicht werde ich eines Tages in der Lage sein, einige meiner alten Fehler wiedergutzumachen, oder zumindest die nächste Generation von solchen Lasten zu befreien."

„Solange wir leben, haben wir immer noch die Chance, die Dinge richtigzustellen", sagte ich und dachte an Jordan und Kaden und daran, wie ich den beiden alles verziehen hatte, was sie getan hatten. Auch ich hatte viele Fehler gemacht und bedauerte sie, aber es blieb mir nichts anderes übrig, als weiterzumachen und zu versuchen, es in Zukunft besser zu machen.

„Ja, und danke, dass du mich daran erinnerst." Sie trat vor und legte ihre Hand für einen Moment auf meine Schulter, eine unerwartete Geste der Zuneigung. „Du bist die erste Person, die ich kenne, die wirklich alle vereinen kann. Ich wünsche dir Glück, Ayla, Tochter der Sonne, des Mondes und der Sterne."

Ich schluckte fester, der Kloß in meinem Hals wurde größer. „Nochmals vielen Dank für all deine Hilfe. Ohne dich hätte ich es nicht geschafft."

Ich drückte das Notizbuch an meine Brust, als ich aus ihrem Arbeitszimmer ging. Aufregung stieg in mir auf und ich umklammerte es fester, weil ich wusste, dass es Geheimnisse über Magie enthielt, von denen ich nie gedacht hätte, dass ich sie kennen könnte, Geheimnisse, die uns helfen könnten, gegen die Sonnenhexen zu gewinnen. Ich konnte es kaum erwarten, hineinzuschauen.

Jordan und Kaden warteten im Wohnzimmer auf mich, als ich auftauchte, und irgendetwas an ihrer Körperhaltung ließ sie jetzt entspannter wirken, wenn sie zusammen waren. Als wären sie nicht mehr eine Sekunde davon entfernt, dem anderen jeden Moment eine reinzuhauen. Die Liebe zu den beiden schwoll in meiner Brust an.

„Lasst uns einen Spaziergang machen", sagte ich und gab ihnen ein Zeichen, mir nach draußen zu folgen.

Sie taten es, ohne zu fragen, und als wir aus dem Haus waren, erzählte ich ihnen alles, was ich von Brea erfahren hatte, und wir begannen, Pläne zu schmieden, was wir als Nächstes tun wollten.

„Ich muss zurück zum Löwe-Rudel", sagte Jordan. „Ich möchte eine Menge ändern, jetzt, wo die Sonnenhexen mich nicht mehr kontrollieren. Ich bin sicher, Bates hat auch alles so gut wie möglich versaut."

„Kein Zweifel", sagte Kaden.

„Ich werde versuchen, das Stier- und das Widder-Rudel dazu zu bringen, sich uns anzuschließen", fügte Jordan hinzu. „Sie haben immer auf meinen Vater gehört, also hoffe ich, dass ich sie dazu bringen kann, auf mich zu hören. Vorausgesetzt, die Sonnenhexen haben ihre Krallen noch nicht zu tief in sie eingegraben."

„Das ist möglich", sagte ich. „Aber wir müssen es versuchen."

„Wir sollten zurück nach Toronto", sagte Kaden und sah mich an. „Die Ophiuchus sollten inzwischen bereit sein, nach Coronis aufzubrechen."

„Bist du sicher, dass das eine gute Idee ist?", fragte ich und biss mir auf die Lippe. „Die Sonnenhexen wissen jetzt, wo unser Rudelgebiet liegt. Was sollte sie davon abhalten, unsere Leute zu holen?" *Unsere Leute.* Die Neuheit, ein Mitglied des Ophiuchus-Rudels zu sein, hatte sich noch nicht gelegt. Ich war mir nicht sicher, ob das jemals der Fall sein würde.

„Sie werden kommen, egal, wo wir sind. Es ist Zeit, nach Hause zu gehen und sich darauf vorzubereiten, sich ihnen zu stellen." Sein Blick fiel auf Jordan. „Alle Rudel müssen sich auf den bevorstehenden Kampf vorbereiten."

„Die Löwen werden bereit sein", sagte Jordan.

„Ich komme mit dir", sagte ich und nahm Kadens Hand.

Er drückte meine Hand mit einem schiefen Grinsen. „Offensichtlich."

Ich drehte mich zu Jordan um, denn mir war klar, dass ich mich bald von ihm verabschieden würde. Ich schlang meine Arme um ihn. „Pass auf dich auf. Mach nichts zu Verrücktes."

„Ich werde es versuchen, aber ich bin ja schließlich Löwe." Er zog sich zurück und berührte die Mondstein-Halskette. „Ich sollte sie dir zurückgeben."

„Nein. Behalte sie." Ich legte meine Hand darauf, weil ich wusste, dass sie ihn beschützen würde, und ich freute mich überraschenderweise, dass ein Teil von mir immer noch bei ihm sein würde. „Roxandra ist noch immer da draußen. Ich habe sie verletzt, aber leider nicht getötet. Sie könnte wieder hinter dir her sein."

Er nickte und wandte sich dann an Kaden. Sie fassten sich an den Händen und sahen sich in die Augen, ein gewisses Verständnis ging zwischen ihnen hin und her. „Pass gut auf sie auf."

„Immer", sagte Kaden.

Jordan ging wieder hinein, um mit seiner Mutter zu sprechen, und Kaden und ich sahen ihm nach. Ich lehnte mich an meinen Gefährten und spürte seine solide Präsenz neben mir, als die Sonne unterzugehen begann.

„Es scheint, als würdet ihr beide besser miteinander auskommen", sagte ich.

„Wir hatten ein paar Dinge zu klären", gab Kaden zu.

„Ach ja?"

Er nahm eine Haarsträhne von mir, die im Wind wehte, und schob sie hinter mein Ohr. „Ich gab zu, dass ich ihn gehasst hatte, weil er ein Löwe und der Sohn des Mannes war, der meine Eltern umgebracht hatte. Ganz zu schweigen von all den furchtbaren Dingen, die er dir angetan hat. Aber vor allem, weil ich wusste, dass du niemals wirklich mir gehören kannst, solange Jordan dein Gefährte ist."

Ich nickte und versuchte, ihn nicht zu unterbrechen. Kaden hatte sich schon einmal an Paarungsbändern verbrannt, als Eileen – seine Jugendliebe – mit dem Beta des Schütze-Rudels verpaart worden war. Er hatte sich lange Zeit geweigert, mit mir zusammen zu sein, weil er befürchtete, dass ich dem Band, das mich mit Jordan verband, nicht widerstehen könnte. Selbst nachdem wir erfahren hatten, dass Jordan mein Bruder war, hatte er immer noch Angst, weil er befürchtete, dass ich nicht in der Lage sein würde, die Magie zu bekämpfen.

„Aber jetzt ist das Paarungsband gebrochen, und alles ist anders", sagte Kaden. „Und er und ich ... Wir haben eine Vereinbarung getroffen. Wir haben Frieden geschlossen. Ich glaube nicht, dass wir jemals Freunde sein werden, aber wir sind auch keine Feinde mehr."

„Das ist besser, als ich es mir je erhofft habe", sagte ich, bevor ich ihm einen Kuss auf die Lippen drückte. „Und jetzt lass uns nach Hause gehen."

KAPITEL NEUNZEHN

Als wir nach Toronto zurückkehrten, packte ich meine Sachen und verabschiedete mich von den Waagen, nachdem ich Ethan einen kurzen Überblick über alles gegeben hatte, was geschehen war. Larkin entschied sich, mit uns nach Coronis zu kommen, obwohl ich sehen konnte, dass es sie schmerzte, Toronto zu verlassen, das ihr während ihrer Zeit auf der Erde ans Herz gewachsen war. Oder vielleicht war es eine bestimmte Person in Toronto, die ihr ans Herz gewachsen war.

Die Fahrt zum Ophiuchus-Dorf in Manitoba dauerte ein paar Tage, aber alle im Rudel waren begierig darauf, zurückzukehren. Das Rudel hatte Coronis etwa sechs Monate zuvor verlassen, um sich nach dem Angriff der Löwen zu verstecken, als Jordan mich gefangen genommen hatte. Dann mussten wir erneut umziehen, nachdem uns einige der Ophiuchus an die Sonnenhexen verraten hatten und das Rudel erneut in Gefahr geriet. Wir waren den

Waagen dankbar, dass sie uns in dieser Zeit einen sicheren Zufluchtsort boten, aber die Stadt würde nie unser Zuhause sein, und wir sehnten uns nach den dichten Wäldern mit dem Geruch von Hirschen und Elchen, dem Zwitschern der Vögel und dem Rascheln der Blätter im Luftzug.

Als wir das Rudelgebiet erreichten, öffnete ich mein Fenster und atmete die frostige Luft ein. Das Gefühl, wirklich zu Hause zu sein, erfüllte mich mit einer Gewissheit, die es vorher nicht gegeben hatte. Ich war ein echtes Mitglied des Ophiuchus-Rudels, und das konnte mir niemand mehr nehmen. Nicht einmal Kaden.

„Wir sind zu Hause", sagte Kaden, als er den Wagen vor seinem Haus anhielt. Die Erleichterung in seiner Stimme war nicht zu überhören.

Das große Haus ragte vor uns auf, umgeben von reinem, weißem Schnee, der im abnehmenden Mond glitzerte, unberührt von allem außer den Spuren unseres Autos. Ich nahm das vertraute dunkle Holz und den kühlen Stein in mich auf, zusammen mit den Bäumen, die das Haus wie eine Umarmung umgaben. In diesem Wald hatte ich gelernt, wie man kämpft. Ich hatte stundenlang in meinem Zimmer geweint, weil ich dachte, Wesley sei tot. Ich hatte meine erste Läufigkeit mit Kaden im Wohnzimmer durchgemacht. So viele Erinnerungen, und so viele mehr, die ich jetzt, wo wir wieder da waren, nachholen wollte.

„Es ist schön, wieder hier zu sein", sagte Stella, während sie ihre Tasche schnappte und auf die Tür zuging.

Kaden öffnete sie und die beiden traten ins Haus, während Larkin mit ihrer Tasche auf der Veranda zögerte.

Ich hievte mir meine eigene Tasche über die Schulter und gesellte mich zu ihr.

„Nochmals vielen Dank, dass ich bei euch bleiben darf", sagte sie und klang dankbar.

„Wir sind froh, dass du hier bist", sagte ich und drückte ihren Arm. „Du gehörst zur Familie."

Das Innere des Hauses sah noch genauso aus wie damals, als ich es verlassen hatte, und ich ertappte Larkin dabei, wie sie zu den gewölbten Decken und den großen Fenstern hinaufblickte, die den Blick auf den Wald draußen freigaben. Morgen würden wir einige Zeit damit verbringen, die Küche zu putzen und aufzufüllen, aber im Moment waren wir alle erschöpft von der stundenlangen Fahrt, und wir brauchten einfach eine Pause.

„Ich zeige dir, wo dein Zimmer ist", sagte Stella zu Larkin. „Es ist vielleicht ein bisschen staubig, aber wenn es dich beruhigt, es ist wirklich alles staubig."

„Oh, das macht mir nichts aus", sagte Larkin und folgte Stella die Treppe hinauf.

Ich hob meine Tasche auf, um ihnen zu folgen, und fragte mich, was sie mit meinem Zimmer gemacht hatten, nachdem das Löwe-Rudel mich mitgenommen hatte. Zuerst hatten sie mich für einen Verräter gehalten. Hatten sie alle meine Sachen weggeschmissen? Nicht, dass ich viel gehabt hätte, natürlich. Das hatte ich immer noch nicht, obwohl ich die wenigen Dinge, die ich mein Eigen nannte, wie meine Kamera und meinen Mondhexenumhang, sehr schätzte.

Als ich den Treppenabsatz im zweiten Stock erreichte

und auf mein Zimmer zuging, legte Kaden seine Hand um meinen Arm.

„Nein", sagte er.

Bevor ich fragen konnte, was er meinte, hob er mich hoch und warf mich über seine Schulter, dann ging er in sein Zimmer. Das Zimmer, das ich einst nicht mehr betreten durfte.

Als er die Tür hinter uns zuschlug, stieß ich einen Schrei aus und ließ meine Tasche fallen. „Was machst du da?"

„Ich will dich jede Nacht in meinem Bett haben." In seinen Augen lag Hitze, und sie entfachte das Verlangen in meinem Körper, sofort und unübersehbar. Er setzte mich auf dem Bett ab und stellte sich über mich, seine männliche Präsenz füllte den Raum zwischen uns. „Du bist meine Gefährtin, mein Alphaweibchen. Mir ebenbürtig."

„Bin ich das?", fragte ich und stützte mich auf meine Ellbogen.

Er neigte den Kopf zur Seite, verwirrt durch den harten Ton meiner Stimme. „Natürlich bist du das."

„Dann beweise es." Ich stand auf und ging an ihm vorbei, betrachtete den Raum, der nur ihm gehörte, und drehte mich dann wieder zu ihm um. Irgendetwas brodelte in mir, etwas, das ich sagen musste, und jetzt, da wir verpaart und zu Hause waren, konnte ich es nicht länger hinauszögern. „Seit wir uns kennengelernt haben, gab es immer ein ungleiches Machtverhältnis zwischen uns. Zuerst warst du mein Entführer, dann mein Lehrer und dann mein Alpha. Du hast mich als dein Alphaweibchen bezeichnet, aber das war nicht wahr, nicht wirklich. Das hast du bewiesen, als du mein Rudelzeichen entfernt hast." Kaden atmete scharf ein, aber ich redete weiter und ließ mich nicht unterbrechen. „Und auch wenn ich es mag, wenn du dich im Bett wie ein Alphamännchen aufführst, wenn diese Beziehung funktionieren soll, musst du mir zeigen, dass du mich wirklich als ebenbürtig behandeln kannst. Angefangen genau hier, in diesem Schlafzimmer."

„Was soll ich denn tun?", fragte Kaden.

Ich drückte ihn auf das Bett, wobei ich einen Schub an Wandlerkraft einsetzte, der ihn die Augen weit aufreißen ließ. „Nichts. Du wirst dich zurücklehnen und mir die Kontrolle überlassen."

Die Lust in seinen Augen vertiefte sich und ließ sie fast schwarz werden. „Mir gefällt, wohin das bisher führt."

Das sagte er jetzt, aber ich hatte das Gefühl, dass es ihm schwerer fallen würde, als er dachte. Ich kletterte auf das Bett und legte meine Hand auf seine Brust. Sein Herz klopfte wie wild unter dem dünnen Stoff seines T-Shirts. „Fass mich nicht an. Wenn du es doch tust, wirst du bestraft."

„Ist das etwas Schlimmes?" Er wollte mich berühren, aber ich schlug seine Hand weg.

„Nicht anfassen", knurrte ich.

„Ja, Gefährtin." Er grinste mich überheblich an und verschränkte die Arme unter seinem Kopf.

Eine Sekunde lang bewunderte ich einfach nur, wie seine muskulösen Arme und seine Brust an seinem Shirt zogen, und spürte, wie sich mein eigener Puls vor Verlangen beschleunigte. Mein Blick wanderte nach unten und ich sah die Umrisse seines Schwanzes, der bereits steif war und sich gegen den Stoff seiner Jeans drückte.

Ich zog meine Jacke aus, während etwas Gefährliches in Kadens Augen schimmerte, etwas, das ich auch fühlte. Als Nächstes zog ich den Rest meiner Kleidung aus und ließ mir Zeit, den Stoff langsam nach unten zu schieben. Er beobachtete jede einzelne Bewegung, als wäre es die beste Show, die er je gesehen hatte, und blinzelte kaum einmal. Zu seiner Verteidigung sei gesagt, dass er sich überhaupt nicht bewegte, bis ich nur noch mein Höschen trug. Ich hakte meine Daumen darin ein und sah ihm in die Augen, woraufhin er stöhnte und versuchte, nach mir zu greifen.

„Runter“, sagte ich und drückte meine Hand auf seine Brust. Er war es gewohnt, sich nehmen zu können, was er wollte, wann er es wollte, aber das war heute Abend nicht der Fall.

Als er nachgab und diesmal die Hände an die Seite legte, zog ich endlich mein Höschen aus, sodass ich nackt vor ihm stand. Dann kniete ich vor ihm auf dem Bett und ließ meine Hände über meinen Körper gleiten. Lust durchströmte mich, als Kadens Hände sich in den Bettbezug gruben, als müsse er etwas mit ihnen tun, damit er nicht explodierte. Er leckte sich über die Lippen, als ich meine Brüste umfasste und ein wenig mit meinen Brustwarzen spielte, bevor ich weiter nach unten wanderte. Ich ließ meine Hände über meinen Bauch gleiten und hielt dann an meinen Hüften inne.

„Ayla“, sagte er, seine Stimme war angestrengt. Es war

offensichtlich, dass er mich berühren wollte, aber er tat sein Bestes, um sich zurückzuhalten, auch wenn es ihn umbrachte.

Ich schob meine Hände zwischen meine Beine und entblößte mich, damit Kaden sehen konnte, wie feucht ich war. Seine Augen richteten sich auf meine Muschi und seine Fäuste ballten sich fester um die Bettdecke, als ich einen Finger in mich hineinschob und einen leisen Laut der Lust ausstieß. Ich beobachtete Kadens Gesicht, während ich meinen Finger hinein- und wieder herausbewegte, und der Blick, den er mir zuwarf, machte mich nur noch feuchter. Er sah aus, als wolle er mich verschlingen.

Ich steigerte das Tempo ein wenig und rieb alle paar Male mit dem Daumen über meinen Kitzler. Ein Keuchen entkam meinen Lippen, als sich das Vergnügen zu steigern begann, meine Hüften zuckten vorwärts, als ich meiner eigenen Erlösung nachjagte. Ich fügte einen weiteren Finger hinzu, dessen glitschiges Geräusch laut in der Stille zu hören war, und stieß ein weiteres Stöhnen aus.

„Fuck, Ayla", stöhnte er, und dann packte er meine Hüften, weil er es nicht mehr aushalten konnte.

„Nein." Mondmagie strömte aus mir heraus und verschmolz zu Fesseln um Kadens Hand- und Fußgelenke, die ihn festhielten. Kaden kämpfte dagegen an, seine Lippen verzogen sich zu einem Knurren, aber er war meiner Magie nicht gewachsen.

„Was zum Teufel?", fragte er.

Ich schenkte ihm ein böses Lächeln. „Ich habe dir gesagt, dass du bestraft wirst."

Er grummelte und schlug wieder um sich, aber dann verließ ihn der Kampfgeist. Er sah mich mit zusammengekniffenen Augen an, sein Atem ging schwer, sein Schwanz platzte fast aus seiner Jeans. „Hör nicht auf."

„Dann sei brav." Ich ließ meine Finger wieder in mich gleiten. Ich ließ meinen Kopf nach hinten rollen, als ich dort weitermachte, wo ich aufgehört hatte, und legte ein schönes, leichtes Tempo vor. Das Vergnügen hatte nicht nachgelassen, als ich innehielt, um Kaden zurückzuhalten. Nein, wenn überhaupt, war es nur noch stärker geworden, weil er mir gehorchte. Es war etwas Berauschendes, so viel Macht über jemanden zu haben, der so stark war wie er. Noch besser war es zu wissen, dass er mich *gewähren* ließ. Er konnte seine eigene Mondmagie einsetzen, um die Fesseln zu lösen. Er könnte mich mit seiner Kraft leicht überwältigen. Aber er tat nichts, außer mit einem angespannten Gesichtsausdruck zuzusehen.

„Wie fühlt es sich an?", fragte ich, während ich meinen Kitzler streichelte.

„Wie Folter." Er klang atemlos. „Das ist das Schärfste, was ich je gesehen habe."

Ich bewegte meine Finger schneller, weil Kadens Worte meine Lust anregten. Ich fickte mich selbst mit meiner Hand, drückte mich nach unten, sodass jedes Zucken meiner Hüften mich dem Orgasmus näher brachte. Meine Muschi bebte um meine Finger herum und krampfte sich zusammen, als ich endlich kam. Ein kleiner Orgasmus, nicht wie die, die er mir bescherte, aber ein kleiner Vorgeschmack auf das, was noch kommen sollte.

„Scheiße." Kaden stieß ein weiteres Knurren aus, seine Muskeln spannten sich gegen die Magie an. „Ich brauche dich. Lass mich diese schöne Muschi ficken."

Es lag ein Hauch von Verzweiflung in seiner Stimme, und ich sah auf ihn hinunter, als mein Orgasmus in ein angenehmes Nachglühen überging. „Noch nicht."

„Bitte", bettelte er. „Setz dich auf mein Gesicht, damit ich dich schmecken kann."

Ich mochte es, wenn er es war, der zur Abwechslung mal bettelte. „Na gut. Ich denke, das hast du dir verdient."

Ich setzte mich auf sein Gesicht und hielt mich am Kopfteil fest, als er anfing, mich mit aller Kraft zu lecken. Seine Arme waren immer noch wie von Zauberhand festgehalten, aber er brauchte sie nicht, um mich zu verschlingen, und er schlemmte wie ein Mann, der nach jedem einzelnen Tropfen von mir hungerte. Mich selbst zu berühren hatte Spaß gemacht, aber nichts, was ich tat, war mit dem Vergnügen zu vergleichen, das Kaden mir mit seinem Mund bereitete. Während er mich völlig verwöhnte, schaukelte ich auf seinem Gesicht hin und her und klammerte mich so fest an das Kopfteil, dass ich es knacken hörte. Ich presste meine Muschi gegen seinen Mund, ich brauchte mehr, ich brauchte alles. Als er an meiner Klitoris knabberte, durchfuhr mich ein viel stärkerer Orgasmus, und meine Schenkel krampften sich um sein Gesicht, während er mich weiter leckte.

Als ich mich zurückzog, war sein Bart mit den Spuren meiner Lust durchtränkt, und er schenkte mir ein freches

Grinsen. „Willst du mich weiter quälen? Ich könnte dich nämlich die ganze Nacht verschlingen."

„Ich habe jetzt etwas anderes im Sinn."

Ich strich mit den Fingerspitzen über seine Vorderseite, dann wuchsen mir Klauen und ich riss sein Shirt auf. Es ließ sich leicht auseinanderziehen, und strich ich mit meinen Händen über seine muskulöse Brust und seinen Bauch, während ich das Gefühl seiner heißen, harten Haut genoss. Meine Finger wanderten nach unten und griffen nach dem Knopf seiner Jeans. Langsam knöpfte ich seine Hose auf und hielt inne, um seinen Schwanz durch den Stoff seiner Unterwäsche zu streicheln. Kaden wölbte seinen Rücken und kämpfte erneut gegen den Einfluss der Magie an.

Ich zog seine Jeans und Boxershorts herunter, gerade so weit, dass ich bekam, was ich wollte. Sein Schwanz war so groß in meiner Hand, und er sog den Atem ein, als ich ihn umfasste. Ich brachte meine Lippen an die Spitze, wirbelte meine Zunge um ihn herum, was ihn zum Aufstöhnen brachte, und er kniff die Augen zusammen. Dann nahm ich ihn ganz in den Mund, erstickte fast an seiner Größe, und er zuckte gegen den Zauber, der ihn hielt, und stöhnte meinen Namen. Ich gab ihm ein wenig von dem Vergnügen, das er mir mit seinem Mund bereitet hatte, aber bevor er kommen konnte, zog ich mich zurück, setzte mich auf meine Fersen und bewunderte das Verlangen in seinen Augen.

„Ayla", stöhnte er. „Quäle mich, wie du willst. Ich stehe dir zur Verfügung. Lass mich nur endlich in dich eindringen."

Da wurde etwas in mir weich, und ich beschloss, dass es

an der Zeit war. Ich kletterte auf ihn und positionierte mich auf seinen Hüften, sodass sein Schwanz an meinem Eingang war. Kaden hielt still, atmete nicht einmal, als ich mich langsam, Zentimeter für Zentimeter, auf ihn herabsinken ließ. Ich stützte meine Hände auf seiner Brust ab, während er mich ausfüllte, bis ich ganz auf seinen Hüften saß. Er fühlte sich riesig in mir an, und ich drückte meine Hüften nach unten und schob ihn so tief wie möglich hinein.

„Fuck, ja", sagte er mit einem rauen Stöhnen. „Nimm mich so tief, wie du kannst. Mein Schwanz ist für dich gemacht und nur für dich."

Als ich anfing, mich zu bewegen, verkrampfte sich sein Kiefer bei der Anstrengung sich zurückzuhalten und er ließ mich in einem langsamen und gleichmäßigen Tempo auf ihm reiten. Ein Teil von mir wollte ihn hart ficken und sich in der Hitze des Geschehens verlieren, aber noch nicht. Ich wollte, dass es lange anhielt.

Ich fuhr mit meinen Nägeln über seine Brust, während ich mich schneller bewegte, und keuchte jedes Mal, wenn ich mich auf ihn sinken ließ. Er fühlte sich so gut an, als ich auf ihm ritt, und die Lust entfachte sich tief in mir und wuchs mit jeder Bewegung meiner Hüften. Kadens Augen wichen nicht von meinem Gesicht, aber er atmete jetzt schneller, eine Ader pulsierte in seiner Kehle. Ich bewegte mich genauso gegen ihn, wie ich es brauchte, und die Reibung an meiner Klitoris fühlte sich so gut an, dass ich wusste, dass ich nicht mehr lange durchhalten würde. Sein Schwanz trieb mich schnell auf einen weiteren Orgasmus zu, und ich erschauderte, hielt mich an seinen Schultern fest, während ich uns beide näher an den Rand brachte.

„Komm mit mir", sagte ich.

Er schob seine Hüften nach oben und folgte meinem Tempo, und ich warf meinen Kopf zurück, als er in mich stieß. Wir arbeiteten zusammen, um das wilde Verlangen in uns zu stillen, und ein weiterer Orgasmus überkam mich, der stärkste bisher. Meine Muschi krampfte sich um Kadens Schwanz zusammen, und er explodierte in mir. Er schrie meinen Namen, sein Kopf stieß hinten gegen das Bett, seine Kehle wölbte sich mir entgegen. Ich knabberte an seinem Hals, schmeckte den Schweiß auf seiner Haut, während der unglaubliche Orgasmus uns weiter überrollte.

Ich nahm seine Hände in mein Gesicht und küsste ihn, wobei ich gleichzeitig die Magie aufhob. Eine Sekunde später kamen seine Arme hoch, umschlangen mich und er küsste mich noch intensiver. Doch dann drückte ich ihn wieder nach unten.

„Ich bin genauso ein Alpha wie du", sagte ich. „Wenn du mein Gefährte sein willst, musst du mich auch wie einen behandeln."

Er grinste zu mir hoch. „Das werde ich nie vergessen."

KAPITEL ZWANZIG

Als die Morgensonne durch das Fenster fiel, öffnete ich meine Augen und starrte an die Decke über mir. Ein schweres Gewicht lag auf meiner Hüfte, und ich war von Kadens vertrautem Geruch umgeben. Ich schloss die Augen, atmete tief ein und erinnerte mich an die letzte Nacht. Ich war mir nicht sicher, ob sich dadurch etwas zwischen uns außerhalb des Schlafzimmers ändern würde, aber es war ein Anfang.

Zum ersten Mal seit Langem fühlte ich mich zufrieden. In den letzten Monaten hatte ich mich immer wieder dabei ertappt, wie ich gegen etwas ankämpfte oder vor etwas weglief und nie einen Moment zur Ruhe kam. Bis jetzt. Hier, mit Kaden, in Coronis, konnte ich endlich ein wenig durchatmen. Das konnte natürlich nicht von Dauer sein. Es stand noch zu viel auf dem Spiel, und wir hatten noch zu viel zu tun, bevor wir Frieden finden konnten, aber für den Moment wollte ich es genießen.

Kadens Atmung änderte sich von der langsamen Rhythmik des Schlafs, und er legte seine Hand fester um meine Taille. Er drückte seine Nase in mein Haar, atmete meinen Duft ein und stieß einen zufriedenen Laut aus. Ich könnte jeden Tag so aufwachen", murmelte er.

„Das kannst du, ja."

„Mmm", sagte er, seine Stimme war noch etwas groggy. Doch dann stützte er sich auf seine Ellbogen, seine Augen waren klar. „Ich habe darüber nachgedacht, was du gesagt hast, und du hast recht. In der Vergangenheit gab es ein Machtungleichgewicht, aber jetzt möchte ich, dass du mir wirklich gleichgestellt bist. Und ich möchte es offiziell machen."

„Was meinst du damit?", fragte ich.

Er streckte seine Hand nach oben und kämmte mir durchs Haar. „Die Ophiuchus veranstalten normalerweise eine Zeremonie und eine große Party für das Rudel, wenn ein Alpha seine Gefährtin gefunden hat."

„Wie bei einer Menschenhochzeit?"

Kaden gluckste leise. „Nicht ganz. Du musst kein weißes Kleid tragen oder zum Altar schreiten. Aber du würdest an meiner Seite stehen, nicht nur als meine Gefährtin, sondern als meine Partnerin."

„Das würde mir gefallen."

„Gut." Seine Hand fuhr über meinen Hals und meine Schultern, seine Berührung war zärtlich. „Ich denke, es wäre auch gut für das Rudel. Wandler mögen ihre Traditionen, und das Rudel braucht Stabilität nach allem, was es durchgemacht hat. Ein Zeichen, dass die Ophiuchus immer noch stark und vereint sind."

Ich grinste und schlug ihm leicht auf die Brust. „Ich glaube, du willst nur allen zeigen, dass ich zu dir gehöre."

„Was ist daran falsch?", fragte Kaden.

„Nichts", sagte ich. „Solange alle wissen, dass du auch mir gehörst."

„Das ist doch der Sinn der Zeremonie." Ein verruchtes Grinsen breitete sich auf seinen Lippen aus. „Obwohl wir uns auch wieder gegenseitig markieren könnten, damit es niemand verpassen kann."

Ich lachte und küsste ihn, wobei ich meine Finger in seinem Haar verschränkte. Kaden stieß einen zustimmenden Laut aus, hob mein Bein hoch und zog mich an sich, sodass wir aneinandergepresst waren. Sein Schwanz wurde bereits steif, eingeklemmt zwischen uns, und der Kuss wurde intensiver.

„Du bist unersättlich", sagte ich.

„Du auch", sagte er, und ich konnte nicht widersprechen. Jemand hatte mir einmal gesagt, dass ein neu entstandenes Paarungsband Wandler immer wild machte, so als könnten sie nicht genug voneinander bekommen, und jetzt wusste ich, was er damit gemeint hatte.

„Gestern Abend hattest du deinen Spaß, aber jetzt bin ich dran", knurrte Kaden und drückte mich fest an sich. „Und dieses Mal bin ich oben."

Ich stieß einen Schrei aus, als er seinen Schwanz in mich stieß. Ich war bereits feucht und bereit, und mein Körper leistete ihm keinen Widerstand, als er in einer einzigen, sanften Bewegung bis zum Anschlag in mich eindrang. Er legte ein schnelles, strafendes Tempo vor und entlockte mir Geräusche, die immer lauter wurden, je öfter er die perfekte Stelle traf. Ich klammerte mich an Kaden, ich brauchte etwas, woran ich mich festhalten konnte, während er in mich stieß und mich in einen Zustand katatonischer Lust versetzte. Er zog meine Beine hoch über seine Schultern, nahm mich tiefer, und ich schrie seinen Namen so laut, dass ich schwor, dass es die Wände erschütterte. Er hielt meine Knöchel fest umklammert und vergrub sich tief in mir, meine Muschi krampfte sich um ihn, während wir uns beide ineinander verloren.

Er hatte mich heftig und schnell genommen, ein schneller Sturz in die Laken, der das Paarungsband befriedigte, zumindest für den Moment. Wir verbrachten einige Zeit damit, uns zu waschen, und machten uns dann auf den Weg nach unten.

Stella und Larkin waren bereits in der Küche und aßen am Tisch Müsli. Sie warfen uns verärgerte Blicke zu, als wir uns zu ihnen gesellten.

„Was?", fragte ich und spürte eine Spannung in der Luft, die vorher nicht da gewesen war.

„*Was*, fragt sie", murmelte Stella und schüttelte den Kopf.

„Macht weiter", sagte Kaden und schüttete uns beiden etwas Müsli ein.

Stella verdrehte die Augen. „Lieber Bruder, muss ich dich daran erinnern, dass die Wände in diesem Haus unglaublich dünn sind, vor allem, wenn man ein Wandlergehör hat."

„Ich brauchte nicht einmal ein Wandlergehör", sagte Larkin. „Ich konnte euch auch ohne gut hören. Ihr seid beide so laut."

Mein Gesicht errötete. Sowohl gestern Abend als auch heute Morgen hatte ich mir nicht die Mühe gemacht, leiser zu sprechen, und Kaden hatte es auch nicht getan. Ich hatte völlig vergessen, dass die beiden uns hören könnten. In Wahrheit hatte ich völlig vergessen, dass es außer Kaden noch andere Menschen auf der Welt gab. „Es tut mir leid."

Kaden zuckte mit den Schultern. Dem zufriedenen Grinsen auf seinem Gesicht nach zu urteilen, tat es ihm überhaupt nicht leid.

„Sind alle neuen Gefährten so?", fragte Larkin und sah fasziniert aus. Wahrscheinlich dachte sie an einen Liebesroman, den sie gelesen hatte.

„Das habe ich gehört", sagte Stella trocken.

Larkins Gesicht wurde wehmütig. „Ich wünschte, ich wäre ein Wandler mit einem Gefährten."

„Nein, das tust du nicht", sagte Stella. „Dann wärst du genauso unausstehlich wie diese beiden liebeskranken Narren."

Kaden grinste sie an. „Ich kann den Tag kaum erwarten, an dem du deinen eigenen Gefährten findest und genauso unausstehlich wirst."

Stella schnaubte und hob ihre leere Schüssel auf, um sie in den Geschirrspüler zu stellen. „Ich brauche keinen Gefährten. Mir geht es gut so, wie ich bin, vielen Dank."

Also gut. Für ein Frühstücksgespräch wurde das hier

ein bisschen zu peinlich. „Es tut mir leid", sagte ich wieder. „Wir können versuchen, leiser zu sein."

Kaden schnaubte und zeigte damit, wie gut das seiner Meinung nach funktionieren würde. „Vielleicht solltet ihr zwei euch eine eigene Wohnung suchen."

Stella hielt inne, als sie über dem Geschirrspüler stand, und ihre Augen weiteten sich. „Wirklich?"

„Warum nicht?" Er zuckte mit den Schultern. „Aber nur, wenn du willst. Ich würde dich nie bitten, zu gehen."

„Nein, das ist eine gute Idee", sagte sie und nickte langsam. „Ihr zwei verdient etwas Privatsphäre, und ich könnte etwas Freiraum gebrauchen."

„Du könntest Mamas Häuschen benutzen", sagte Kaden. „Dort hat sie immer gemalt."

Stellas Gesicht wurde weicher, als sie darüber nachdachte. „Das könnte funktionieren. Es ist zwar klein, aber es sollte Platz für zwei Personen bieten. Aber es wurde seit Jahren nicht mehr benutzt, also muss es gründlich ausgemistet werden. Was denkst du, Larkin?"

Sie zuckte mit den Schultern. „Klingt gut."

„Wir können nach dem Frühstück rübergehen", sagte Stella, und ihre Stimme wurde mit jedem Wort aufgeregter. „Mal sehen, was zu tun ist. Vielleicht können wir auch einige der anderen Rudelmitglieder um Hilfe bitten."

„Ich komme mit dir", sagte Kaden. „Ich war schon seit Jahren nicht mehr dort, aber ... Es ist an der Zeit."

„Ich bleibe hier, es sei denn, du brauchst mich", sagte ich und dachte an das Tagebuch, das ich immer noch nicht lesen konnte, abgesehen von ein paar kurzen Blicken im

Auto. „Ich muss meine Sachen auspacken und auch meine alten Sachen durchsehen, falls sie noch da sind."

„Wir haben dein Zimmer so gelassen, wie es war, als du weggegangen bist", sagte Stella. „Keiner von uns konnte es ertragen, es anzurühren. All deine Sachen sind noch da drin."

„Das ist gut zu wissen."

Kaden lehnte sich dicht an mich und drückte seine Nase gegen meine Wange. „Ich hoffe, dass du dieses Mal in meinem Zimmer auspackst."

„In unserem Zimmer", korrigierte ich.

„Genau." Er stützte seine Hand auf mein Knie unter dem Frühstückstisch.

„Igitt", sagte Stella und gab Kotzgeräusche von sich. „Und genau deshalb brauchen wir unsere eigene Wohnung."

———

Ein paar Stunden später hatte ich ausgepackt und mich in Kadens Zimmer eingerichtet. Es war vorher ziemlich karg gewesen, als hätte er nur darin geschlafen, und so fiel es mir überraschend leicht, mich in all den leeren Räumen einzurichten, die er hinterlassen hatte. Kaden war immer noch drüben in der Hütte und half Larkin und Stella beim Einrichten. Seinen Nachrichten zufolge hatten sie ein paar Stellen gefunden, an denen das Dach undicht war, und er hatte einige Rudelmitglieder angeheuert, um es zu reparieren, damit die beiden Frauen sofort einziehen konnten.

Das Haus würde sich ohne sie viel leerer anfühlen, und ich würde sie ständig vermissen, aber ich war froh, dass die beiden so enge Freundinnen geworden waren und einen Ort haben würden, den sie zu ihrem eigenen machen konnten. Sie hatten es beide verdient. Stella hatte immer im Schatten ihres Bruders gelebt, während Larkin ihr ganzes Leben damit verbracht hatte, sich unter den Mondhexen in Lunatera zu verstecken. Hoffentlich konnte Stella Larkin dabei helfen, sich im Ophiuchus-Rudel wohler zu fühlen, damit sie hier bleiben und endlich richtig in ihren Körper hineinwachsen konnte. Sie ist vielleicht kein Wandler, aber ich wusste, dass die Ophiuchus sie als eine von ihnen akzeptieren würden. Wir waren schließlich ein Rudel von Ausgestoßenen, Zurückgewiesenen und Sonderlingen.

Als alles weggeräumt war, holte ich das Tagebuch der Sonnenhexe heraus und starrte auf seinen ledergebundenen Einband. Ich hatte es in den letzten Tagen durchgeblättert, aber ich wollte es für eine Zeit aufheben, in der ich mich ihm ganz widmen konnte. Die Geheimnisse darin riefen nach mir, Geheimnisse, von denen ich hoffte, sie würden mich stärker machen oder mir zumindest einen Einblick geben, wie ich die Sonnenhexen und die Vampire besiegen konnte.

Ich zog meine Stiefel an und nahm das Tagebuch mit nach draußen, durch die Schiebetür, die auf die Rückseite des Hauses führte. Die Sonne schien und ließ den Schnee glitzern, und ich beschloss, dass ich, wenn ich schon über Sonnenmagie lesen wollte, dies am besten in ihrem Licht tun sollte. Außerdem war es schon viel zu lange her, dass ich in diesem Wald gewesen war.

Ich atmete die vertrauten Gerüche ein, als meine Stiefel durch den Schnee stapften und sich auf die Lichtung zubewegten, auf der ich einst mit Stella und Kaden trainiert hatte. Helles Sonnenlicht drang durch die Baumkronen, und ich nahm das als gutes Zeichen, als ich mich auf den Boden setzte und das Tagebuch auf die erste Seite schlug.

Die Schrift im Innern war ordentlich, aber ein wenig eng, als ob die Person – ich nahm an, dass es sich um Brea handelte – so viel wie möglich auf die Seiten packen wollte. Die Worte waren alle in Altgriechisch, und obwohl ich es mit meiner Mutter gelernt hatte, bis ich es beherrschte, gab es immer noch ein paar Dinge, die ich nicht kannte. Ich überlegte, ob ich Larkin bitten sollte, das Tagebuch mit mir durchzusehen, aber das wäre ein zu großer Vertrauensbruch gegenüber meinen neuen Sonnenhexen-Verbündeten.

Ich hatte Sonnenhexen-Verbündete. Hm. Was für ein seltsamer Gedanke.

Die ersten paar Seiten enthielten sehr einfache Zaubersprüche, ähnlich denen, die Larkin mir beigebracht hatte, als ich mit der Mondmagie-Ausbildung begonnen hatte. Ich las sie sorgfältig durch, übte die Worte laut und merkte, wie sie sich von dem, was ich bereits gelernt hatte, unterschieden und ähnelten.

Nachdem ich mir den ersten Zauberspruch eingeprägt hatte, legte ich das Buch beiseite und umarmte meine Beine. War ich bereit, die Sonnenhexenmagie auszuprobieren? Sie war so oft gegen mich und meine Lieben eingesetzt worden, und so lange hatte ich die Macht der Sonne nur als Ursache von Elend betrachtet. Ein großer Teil meiner Identität bestand darin, das Gegenteil von ihnen und allem, wofür sie standen, zu sein. Würde ich mich von meinem Erbe und meinem Volk abwenden, um die Magie meines Feindes zu nutzen?

Aber dann dachte ich daran, wie Brea und ihr Volk die Sonnenmagie eingesetzt hatten, nicht um zu verbrennen oder zu zerstören, sondern um wachsen zu lassen und zu schützen. Ich erinnerte mich an meine Mutter, die ihre Sonnenmagie einsetzte, um mir eine heiße Schokolade zu machen, wenn ich Trost brauchte. Und ich erinnerte mich an die Geschichten, die meine Mutter mir erzählt hatte, wie die Sonnen- und Mondhexen vor langer Zeit vereint waren und ihre Magie in Harmonie einsetzten. Magie war ein Werkzeug, und wie jedes andere konnte sie zum Guten oder zum Bösen eingesetzt werden. Es kam immer auf den Menschen an, der sie benutzte.

Ich trat in einen helleren Fleck Sonnenlicht, hob den Kopf und genoss für einige Augenblicke die Wärme auf meinem Gesicht. Ich stellte mir vor, dass ich spürte, wie sie in mich eindrang und die schlummernden Teile meines Körpers erweckte, die meine Sonnenmagie enthielten, wie gering sie auch sein mochte.

In mir regte sich nichts, aber ich ließ mich nicht abschrecken. Brea glaubte, dass ich es schaffen konnte, also wollte ich es versuchen. Ich legte meine Hände zusammen und stellte mir vor, wie ich Energie in sie hineinzog. Die Mondmagie sprang auf meine Fingerspitzen und wollte benutzt werden, aber ich schob sie sanft zurück. Ich griff tiefer in mein Inneres und versuchte, etwas zu finden, irgendetwas, das mir einen Hinweis darauf geben könnte, dass es dort auch eine andere Art von Magie gab.

Ich fand nichts. Vielleicht hatte Brea sich geirrt.

Ich seufzte frustriert und las die ersten Seiten des Tagebuchs noch einmal durch, um zu sehen, ob ich etwas übersehen hatte. Es sollte ähnlich sein wie das Erlernen der Mondmagie, aber das war mir leicht gefallen, als meine Magie freigeschaltet worden war. Warum funktionierte das bei mir nicht?

Ich schob das Tagebuch zurück in meine Tasche, bereit aufzugeben und es morgen noch einmal zu versuchen, als ein leises *Klopf-Klopf-Klopf* meine Aufmerksamkeit erregte. Ein kleiner Specht mit einem roten Fleck auf dem Kopf trommelte gegen einen nahen Baum, und ich beobachtete ihn mit einem Lächeln, dann studierte ich die Art und Weise, wie das Sonnenlicht die Blätter in der Nähe betupfte. Ich hatte mich immer mehr mit dem Mond verbunden gefühlt, aber die Sonne hatte ihre eigene Art von Schönheit. Als der Vogel zu einem anderen Baum flog, verstand ich, dass die Sonne Leben spendete, dass nichts in diesem Wald existieren würde, wenn ihr sanftes Licht uns nicht nähren und versorgen würde.

Ich neigte meinen Kopf wieder der Sonne zu und murmelte ein kleines Gebet zu Helios. *Vergib mir für alle Sünden, die ich gegen dich oder dein Volk begangen habe. Wenn es wahr ist, dass ich auch deine Tochter bin, dann segne mich bitte mit deinem Licht.*

Ich streckte meine Hände aus, fühlte, wie meine Handflächen im Licht der Sonne warm wurden, und atmete langsam ein. Es gab keinen Lichtblitz und keine Bestätigung dafür, dass Helios mich gehört hatte, aber bald spürte ich ein schwaches Summen unter meiner Haut. Es begann in meinen Händen und breitete sich langsam im Rest meines Körpers aus, erfüllte mich mit Wärme, als säße ich in einer kalten Nacht neben einem Feuer.

Als es mich durchströmte, wurde mir klar, dass sich die Magie der Sonnenhexe *so* anfühlen sollte – warm und einladend, wie eine tröstende Decke, die sich um mich legt. Ich hatte so selten gespürt, dass sie auf eine andere Weise als zum Schaden eingesetzt wurde, und ich hatte Angst, sie zu berühren, weil ich befürchtete, dass sie mir oder anderen Schaden zufügen würde. Mein Unterbewusstsein konnte die Magie nicht loslassen, solange ich diese mentale Blockade nicht überwunden hatte.

Diesmal versuchte ich nicht, die Magie zu erzwingen. Sie war bereits da, unter meiner Haut. Ich glaubte nicht, dass sie jemals stark genug sein würde, um mit meiner Mondmagie zu konkurrieren, aber ich brauchte nur genug Kraft, um den Zauber zu sprechen, der den Segenszauber der anderen Wölfe aufheben würde.

Mit der Sonnenmagie, die mich erfüllte, dachte ich an den ersten Zauberspruch aus dem Buch zurück. Das alte Griechisch kam mir über die Lippen, während ich meine Hände vor mich hielt und mir vorstellte, wie die Energie, die unter meiner Haut schwirrte, nach außen strömte.

Nach einem Moment bildete sich ein winzig kleiner

Funke zwischen meinen Handflächen, der in der Luft schwebte. Ich stieß einen aufgeregten Schrei aus, und die Energie verpuffte sofort wieder. Ups. Aber wenn ich es einmal geschafft habe, kann ich es wieder tun.

Mit einem Lächeln auf den Lippen beschwor ich die Magie erneut und versuchte, einen soliden Ball aus Sonnenlicht vor mir zu erzeugen. Die großen Hitzebälle, die die Sonnenhexen während des Kampfes auf uns schleuderten, waren viel größer und mächtiger, aber irgendwo musste ich ja anfangen.

Mit Geduld und ein wenig Überredungskunst ließ ich den Ball zu einer wirbelnden Masse aus feuriger Hitze wachsen. Als ich das Gefühl hatte, dass ich sie kaum noch bändigen konnte, warf ich sie auf die andere Seite der Lichtung, auf einen großen Schneehaufen. Zumindest hatte ich das vor. Sobald die Magie meine Handflächen verließ, verpuffte sie und erstarb.

Ich stieß einen Laut der Frustration aus. Vielleicht war ich ein wenig zu voreilig gewesen, weil ich dachte, ich könnte das an einem Tag lernen. Nur weil ich die Kraft halten konnte, hieß das noch lange nicht, dass ich sie auch zu nutzen wusste. Ich hatte Monate gebraucht, um die Mondmagie zu erlernen, und das war mir viel leichter gefallen. Außerdem hatte ich Larkin, die mich unterrichtet hatte, und nicht nur ein altes Tagebuch. Um diese Magie zu lernen, würde ich wahrscheinlich Monate oder sogar Jahre der Übung brauchen, und ich würde vielleicht nie die Kraft haben, alle Zaubersprüche in diesem Buch auszuführen. Aber das war in Ordnung. Alles, was ich beherrschen musste, war ein einziger Zauber, der Zauber, der den Rest der Wölfe der Tierkreise befreien würde.

Ich hob mein Gesicht in die Sonne und begann erneut.

KAPITEL EINUNDZWANZIG

Gerade als ich wieder nach dem Notizbuch griff, um herauszufinden, welche weiteren Geheimnisse es enthalten könnte, klingelte mein Telefon. Das Geräusch erschreckte mich, ich zuckte zusammen und ließ das Buch in den Schnee fallen. Fluchend schnappte ich es mir und kramte in meinen Taschen nach meinem Telefon. Nach einem Blick auf die Anruferkennung hellte sich meine Stimmung sofort auf.

„Mira!"

„Hi, Ayla!", sagte sie und klang genauso glücklich, wie ich mich fühlte, mit ihr zu sprechen. „Es ist so schön, deine Stimme zu hören."

„Deine auch", sagte ich und steckte das Notizbuch zurück in meine Tasche. „Es kommt mir vor, als hätten wir ewig nicht mehr miteinander gesprochen. Wie geht es dir?"

„Ich werde so riesig", sagte Mira und seufzte. Sie hatte mir vor ein paar Tagen ein Bild von ihrem Babybauch geschickt, und ich war fast dahin geschmolzen. „Ich weiß nicht, wie es möglich ist, dass ein Baby so viel Platz einnehmen kann. Ich habe das Gefühl, ich platze gleich. Aber ansonsten geht es mir gut." Sie hielt inne. „Und dir?"

„Mir geht's gut. Wir sind endlich wieder im Gebiet des Ophiuchus-Rudels, und es ist toll, wieder zu Hause zu sein. Apropos, wie hast du dich in deinem Zuhause bei den Fischen eingelebt? Läuft immer noch alles gut?"

„Ja", sagte Mira, aber in ihrer Stimme lag ein Hauch von Zögern. „Das Fische-Rudel behandelt mich gut, besonders mein Gefährte Aiden."

„Aber?", fragte ich. „Du klingst nicht glücklich."

„Ich weiß es nicht. Ich vermisse das Krebs-Rudel immer noch, obwohl ich ganz zum Fische-Rudel gehören möchte. Manchmal frage ich mich, ob sich dieser Ort jemals wie mein Zuhause anfühlen wird. Wie lange wird es dauern, bis ich das Gefühl habe, wirklich hierherzugehören?"

„Sobald das Baby da ist, wirst du dich sicher anders fühlen", sagte ich, aber ich konnte nicht umhin, mich zu fragen, ob es einen tieferen Grund gab, warum sie sich bei den Fischen nicht zu Hause fühlte. Wenn fast alle Paarungsbänder unecht waren, wie Roxandra gesagt hatte, war es wahrscheinlich, dass auch Miras Band zu Aiden unecht war. Sie schienen sich gegenseitig zu lieben, aber was, wenn sie mit jemand anderem zusammen sein sollten? Jetzt, wo ich wirklich mit Kaden verheiratet und Teil des Ophiuchus-Rudels war, konnte ich mir nicht vorstellen, irgendwo anders zu sein, und ich wollte, dass Mira dieses Gefühl der Zufriedenheit ebenfalls verspürte. Sie würde sich nie wirklich zu Hause fühlen, solange sie nicht ihren wahren Gefährten gefunden hatte. Und ich hatte das Gefühl, dass ich wusste, wer das war.

Aber Mira hatte mir zuvor gesagt, dass sie die Wahrheit über ihr Paarungsband nicht wissen wollte. Sie wollte eine Familie mit Aiden, und ich würde ihre Wünsche respektieren. Mira konnte ihre eigenen Entscheidungen treffen, und als ihre beste Freundin würde ich sie bei allem, was sie tat, immer unterstützen.

„Genug von mir", sagte Mira in die Stille hinein. „Wie geht es dir? Wie geht es dir und Kaden? Hast du in letzter Zeit mit Wesley gesprochen?"

Ich setzte mich auf einen heruntergefallenen Ast und streckte meine Beine im Schnee aus. „Es ist eine Menge passiert, seit ich das letzte Mal mit dir gesprochen habe." Ich begann, ihr eine Kurzfassung der Geschehnisse zu geben, die sich ereignet hatten, seit ich sie das letzte Mal gesehen hatte, und beendete sie mit der Tatsache, dass Kaden und ich nun offiziell verpaart waren und ich das Alphaweibchen des Ophiuchus-Rudels war.

„Wow", sagte sie, als ich fertig war. „Ich hatte von einigen der Fische-Krieger von dem Zusammentreffen gehört, aber ich hatte ja keine Ahnung von dem Rest. Ich bin so froh, dass du die falsche Bindung zu Jordan aufgelöst hast und dass du und Kaden echte Gefährten geworden seid."

„Danke", sagte ich und lächelte in die Sonne hinauf.

„Wie fühlt es sich an?", fragte sie. „Jetzt, wo der Segen

der Sonnenhexe weg ist und du mit deinem wahren Partner zusammen bist?"

Ich schloss die Augen und griff nach Kaden, spürte, wie sein Leben durch das Band pulsierte. Er konzentrierte sich, spürte aber keine Angst oder Sorge, sondern nur die Entschlossenheit, etwas zu erledigen. „Es ist unglaublich. Das Band zu Jordan hat sich immer falsch angefühlt, schon bevor ich wusste, dass er mein Bruder ist. Jetzt ist mir eine Last von den Schultern genommen worden, und ich fühle mich zum ersten Mal frei und ganz ich selbst. Mein Wolf ist frei, und das Verwandeln fällt mir leichter als je zuvor. Und das Paarungsband ..." Ich war mir nicht sicher, wie viel ich sagen sollte, aber ich wollte ehrlich zu ihr sein. „Als das Paarungsband entstand, war es, als hätte ich die ganze Zeit gewusst, dass Kaden mein Schicksal ist, und mit ihm zusammen zu sein, war wie nach Hause zu kommen."

Mira schwieg so lange am anderen Ende der Leitung, dass ich dachte, sie hätte vielleicht aufgelegt.

„Mira?", fragte ich.

Sie stieß einen kleinen, zitternden Atemzug aus, der sogar durch das Telefon zu hören war. „Tut mir leid. Es geht mir gut. Ich freue mich wirklich für dich, und ich bin so froh, dass mein Kind niemals den Segen der Sonnenhexe erhalten wird."

„Ich auch", sagte ich. „Ich hoffe, wir können uns bald davon befreien."

„Ich sollte jetzt gehen", sagte Mira. „Ich bin zum Abendessen mit dem Fische-Alpha und seiner Familie verabredet, und ich brauche im Moment ewig, um überhaupt von der Couch aufzustehen. Ich bin wie ein gestrandeter Wal."

Ich lachte leise und versuchte, es mir vorzustellen. „Ich wünschte, ich könnte dich besuchen kommen."

„Ich auch." Das Lächeln war wieder in ihre Stimme zurückgekehrt. „Wenn sich die Lage beruhigt hat, werden wir uns wiedersehen, das verspreche ich."

Ein Kloß bildete sich in meiner Kehle. Ich war noch nie im Land des Fische-Rudels gewesen, also konnte ich mich nicht einfach dorthin teleportieren, um sie zu besuchen, und ich hatte im Moment auch keine Zeit, die lange Reise nach Alaska zu machen. Eines Tages würde ich sie jedoch besuchen und ihr Baby kennenlernen, das schwor ich mir.

„Okay", sagte ich. „Lass uns nächste Woche wieder quatschen. Sonst gibt es zu viel aufzuholen, wenn wir uns unterhalten."

Mira lachte. „Einverstanden. Pass gut auf dich auf, okay?"

„Du auch", sagte ich und versuchte, so viel Liebe in die Worte zu legen, wie ich konnte.

Wir verabschiedeten uns und ich steckte mein Handy ein. Ich wünschte, ich könnte mehr tun, um ihr zu helfen oder wenigstens in dieser Zeit für sie da zu sein, aber ich konnte nicht viel tun, und ich hatte Wichtigeres zu tun. Zum Beispiel diese Sonnenmagie zu erforschen, um Wölfe wie Mira zu befreien und zu verhindern, dass sie mit der falschen Person verpaart werden.

Ich war gerade dabei, einen anderen Zauber zu üben, bei dem ich versuchte, das Sonnenlicht auf eine bestimmte

Pflanze zu lenken, um sie mit wachsender Energie zu versorgen, als Kaden mich fand.

Er drückte mir einen Kuss auf den Scheitel. „Wie läuft's denn so? Es sieht so aus, als hättest du den Dreh raus."

Ich stieß einen frustrierten Atemzug aus. „Es ist wie Zähne ziehen. So langsam. Ich wünschte, es wäre nicht so schwer."

„Du wirst es schaffen. Du gibst nie etwas auf, wenn du einmal beschlossen hast, es zu tun." Er grinste mich an. „Es ist noch gar nicht so lange her, da hast du mit mir an dieser Stelle trainiert. Damals konntest du noch nicht einmal einen Schlag ausführen und bist über nichts gestolpert, wie ein Welpe, der das Laufen lernt. Ich hätte nicht gedacht, dass du jemals kämpfen lernen würdest."

„Ich erinnere mich", murmelte ich. „Du warst damals so ein Arschloch."

„Ich bin immer noch ein Arschloch, du hast es nur zu lieben gelernt."

Dem konnte ich nicht widersprechen, aber ich wollte ihm trotzdem das eingebildete Grinsen aus dem Gesicht wischen. „Ich wette, ich könnte es jetzt mit dir aufnehmen."

Er zog eine Augenbraue hoch. „Du glaubst, du könntest mich besiegen?"

„Mit Magie? Auf jeden Fall."

„Da wäre ich mir nicht so sicher."

Er stürmte auf mich zu, so schnell, dass er praktisch nur noch verschwommen zu sehen war. Ich schoss einen Schwall Mondmagie auf ihn, aber Kaden wich geschickt aus. Ich teleportierte mich weg, bevor er mich umwerfen konnte, und wickelte Ketten aus kaltem, silbernem Licht um ihn. Er glühte hell auf, und jede einzelne Kette zerbrach. Er gab ein Knurren von sich, formte seinen eigenen Lichtspeer und schleuderte ihn nach mir. Ich hatte ihn noch nie so kämpfen sehen, da er normalerweise seine Zähne und Klauen bevorzugte, und das überraschte mich für einen Moment. Ich errichtete gerade noch rechtzeitig einen Schild, um seine Magie verpuffen zu lassen, aber dann verschwand er vor mir und wurde unsichtbar. Mein Sekundenbruchteil des Zögerns kostete mich, und dann war Kaden auf mir.

Wir stürzten auf den kalten Boden, und er drückte mich unter sich fest. Ich zappelte, aber Kaden war viel stärker, und er grinste, als er meine Handgelenke packte und sie über meinem Kopf festhielt. Ich hätte weitermachen und ihn mit Magie von mir wegschleudern können, aber ich schmolz unter seiner Berührung dahin.

„Netter Versuch", sagte Kaden und beugte sich zu einem Kuss herab.

„Ich habe dich gewinnen lassen", sagte ich lachend.

Kaden drückte seine Nase in meinen Nacken und küsste dort die Haut entlang. „Willst du eine Revanche?"

„Vielleicht später", sagte ich, als ich spürte, wie sich das Verlangen in mir wieder regte. „Jetzt will ich, dass du mich fickst."

„Dein Wunsch sei mir Befehl", sagte er, während er sich aufrichtete und sein Shirt auszog.

Er beanspruchte mich dort, auf der Lichtung, auf der wir zusammen trainiert hatten, in dem Wald, in dem ich mich zum ersten Mal in ihn verliebt hatte. Ich konnte nicht genug von ihm bekommen, und ich fragte mich, wie lange das anhalten würde. Sicherlich würde das Verlangen irgendwann nachlassen. Aber wann?

Als wir beide zufrieden waren, streckten wir uns auf dem Waldboden aus und spürten die Nachmittagssonne auf unserer Haut. Der Schnee war an dieser Stelle geschmolzen, während ich meine Sonnenmagie geübt hatte, und hinterließ einen weichen Fleck aus gefallenen Blättern, auf dem wir uns ausruhen konnten.

„Wie haben sich Stella und Larkin eingelebt?", fragte ich.

„Das Haus hat mehr Arbeit nötig, als ich dachte, und es muss viel geputzt werden, aber es wird gut für sie sein." Er spielte müßig mit den Strähnen in meinem Haar. „Es war gut, zurückzugehen und einige der alten Gemälde und Kunstwerke meiner Mutter zu sehen. Ich habe diesen Ort jahrelang gemieden, aber ich will nicht länger vor der Vergangenheit davonlaufen."

„Vielleicht können wir einige ihrer Bilder im Haus aufhängen", sagte ich und ließ meine Finger über seine Brust wandern.

„Das würde mir gefallen." Er nahm meine Hand und drückte ihr einen Kuss auf. „Stella hat sich auch bereit erklärt, die Feier für das Alphaweibchen zu organisieren."

„Gott sei Dank. Sie kann mir helfen zu entscheiden, was ich anziehen soll. Ich bin schrecklich in solchen Dingen."

„Ich mochte das grüne Kleid, das du an Weihnachten anhattest. Vielleicht kannst du das mal wieder anziehen."

„Ich habe es zerrissen, als ich mit ein paar Arschlöchern aus dem Krebs-Rudel gekämpft habe, aber ich bin sicher, dass man es flicken kann." Ich lachte ein wenig. „Das habe ich dir wohl nie erzählt."

Er zog die Augenbrauen hoch. „Nein, aber ich will alles darüber hören."

Als wir zum Haus zurückgingen, erzählte ich ihm alles über mein Weihnachten mit Jordan und Wesley. „Da habe ich gemerkt, dass ich dich nicht mehr brauche, um mich zu verteidigen. Ich kann auf mich selbst aufpassen."

„Du hast recht, du brauchst mich nicht. Du bist wirklich ein eigenständiger Alpha." Er warf mir ein schiefes Grinsen zu. „Aber du steckst trotzdem mit mir fest."

Ich nahm seine Hand und drückte sie. „Ich würde mich immer wieder für dich entscheiden, auch ohne das Paarungsband."

„Und das macht mich zum glücklichsten Alpha der Welt."

KAPITEL ZWEIUNDZWANZIG

Nach ein paar weiteren Tagen der Eingewöhnung auf Coronis beschloss ich, meine Mutter zu besuchen.

Ich öffnete meine Augen im Halbdunkel von Lunatera. Kaden ließ meine Hand los und blickte zum riesigen Mond hinauf, bevor er sich im Kreis drehte, um den Strand und das viktorianische Haus meiner Mutter vor sich zu sehen.

„Das ist es", sagte ich. „Lunatera. Selenes Reich."

Kaden nickte und atmete tief ein. „Die Magie fühlt sich hier stärker an."

Wir traten auf die Veranda, und Kaden zerrte an seinem Hemdkragen, als wäre er zu eng. Dann strich er sich die Haare glatt. „Sehe ich gut aus?"

War er nervös, weil er meine Mutter treffen würde? Wie niedlich. Ich küsste ihn auf die Wange. „Du siehst so gut aus wie immer."

Celeste öffnete die Tür, ihr weißes Haar floss ihr über den Rücken, ihre Augen leuchteten im Mondlicht. Sie trug ein schlichtes lilafarbenes Kleid, auf das winzige kleine Monde gestickt waren, wahrscheinlich von einer der anderen Hexen hier handgefertigt.

„Ayla. Ich bin so froh, dich zu sehen!" Sie umarmte mich fest, zog sich dann aber lange genug zurück, um mir ins Gesicht zu sehen und mein Haar hinter mein Ohr zu streichen. „Du siehst gut aus. Ich habe dich so sehr vermisst."

„Ich habe dich auch vermisst", sagte ich.

„Und du musst Kaden sein." Sie streckte ihre Arme aus und umklammerte Kadens Hände mit ihren blassen Fingern. „Ich habe schon so viel über dich gehört."

„Hoffentlich war einiges davon gut", sagte Kaden mit einem Grinsen. „Es ist schön, dich kennenzulernen."

„Ja, obwohl ich das Gefühl habe, dass du nicht nur hier bist, um mich kennenzulernen." Sie trat zur Seite und winkte uns hinein. „Kommt herein, und wir werden bei einer Tasse heißer Schokolade darüber sprechen. Oder Tee, wenn ihr wollt."

Celeste führte uns in die Küche, und Kaden bewunderte das seltsame Haus mit dem eigenartigem Sammelsurium älterer Möbel, das der Zeit entrückt war. Es war nicht mein Zuhause, aber es war beruhigend, wieder hier zu sein. Ich ließ mich in einem der Stühle am Küchentisch nieder und blickte nach draußen auf die Wellen, die über den Sand plätscherten. Celeste zündete den Herd mit einem Flackern ihrer Sonnenmagie an und setzte einen Kessel auf, um ihn zum Kochen zu bringen. Sie holte ein paar Tassen aus den Schränken und stellte sie auf den Tresen.

„Ich weiß, dass Ayla ihre heiße Schokolade mag", sagte Celeste. „Was ist mit dir, Kaden?"

„Das ist gut. Danke."

Sie lächelte, als sie die Schokolade für uns zubereitete. „Ich bin so froh, dass ihr hier seid. Ich nehme an, das bedeutet, dass ihr wieder zusammen seid?"

„Ja, das sind wir", sagte ich, und Kaden legte seine Hand auf meine.

„Ich bin froh, das zu hören. Du hättest sehen sollen, wie Larkin das letzte Mal, als sie hier war, Trübsal blies. ‚Wahre Liebe ist nicht echt‘, stöhnte sie ständig. Ich habe ihr gesagt, dass ihr beide wieder zusammenkommen werdet. Manchmal brauchen solche Dinge eben ihre Zeit." Sie hielt inne, als sie uns die heiße Schokolade einschenkte. „Oh, bist du deshalb hier, um das Paarungsband mit Jordan zu brechen? Ich habe in einem alten Buch etwas gefunden, das dir helfen könnte."

„Eigentlich haben wir das unechte Paarungsband schon gebrochen", sagte ich, als sie mir meinen Becher reichte. „Ich bin jetzt wirklich mit Kaden verpaart und wieder ein Mitglied des Ophiuchus-Rudels."

Celeste reichte Kaden seinen Becher, bevor sie sich neben mich setzte. „Ich bin so froh, das zu hören. Wie hast du das geschafft?"

„Mit der Hilfe von ein paar abtrünnigen Sonnenhexen", sagte Kaden.

„Was?", fragte Celeste und ließ fast ihren Becher fallen.

„Kaum zu glauben, ich weiß", sagte ich. „Aber ihre Anführerin, Brea, will uns helfen, Evanora zu bekämpfen."

Celestes Augen verengten sich. „Ich bin überrascht, dass sie all das tun würde, um euch zu helfen. Breanora, wie sie einst genannt wurde, war Evanoras Stellvertreterin, weißt du. Und ihre beste Freundin."

Ich nahm einen Schluck von meiner heißen Schokolade. „Jetzt nicht mehr. Sie haben sich irgendwie zerstritten, und jetzt lebt sie mit ein paar anderen Sonnenhexen im Verborgenen. Einschließlich Jordans Mutter."

„Seid vorsichtig", sagte Celeste. „Es könnte ein weiterer Trick sein."

„Das habe ich auch gedacht, aber ich glaube wirklich, dass Brea Evanora aufhalten will." Ich erzählte ihr kurz, was mit den männlichen Sonnenhexen passiert war und welcher Fluch darauf folgte, sowie alles, was wir darüber erfahren hatten, warum sie Jordan so unbedingt kontrollieren wollten. Dann erklärte ich ihr, wie Brea uns geholfen hatte, den Segenszauber zu brechen, und mir das Sonnenhexen-Notizbuch gab, damit ich es selbst lernen konnte.

„Du könntest auch lernen, den Zauber zu sprechen", sagte ich.

Celeste tippte mit den Fingern gegen ihre Tasse und sah ein wenig besorgt aus. „Ich werde mir den Zauber ansehen, aber ich bin mir nicht sicher, ob ich eine große Hilfe sein werde. Es ist lange her, dass ich Sonnenmagie benutzt habe, außer eine einfache Flamme anzuzünden oder meine Dusche warmzuhalten. Ich bin beeindruckt, dass du sie überhaupt anwenden konntest."

„Nicht sehr gut", gab ich zu. „Aber ich werde besser."

Celeste nickte, immer noch leicht stirnrunzelnd. „Ich

werde den Zauber in mein Grimoire abschreiben und ihn studieren, aber ich bin mir nicht sicher, was du erwartest, was ich damit machen soll. Ich kann ihn genauso wenig wie du auf jeden Wolf der Tierkreise anwenden."

Ich starrte hinunter in meine heiße Schokolade. „Nein, einen nach dem anderen zu verzaubern, wäre unmöglich. Wir brauchen etwas wie Evanoras Stab, um die Magie zu verstärken. Haben die Mondhexen so etwas?"

„Hatten wir mal, aber die Sonnenhexen haben ihn zerstört. Es tut mir leid."

Ich seufzte. Wieder eine Sackgasse. Die einzige Möglichkeit bestand darin, Evanoras Stab zu holen, und das schien unmöglich. Ich erwähnte die Idee nicht einmal gegenüber Celeste, weil ich wusste, dass sie mir sagen würde, es sei zu gefährlich. Aber welche andere Wahl hatten wir?

„Wir werden einen Weg finden", sagte Kaden und sah mir in die Augen. „Aber deshalb sind wir nicht hier."

„Richtig", sagte ich und konzentrierte mich wieder. „Die Sonnenhexen haben es geschafft, in Kadens Kopf einzudringen und ihn zu kontrollieren. Könntest du ihm beibringen, wie er seinen Geist vor ihrer Magie schützen kann, so wie du es mir beigebracht hast?"

Celeste nickte. „Das würde ich gerne tun."

„Danke", sagte Kaden. „Ich weiß das wirklich zu schätzen. Aber ich bin nicht der Einzige, den die Sonnenhexen kontrolliert haben. Wäre es möglich, mehr von diesen Mondstein-Halsketten für einige der anderen Alphas zu besorgen?"

Celeste schüttelte den Kopf. „Es tut mir leid, aber wir haben Larkin bereits alles gegeben, was wir hatten. Wir arbeiten daran, neue herzustellen, aber es kostet viel Zeit und Mühe, sie mit der Energie des Mondes zu füllen."

„Wir verstehen das, und wir sind dankbar für all eure Hilfe", sagte Kaden.

„Ich wünschte, wir könnten mehr tun", sagte Celeste.

„Das könntet ihr", sagte ich und spürte dieses Aufflackern von Ärger in mir, wenn ich an die Weigerung der Mondhexen dachte, uns zu helfen. „Du und einige andere Mondhexen könnten zur Erde kommen und uns im Kampf gegen die Sonnenhexen helfen. So wie Larkin es jetzt tut."

„Larkin ist jung, und sie braucht Zeit auf der Erde, um sich zu entwickeln. Aber der Rest von uns ..." Celeste senkte den Kopf. „Wir haben uns so lange versteckt, dass wir vergessen haben, wie es ist, zu kämpfen. Wir werden weiterhin die Mondsteinketten herstellen, und ich werde diesen neuen Zauber für dich lernen, aber das ist alles, was wir tun können. Es tut mir leid."

„Ich musste einfach fragen." Ich nahm einen großen Schluck heiße Schokolade und versuchte, meinen Ärger zu verbergen. Das war schon lange ein Streitpunkt zwischen uns, aber ich wollte meine Zeit mit ihr nicht mit Streitereien verbringen. Ich wusste, dass sie nur versuchte, ihre Leute zu schützen, und das Letzte, was wir brauchten, war mehr Streit, wenn wir zusammenarbeiten sollten.

„Larkin erwähnte, dass es hier einen Vampir gibt", sagte Kaden, und ich war dankbar für den Themenwechsel. „Wäre es möglich, mit ihm zu sprechen?"

Celestes Gesicht wirkte wieder beunruhigt. „Larkin hat mir von dem Angriff der Vampire auf eure Leute erzählt. Ich bin überrascht, dass sie so etwas tun würden, aber es ist viele Jahre her, dass ich Kontakt mit ihnen hatte."

„Sie arbeiten für die Sonnenhexen", sagte Kaden. „Wir müssen wissen, warum, und wie wir sie aufhalten können."

„Ich bin sicher, dass Killian bereit ist, mit dir zu sprechen. Ich werde ihn bitten, vorbeizukommen."

„Danke", sagte Kaden.

Wir tranken unsere Getränke aus und es wurde still zwischen uns. Celeste stand auf und begann aufzuräumen. „Wie geht es Jordan? Er muss froh sein, dass das Paarungsband gebrochen ist."

„Es geht ihm gut", sagte ich. „Er steht nicht mehr unter der Kontrolle der Sonnenhexe, und er wird das Löwe-Rudel in eine neue Richtung führen."

Celeste lächelte, als sie abspülte. „Ich bin froh, das zu hören. Er ist ein guter Junge, nur ein bisschen aufgewühlt."

Ich lehnte mich in meinem Stuhl zurück und versuchte, mich zu entspannen. „Er will sich bessern. Er ist auf dem Weg der Besserung. Er muss sich nur über einige Dinge klar werden."

„Müssen wir das nicht alle?", murmelte Kaden.

„In der Tat", sagte Celeste. „Und wie geht es Larkin? Sie scheint ängstlich zu sein, wenn sie zu Besuch kommt. Hat sie sich auf der Erde eingelebt?"

„Ich glaube schon", sagte ich. „Sie war eine große Hilfe für uns."

„Sie hat sich mit meiner Schwester Stella angefreundet", sagte Kaden.

„Gut." Celeste setzte sich wieder zu uns und ließ ihren Blick über Kaden schweifen, um ihn zu mustern. „Wisst ihr, ich habe euch beide einmal getroffen, als ihr noch klein wart. Ich bin sicher, ihr erinnert euch nicht daran."

„Wirklich?", fragte Kaden und richtete sich ein wenig auf. „Wie das denn?"

„Ich kannte eure Eltern", sagte Celeste, und ihre Stimme wurde sanft. „Nicht sehr gut, aber sie waren nett zu mir, als ich in Not war." Sie griff über den Tisch und nahm seine Hand. „Mein Beileid für deinen Verlust. Sie sind zu früh von uns gegangen."

Kaden wandte den Blick ab und räusperte sich, wobei seine Augen ein wenig glänzten. Egal, wie viele Jahre vergingen, der Schmerz über den Verlust seiner Eltern ließ ihn nie los. Ich konnte mir nicht vorstellen, wie das war. Mein eigener Vater war ein furchtbarer Mensch gewesen, und ich vermisste ihn fast gar nicht. Und obwohl ich um Celeste trauern würde, wenn ich sie verlieren würde, hatte ich sie als Erwachsene nur kurz gekannt. Es wäre nicht dasselbe.

„Ich hoffe, ihr könnt ein paar Tage bleiben", sagte Celeste. „Es könnte einige Zeit dauern, bis du lernst, deinen Geist zu schützen."

„Wir werden so lange bleiben, wie es nötig ist", sagte ich.

„Gut." Sie klopfte mir auf die Schulter. „Ich bereite euer Zimmer vor. Fühlt euch bitte wie zu Hause."

KAPITEL DREIUNDZWANZIG

Später an diesem Tag ging Celeste mit Kaden an den Strand, um ihm beizubringen, seinen Geist abzuschirmen. Er sah eifrig und entschlossen aus, als die beiden durch den Sand stapften. Es würde harte Arbeit sein, aber sie würden dafür sorgen, dass er für immer frei von der Kontrolle der Sonnenhexe blieb.

Ich blieb drinnen und nahm die Chaiselongue im Wohnzimmer in Anspruch, um das alte Buch zu lesen, das Celeste entdeckt hatte. Ich wollte immer noch einen Blick in das Buch werfen, auch wenn wir das Paarungsband bereits gebrochen hatten. Wenn es einen einfacheren Weg gäbe, würde ich auch diesen Zauberspruch gerne lernen.

Das Papier fühlte sich unter meinen Fingern alt und brüchig an, und ich befürchtete, dass ein schnelles Umblättern es brechen würde. Der Text war natürlich in Altgriechisch geschrieben, und ich hatte Mühe, mich durch die dicken Passagen zu kämpfen, und meine Augen verschwammen, als ich versuchte, mir einen Reim auf das zu machen, was vor mir lag. Obwohl ich mit der Sprache schon recht gut zurechtkam, war dieses Buch besonders komplex und enthielt viele Wörter, die ich nicht kannte. Ich musste wirklich mehr Zeit damit verbringen, die Sprache zu lernen, wenn ich zu Hause war. *Ein weiterer Punkt auf meiner Liste,* dachte ich mit einem Seufzer. Als ob ich nicht schon genug zu tun hätte. Einen Moment lang wünschte ich, ich hätte Larkin mitgebracht, aber ich wollte, dass nur Kaden und ich da waren, als er meine Mutter zum ersten Mal traf.

Ich rieb mir die Schläfen und richtete mich in meinem Stuhl auf. Ich würde dieses Buch allein durchlesen müssen. Es enthielt viele interessante Berichte aus erster Hand von längst verstorbenen Mondhexen, und auch einige spätere Berichte aus zweiter Hand. Sie erzählten, wie sie mit dem Ophiuchus-Rudel zusammenlebten und wie die anderen Wölfe der Tierkreise es ihnen übel nahmen und das Rudel deshalb vertrieben. Das wusste ich alles schon, auch wenn es interessant war, darüber zu lesen. Aber dann fand ich etwas, das mich innehalten ließ, etwas, das noch weiter in die Vergangenheit zurückreichte. Ich habe es zweimal gelesen und mir dann ein Stück Papier und einen Stift geschnappt.

Ich brauchte einige zermürbende Stunden, um das Kapitel zu übersetzen, und als ich fertig war, war ich mir nicht sicher, ob ich gute Arbeit geleistet hatte. Vielleicht sollte ich das Ganze doch noch zu Larkin bringen.

Glücklicherweise kamen Kaden und Celeste in diesem

Moment zurück. Ich legte meine Notizen und das Buch ab und war dankbar für die Ablenkung.

„Wie läuft's?", fragte ich, stand auf und gab Kaden einen Kuss auf die Wange.

„Er lernt sehr schnell", sagte Celeste mit einem freundlichen Lächeln. „Er ist ein Naturtalent."

Kaden sah erschöpft aus, aber sein Kiefer war auf die ihm eigene sture Art angespannt. „Es ist schwer, aber ich werde nicht aufgeben, bis ich es beherrsche. Ich werde nie wieder zulassen, dass jemand meine Gedanken kontrolliert."

„Das schaffst du bald, da bin ich mir sicher. Jetzt komm und sieh dir das an." Ich zog das Buch zu mir und blätterte ein paar Seiten zurück. „Ich glaube, ich habe etwas gefunden, das uns helfen könnte." Ich überflog den Text und versuchte, die Stelle zu finden. Ich runzelte die Stirn und fuhr mit den Fingern über die Buchstaben. „Hier ist es. Ich bin mir nicht sicher, ob ich das richtig lese, aber wenn ja, steht da, dass die Alphas aller dreizehn Rudel bei Neumond die Magie der Sterne nutzen können."

„Von so etwas habe ich noch nie gehört", sagte Kaden.

Celeste beugte sich über meine Schulter, ihre Augen überflogen den Text. „Ja, das ist richtig. Hier steht, dass sich die Wölfe der Tierkreise auf diese Weise vor all den Jahren aus der Sklaverei der Hexen befreit haben. Ich dachte, das könnte dir helfen, dich von dem Paarungsband zu befreien."

Mein Herz raste vor Aufregung über diese neue Idee. „Wenn wir also alle dreizehn Rudel dazu bringen, sich bei

Neumond auszurichten, was auch immer das heißen mag, können wir den Segenszauber vielleicht für alle aufheben."

Kaden schnaubte. „Es wäre ein Wunder, alle Rudel zu vereinen. Wir hätten mehr Glück, zu versuchen Evanoras Stab zu bekommen."

Wahrscheinlich hatte er recht, aber ich wollte diese Chance nicht ungenutzt lassen. Ich überflog die Passage noch einmal. „Warum bei Neumond?"

Celeste ließ sich in einen Stuhl gegenüber von mir sinken. „Wahrscheinlich, weil die Sonne und der Mond dann am schwächsten und die Sterne am hellsten sind."

„Natürlich." Ich dachte an Kaden, der mir das Sternbild des Ophiuchus gezeigt hatte, als ich auf seinem Dach stand. Die Sternbilder … Es erschien mir jetzt so offensichtlich, dass ich mich frage, wie ich das vorher nicht bemerkt hatte. „Von den Sternen bekommen wir unsere Tierkreiskräfte!"

„Offensichtlich", sagte Kaden. „Was haben sie euch denn in diesen Rudeln beigebracht?"

„Eine Menge Sonnenhexen-Quatsch", murmelte ich. „Sonst hätten wir das schon früher gewusst."

„Dieses Wissen ist schon lange vergraben", sagte Celeste. „Die alten Hexen wollten sicherstellen, dass die Wölfe der Tierkreise so etwas nie wieder tun. Ich wusste es auch nicht, bis ich dieses Buch gefunden habe, und ich habe es mir nur angesehen, weil ich nach einer Lösung für das Problem der Paarungsbänder gesucht habe."

„Das ist der Grund, warum sie die Rudel gegeneinander kämpfen lassen", sagte ich, als sich alles zusammenfügte. Roxandra hatte uns gesagt, dass sie das taten, um uns schwach und leicht kontrollierbar zu halten, aber mir wurde klar, dass ihre Worte noch tiefer gingen, als mir bewusst war. Die Sonnenhexen wollten sicherstellen, dass die Alphas dieses Ritual nie wieder durchführten, und das ging am besten, indem sie dafür sorgten, dass sie sich alle hassten.

Ich setzte mich aufrechter hin, und in meinem Kopf drehte sich alles. „Du willst mir also sagen, dass wir unsere Sternenmagie, die Magie, die wir schon immer hatten, benutzen können, um den Segenszauber zu brechen? Dazu müssen wir nur zusammenarbeiten?"

Kaden runzelte die Stirn. „Du sagst das, als ob es so einfach wäre."

„Vielleicht ist es das. Du hast gesehen, wie das Skorpion-Rudel zu unseren Verbündeten wurde, nachdem wir ihnen den Beweis geliefert hatten, dass die Sonnenhexen alles kontrollieren. Jordan arbeitet auch an den anderen Rudeln. Wir müssen nur die anderen Alphas dazu bringen, auf uns zu hören."

„Gut. Wir werden ein weiteres Treffen der Alphas einberufen, wenn wir zurück sind, aber ich würde mir keine allzu großen Hoffnungen machen."

Ich nickte und schaute auf meine übersetzten Notizen. Die anderen Alphas mussten darüber Bescheid wissen. Es könnte unsere beste Chance sein, alle zu befreien.

Es klopfte an der Tür und unterbrach unsere Diskussion. Celestes Gesicht hellte sich auf. „Das muss Killian sein. Er hat zugestimmt, heute mit dir über das Vampirproblem zu sprechen. Ich werde ihn hereinlassen."

„Bist du sicher, dass das eine gute Idee ist?", fragte Kaden mich, als Celeste zur Haustür ging.

„Ja, solange du ihn nicht angreifst." Ich klappte das Buch zu und schob meine Notizen beiseite.

Kaden warf mir einen Blick zu. „Ich kann mich beherrschen."

„Wir werden sehen."

„Bitte setz dich zu uns", sagte Celeste und deutete Killian, sich zu uns ins Wohnzimmer zu setzen. „Ayla und ihr Gefährte Kaden würden dir gerne ein paar Fragen stellen. Ich werde uns ein paar Erfrischungen besorgen."

„Hallo noch mal", sagte ich, obwohl mein Wolf sofort mit einem inneren Knurren auf seine Anwesenheit reagierte. Es spielte keine Rolle, dass ich wusste, dass er ein Freund war, oder dass er mir nie etwas angetan hatte. Irgendetwas in meinem Blut hielt ihn für meinen Feind und erfüllte mich mit dem instinktiven Bedürfnis, mich auf ihn zu stürzen und ihm die Kehle aufzuschlitzen. Ich hustete hinter meiner Hand, um mich zu beruhigen.

„Ayla, es ist wie immer ein Vergnügen, dich zu sehen", sagte Killian, der mit einer unnatürlichen Anmut in den Raum stürmte. Er war schockierend schön, und es war schwer, nicht auf die perfekten Linien in seinem Gesicht zu starren, oder auf die Art, wie sein schwarzes Haar über sein Gesicht fiel. Obwohl ich ihn töten wollte, wollte ich ihn auch stundenlang betrachten wie ein unbezahlbares Gemälde in einem Museum. Es ergab keinen Sinn, aber das war die Natur von Vampiren und Wölfen.

Neben mir hatte Kaden seine Hände zu Fäusten geballt,

und jeder Muskel in seinem Körper war angespannt. Er hatte noch nie positive Erfahrungen mit einem Vampir gemacht, und so fiel es ihm wahrscheinlich noch schwerer, angesichts des instinktiven Drangs, seinen Feind zur Strecke zu bringen, ruhig zu bleiben. Ich konnte sehen, dass er bereit war, sofort loszuschlagen, und wenn er sich nicht unter Kontrolle hatte, würden wir den einzigen Vampir-Verbündeten verlieren, den wir hatten.

„Es ist okay", murmelte ich ihm zu. „Setz dich einfach hin."

Kaden setzte sich, obwohl er seinen Blick nicht von dem Vampir abwandte und sein Körper nichts von seiner Anspannung verloren hatte.

„Kaden vom Ophiuchus-Rudel. Ich freue mich, deine Bekanntschaft zu machen." Killian konnte entweder sehr gut schauspielern, oder er bemerkte die offensichtliche Anspannung in der Luft nicht. Ersteres vermute ich, denn er blieb auf der anderen Seite des Couchtisches und versuchte nicht, näher zu kommen.

„Ich auch", sagte Kaden, aber es klang eher wie ein Knurren.

Ich legte meine Hand auf sein Knie und grub meine Finger ein wenig in sein Bein. Kaden hörte endlich auf, den Vampir anzustarren, und sah zu mir hinüber. *Sei nett,* dachte ich und versuchte, die Botschaft durch das Paarungs-band zu vermitteln, zusammen mit einem Gefühl der Ruhe.

Kadens Kiefer war zusammengebissen, als er wieder zu Killian hinübersah, aber seine Stimme war etwas weniger mörderisch. „Danke, dass du gekommen bist, um mit uns zu reden."

Ein Fortschritt, dachte ich und schickte ein entschuldigendes Lächeln zu Killian. „Es ist schön, dich wiederzusehen. Ich hoffe, es ist dir gut ergangen."

„Es ist so wie immer hier, was wohl ein Ja ist." Er blitzte mich mit einem Lächeln an, das die Spitzen seiner Reißzähne zeigte, und Kaden versteifte sich wieder neben mir. „Ich habe gehört, ihr habt ein Problem mit Vampiren."

Ich nickte. „Die Sonnenhexen haben die Vampire dazu gebracht, mit ihnen zu arbeiten. Wir versuchen, alles über sie herauszufinden, was wir können, und wie sie tagsüber draußen unterwegs sein können."

„Und wie man sie am besten besiegen kann", fügte Kaden zähneknirschend hinzu.

Ich stieß ihm meinen Ellbogen in die Seite, korrigierte ihn aber nicht. Eigentlich hatte er ja recht, aber er war sehr unhöflich dabei. Er warf mir einen verärgerten Blick zu, sagte aber nichts weiter.

„Ja, Larkin wollte auch mit mir sprechen", sagte der Vampir. „Ich sage euch dasselbe, was ich ihr gesagt habe. Sie sollten nicht in die Sonne gehen können. Vampire leiden immer noch unter dem Sonnenfluch, wie ihr sicher wisst. Er bewirkt, dass wir tagsüber nicht nach draußen gehen können." Killian hielt seine eigene Hand in das fahle Licht des Mondes von Lunatera. „Ich habe dieses Problem natürlich nicht, da es hier immer Nacht ist, aber ich bin die Ausnahme."

„Gibt es eine Möglichkeit, wie sie tagsüber hinausgehen können?", fragte ich.

„Vielleicht. War es sehr bewölkt oder spät am Nachmittag, wo es kein direktes Sonnenlicht gab?"

„Nein", sagte Kaden. „Sie sind am helllichten Tag losgezogen."

„Es gibt noch eine andere Möglichkeit." Killian hielt inne. „Wenn die Sonnenhexen die Vampire ihr Blut trinken ließen, könnten sie sich im Sonnenlicht bewegen, aber nur für eine gewisse Zeit. Es wäre nicht von Dauer, also müssten sie immer wieder zu ihnen zurückkehren, um mehr zu trinken."

„Das klingt ziemlich wahrscheinlich", murmelte Kaden. „Die Sonnenhexen machen gerne jeden von sich abhängig."

Der Vampir lächelte traurig, als würde er sich an etwas aus seiner Vergangenheit erinnern. „In der Tat. Wenn ich raten müsste, haben die Sonnenhexen wahrscheinlich angeboten, den Fluch irgendwann im Tausch gegen ihre Knechtschaft aufzuheben, und die Vampire haben angenommen, so wie es sich anhört."

„Und wie ich Evanora kenne, hätten sie sich niemals an diese Abmachung gehalten", sagte ich.

„Wahrscheinlich nicht", stimmte Killian zu.

Celeste kam mit Tee zurück und reichte ihn herum, und alle beruhigten sich ein wenig. Killian nahm Platz, nippte an seinem Tee und bedankte sich bei Celeste für ihre Gastfreundschaft, während Kaden mit zusammengekniffenen Augen zusah.

„Du kannst also auch andere Dinge als Blut trinken“, sagte er. „Was noch?“

„Oh ja, wir essen und trinken wie jeder andere auch“, sagte Killian. „Wir haben nur ein ... besonderes Bedürfnis.“

Kaden lehnte sich nach vorne, stützte seine Arme auf die Knie und ignorierte seinen Tee völlig. „Erzähl mir von deinen Kräften.“

Ich verdrehte die Augen. Er war wirklich die ganze Zeit kurz davor, einen Streit anzufangen. Er gehörte zu mir, und ich liebte ihn, aber manchmal wollte ich ihn auch einfach erdrosseln. Ich sah zu Celeste hinüber, die nur mit den Schultern zuckte, als wollte sie sagen, *was können wir tun?*

Killian rührte in seinem Tee, als ob wir ein normales Gespräch führen würden. „Schnelligkeit, Stärke und Unsterblichkeit, natürlich. Schnelle Heilung. Wie du vielleicht schon bemerkt hast, sind wir sehr schwer zu töten.“

„Ohne Scheiß“, knurrte Kaden. „Was noch?“

„Reißzähne, natürlich. Oh, und die können wir wachsen lassen.“ Er hob eine Hand und bewegte sie hin und her, während sich seine Nägel zu rasiermesserscharfen Spitzen erweiterten.

Kaden umklammerte den Rand der Couch, als würde er sich zurückhalten. „Sonst noch was?“

„Wir haben noch ein paar andere Tricks ... Unterschiedliche Blutlinien haben unterschiedliche Kräfte, ähnlich wie bei euren Rudeln.“ Mehr sagte er nicht, sondern schenkte ihm nur ein geheimnisvolles Lächeln, das Kaden noch mehr erzürnte.

„Wir sind uns nicht ähnlich“, schnauzte er.

Ich hatte das Gefühl, dass Killian es genoss, ihn zu ärgern, denn sein Lächeln wurde noch breiter. „Ach, wenn du nur wüsstest, mein junger Freund. Vielleicht erzähle ich dir eines Tages die ganze Geschichte der Wölfe und Vampire, aber ich fürchte, dafür habe ich heute keine Zeit mehr."

„Sag mir einfach, wie man sie tötet", sagte Kaden.

„Das weißt du doch schon. Enthauptung. Durchs Herz stechen. Feuer." Er winkte mit der Hand, seine Nägel waren bereits wieder normal. „Es gibt noch andere Methoden, aber das sind die gängigsten."

„Was ist mit den anderen Sachen?", fragte Kaden. „Weihwasser, Kreuze, Knoblauch ...?"

Killian stieß ein Lachen aus, das so schön war, dass mir die Ohren weh taten, wenn ich es noch einmal hörte. „Alles Unsinn, genau wie Silber und Werwölfe."

Ich runzelte die Stirn, als ich über seine Worte nachgrübelte. Das meiste von dem, was er uns erzählt hatte, wussten wir bereits, oder wir hatten es zumindest vermutet. Kein Wunder, dass Larkin mir gesagt hatte, sie hätte nichts Nützliches von ihm erfahren, als sie ihn aufgesucht hatte. Ich wollte selbst mit ihm reden, nur um sicherzugehen, aber jetzt schien es mir Zeitverschwendung zu sein.

„Können wir sie irgendwie dazu bringen, sich gegen die Sonnenhexen zu wenden?", fragte ich Killian.

Killian schüttelte den Kopf. „Das ist unwahrscheinlich, es sei denn, ihr findet einen Weg, den Fluch der Sonnenhexe zu brechen. Zumindest stehen wir Vampire immer zu unserem Wort. Wenn die anderen einen Schwur geleistet haben, den Sonnenhexen zu dienen, wäre er nur schwer zu brechen."

Ich seufzte und sah zu Kaden hinüber, der ebenso frustriert wirkte. Wir hatten gehofft, dass diese Reise mehr Antworten bringen würde, und nun standen wir hier und hatten noch mehr Fragen.

„Gibt es sonst noch etwas, das ihr braucht?", fragte Killian, als er seine leere Teetasse abstellte. „Ich beantworte gerne weitere Fragen, wenn ihr welche habt."

„Ich glaube nicht", sagte ich und versuchte, die Frustration aus meiner Stimme herauszuhalten. „Danke, Killian."

„Es war mir ein Vergnügen. Wenn du das nächste Mal nach Lunatera kommst, hoffe ich, dass du mit mir essen gehst." Bei diesem letzten Wort flackerten Killians Augen zu Kaden, und es lag ein kurzer Schimmer von Humor in ihnen, bevor er wieder hinter seine perfekte Gentleman-Maske schlüpfte.

Kadens Muskeln spannten sich bei dem Scherz wieder an, offensichtlich fand er ihn nicht sehr lustig, und er entspannte sich erst wieder, als Killian mit Celeste den Raum verlassen hatte. Der Vampir wirkte trotz des Blicks, den Kaden auf ihn gerichtet hatte, völlig gelassen.

„Essen gehen?", fragte Kaden, kaum dass er weg war. „Meint er das ernst?"

Ich ignorierte es und sagte: „Ich hatte gehofft, wir würden mehr von ihm erfahren."

Kaden stieß einen langen Atemzug aus. „Wenigstens wissen wir jetzt mit Sicherheit, womit wir es zu tun haben."

„In mehr als einer Hinsicht." Ich nahm das Buch wieder

in die Hand und blätterte zu dem Kapitel, das ich studiert hatte. Dies war unsere einzige solide Spur, und ich würde sie so weit wie möglich verfolgen. Wenn wir alle Rudel dazu bringen könnten, lange genug zusammenzuarbeiten, um den Fluch zu brechen, könnte das alles ein Ende haben. Ich betete nur, dass Kaden sich irrte, dass es eines Wunders bedurfte, um die Alphas zusammenzubringen.

KAPITEL VIERUNDZWANZIG

Kaden lernte schnell, und selbst Celeste war beeindruckt, wie schnell er seine Gedanken schützen konnte. Als er es geschafft hatte, verabschiedeten wir uns und kehrten mit einem Gefühl der Enttäuschung nach Coronis zurück. Es war schön gewesen, etwas Zeit mit meiner Mutter zu verbringen, und wir hatten einige neue Erkenntnisse darüber gewonnen, wie man den Segenszauber möglicherweise brechen könnte. Außerdem hatte sich unser Verdacht bezüglich der Vampire bestätigt, und wir hatten auch in dieser Hinsicht ein bisschen mehr erfahren. Aber das war alles.

Würde das ausreichen? Ich war mir nicht sicher. Die Wölfe der Tierkreise waren schon lange nicht mehr vereint, und das Buch sagte uns nicht, was wir während des Neumonds genau tun sollten. Selbst wenn wir die Alphas überzeugen würden, zusammenzuarbeiten, wer wusste schon, ob das etwas bringen würde.

Ich wusste jedoch, dass der Zauber, den Brea geschaffen hatte, funktionierte, und so praktizierte ich die Sonnenmagie, wann immer ich konnte. Natürlich brauchte man für die Anwendung im großen Stil immer noch Evanoras Stab, der unmöglich zu bekommen war. Aber zwei Pläne waren besser als einer, und ich wollte so viele Möglichkeiten wie möglich haben.

Sobald wir zurück waren, beriefen wir ein Treffen mit den anderen Alphas ein, obwohl es schwierig war, einen Zeitpunkt zu finden, an dem sich alle treffen konnten. Ethan und Jordan hatten uns geholfen, sie alle zu kontaktieren, und dann konnten wir nur noch auf das Beste hoffen.

„Glaubst du, dass sie kommen werden?", fragte ich, als sich der Beginn des Treffens immer mehr näherte. Bis jetzt hatte sich noch niemand zu unserem Zoom-Meeting angemeldet, aber ich hoffte, dass wir eine gute Beteiligung bekommen würden. Ich wusste bereits, dass Ethan, Jordan und Wesley teilnehmen wollten, ebenso wie Amos, der Fische-Alpha. Aber was war mit den anderen?

„Das sollten sie besser", knurrte Kaden, während er seinen Laptop so einstellte, dass wir beide etwas besser auf dem Bildschirm zu sehen waren. Wir saßen an der Kücheninsel, weil dort das beste Licht herrschte, aber wir hatten schon darüber gesprochen, eines der anderen Zimmer in ein Büro zu verwandeln, das wir uns teilen konnten. Möglicherweise Stellas Zimmer, da es das größte war.

Ein paar Minuten vor dem Start trudelten die Alphas ein. Zu meiner Überraschung tauchten immer mehr auf, und unser Bildschirm füllte sich mit Quadraten. Ich atmete tief durch und beobachtete, wie die anderen Alphas hinzukamen. Sogar die Stier- und Widder-Alphas tauchten auf. Ich konnte es kaum glauben. Ich starrte auf den Bildschirm, während ich zählte. Bei einigen wenigen Rudeln waren die Kameras noch ausgeschaltet, aber sie waren alle da. Jeder Einzelne von ihnen.

Sogar Kaden sah beeindruckt aus. „Vielleicht braucht es gar kein Wunder."

Ich stieß ein kurzes Lachen aus, immer noch schockiert von dem, was gerade geschah. Wir waren zwar noch nicht vereint, aber wir hatten bei jedem von ihnen einen Nerv getroffen, und sie waren bereit, zuzuhören. Das war zumindest ein Fortschritt. Vielleicht konnten wir alle auf dieselbe Seite bringen. Zumindest hoffte ich das.

Als es so weit war, löste Kaden die Stummschaltung und begann zu sprechen. „Danke, dass ihr heute zu uns gekommen seid. Ich will nicht um den heißen Brei herumreden. Ihr habt alle gesehen, was bei dem Zusammentreffen passiert ist, als jedes Rudel durch die Kontrolle der Sonnenhexen wertvolle Leben verloren hat. Ihr alle habt das Verhör von Roxandra miterlebt, als sie uns die Wahrheit über all das sagte, was sie uns angetan haben. Ihr alle habt von dem Vampirangriff im Herzen des Waage-Rudels gehört, als Roxandra befreit wurde. Ihr wisst alle, was jetzt auf dem Spiel steht, und dass wir niemals frei sein werden, solange die Sonnenhexen nicht aufgehalten werden."

Theo, der Schütze-Alpha, hob die Stummschaltung auf.

„Wir haben es gesehen, ja", sagte er und klang etwas erschöpft. „Aber was schlägst du vor, was wir tun sollen? Hast du einen Plan, Kaden?"

Alle blickten auf Kaden, der immer noch ihr Anführer war, aber er senkte den Kopf. „Ich kann euch nicht länger anführen. Nicht nachdem wir erfahren haben, was sie mir angetan haben. Zum Glück gibt es jemand anderen, der einen Plan hat und der besser geeignet ist, euch in der kommenden Schlacht anzuführen." Er drehte sich zu mir um. „Ayla."

„Was?", fragte ich und fiel fast vom Küchenhocker. Wir hatten das nicht vorher besprochen, und ich war mir nicht sicher, ob ich die richtige Person für diese Aufgabe war. Kaden hatte viel mehr Erfahrung, und er war jetzt vor den mentalen Angriffen der Sonnenhexen geschützt. Warum sollte er das an mich weitergeben?

„Du bist die beste Person dafür", sagte Kaden und klang dabei sicher.

„Ich stimme zu", sagte Wesley.

„Ich auch", fügte Jordan hinzu.

Ethan löste die Stummschaltung. „Ich unterstütze Kaden in dieser Sache. Wenn er sagt, dass es das Beste ist, vertraue ich seinem Urteil."

Amos, der Fische-Alpha, und Theo waren ebenfalls einverstanden, mir zu folgen. Aber in den anderen Gesichtern sah ich Schock, und der Widder-Alpha schüttelte den Kopf. Er war wahrscheinlich Mitte vierzig und hatte einen Schopf rothaariger Haare, die zu einem Kurzhaarschnitt geschnitten waren, sowie ein kräftiges Kinn.

„Warum sollten wir auf einen Halbhexen-Mischling hören?", fragte er. „Ist sie denn überhaupt ein echter Wolf der Tierkreise?"

Kaden knurrte tief in seiner Brust, aber zu meiner Überraschung war Wesley der Erste, der mich verbal verteidigte. „Das musst du gerade sagen", sagte er und starrte durch den Bildschirm. „Warum solltest du mehr zu sagen haben als Ayla, nur weil du ein Vollblutwolf bist? Warum sollten wir dir überhaupt eine Stimme geben, wo du doch geholfen hast, das Krebs-Rudel zu dezimieren? Du hast dich die ganze Zeit mit den Sonnenhexen verbündet. Woher sollen wir überhaupt wissen, ob wir dir vertrauen können?"

Der Widder-Alpha knirschte mit den Zähnen und seine Stimme wurde immer wütender. „Wir haben diese Dinge nur getan, weil das Löwe-Rudel mit den Sonnenhexen zusammenarbeitete und wir mit ihnen verbündet waren. Wenn du jemandem die Schuld geben willst, dann Jordan und seinem Vater, die uns in diesen Schlamassel mit den Sonnenhexen gebracht haben."

„Ich stimme zu", sagte der Anführer der Stiere und löste die Stummschaltung. Er war etwas älter als der Widder-Alpha, hatte graues volles Haar und einen passenden zotteligen Bart. „Wir haben nur getan, was uns befohlen wurde. Kannst du uns das verübeln?"

„Ja", sagte Wesley. „Das kann ich."

Der Stier-Alpha sah aus, als wollte er noch etwas sagen, aber der Wassermann-Alpha unterbrach ihn. Er war etwa so alt wie die beiden anderen Männer, hatte aber keine Haare. „Sie haben recht. Jordan und die Löwen sollten für all das verantwortlich gemacht werden. Sie haben mein Rudel übernommen, meine Tochter als Geisel genommen und mich gezwungen, mit ihnen zu arbeiten. Warum sollten wir jetzt auf irgendetwas hören, was Jordan zu sagen hat?"

„Weil ich jetzt der Löwe-Alpha bin", sagte Jordan laut und übertönte damit die beiden. „Zu lange wurden die Löwen von Leuten angeführt, die von den Sonnenhexen kontrolliert wurden. Erst mein Vater. Dann sein Beta. Sogar ich, zu einem bestimmten Zeitpunkt. Aber das ist jetzt vorbei. Sie können mich nie wieder kontrollieren. Ich wurde von meinem Paarungsband befreit, der Segenszauber ist gebrochen, und ich bin jetzt ein freier Wolf – und ich werde die Löwen in eine neue Richtung führen."

Wilson, der schrullige alte Steinbock-Alpha, meldete sich zu Wort und stieß ein spöttisches Schnauben aus. „Ich glaube es nicht. Wir können den Löwen oder ihren Verbündeten auf keinen Fall trauen. Was, wenn sie sich wieder gegen uns wenden? Was dann?" Er richtete den Blick auf mich. „Hast du einen Plan, wenn alles zusammenbricht, Mädchen?"

„Wir sollten nichts überstürzen", sagte Ethan. „Wir müssen alle anhören und versuchen, eine friedliche Lösung zu finden."

„Halt die Klappe", schnauzte der Widder-Alpha. „Wir wissen alle, dass du auf ihrer Seite bist, egal was passiert."

Ethan sah beleidigt aus, sagte aber nichts weiter. Viele der anderen Alphas entfernten ihre Stummschaltung und begannen alle gleichzeitig zu sprechen, um zu Wort zu kommen, aber niemand konnte gehört werden. Es wurde schnell zu einem Geschrei und einer totalen Kakophonie.

Ich stöhnte auf und drehte mich zu Kaden um. „Das ist nicht das, was ich mir für dieses Treffen vorgestellt hatte. Ich dachte, wir würden wenigstens die ersten zehn Minuten überstehen. Ich weiß nicht, wie ich das schaffen soll.“

„Kann ich sie jetzt einfach alle umbringen?“, fragte Kaden, und seine Lippen verzogen sich zu einem schiefen Lächeln.

„Nein. Wir müssen sie dazu bringen, einander zuzuhören, anstatt mit dem Finger auf andere zu zeigen. Ich muss das in Ordnung bringen ... irgendwie.“

Ich saß da und hörte ihnen ein paar Augenblicke lang beim Streiten zu. Wenn ich sie nur alle für eine Minute zum Schweigen bringen könnte. Ich erinnerte mich an unsere Zeit mit dem Waage-Rudel, als Ethan sie alle auf einmal stumm geschaltet hatte, damit er zu Wort kommen konnte. Ich suchte nach der Stummschalttaste, und es trat eine gesegnete Stille ein. Sie schrien noch ein paar Augenblicke lang, aber langsam wurde jedem Alpha klar, dass es sinnlos war, dass niemand außer ihnen selbst sie hören konnte. Sie lehnten sich nacheinander zurück, obwohl einige von ihnen mich anstarrten und mir mit Gesten zu verstehen gaben, dass ich die Stummschaltung aufheben sollte.

„Das ist es, was die Sonnenhexen wollen“, sagte ich langsam und starrte in die Kamera. „Wir haben es aus Roxandras eigenem Mund gehört. Sie wollen, dass wir uns untereinander bekämpfen, damit wir uns niemals vereinen und sie besiegen können. Sie würden es zulassen, dass wir uns gegenseitig in Stücke reißen, nur um sich selbst zu schützen. Wir müssen besser sein als sie. Wie sollen wir die Sonnenhexen besiegen, wenn wir uns nicht einmal zehn Minuten lang vertragen können?"

Ich hielt inne und ließ die Worte wirken. Kaden legte eine Hand auf mein Knie, außer Sichtweite der Kamera, und gab mir ein Nicken, um fortzufahren. Er vertraute mir, dass ich sie anführen würde, da ich ihm in jeder Hinsicht ebenbürtig war, und das gab mir die Kraft, weiterzumachen.

„Der einzige Weg, um jemals frei zu sein, besteht darin, sich daran zu erinnern, wer der wahre Feind ist, und sich gegen ihn zu vereinen. Und wenn ihr mich erklären lasst, ich habe einen Plan, wie wir das tun können." Als die anderen Alphas zuzuhören schienen, fuhr ich fort. „Wie ihr im Verhör gesehen habt, sagte Roxandra, dass der Segenszauber, der unter anderem unsere Wölfe gefangen hält, aufgehoben werden kann. Es hat lange gedauert, bis wir es herausgefunden haben, aber wir haben es geschafft. Jordan und ich sind nicht mehr verpaart, und wir sind jetzt völlig frei von jeglicher Sonnenhexenmagie."

Die Jungfrau-Alpha, eine ältere Frau mit freundlichen Augen, hob ihre Hand. Ich löste die Stummschaltung für alle, und sie fragte: „Wie?"

Ich holte tief Luft. Das würde ihnen nicht gefallen. „Die Kräfte einer Sonnenhexe und einer Mondhexe können kombiniert werden, um den Bann zu brechen."

„Einer *Sonnenhexe*?", fragte Amos. Die anderen Alphas sahen ebenso unsicher aus, was diese Aussicht betraf.

„Vielleicht gibt es einen Weg, das zu umgehen", sagte ich schnell, bevor ich sie wieder verlor. „Ich versuche, den Zauber selbst zu lernen. Das eigentliche Problem ist, dass man ihn nicht auf eine große Gruppe anwenden kann, nicht ohne etwas, das die Magie verstärkt. So etwas wie der Stab, den Evanora bei dem Zusammentreffen benutzt hat. Wenn ich ihn bekomme, kann ich den Zauber auf eine große Anzahl von Wandlern gleichzeitig anwenden."

„Wie können wir Evanora den Stab abnehmen, wenn sie die Fähigkeit hat, uns zu kontrollieren?", fragte Dasan, der Skorpion-Alpha.

Ethan meldete sich zu Wort. „Wir konnten ein paar Mondstein-Halsketten von den Mondhexen bekommen." Er zog eine aus seinem Hemd. Die anderen Alphas sahen ihn mit unterschiedlichem Unglauben und Gleichgültigkeit an. „Nicht für alle Alphas, aber es ist ein Anfang."

„Es gibt vielleicht noch eine andere Möglichkeit", sagte ich, bevor die Alphas wieder zu streiten begannen. „Ich habe ein altes Buch studiert, das die Mondhexen besaßen, und darin ist von Sternenmagie die Rede, der Magie, die wir alle als Wölfe der Tierkreise besitzen. Wenn sich alle dreizehn Rudel bei Neumond ausrichten, können wir diese Sternenmagie nutzen, um möglicherweise die Magie der Sonnenhexe aufzuheben."

„Was bedeutet das genau?", fragte der weibliche Zwilling und sah ihren Bruder an. Sie waren beide wunderschön, hatten goldblondes Haar und neugierige Augen, aber es fiel ihnen manchmal schwer, sich auf etwas zu einigen.

„Ja, wie richten wir uns aus und benutzen die Sternenmagie?", mischte sich ihr Bruder ein.

„Ich bin noch dabei, das herauszufinden", gab ich zu. „Aber es ist unsere beste Chance und die einzige Möglichkeit, dies zu tun, ohne Evanoras Stab in die Hände zu bekommen."

„So haben sich die Wölfe der Tierkreise ursprünglich vor langer Zeit aus der Sklaverei der Hexen befreit", sagte Kaden an meiner Seite. „Wenn wir es einmal geschafft haben, können wir es wieder tun."

„Wenn es eine Chance gibt, den Bann zu brechen, müssen wir es versuchen", sagte Theo. „Bis dahin besteht die Gefahr, dass wir jederzeit von den Sonnenhexen kontrolliert und dazu gebracht werden, uns gegen die Menschen zu wenden, die wir lieben. Seht nur, was sie uns bei dem Zusammentreffen angetan haben. Seht, was sie Jordan und Kaden angetan haben. Ich will sie nie wieder in meinem Kopf haben."

Danke, dachte ich. *Endlich hat es jemand verstanden.* Einige der anderen Alphas nickten und sahen aus, als würden sie zum ersten Mal ernsthaft darüber nachdenken.

„Wir sollten uns alle in der Neumondnacht treffen und es ausprobieren", sagte Kaden. „Mit euren besten Kriegern natürlich."

Ethan sah nachdenklich aus. „Ja, ich denke, das ist im Moment die beste Vorgehensweise."

„Ich stimme zu", sagte Jordan und nickte. „Selbst wenn wir die Sternenmagie nicht wirksam einsetzen können, kann

Ayla die Segenszauber der Alphas einzeln brechen. Das wird uns einen großen Vorteil verschaffen, wenn wir den Sonnenhexen wieder gegenüberstehen."

„Was passiert, wenn die Sonnenhexen uns angreifen, wenn wir uns wieder treffen?", fragte Amos.

„Dann werden wir versuchen, ihnen den Stab abzunehmen", sagte ich. „Wir müssen uns auf jede Möglichkeit vorbereiten."

„Wenn die Sonnenhexen kommen, werden wir auf sie vorbereitet sein", sagte Wesley.

„Aber was passiert, wenn der Segenszauber aufgehoben wird?", fragte der Wassermann-Alpha. „Roxandra sagte, dass unsere Paarungsbänder darin eingebunden sind. Was wird mit ihnen geschehen?"

Ich schluckte schwer, denn ich wusste, dass der nächste Teil für einige Leute schwer zu hören sein würde. „Ja, wenn wir den Segenszauber der Sonnenhexe aufheben, werdet ihr wahrscheinlich auch eure Paarungsbänder verlieren."

„Ich will nicht, dass mein Paarungsband entfernt wird", sagte der Steinbock-Alpha. „Ich bin seit dreißig Jahren mit meiner Gefährtin zusammen. Wir haben Kinder und Enkelkinder zusammen!"

Das Widder-Alpha schnaubte. „Dein Weibchen wird immer an deiner Seite stehen. Ihr seid beide verdammt stur."

„Gibt es eine andere Möglichkeit?", fragte der Jungfrau-Alpha.

„Leider nein", sagte ich so sanft, wie ich konnte. Mir

wurde erst jetzt bewusst, wie groß das Problem sein könnte. Wölfe wie Mira konnten sich dafür entscheiden, den Segenszauber nicht aufheben zu lassen. Aber die Alphas? Sie hatten keine andere Wahl, als das durchzuziehen, oder sie riskierten, für immer von den Sonnenhexen kontrolliert zu werden. „Ihr solltet vielleicht unverpaarte Krieger mitnehmen, damit sie nicht betroffen sind."

Viele der Alphas, also derjenigen, die sich verpaart hatten, sahen angesichts dieser Komplikation entsetzt aus. Ich wusste, dass wir sie an dieser Stelle verlieren könnten. Es war viel von ihnen verlangt, selbst wenn ihre Bindungen nicht echt waren, vor allem für Menschen, die schon so lange zusammen waren. Aber sie mussten inzwischen auch erkennen, dass ihre Paarungsbänder wahrscheinlich von den Sonnenhexen geschaffen wurden, um sie zu manipulieren und sie wie Hunde mit den Wandlern ihrer Wahl zu züchten, entweder um eine Eigenschaft zu betonen oder um hier ein Bündnis und dort eine Rivalität zu schaffen. Das musste ein Ende haben.

„Wir müssen das für unser Volk tun", sagte Theo langsam, als ob er selbst zu dieser Erkenntnis käme. „Ich will meine Gefährtin auch nicht verlieren, aber ich vertraue darauf, dass wir immer zusammen sein werden, egal, was passiert."

Der Wassermann-Alpha nickte ernsthaft. „Es wird ein großes Opfer sein, aber es wird sich lohnen, wenn wir alle für immer frei von den Sonnenhexen sein können. Es muss hier enden, mit uns."

Die meisten der Alphas nickten, aber einige sahen nicht

so zustimmend aus, und ich war mir nicht sicher, ob sie alle diesem Plan zustimmen würden. Ich räusperte mich. „Der nächste Neumond ist in etwa einem Monat, am zwanzigsten Februar. Das sollte uns etwas Zeit geben, uns vorzubereiten. Wir brauchen nur einen Ort, an dem wir uns treffen können."

„Wir können uns im Gebiet der Zwillinge treffen", sagte der männliche Zwillinge-Alpha.

„Nein", sagte der Widder-Alpha mit einem leisen Brummen. „Ich mache das nicht, es sei denn, es ist auf neutralem Gebiet."

„Das neutrale Gebiet, das wir vorher benutzt haben, wird von den Sonnenhexen kontrolliert", erklärte Ethan.

Ein paar Alphas schlugen einige Orte vor, wurden aber schnell abgewimmelt. Ich war mir nicht sicher, was wir zu diesem Zeitpunkt noch tun konnten. Wir waren zwar alle zusammen, aber niemand schien bereit zu sein, zusammenzuarbeiten.

Schließlich ergriff der Jungfrau-Alpha das Wort. „Meine erweiterte Familie hat etwas Land in Texas. Sie sind Menschen, also ist das Land nicht mit einem der Rudel verbunden, und es ist weit weg von irgendeinem Territorium."

Daraufhin zog ich die Augenbrauen hoch. Wie konnte die Jungfrau-Alpha Menschen in ihrer erweiterten Familie haben?

Die anderen Alphas diskutierten ein wenig darüber und schienen sich einig zu sein, dass dies die beste Wahl war, da die Jungfrauen im Krebs-Löwe-Krieg immer neutral gewesen waren. Als die Entscheidung gefallen war, verließ einer nach dem anderen das Gespräch, und ich seufzte und stützte den Kopf in die Hände. Die anderen Alphas dazu zu bringen, zusammenzuarbeiten, könnte der schwierigste Kampf von allen sein.

KAPITEL FÜNFUNDZWANZIG

Im Laufe der Tage gab es in Coronis so viel zu tun, dass es mir leicht fiel, meine Ängste und Zweifel vorerst zu vergessen. Ich verbrachte viele lange Stunden damit, meine Magie zu üben und die beiden alten Bücher zu studieren, um ihnen alle Geheimnisse zu entlocken. Jeden Tag wurde meine Sonnenmagie stärker, aber ich war mir nicht sicher, ob ich jemals gut genug sein würde, um den Entschärfungszauber, wie ich ihn nannte, zu sprechen. Außerdem musste ich mich an meine neue Rolle als Alphaweibchen gewöhnen – angefangen mit der Rudelfeier zu meinen Ehren in der Vollmondnacht.

Ich spähte aus meinem Zelt und bewunderte das Dorfzentrum. Der Schnee war weggeräumt worden, und in der Mitte der Wiese stand ein Torbogen, der mit funkelnden Lichtern, wirbelnden Ranken und dunkelblauen Blumen geschmückt war. Zwei mit denselben Blumen gesäumte Wege führten zu dem Torbogen, einer von meinem Zelt aus, der andere vom anderen Zelt auf der anderen Seite der Wiese. Weitere Lichter hingen von den Bäumen, und leise Musik spielte, während sich die Mitglieder des Ophiuchus-Rudels versammelten und auf den Beginn der Zeremonie bei Sonnenuntergang warteten.

Ich ließ den Zeltvorhang fallen und glättete dann den weichen Stoff meines Kleides, wobei ich mich fragte, ob es zu viel war. Als Nächstes berührte ich mein Haar, um zu prüfen, ob es nicht durcheinander geraten war.

„Du siehst blass aus", sagte Stella. „Fühlst du dich nicht gut?"

Ich nickte und schenkte Stella ein wenig überzeugendes Lächeln. Sie und Larkin hatten mir vorhin geholfen, mich fertig zu machen, und sie hatten mein Haar zu einer kunstvollen Frisur hochgesteckt, die meinen Hals unberührt ließ, um die wunderschöne blau-violette Tansanit-Halskette zur Geltung zu bringen, die ich trug. Stella hatte mir gesagt, dass es der Geburtsstein des Dezembers sei, was ihn für den Ophiuchus so wertvoll machte. Diese Kette hatte ihrer Mutter gehört, und Kaden hatte darauf bestanden, dass ich sie heute Abend tragen sollte.

„Ich bin nur nervös", gab ich zu. Es kam mir albern vor, wo ich doch in meinem Leben schon so viele schreckliche und beängstigende Dinge erlebt hatte, aber ich konnte nicht anders. *Was, wenn sie mich nicht akzeptieren? Was, wenn ich nicht gut genug bin, um ihr Alphaweibchen zu sein?*

„Es wird alles gut." Sie nahm eine Haarsträhne und steckte sie zurück. „Alle im Rudel lieben dich."

„Tun sie das? Noch vor ein paar Monaten wollte mich

nicht jeder hier haben. Tanner hat Kaden meinetwegen sogar das Amt des Alphas streitig gemacht." Ich erinnerte mich noch daran, wie viele Leute ihn unterstützt hatten, und noch viel mehr, die unschlüssig gewesen waren und sich nicht für eine Seite entscheiden wollten.

„Dieser Kampf war schon lange im Gange. Du warst nur der Auslöser. Außerdem hat sich seither viel verändert. Du hast alle für dich gewonnen, und wir alle wissen, dass du wirklich zu uns gehörst." Sie drückte meine Arme und grinste mich an. „Ich freue mich darauf, dass du offiziell meine Schwester wirst."

Ich blinzelte schnell und meine Kehle schnürte sich bei einer plötzlichen Welle von Gefühlen zu. „Ich auch."

„Es tut mir leid, das zu sagen, da ihr gerade einen besonderen Moment erlebt", sagte Larkin, während sie ins Zelt schaute. „Aber es ist an der Zeit, anzufangen."

Ich nickte und richtete mich auf. „Ich bin bereit."

Larkin rückte näher und schob mir ein zartes silbernes Diadem ins Haar, das mit den Mondphasen verziert war. „Nein, jetzt bist du bereit."

Ich hielt einen kleinen Handspiegel hoch, um mich zu bewundern. Eine Krone, die zu einer Mondhexe passte, und eine Halskette, die für einen Ophiuchus gemacht war. Es war perfekt. „Vielen Dank für all eure Hilfe."

„So ist das in einer Familie", sagte Stella leise und winkte mich zum Rand des Vorhangs. „Geh jetzt, bevor Kaden kommt und mich beißt, weil du so lange gebraucht hast."

Ich ging zum Vorhang und atmete tief ein, um mich zu

beruhigen. Ich hatte mich feindlichen Wölfen, Sonnen-hexen und Vampiren gestellt. Ich konnte auch dem Ophi-uchus-Rudel entgegentreten.

Ich trat aus dem Zelt, und die Wandler, die mir am nächsten waren, verstummten. Als weitere Rudelmitglieder meine Anwesenheit bemerkten, breitete sich die Stille aus, bis auf ein paar Keuchern, die man hören konnte. Ich konnte es ihnen nicht verdenken, dass sie schockiert waren. Ich sah heute Abend wie eine völlig andere Person aus und trug ein silbriges Kleid, das aus Sternenlicht gesponnen zu sein schien. Das Mieder schmiegte sich an meine Brüste, fiel aber zwischen ihnen tief ab, sodass das Ophiuchus-Zeichen über meinem Herzen zum Vorschein kam, während der Rock anmutig bis zum Boden fiel.

Auf der anderen Seite des Grases kam Kaden aus seinem eigenen Zelt. Er trug einen schwarzen Smoking, der ihm perfekt stand, und eine Fliege in der Farbe meiner Halskette. Er sah in diesem Moment so gut aus, dass mein Herz einen Purzelbaum in meiner Brust schlug. Manchmal konnte ich immer noch nicht glauben, dass er mir gehörte.

Kaden begegnete meinem Blick von der anderen Seite des Rasens, seine Augen musterten mich von oben bis unten, und mir wurde ganz heiß. Die Wertschätzung in seinem Blick gab mir einen Vertrauensschub, und den nutzte ich, um weiterzugehen.

Die mit Blumen gesäumten Wege führten uns zum Bogen und zueinander. Als wir uns unter den funkelnden Lichtern und den blauen Blumen trafen, sahen wir uns ein paar Herzschläge lang in die Augen, und ich konnte sehen, wie alles, was ich fühlte, auf mich zurückstrahlte. Ich spürte auch seine Emotionen, die durch das Paarungsband pulsierten. Liebe, Sehnsucht, Glück und ein Gefühl der Richtigkeit und Zufriedenheit.

Kaden streckte seine Hand aus, und ich nahm sie, mein Puls raste. Er verschränkte unsere Finger ineinander und zog mich näher an sich, und meine Angst schmolz dahin. Mein Herz quoll über von der Liebe, die ich für Kaden empfand, und es fühlte sich so richtig an, hier zu sein und dies vor allen zu tun.

Kaden starrte mir in die Augen, aber er erhob seine Stimme, damit jeder im Rudel ihn hören konnte. „Von dem Moment an, als ich Ayla traf, wusste ich, dass sie meine Gefährtin ist. Zuerst wollte ich es nicht zugeben, aber ich konnte es auch nicht leugnen. Obwohl unsere Feinde alles versuchten, um uns zu trennen, war es unser Schicksal, zusammen zu sein, und wir kämpften mit jedem Atemzug dafür. Nicht einmal der Tod konnte uns trennen, und ich weiß, dass wir alles durchstehen werden, was uns als Nächstes bevorsteht, solange wir zusammen sind. Ich präsentiere sie jetzt dem Rudel, nicht nur als mein Alphaweibchen, sondern als mir in allen Dingen ebenbürtig."

Tränen füllten meine Augen und ich versuchte, sie wegzublinzeln. Ich wollte nicht vor allen weinen, aber ich hatte nicht erwartet, dass Kaden eine solche Rede halten würde. Seine Worte bedeuteten mir mehr, als ich jemals ausdrücken könnte, aber ich wusste, dass er es durch das Band zwischen uns spüren konnte, das heute Abend stärker denn je zu sein schien.

Er schaute zu mir hinüber, und ich wusste, dass ich an der Reihe war. Ich hatte eine ganze Rede vorbereitet, die ich immer wieder geübt hatte, aber alle Worte gingen in dem Durcheinander von Nerven und Liebe unter, das ich für Kaden und das ganze Rudel empfand.

Das Ophiuchus-Rudel – mein Rudel – wartete geduldig, und ich blickte zu ihnen hinaus. Ihre Augen waren auf mich gerichtet, aber ich sah kein einziges feindseliges Gesicht. Einige waren neutral, aber fast alle lächelten, waren stolz und glücklich über ihren Alpha und seine Gefährtin. Stella hatte recht. Ich hatte sie für mich gewonnen.

Ich schluckte, gestärkt durch den plötzlichen Anflug von Selbstvertrauen, und erhob dann meine Stimme, damit sie von allen gehört wurde. „Kaden nahm mich auf, als ich kein Rudel, kein Zuhause und keine Familie hatte. Er trainierte mich, beschützte mich und machte mich zu einem Mitglied eures Rudels. Er hat mir beigebracht, dass Liebe möglich ist, auch wenn sie schwer ist, und ich weiß, dass die Herausforderungen, die wir durchgemacht haben, uns nur stärker gemacht haben, weil wir sie gemeinsam durchgestanden haben. Ich fühle mich geehrt, seine Gefährtin und euer Alphaweibchen zu sein, und ich schwöre, den Ophiuchus immer treu zu dienen. Ich werde alles in meiner Macht Stehende tun, um dafür zu sorgen, dass unser Land sicher ist und dass wir den Frieden haben, den wir verdienen.“

Kadens Liebe flammte durch das Band auf, zusammen mit seinem Stolz. Er zog mich näher zu sich, presste seine

Lippen auf meine und küsste mich vor allen anderen. Um uns herum begann das Rudel zu heulen und neigte die Köpfe in den Nachthimmel, während sie ihre beiden Alphas feierten. Der Klang überschwemmte mich, drang tief in meine Seele ein, und ich wusste, dass sie mich wirklich als Kadens Partnerin akzeptierten.

Das Heulen verstummte und die Zeremonie endete damit, dass Kaden mich vom Bogen weg in den dunklen Wald führte. Das war Teil der Zeremonie, hatte er mir erklärt, eine Rückbesinnung auf die alten Zeiten, in denen der Alpha sein Weibchen mit in den Wald nahm und es verführte. Sobald wir außer Sichtweite waren, begann das Rudel zu jubeln, und Kaden drückte mich gegen einen Baum und küsste mich noch intensiver.

„Sie sind glücklich", sagte Kaden, während er meinen Hals liebkoste.

„Das bin ich auch", sagte ich. „Ich bin froh, dass sie mich akzeptiert haben."

„Ich hätte jeden herausgefordert, der das nicht getan hätte." Sein Mund strich über meine Haut. „Und du weißt, dass ich gewonnen hätte."

Ich lachte und schüttelte den Kopf. „Daran habe ich keinen Zweifel."

Seine Hände wanderten an meinem Kleid hinunter, rafften den Stoff und hoben ihn hoch. „Kann ich dich jetzt in diesem Kleid gegen einen Baum ficken, oder soll ich es erst ausziehen?"

„Später", sagte ich und schob ihn mit einem Lächeln von mir. „Wir dürfen unsere eigene Party nicht verpassen."

„Na schön", brummte er. „Ich könnte etwas zu essen gebrauchen. Ich brauche Treibstoff für alles, was ich heute Abend für dich geplant habe."

„Ist das eine Drohung oder ein Versprechen?"

„Das lasse ich dich entscheiden." Mit einem verruchten Grinsen zwickte er mir in den Hintern, bevor er mich aus dem Wald führte.

Als wir uns zu der Party gesellten, wurden wir mit einigen Heulern begrüßt. Das Essen wurde herausgebracht und auf die Tische gestellt, zusammen mit allen Arten von Getränken und Alkohol. Aus den Lautsprechern ertönte laute Musik, und die Leute begannen bereits zu tanzen. Ein paar Welpen rannten durch das Gras, spielten und knabberten aneinander, und ich lächelte, als ich sie beobachtete. Kaden wurde von Clayton, Jack und Dane weggezogen, während ich zum Essenstisch ging, wo ich meine Freunde entdeckte.

Harper klopfte mir beglückwünschend auf den Rücken. „Willkommen im Rudel", sagte sie und grinste. „Schon wieder."

Ich gab ihr eine Umarmung. „Danke."

Stella vibrierte praktisch an Harpers Seite. „Darf ich dich noch einmal umarmen? Unsere erste Umarmung als Schwestern?"

Ich rollte mit den Augen. „Du bist jetzt schon seit Monaten meine Schwester. Aber ja, nur zu."

Stella stieß einen Schrei aus und versuchte, das Leben aus mir herauszuquetschen. Ich lachte und klopfte ihr auf den Rücken, und dann wollte Larkin mich auch umarmen, und bald waren wir alle ein einziges großes Durcheinander aus Lachen und Tränen.

„Komm, lass uns tanzen", sagte Stella und zerrte mich vom Essen weg, das ich noch nicht einmal probieren konnte.

Die Zeit verging schnell, und der Vollmond schien heller, als wir zu Musik tanzten, während Rudelmitglieder vorbeikamen, um mir persönlich zu gratulieren. Ich war noch nie mit so viel Freude erfüllt gewesen.

Als die Party zu Ende ging, konnte ich mich endlich hinsetzen und eine richtige Mahlzeit zu mir nehmen, obwohl ich mir nicht sicher war, ob Kaden jemals zur Ruhe kommen würde. Jeder Einzelne im Rudel wollte mit ihm reden, auch wenn sie mir gegenüber noch etwas schüchterner waren.

Dann wechselte die Musik zu einem langsameren Lied, und Kaden ergriff meine Hand und zog mich in seine Arme. „Tanz mit mir."

„Ich weiß nicht, wie", protestierte ich.

„Ich auch nicht. Wir werden es gemeinsam herausfinden." Er berührte die Halskette über meinen Brüsten, während wir uns in den Armen wiegten. „Habe ich dir schon gesagt, wie verdammt umwerfend du aussiehst?"

„Ich glaube nicht", sagte ich. „Du solltest es besser noch einmal sagen, um diesen Fehler wiedergutzumachen."

„Ayla, du bist so schön, dass ich nicht glauben kann, dass du echt bist. Aber wenn das ein Traum ist, möchte ich nie mehr daraus aufwachen."

Die Aufrichtigkeit in seinen Worten machte mich für einen Moment sprachlos. „Du bist auch nicht so schlecht."

„Oh, ‚nicht schlecht‘?“, fragte Kaden, aber ich konnte den neckischen Ton in seiner Stimme hören. „Ist das alles, was du zu bieten hast?“

„Soll ich sagen, dass du in dem Smoking so gut aussiehst, dass ich darauf brenne, dass du mich über einen dieser Tische beugst und mich vor allen Leuten fickst?“

Kaden stieß ein leises Knurren aus, seine Hände umklammerten meine Hüften fester. „Bring mich nicht in Versuchung.“

„Deshalb habe ich es ja auch nicht gesagt.“

„Hmm, aber jetzt ist es raus, und ich kann an nichts anderes mehr denken. Das war grausam.“

Ich ließ eine Hand über seine Brust gleiten. „Wenn wir zurück sind, kannst du mich bestrafen.“

„Wir können uns abwechseln“, sagte er mit einem kleinen Grinsen.

Ich wollte gerade etwas erwidern, als sich mir alle Haare zu Berge stellten und Alarmglocken in meinem Kopf zu schrillen begannen. Ich riss mich ruckartig von Kaden los und sah mich um. „Irgendetwas stimmt nicht.“

„Es sind die Schutzwälle.“ Sein Gesicht wurde ernst, und er riss sich die Jacke vom Leib, um sich auf den Kampf vorzubereiten. „Sie sind durchbrochen worden.“

„Nein“, flüsterte ich, von Furcht erfüllt. Nicht heute Nacht. Warum mussten sie ausgerechnet heute angreifen?

„Bereitet euch auf einen Angriff vor“, rief Kaden, und die Musik wurde abrupt unterbrochen.

Die Menschen um uns herum schrien auf, als sich die Nachricht schnell verbreitete. Eltern schnappten sich ihre

Kinder und rannten in ihre Häuser, und die Kämpfer scharten sich um mich und Kaden.

„Sonnenhexen?", fragte Jack und sah nervös aus. Bevor Kaden antworten konnte, schlug jemand die Alarmglocke. Der Rest der Wandler, die nicht kämpfen konnten, beeilte sich, in Sicherheit zu kommen. Ich hatte ein schreckliches Déjà-vu-Gefühl. Das letzte Mal war das passiert, als die Löwen uns vor Monaten angegriffen hatten.

„Nicht nur Sonnenhexen", sagte Larkin mit geschlossenen Augen. Ich erinnerte mich, dass sie etwas mit den Schutzwällen gemacht hatte. Ein neuer Zauber, der es ihr ermöglichte, mehr als nur Hexen zu spüren. „Eine große Gruppe von Vampiren. Sie kommen. Und zwar schnell."

Kaden und unsere Krieger bewegten sich, und ich riss mir mein Kleid vom Leib und legte es beiseite, um es nicht zu ruinieren, bevor ich mich auf vier Pfoten als Wolf zu ihnen gesellte. Larkin flog über uns und bildete einen Schild, um uns vor den Angriffen der Sonnenhexen zu schützen. Es war so still ohne die Musik, ohne das Lachen und die Fröhlichkeit, die noch vor ein paar Minuten geherrscht hatten. Warum mussten die Sonnenhexen alles Gute in meinem Leben zunichtemachen?

Wir warteten angespannt und unsicher, während der Wald um uns herum raschelte. Es gab fast keine Vorwarnung, nur das kleinste Geräusch im Gebüsch zu meiner Linken, und dann kamen die Vampire. Sie stürmten auf uns zu, aber Kaden hatte unsere Krieger in den letzten Tagen mit neuen Techniken trainiert, die speziell für den Kampf gegen Vampire entwickelt worden waren, und wir traten sofort in Aktion.

Unsere Wölfe kämpften mit ihren Zähnen und Klauen und durchbrachen die Reihen der Vampire mit brutaler Effizienz. Die Vampire griffen mit derselben Grausamkeit an, bewegten sich schnell und anmutig und schlugen mit ihren scharfen Reißzähnen und Nägeln nach den Werwölfen. Die Sonnenhexen standen an der Seite und arbeiteten zusammen, um Larkins Schild mit einem Hitzeschwall zu durchbrechen.

Ich beschwor meine Mondmagie, um sie auszuschalten, aber zwei der Vampire umkreisten mich und bewegten sich so schnell, dass es schwer war, sie zu erkennen. Ich sprang vor einem Angriff zurück, der mir ein paar Haare vom Rücken riss, und ließ dann einen Strom von Magie aus meinem Mund los. Die Vampire taumelten zurück, waren kurzzeitig betäubt, aber ich wusste, dass sie das nicht lange aufhalten würde.

Aber Kaden war an meiner Seite, und er sprang auf den nächsten Vampir zu und streckte ihn mit einem Schwall Blut nieder. Mit seinem kräftigen Kiefer zermalmte er Fleisch und Knochen mit Leichtigkeit, getrieben von einer animalischen Wut, die Vampire zu töten, die in sein Land eindrangen. Ich spürte ihn auch, diesen Urtrieb, die Vampire in Stücke zu reißen, und dieses Mal hielt ich mich nicht zurück.

Doch egal, wie viele Vampire wir ausschalteten, es kamen immer mehr, die mich umzingelten und ihre Krallen nach mir ausstreckten, um mich zu packen. Die Sonnenhexen richteten auch Magie auf mich, aber Larkin konnte sie in Schach halten.

Sie haben es auf dich abgesehen, sagte Kaden, dessen blaue Augen sich kurz mit meinen trafen, bevor er sich auf einen anderen Vampir stürzte, der mir zu nahe kam.

Da traf mich ein Blitz aus Sonnenmagie, so heiß, dass es sich anfühlte, als würden Flammen mein Fell verbrennen, und er warf mich zu Boden. Sofort war ein Vampir auf mir, und alles, was ich sah, war ein Aufblitzen von Reißzähnen, die auf mich zukamen. Ich brüllte und ließ Eisstacheln aus meinem Fell wachsen, mit denen ich den Vampir aufspießte, dann warf ich ihn von mir. Ein anderer Vampir packte mich am Schwanz und zerrte mich zu sich, während ein weiterer Hitzeschwall auf mich einprasselte.

Mit einem wilden Gebrüll warf sich Kaden vor mich, und die Krallen des Vampirs schnitten in ihn statt in mich. Der Schock, als ich sah, wie der Vampir meinen Gefährten verletzte, versetzte mich in einen Rausch, und ich riss dem Scheißkerl mit meinen Zähnen den Kopf ab. Ich wusste nicht einmal, was ich tat, bis sich der rote Schleier lichtete, ich das Blut aus meinem Mund spuckte und den Kopf wegrollen sah. Als Nächstes ging ich auf die Sonnenhexe los, aber sie verschwand in einer Rauchwolke und überließ die Vampire ihrem endgültigen Tod.

Während die anderen Wandler die restlichen Vampire zur Strecke brachten, eilte ich zu meinem Gefährten. Wir verwandelten uns beide zurück, und Blut sickerte aus tiefen Wunden in seiner Seite, wo der Vampir ihn gekratzt hatte.

„Autsch", sagte er trocken.

Ich kniete mich neben ihn und untersuchte seine Wunden. „Du Idiot. Du hättest getötet werden können."

Er zuckte mit den Schultern, obwohl sich sein Gesicht vor Schmerz verzerrt hatte. „Ich würde gerne noch einmal sterben, um dich zu beschützen."

„Wage es ja nicht." Ich beugte mich vor und leckte eine Spur entlang seiner Wunden. Der Ophiuchus-Heilspeichel setzte sofort ein und nähte die Haut vor meinen Augen wieder zusammen. Es würde keine vollständige Heilung sein, aber es würde ihm helfen, schneller zu heilen.

Als das erledigt war, lehnte ich mich zurück und blickte traurig auf unser Zuhause, das wieder einmal vom Krieg verwüstet worden war. Der Geruch von Blut und Tod erfüllte die Luft, und die Leichen der gefallenen Vampire lagen auf dem Boden, vermischt mit zertrampelten blauen Blumen. Die Tische mit den Speisen waren umgestürzt, und der Torbogen war in Stücke zerfetzt worden. Eine der Lichterketten war von einem nahen Baum gerissen worden und flackerte auf und ab.

Unsere Wölfe stießen ein triumphales Heulen aus, ihre wilden Kampfschreie hallten durch den Wald. Es war eine Erleichterung zu sehen, dass keiner von ihnen gefallen war, aber es fühlte sich trotzdem nicht wie ein Sieg an.

KAPITEL SECHSUNDZWANZIG

Wenn im Leben schreckliche Dinge passierten, konnte man manchmal nichts anderes tun, als tief durchzuatmen und weiterzumachen, egal wie schwer es schien. Ich wusste das besser als jeder andere.

Ich dachte darüber nach, während ich einen weiteren Bissen von meinem Sandwich nahm, während Stella und Larkin über die Handlung eines Buches diskutierten, das sie gerade zu Ende gelesen hatten.

„Ist es wirklich von Feinden zu Liebhabern, wenn sie sich insgeheim immer gegenseitig wollen?", fragte Larkin.

„Auf jeden Fall", sagte Stella. „Man kann jemanden hassen und ihn trotzdem ficken wollen."

„Ich schätze schon", erwiderte Larkin, ihre Stimme war nachdenklich. „Der Sex scheint jedenfalls heißer zu sein, wenn sie es endlich tun."

Harper warf mir von der anderen Seite des Tisches

einen amüsierten Blick zu. „Vielleicht muss ich auch anfangen, diese Bücher zu lesen."

Ich lachte laut auf. Als Stella mich zum Mittagessen eingeladen hatte, hätte ich fast abgelehnt, aber sie hatte verlangt, dass ich eine Pause einlegte und mich meinen Freunden anschloss. Seit der Feier, die in eine Schlacht umgeschlagen war, waren ein paar Tage vergangen, und obwohl wir uns alle von dem Angriff erholt hatten, war mir klar geworden, dass es wichtiger denn je war, herauszufinden, wie man den Segenszauber brechen konnte. Der Neumond würde bald da sein, und die anderen Alphas verließen sich auf mich, wenn es um eine Lösung ging.

Ich hatte pausenlos gearbeitet, entweder meine Sonnenmagie geübt oder den Abschnitt aus Celestes Buch immer und immer wieder gelesen, bis sich die Worte zu Unsinn verwischten. Ich hatte das Buch sogar Larkin gegeben, um eine zweite Meinung einzuholen, aber sie konnte nicht mehr herausfinden, als ich bereits erfahren hatte.

Heute Morgen hatte ich mit meiner Magie versehentlich einen Busch in Brand gesteckt und wäre deswegen fast ausgerastet. Da hatte Stella mich aus dem Wald gezerrt und mir gesagt, dass es nichts bringt, sich darüber aufzuregen, und dass ich mir eine Pause gönnen muss, damit ich mich in den Wochen vor dem Neumond nicht zu Tode arbeiten würde. Zuerst hatte ich mich dagegen gewehrt und gesagt, dass ich keine Zeit für Pausen habe, aber sie war hart geblieben. Jetzt war ich froh, dass sie so hartnäckig gewesen war. Zum ersten Mal seit dem Angriff konnte ich lächeln und mich entspannen.

Wir waren im neuen Haus von Stella und Larkin und saßen in der kleinen Ecke, die gerade genug Platz für uns alle bot, um zu Mittag zu essen. Sie hatten das Häuschen in kürzester Zeit in ein gemütliches Zuhause verwandelt, und obwohl es noch viel Arbeit brauchte, hatte das Haus jede Menge Charme. Sicher, die Küche und das Bad sahen aus wie aus den Achtzigern, aber das Häuschen hatte zwei Schlafzimmer und ein Wohnzimmer mit Fenstern, die auf einen kleinen Bach und einen großen, alten Baum hinauszeigten, in dem selbst zu dieser Jahreszeit viele Vögel saßen. Aber was Stella am meisten gefiel, waren die zufälligen Farbspritzer im Haus, ein Beweis dafür, dass ihre Mutter einst hier gearbeitet und einige der schönen Kunstwerke geschaffen hatte, die jetzt in meinem Haus hingen. Mein Lieblingsbild war ein Gemälde von zwei Wölfen, die mit zwei kleinen Welpen an ihrer Seite durch den Schnee laufen. Jedes Mal, wenn ich es sah, verschlug es mir den Atem und erfüllte mich mit Traurigkeit und Hoffnung zugleich. Ich wünschte mir diese Zukunft mit Kaden mehr als alles andere. Aber wir würden niemals sicher sein, solange die Sonnenhexen nicht besiegt waren. Der Angriff auf unser Land hatte das bewiesen.

„Du bist so still, Ayla“, sagte Larkin und riss mich aus meinen Gedanken. „Ist alles in Ordnung?“

„Tut mir leid“, sagte ich. „Mir geht's gut. Ich bin nur frustriert. Ich habe zwar Fortschritte in der Sonnenmagie gemacht, aber ich bin immer noch nicht gut genug, um den Aufhebungszauber zu sprechen. Unsere einzige andere Möglichkeit bestand darin, die Alphas dazu zu bringen, sich zusammenzuschließen, aber wir haben immer noch keine Ahnung, was das Buch damit meint, oder was genau es bewirkt, wenn wir erfolgreich sind."

„Es tut mir leid, dass ich nichts weiter aus dem Buch herausbekommen habe", sagte Larkin und klang etwas gedämpfter als noch vor ein paar Augenblicken.

„Es ist nicht deine Schuld." Ich ohrfeigte mich innerlich. Sie war so glücklich gewesen, als sie über ihre Liebesromane gesprochen hatte, und jetzt war ich hier und zog sie herunter, weil ich selbst nicht in der Lage war, eine Lösung zu finden.

„Es muss eine einfache Antwort geben", sagte Stella. „Es darf nicht zu kompliziert sein, sonst hätten sie es in dem Buch genauer erklärt. Es muss für sie offensichtlich gewesen sein, oder? Und wenn die Alphas es vor Jahren getan haben, sollten sie es jetzt auch können."

Ich seufzte. „Wenn wir nur zurückgehen und einen dieser Wölfe fragen könnten, was sie getan haben, wäre das alles viel einfacher."

„Vielleicht könnt ihr das." Harper setzte ihr Sandwich ab. „Du weißt doch, dass Dane mithilfe des Mondlichts in die Vergangenheit schauen kann, oder? Das ist seine Gabe der Mondberührung. Vielleicht kann er dir helfen."

Ich hatte von Danes Gabe gehört, aber ich hatte ihn noch nie gesehen, wie er sie benutzt. „Aber das ist vor langer Zeit passiert. Jahrhunderte, sogar. Kann er so weit zurückblicken?"

„Ich bin mir nicht sicher. Ich glaube nicht, dass er es je versucht hat." Harper zuckte mit den Schultern und nahm einen weiteren Bissen von ihrem Sandwich. „Man kann es ja mal versuchen. Ich bin sicher, er würde dir helfen."

„Ich nehme im Moment jede Hilfe an, die ich bekommen kann." Meine Schultern entspannten sich ein wenig. Ich wollte mir keine allzu großen Hoffnungen machen, aber wenigstens hatte ich etwas, das ich ausprobieren konnte. Ich schenkte den Mädels ein warmes Lächeln. „Jetzt erzähl mir mehr über das Buch, das du gelesen hast. Warum sind sie Feinde?"

„Er ist ein böser Feenkönig, und sie ist die Attentäterin, die ihn töten soll, aber als sie es versucht, landen sie stattdessen im Bett", sagte Larkin und war wieder einmal aufgeregt.

„Natürlich", sagte Harper. „Verdammt, ich hasse es einfach, wenn mir das passiert."

„Finde ich auch", stimmte ich zu. „Obwohl ich schon immer eine Schwäche für böse Jungs hatte."

„Vor allem, wenn er eine tragische Vorgeschichte hat", fügte Stella hinzu und drückte dramatisch eine Hand auf ihr Herz.

„Stehst du auf so was?" Ich stupste sie mit meinem Ellbogen an. „Ich glaube, ich kenne ein paar davon."

Sie lief knallrot an. „Nicht im wirklichen Leben. Ich will nur einen netten Kerl ohne Drama."

„So wie Ethan?", fragte Harper und bemerkte nicht, wie sich Larkins Augen weiteten, bevor sie schnell wegschaute. „Habt ihr es nach der Weihnachtsfeier miteinander getrieben? Ich habe gehört, wie er dich in sein Zimmer eingeladen hat."

„Nein." Stella zog den Kopf ein. „Zwischen uns ist nichts passiert."

Harper grinste, ohne die Spannung zu bemerken. „Schade. Ich wollte schon immer wissen, ob er noch mehr Tattoos unter seinen Anzügen hat." Sie aß ihr Sandwich auf und lehnte sich zurück. „Ich brauche ein paar von diesen Büchern zum Lesen. Es ist schon viel zu lange her, dass ich Sex hatte."

„Ich glaube, Ayla ist die Einzige, die dabei Glück hat", sagte Stella trocken, und ich versuchte, so unschuldig wie möglich auszusehen.

„Ach was. Ich glaube, jeder im Rudel hat sie inzwischen gehört." Harper wackelte mit den Augenbrauen. „Aber man braucht keinen Gefährten, um Spaß zu haben."

Ich verdrehte die Augen, aber ich konnte mir ein Lächeln nicht verkneifen. Es machte Spaß, mit ihnen zu scherzen, fast so, als wäre alles normal, obwohl ich nicht umhinkam, den wehmütigen Blick auf Larkins jungem Gesicht zu bemerken. Dass sie in einem Kinderkörper steckte, hatte sie daran gehindert, jemals eine Beziehung zu führen, obwohl sie sich das mehr als alles andere wünschte. Liebesromane waren ihre einzige Möglichkeit, so etwas zu erleben, zumindest im Moment. Solange sie auf der Erde blieb, würde sie irgendwann in ihren Körper hineinwachsen, und dann würden sich zweifellos viele Männer für sie interessieren. Das Problem war nur, dass ein gewisser Waage-Alpha wahrscheinlich schon vorher eine Gefährtin finden könnte, vor allem, wenn es mir gelänge, den Segenszauber aufzuheben. Aber das musste

Larkin ja bereits wissen, also war es sinnlos, es zu erwähnen.

Eines Tages würde sie den richtigen Partner finden, da war ich mir sicher.

Harper nahm einen kräftigen Schluck Wasser. „Das hat Spaß gemacht, aber ich sollte jetzt wieder gehen. Kaden hat uns befohlen, unser Training in Vorbereitung auf den Neumond zu verdoppeln, und er wird mich anknurren, wenn ich zu spät komme.“

„Wie läuft das Training?“, fragte ich, während sie sich ihre Jacke anzog.

„Gut. Jetzt, wo wir mehr Erfahrung im Kampf gegen Vampire haben, wissen wir besser, was auf uns zukommt. Aber einige unserer Wölfe sind immer noch zu langsam.“

„Es ist schwer, mit der Geschwindigkeit eines Vampirs mitzuhalten“, sagte ich.

„Stimmt. Das eigentliche Problem ist, dass uns eine Art Raserei überkommt, wenn wir in ihrer Nähe sind, und es schwer wird, sich an unser Training zu erinnern. Kaden hofft, dass es wie ein Muskelgedächtnis wird, wenn er es uns immer und immer wieder eintrichtert.“

„Ich wusste nicht, dass es so schlimm ist“, sagte Larkin. „Habt ihr alle dieses Gefühl, wenn sie in der Nähe sind?“

Stella nickte. „Es ist ein instinktiver Drang, sie zu töten, tief in uns drin. Keiner scheint zu wissen, warum.“

„Das muss eine evolutionäre Sache sein.“ Ich zuckte mit den Schultern. „Immerhin spüre ich ihn sogar in der Nähe von Killian, und ich weiß, dass er mir nichts antun wird.“

„Wölfe wurden von den Hexen versklavt, um Vampire

zu bekämpfen, vor langer Zeit", sinnierte Larkin, den Blick weit abgewandt. „Es muss etwas damit zu tun haben."

„Wahrscheinlich." Harper winkte, als sie auf die Tür zuging. „Danke für das Mittagessen. Lasst uns das bald wiederholen."

Während Stella und Larkin sich in eine Diskussion über das nächste Buch stürzten, das sie lesen wollten, aß ich mein Sandwich auf und war dankbar, dass ich mir heute die Zeit genommen hatte, meine Freunde zu besuchen. Das Einzige, was es noch besser machen würde, wäre, wenn Mira auch hier wäre. Sie hatte sich immer gut mit den anderen Mädchen verstanden, und ich vermisste es, Zeit mit ihr zu verbringen. Hoffentlich würden wir alle eines Tages wieder zusammenkommen können, auch wenn es schwieriger werden würde, sobald Mira ihr Baby bekommen würde. Ich nahm mir vor, sie später anzurufen und zu fragen, wie es ihr ging.

Nach dem Mittagessen unterhielten wir uns noch ein wenig, aber schließlich verabschiedete ich mich von ihnen, nachdem ich beim Abwasch geholfen hatte. Dann machte ich mich auf den Weg nach Hause, um eine Flasche Wasser zu holen, bevor ich mich wieder in den Wald wagte, und war überrascht, Kaden in der Küche zu finden, anstatt mit Harper und den anderen zu trainieren.

Er drehte sich um und hielt sich das Telefon ans Ohr. Er lächelte nicht, und er sah besonders grimmig aus, selbst für ihn. Ich blieb in der Tür stehen und wartete ab, was er sagte, weil ich das Schlimmste befürchtete.

„Verstanden. Ja." Es gab eine lange Pause. „Danke, dass

du mich angerufen hast. Lass es mich wissen, wenn du noch etwas hörst." Dann legte er auf und legte das Telefon mit einem Stirnrunzeln auf den Tresen.

„Was ist los?", fragte ich, als ich auf ihn zuging.

Er griff nach mir und zog mich an sich, als wäre er erleichtert, dass ich in Sicherheit war. „Das war Ethan. Der Steinbock-Alpha ist tot."

„Wilson?" Ich erstarrte und sah entsetzt zu Kaden auf. „Was? Wie?"

„Vampire." Kadens Arme legten sich enger um mich. „Ethan kennt noch nicht viele Details, aber es klingt, als hätte sich eine kleine Gruppe von ihnen spät in der Nacht in das Gebiet des Steinbock-Rudels geschlichen und den Alpha ermordet. Keiner wusste, dass es passiert war, bis sie schon verschwunden waren."

„Nein", flüsterte ich und lehnte mich an Kaden. Ich konnte nicht glauben, dass wir erst vor wenigen Tagen mit ihm gesprochen hatten, und jetzt war er tot. Sicher, er war schon immer schrullig und manchmal barsch gewesen, aber er war auch hart im Nehmen und auf seine Art ein guter Anführer. „Wilson war mein ganzes Leben lang der Steinbock-Alpha. Ich dachte, er würde uns alle überleben, um ganz ehrlich zu sein."

„Ich werde nie vergessen, dass er einer der ersten Alphas war, der sich mit dem Ophiuchus-Rudel verbündet hat", sagte Kaden.

„Könnte das der Grund sein, warum er ins Visier genommen wurde?", fragte ich und richtete mich auf. „Er war einer unserer ersten und stärksten Verbündeten, auch wenn er oft anderer Meinung war als wir. Auch ihn haben alle respektiert.“

Kaden nickte langsam. „Wenn die Sonnenhexen sicherstellen wollen, dass wir uns nicht vereinigen, wäre es sinnvoll, ihn auszuschalten, vor allem, da ihr Angriff auf uns gescheitert ist.“

„Aber das bedeutet, dass sie als Nächstes unsere anderen Verbündeten angreifen könnten.“ Ein Schauer der Angst lief mir über den Rücken. Ethan, Jordan und Wesley waren alle in Gefahr. „Wir müssen sie warnen.“

Kaden seufzte. „Ich werde ein weiteres Zoom-Treffen einberufen.“

KAPITEL SIEBENUNDZWANZIG

Kaden ging schützend neben mir her, als wir uns auf den Weg in den Wald machten, den ich wie meine Westentasche kannte. Auch wenn ich nervös war wegen dem, was wir vorhatten, war es eine Erleichterung, aus dem Haus zu kommen und die frische Nachtluft einzuatmen. Besonders nach dem Tag, den wir erlebt hatten.

Zuvor hatten wir pausenlos versucht, alle Alphas in einen Zoom-Anruf zu bekommen, damit wir die Meinungen aller zu den jüngsten Angriffen einholen konnten. Alle waren in Panik, wollten Antworten und fragten sich, ob sie die Nächsten waren. Unsere überstürzte Abmachung, zusammenzuarbeiten, schien noch angespannter zu sein als beim ersten Mal. Der Steinbock-Alpha hatte bei allen Rudeln großes Ansehen genossen, und die anderen Alphas waren alle erschüttert, als sie sahen, wie eine Säule der Wölfe der Tierkreises so leicht an die Vampire fiel. Einige fragten sich, ob Wilson etwas getan hatte, um die Sonnenhexen oder die Vampire zu verärgern. Andere gaben mir die Schuld, da die Vampire zuerst hinter mir her waren, aber niemand hatte eine Antwort oder eine Lösung parat. Das Einzige, worauf wir uns einigen konnten, war, dass wir vorsichtig sein und in der Defensive bleiben mussten, falls es zu einem weiteren Angriff kommen sollte. Das Beste, worauf wir hoffen konnten, war herauszufinden, wie wir die anderen Alphas befreien konnten, bevor die Sonnenhexen wieder zuschlugen. Hoffentlich würden wir heute Nacht einige der Antworten bekommen, die wir so dringend brauchten.

Der Wald war heute Nacht ruhig, und ich vermutete, dass sich die meisten Tiere an einem warmen Ort verkrochen hatten. Über uns warf der Mond ein sanftes Licht durch die Bäume, aber ein paar Wolken zogen immer wieder über ihn hinweg und dämpften sein Licht.

„Wird es genug Mondlicht geben, damit Danes Magie wirken kann?", fragte ich.

Kaden blickte auf. „Ich denke schon. Es hilft, dass der Vollmond erst vor ein paar Tagen war."

„Braucht er sonst noch etwas für den Spruch? Ich habe das Buch dabei, nur für den Fall."

„Nein, sag ihm einfach, was du sehen willst, und er wird versuchen, es dir zu zeigen." Kaden zuckte mit den Schultern. „Ich weiß nicht, wie er das macht, und er ist auch nicht gerade der gesprächigste Typ."

Das war kein Scherz. Ich hatte Dane noch nie ein Wort sagen hören. Er schien irgendwie mit Harper zu kommunizieren, vielleicht durch so ein telepathisches Zwillingsding, aber sonst sprach er nicht. „Weißt du, warum Dane nie spricht?"

Kaden schwieg einen Moment lang, als wir um einen umgestürzten Baum herumgingen. „Es gibt einige Menschen, die über unsere Art Bescheid wissen und uns jagen wollen. Zum Glück sind es nur sehr wenige, und noch weniger, die es gut machen. Als Dane fünf Jahre alt war, trafen er und seine Eltern im Wald auf zwei dieser Jäger. Er musste mitansehen, wie seine Eltern vor seinen Augen getötet wurden, und es blieb ihm nichts anderes übrig, als wegzulaufen. Danach hat er nie wieder gesprochen."

„Wie schrecklich." Ich schauderte und rieb mir die Arme, obwohl ich innerlich fröstelte. „War Harper auch da?"

„Nein, sie ist an diesem Tag aus irgendeinem Grund bei ihrer Großmutter geblieben."

„Was ist mit den Jägern passiert?" Ich hatte natürlich schon von menschlichen Jägern gehört, als ich im Krebs-Rudel lebte. Mein Vater machte sich Sorgen darüber, weil unser Land in der Nähe von Vancouver lag, aber soweit ich weiß, haben uns zu meinen Lebzeiten nie Jäger belästigt. Ich hatte angefangen zu glauben, dass sie keine wirkliche Bedrohung darstellten, aber es ernüchterte mich zu wissen, dass sie es manchmal doch taten.

„Mein Vater führte eine Jagd gegen die Menschen an und hielt sie davon ab, noch jemandem etwas anzutun", sagte Kaden. „Aber für Danes Eltern war es zu spät."

Wir betraten eine kleine Lichtung mit einem Teich in der Mitte, der von den Bäumen umrahmt zu sein schien, sodass das Mondlicht perfekt auf das glatte, flache Wasser fiel. Es war heute ungewöhnlich warm gewesen, vielleicht ein Zeichen dafür, dass Helios meine Fortschritte beobachtete, und ich schätzte mich glücklich, dass der Teich heute Nacht nicht zugefroren war.

Dane stand daneben, die Hände in den Taschen, während er in den dunklen Wald blickte, den Kopf leicht geneigt, als ob er etwas hören würde. Als wir uns näherten, drehte er sich zu uns um und senkte respektvoll den Kopf.

Ich schenkte ihm ein warmes Lächeln. „Danke, dass du dich mit uns triffst."

Harper tauchte aus den Bäumen in der Richtung auf, in die Dane geschaut hatte, ihr karamellfarbenes Haar zu einem engen Pferdeschwanz zurückgebunden. „Entschuldigung, ich dachte, ich hätte etwas gehört, aber es war nur ein Nerz. Heutzutage kann man nicht vorsichtig genug sein."

„In der Tat", sagte Kaden.

„Wie funktioniert das?", fragte ich.

„Du sagst Dane einfach, was du weißt, und er tut sein Bestes." Harper tauschte einen Blick mit ihrem Bruder aus, ihre grünen Augen trafen sich in einer Art stillem Verständnis. „Dane ist sich nicht sicher, ob es funktionieren wird. Er hat noch nie weiter als bis zu seinem eigenen Leben zurückgereicht. Aber er will es trotzdem versuchen."

„Wir sind für jede Hilfe dankbar, die du uns geben kannst", sagte Kaden.

Ich nickte, nahm das Buch heraus und schlug es auf der richtigen Seite auf. „Ich versuche herauszufinden, wie sich die Wölfe der Tierkreise vor all den Jahren aus der Sklaverei der Hexen befreit haben. Ich habe ein Buch, in dem ein bestimmtes Ritual beschrieben wird, bei dem sich die Alphas aller dreizehn Rudel bei Neumond versammeln und so jegliche Magie von den Sternen abrufen können. Es klingt, als könnte dasselbe Ritual auch bei uns funktionieren, nur habe ich keine Ahnung, was genau wir tun sollen oder wie es funktioniert. Wenn ich nur das Ritual, das sie durchgeführt haben, sehen könnte, könnten wir es vielleicht nachmachen."

Dane nickte und sah nachdenklich aus. Harper blickte ihn noch einmal an, bevor sie sagte: „Ich denke, das sind genug Informationen, aber Dane tut es im Voraus leid, wenn es nicht funktioniert."

„Kein Grund zur Sorge", sagte ich, obwohl ich bei dem Gedanken, heute Abend möglicherweise Antworten zu bekommen, atemlos war.

„Es könnte helfen, wenn er das Buch halten kann", sagte Harper achselzuckend.

„Natürlich."

Dane nahm das Buch vorsichtig an sich und kniete sich neben das spiegelglatte Wasser, das im Licht des Mondes glänzte. Wir anderen versammelten uns um den Teich, während er die Augen schloss und das Buch dicht an seine Brust zog. Ich konnte die Magie in der Luft um ihn herum spüren, so wie ich sie spüren konnte, wenn Kaden seine Kraft nutzte, um unsichtbar zu werden, und ich rückte näher.

Dane saß ein paar Minuten lang mit dem Buch in der Hand da. Die leichte Brise, die in den leeren Ästen raschelte, erstarrte, und der Wald schien den Atem anzuhalten, während sich die Magie sammelte. Als Dane seine Augen öffnete, leuchteten sie wie der Mond, der sich auf dem Wasser spiegelt.

Ich atmete fasziniert aus. „Funktioniert es?"

„Ich glaube schon", flüsterte Harper.

Ich warf einen Blick auf Kaden und zog eine Augenbraue hoch. Er schüttelte den Kopf und schob sein Kinn in Richtung Wasser zurück.

Dane tauchte seine Hand in das Wasser und ließ das Mondlicht darüber streuen. Ein Impuls von Mondenergie ging durch ihn hindurch ins Wasser und ließ das Becken für ein paar Sekunden noch heller leuchten, bevor es verblasste.

Etwas flackerte in den Tiefen des Teiches, aber dann war es blitzschnell verschwunden, so schnell, dass es ein Fisch hätte sein können. Dane runzelte die Stirn und versuchte es erneut, indem er einen weiteren Impuls von Mondmagie ins Wasser schickte. Es blitzte noch einmal auf, bevor es wieder verschwand. Ich griff nach Kadens Hand und drückte sie fest an mich, weil ich plötzlich Angst hatte, dass das Ganze fehlschlagen würde und wir den Antworten nicht näher kämen als zuvor.

Dane sah zu Harper auf und schüttelte den Kopf, während mein Herz noch schwerer wurde. Harper kaute auf ihrer Lippe, warf mir einen Blick zu und kniete sich dann neben Dane hin.

„Lass mich versuchen zu helfen", sagte sie und nahm seine Hand. „So wie Larkin es bei Ayla getan hat. Ich habe selbst keine Gabe der Mondberührung, aber ..."

Dane blickte sie an und nickte dann mit entschlossenem Gesicht. Er zauberte erneut, und dieses Mal leuchteten auch Harpers Augen. Das Flackern kehrte in den Teich zurück und verweilte dort, aber es war immer noch zu verschwommen, damit wir wirklich etwas erkennen konnten. Ich blickte zum Mond hinauf und murmelte ein kurzes Gebet zu Selene, in dem ich sie bat, ihren Kindern zu helfen.

Mit dem nächsten Impuls der Mondenergie breiteten sich Wellen auf dem Teich aus und verblassten dann. Ein Bild erschien auf dem Wasser, so klar, dass es fast wie ein Film aussah. Ein dunkler Wald spiegelte sich darin, aber die Bäume waren anders, und es war kein Mond am Himmel. Männer tauchten zwischen den Bäumen auf, zusammen mit einer Frau. Jeder von ihnen hatte ein anderes Rudelzeichen auf der Brust, und sie waren nackt, als hätten sie sich gerade erst aus ihrer Wolfsform verwandelt. Sie versammelten sich einer nach dem anderen im Wald, ihre Gesichter waren düster, und ein paar von ihnen sprachen miteinander, aber das Bild war ohne Ton. Ich schaute kurz zu Dane und Harper hinüber, deren Augen geöffnet waren und die Kraft des Mondes noch einmal widerspiegelten. Sie schienen weit weg zu sein, als wären sie mit diesen Leuten in der Vergangenheit und nicht hier auf der Lichtung mit uns.

In der Vision tauchten andere Wandler aus den Bäumen auf und bildeten eine kleine Menschenmenge, die zuschaute und wartete, aber sie waren am Rande der Vision und ein wenig verschwommen. Als alle da waren, bildeten die Alphas einen Kreis und wechselten dabei ihre Positionen. Ich brauchte ein paar Sekunden, um zu erkennen, dass sie sich in der Reihenfolge ihrer Sternzeichen aufstellten, beginnend mit Widder und endend mit Fische.

Sobald sie an ihrem Platz waren, verwandelten sie sich in ihre Wolfsgestalt, alle groß und prächtig, wie es Alphas normalerweise waren, und machten ein paar Schritte nach vorne, um den Kreis zu schließen. Sie standen Schulter an Schulter, ihre Nasen berührten sich fast, ihre Schwänze zeigten in Richtung Wald.

Dann hob der Widder-Alpha seinen Kopf und begann zu heulen. Ich konnte es nicht hören, aber es jagte mir trotzdem einen Schauer über den Rücken. Neben ihm tat das Stier-Alpha das Gleiche, und dann ging es der Reihe nach weiter. Jeder Alpha fügte sein Heulen hinzu, und nach etwa der Hälfte der Zeit begannen sie alle zu leuchten. Zuerst ganz langsam, und das Leuchten war anders als das der Sonnen- und Mondmagie. Es war wie winzig kleine Glitzerflecken in der Luft, die immer größer und heller wurden. Als die Fische zu heulen begannen, funkelten die Alphas hell wie ein Feuerwerk. Das, so wurde mir klar, war die Magie der Sterne.

Ehrfurcht erfüllte mich, als sich das Sternenlicht wie Wasser von ihren Fellen löste und die Sonnen- und Mondmagie, die sie gefangen hielt, abstreifte. Jeder Wandler schien ein wenig heller zu funkeln, während sie weiter in den dunklen Himmel heulten, ihr Fell so hell und glänzend, dass ich fast meine Augen davor abschirmte. Ich sah den Moment, in dem die Sonnen- und Mondmagie vollständig wich und sie alle auf einmal befreite und nur die Kraft der

Sterne zurückließ. Dann breitete sich die Magie wie ein Ausbruch von Sternenlicht über die anderen versammelten Wandler aus, bevor sie verblasste.

Die Alphas hörten auf zu heulen, als die Kraft wieder in ihre Körper eindrang. Nur ihre Augen glühten noch, funkelten mit der Macht der Sternenmagie, und bei dem Anblick zerrte an etwas in meiner Brust. Ich blinzelte gegen die Tränen an, gerührt, sie ermächtigt und frei von der Versklavung zu sehen, der sie ausgesetzt gewesen waren.

Das Bild wurde langsam schwarz, die Magie verschwand, bis es wieder nur noch normales Wasser war. Ich hatte gar nicht bemerkt, dass ich mich so weit über den Teich gelehnt hatte, bis mein Spiegelbild zu mir aufblickte. Ich lehnte mich zurück und verarbeitete, was ich gerade gesehen hatte. Etwas so Einfaches und doch so Mächtiges.

Dane und Harper entspannten ihre Schultern, ihre Augen leuchteten nicht mehr. Beide atmeten schwer, ihre Gesichter waren gerötet. Ich wusste, wie stark Magie einen Menschen beeinträchtigen konnte, und ich hatte Mitleid mit ihnen.

„Danke", sagte ich zu den beiden, als Dane mir das Buch reichte.

„War das hilfreich?", fragte Harper.

„Ich denke schon." Aufregung kochte in mir hoch, als ich darüber nachdachte, was wir gesehen hatten und was es für unsere Zukunft bedeutete. „Nach dem, was wir gesehen haben, scheint das alles ziemlich einfach zu sein."

Kaden schüttelte den Kopf. „Einfach heißt nicht immer leicht."

„Wir sollten morgen die Alphas anrufen und ihnen mitteilen, was wir herausgefunden haben." Ich ignorierte seinen mürrischen Tonfall und klammerte mich an das winzige Fünkchen Hoffnung in mir. „Das könnte tatsächlich machbar sein. Sie können doch sicher einen Kreis bilden und gemeinsam heulen, oder?"

Kaden schnaubte. „Du hast mehr Vertrauen in die anderen Alphas als ich."

KAPITEL ACHTUNDZWANZIG

Ich blickte auf den Ozean hinaus und ließ mir die Brise ins Gesicht wehen. Der Horizont war weit entfernt, die Mittagssonne funkelte auf dem Wasser in einem faszinierenden Muster. Es war schön, wieder am Meer zu sein, so wie immer. Das Rauschen der Wellen gab mir ein Gefühl des Friedens, und ich konnte endlich an sie denken, ohne an meinen Vater zu denken.

Wesley starrte ebenfalls auf den Horizont, mit einem leichten Stirnrunzeln im Gesicht. „Bist du sicher, dass das funktionieren wird?"

„Nein", sagte ich wahrheitsgemäß. „Deshalb muss ich es an dir üben. Du wirst mir nicht die Kehle umdrehen, wenn es nicht klappt."

„Nun, das sind ziemlich niedrige Ansprüche", sagte Wesley trocken. „Aber dafür sollte ich besser den Preis für den Bruder des Jahres bekommen."

„Vorsichtig", sagte ich und grinste ihn an. „Das sind Kampfansagen, wenn du sie Jordan hören lässt."

Wesley schnaubte. „Ich würde gerne sehen, wie er überhaupt versucht, sich mit mir zu messen. Habe ich jemals versucht, dich zu töten?"

„Ja, das hast du. Während des Zusammentreffens im Winter."

Er lachte spöttisch. „Das zählt nicht. Ich stand unter der Kontrolle der Sonnenhexen."

„Jordan könnte wahrscheinlich dasselbe für viele seiner Verbrechen sagen." Ich winkte ihm mit dem Notizbuch der Sonnenhexe zu. „Und jetzt hör auf, mich abzulenken, damit ich den Zauber sprechen kann."

Er verdrehte die Augen, hielt aber den Mund. Ich schlug das Buch auf und ging den Zauberspruch zum hundertsten Mal durch, um sicherzugehen, dass ich ihn auswendig konnte. Ich hatte keine Ahnung, ob das klappen würde, aber ich musste es versuchen. Ich wollte nicht noch einmal erleben, wie mein eigener Bruder mich angegriffen hatte, und wir mussten davon ausgehen, dass die Sonnenhexen versuchen würden, uns bei Neumond aufzuhalten. Wenn ich den Segensspruch jetzt von ihm entfernte, würde er in Sicherheit sein, und wenn es funktionierte, konnte ich es auch bei Ethan und möglicherweise bei einigen der anderen Alphas tun. Damit und mit den Mondstein-Halsketten, die wir gesammelt hatten, könnten wir die Alphas lange genug von der Kontrolle der Sonnenhexe fernhalten, um den Ausrichtungszauber durchzuführen.

Zu Hause in Coronis bereiteten wir uns auf das

Neumondtreffen der Alphas vor, das immer näher rückte. Nachdem wir gelernt hatten, was Ausrichten genau bedeutet, versammelten Kaden und ich die Alphas wieder auf Zoom und erklärten ihnen, was wir gesehen hatten. Einige der Alphas schienen skeptisch zu sein, dass es funktionieren würde, andere weigerten sich, einer Vision zu trauen, aber sie sagten alle, dass sie beim Neumond dabei sein würden, und das war genug. Es musste klappen.

Doch als die Tage vergingen und der Neumond immer näher rückte, begann ich mich zu fragen, ob sie ihr Wort halten würden, vor allem, als weitere Alphas bei anderen Attentatsversuchen von Vampiren angegriffen wurden. Ethan war der Erste, aber er war gut auf einen solchen Angriff vorbereitet gewesen und konnte sie abwehren. Skorpion und Schütze waren die Nächsten, aber ihre Alphas überlebten beide mit nur geringem Schaden. Unsere Theorie, dass die Vampire die Ophiuchus-Verbündeten angriffen, schien zu stimmen, und ich machte mir ständig Sorgen um Wesley. Ich vermutete, dass der einzige Grund, warum er nicht auch angegriffen worden war, darin lag, dass sich sein Rudel bereits auf einer abgelegenen Insel versteckt hielt und die Vampire keine Ahnung hatten, wo er war.

Ich machte mir auch Sorgen um Jordan, aber aus einem anderen Grund. Die Sonnenhexen wollten ihn nicht tot sehen, aber sie wollten ihn. Aber jedes Mal, wenn wir miteinander sprachen, versicherte er mir, dass es ihm gut ging und dass er kein Zeichen von Roxandra oder einer anderen Sonnenhexe in seinem Dorf gesehen hatte. Sie ließen ihn vorerst in Ruhe.

Leider hatte der Jungfrau-Alpha nicht so viel Glück. Die Jungfrauen waren Heilerinnen, keine Kriegerinnen, und die Vampire brachten sie mit Leichtigkeit zu Fall, bevor sie spurlos in der Nacht verschwanden. Das war ein weiterer schwerer Schlag für unser Bündnis, denn die Jungfrauen hatten sich in jedem Rudelkrieg immer neutral verhalten. Selbst bei dem Zusammentreffen hatten sie sich bemüht, die Rudel zu heilen, die wir damals als Feinde betrachtet hatten. Kein Rudel würde sich jemals gegen sie wenden, und wir verließen uns auf ihre Freundlichkeit und Weisheit. Ganz zu schweigen davon, dass wir geplant hatten, uns für das Treffen auf dem Land der Alpha der Jungfrauen zu treffen. Auch sie hatte keine Töchter, sodass wir nicht wussten, wer das Amt des Alphas übernehmen würde oder ob wir überhaupt noch einen Ort für das Treffen haben würden.

Der Tod eines Alphas hatte alles ins Chaos gestürzt, und das war genau das, was die Sonnenhexen wollten. Nach dem Tod des Jungfrau-Alphas hatten wir ein weiteres Zoom-Meeting, und irgendwie war es noch schlimmer als die vorherigen. Alle waren in völliger Panik, hörten einander nicht mehr zu und schrien sich wieder einmal an. Der Fische-Alpha beschuldigte den Widder-Alpha, den Sonnenhexen ihren Plan verraten zu haben, weil er glaubte, dass die Alphas deshalb angegriffen wurden. Der Widder-Alpha war über diese Anschuldigung so aufgebracht, dass er das Gespräch beendete und sich weigerte, wieder daran teilzunehmen. Andere schlugen vor, das Neumondtreffen abzusagen, aber Kaden hatte seine Hände auf den Küchentisch geschlagen und gesagt, dass es jetzt kein Zurück mehr gäbe.

„Das bedeutet, dass wir auf dem richtigen Weg sind", hatte er betont. „Sonst würden die Sonnenhexen nicht so verzweifelt versuchen, uns aufzuhalten."

Ich schlug vor, dass sich die Alphas mit einigen ihrer vertrauenswürdigsten Krieger bis zum Neumond verstecken sollten, wenn sie könnten. Dann versprach ich, dass ich den Segenszauber von jedem Alpha brechen würde, der bei Neumond auftauchte, selbst wenn der Ausrichtungszauber nicht möglich war. Aber ich war mir nicht sicher, ob es viele von ihnen zu diesem Zeitpunkt interessierte. Die Angst vor dem Sterben überschattete alles andere. Ich hoffte nur, dass sie am Ende zur Vernunft kommen würden.

Jetzt, wo es nur noch wenige Tage bis zum Neumond waren, befürchtete ich, dass die Hälfte der Alphas vielleicht doch nicht auftauchen würde. Deshalb musste ich mehr denn je sicherstellen, dass dieser Zauber funktionierte. Wenn die Alphas sich nicht zusammenschließen würden, war das unsere einzige Hoffnung.

„Ziehen wir das jetzt durch?", fragte Wesley.

Ich merkte, dass meine Augen glasig geworden waren, als ich auf das Buch gestarrt hatte. „Tut mir leid, ich war in Gedanken versunken. Es ist gerade sehr viel los."

„Was du nicht sagst."

Ich ging den Zauberspruch ein letztes Mal durch, klappte das Buch zu und legte es beiseite. Jetzt oder nie, und ich musste darauf vertrauen, dass ich das schaffen würde.

Ich griff zuerst nach der Sonnenmagie und sammelte sie

in einer ausgestreckten Handfläche, dann rief ich mit der anderen Hand meine Mondmagie ab, während mir der Schweiß auf der Stirn stand. Ich hatte törichterweise gedacht, dass das Erlernen der Sonnenmagie der schwierigste Teil des Zaubers sein würde. Aber ich hatte nicht damit gerechnet, wie schwierig es sein würde, beide Arten von Magie gleichzeitig einzusetzen. Es waren in jeder Hinsicht entgegengesetzte Energien, und es war schwierig, sie dazu zu bringen, miteinander zu harmonieren. Am Anfang wollten sie überhaupt nicht gleichzeitig herauskommen. Ich musste fast eine ganze Woche lang versuchen, sie dazu zu bringen, sich nicht mehr wie Öl und Wasser zu trennen, wenn ich versuchte, sie zusammen zu benutzen, aber schließlich hatte ich es hinbekommen. Ich hatte das Gefühl, dass es nie einfach werden würde.

Ich bewegte meine Hände so, wie ich es im Schlaf tun konnte, und begann auf Altgriechisch zu singen. Wesley stand mit den Händen an den Seiten und wartete geduldig. Die Magie begann sich um ihn herum zu formen ... und dann entglitt sie mir. Ich fluchte leise vor mich hin.

„Du schaffst das", sagte er. „Versuch es weiter."

„Danke", sagte ich und hoffte, dass er recht hatte. Ich schloss meine Augen und atmete ein paar Mal tief und ruhig durch, bevor ich wieder anfing. Ich hatte das Gefühl, dass meine Angst, es nicht schaffen zu können, das größte Problem war. Ich hatte den Zauber so oft allein geübt, und endlich hatte ich es geschafft, dass er so funktionierte, wie ich es mir vorgestellt hatte. Es funktionierte, wenn ich allein war, also warum konnte ich es jetzt nicht für Wesley schaffen?

Ich habe Angst, ihn zu verletzen.

Vielleicht war das das Problem. Unterbewusst erinnerte ich mich an den Schmerz, den ich bei Breas Versuchen empfunden hatte, und ich wollte niemanden verletzen, der mir so viel bedeutete.

Du wirst ihm nicht wehtun, sagte ich mir, und griff tief in mich hinein, um die dualen Quellen der Magie zu finden. Ich versuchte es erneut, aber auch dieser Versuch scheiterte. Ich stieß einen frustrierten Schrei aus, der von der Meeresbrise fortgetragen wurde.

Wesley legte mir eine Hand auf die Schulter. „Ist ja gut. Ich bin's nur."

Wie immer wusste er genau, was los war. Ich ließ den Kopf hängen. „Ich weiß. Aber nach dir sind es all die anderen Alphas. Was, wenn ich es nicht einmal für dich tun kann?"

„Ayla, ich habe volles Vertrauen in dich. Jetzt mach diesen verdammten Segenszauber rückgängig, damit ich nie wieder gezwungen bin, dich anzugreifen."

Ich nickte, und seine Worte erfüllten mich mit Entschlossenheit. Es gab nichts, was ich für die Menschen, die mir wichtig waren, nicht tun würde. Wesley vertraute mir, und er zählte darauf, dass ich ihm helfen würde. Niemand sonst konnte das für ihn tun. Es kam also ganz auf mich an.

Ich beschwor die beiden Arten von Magie erneut, und

dieses Mal flossen sie etwas leichter durch mich hindurch. Sonnen- und Mondlicht legten ein Muster auf Wesleys Haut, wie ein Pullover, der um ihn gewickelt wurde. Er glühte am ganzen Körper, als sich die duale Magie in seinem Körper festsetzte, und als sich sein Gesicht straffte, wusste ich, dass es funktionierte. Ich sang weiter und machte die Handgesten und Schritte, tanzte langsam um ihn herum, während ich den Zauber fortsetzte. Dann gab es einen Lichtblitz, und Wesley holte tief Luft, und ich spürte, wie der Segenszauber mit einem *Ruck* gebrochen wurde. Wesley stolperte ein wenig, und ich fing seine Arme auf, um ihn zu stützen.

„Wie fühlst du dich?", fragte ich.

Wesley rollte mit den Schultern. „Ich weiß es nicht. Leichter vielleicht? Bist du sicher, dass es funktioniert hat?"

Ich schubste ihn leicht am Arm. „Was ist mit dem vollen Vertrauen passiert?"

Wesley hob die Hände. „Ich dachte nur, es würde sich mehr ... dramatisch anfühlen."

„Du hattest kein falsches Paarungsband zu brechen, also schätze ich, dass die Magie subtiler ist. Versuch mal, dich zu verwandeln, dann siehst du, ob es dir leichter fällt."

Er begann, sich auszuziehen, und ich drehte mich weg, um ihm ein wenig Privatsphäre zu geben. In diesem Moment summte mein Handy in meiner Tasche. Ich zog es heraus und sah Miras Namen auf dem Display. Ich ging schnell ran. „Hey, Mira."

Mira schluchzte in mein Ohr und brabbelte etwas Unzusammenhängendes, und das Lächeln verschwand sofort aus meinem Gesicht.

„Was ist los?", fragte ich, während mich die Angst übermannte. „Ist es das Baby?"

„Nein, nein. Mir geht es gut. Dem Baby geht es gut. Aber Amos ..." Ein kleiner Schluchzer entkam ihr. „Er ist tot."

„Oh, nein." Ich schloss die Augen, als mich die Traurigkeit schwer traf. Amos war ein freundlicher, aber starker Anführer gewesen, der immer das getan hatte, was er für das Beste für sein Volk hielt. Obwohl ich ihn nach dem Tod meiner Familie um Hilfe gebeten und er mich abgewiesen hatte, hatte er diese Entscheidung später bereut und sich bei mir entschuldigt. Seitdem war er einer meiner stärksten Unterstützer und hatte sich nie von seinem Bündnis mit dem Ophiuchus-Rudel distanziert. Er war einer der ersten gewesen, der Kaden und das Ophiuchus-Rudel anerkannt hatte, und ohne ihn hätten wir die anderen Rudel gar nicht dazu bringen können, auf uns zu hören. Und jetzt war er nicht mehr da.

„Was ist passiert?", schaffte ich zu fragen.

„Wir wollten, dass er sich versteckt, aber er hat sich geweigert." Mira schniefte. „Irgendwann am frühen Morgen kamen die Vampire, um ihn zu holen. Wir hatten Wachen aufgestellt, aber sie waren nicht genug."

Ich ertappte mich dabei, wie ich nickte, auch wenn sie es natürlich nicht sehen konnte. Wie die Jungfrauen waren auch die Fische keine Krieger, sondern Künstler, Fischer, Musiker und so weiter. Sie hätten keine Chance gegen die Vampire gehabt, weshalb ich gehofft hatte, dass Amos untertauchen würde.

„Es tut mir so leid", sagte ich, unfähig, andere Worte zu finden, um meinen Kummer auszudrücken. „Er war ein großartiger Mann."

„Ja, das war er." Ein weiterer Schluchzer entfuhr ihr. „Er war immer so nett zu mir."

„Wird sein Sohn der neue Alpha werden?"

„Nein, er wurde bei dem Angriff schwer verletzt, als er versuchte, Amos zu retten. Er erholt sich, aber er lehnt die Position des Alphas ab. Zumindest vorläufig." Sie schniefte. „Aiden ist stattdessen zum Alpha ernannt worden."

„Dein Gefährte?", fragte ich und holte tief Luft. Mir fiel ein, dass Aiden der Neffe von Amos war.

„Ich habe Angst, Ayla. Was ist, wenn sie ihn als Nächstes holen?"

„Er sollte in Sicherheit sein. Sie haben noch kein Rudel zweimal angegriffen, und der Neumond ist nur noch ein paar Tage entfernt. Aber vielleicht will er sich irgendwo verstecken, um sicher zu sein." Ich hielt inne, öffnete und schloss den Mund und versuchte, einen geschickten Weg zu finden, die nächste Frage zu stellen, was mir nicht gelang. „Glaubst du, dass du ihn überzeugen kannst, zu dem Treffen zu kommen?"

Mira stieß einen kleinen, zittrigen Laut aus. „Ja, er wird dort sein. Das Fische-Rudel wird Amos' Versprechen einhalten."

Ich schloss meine Augen und umklammerte das Telefon fest. „Gut."

„Sag Mira, sie kann zum Krebs-Rudel kommen, wenn sie sich Sorgen macht", sagte Wesley hinter mir. Dank seines

Wandlergehörs muss er das ganze Gespräch mitgehört haben. „Wir werden sie beschützen."

„Ist das Wesley?", fragte Mira mit einem leisen Seufzer. „Sag ihm, ich kann mein Rudel nicht verlassen, aber ich weiß das Angebot zu schätzen."

Ich war mir sicher, dass Wesley sie hören konnte, vor allem, weil er als Antwort grunzte. Ich wandte mich stattdessen an Mira. „Bleib stark. Konzentriere dich einfach darauf, gesund und sicher zu bleiben, okay? Für deinen Gefährten und für dein Baby."

„Ich werde es versuchen", sagte Mira. „Aber Ayla ... Ich mache mir Sorgen."

Meine Hand zitterte ein wenig, als ich das Telefon in der Hand hielt. „Ich auch."

KAPITEL NEUNUNDZWANZIG

Als ich nach Hause kam, stand Kaden in der Küche, trug eine Schürze und schwang ein Schneidemesser. Ich hatte völlig vergessen, dass wir heute Abend mit unseren engsten Freunden zu Abend essen wollten, denn es war unsere letzte Gelegenheit, zusammen zu sein, bevor wir unsere Reise nach Texas antraten. Die Reise würde einen langen Flug und eine lange Autofahrt erfordern, also mussten wir ein paar Tage im Voraus aufbrechen, um sicherzugehen, dass wir pünktlich ankamen.

Der Anblick von Kaden, der kochte, brachte mich normalerweise zum Lächeln, aber ich konnte mich nicht dazu durchringen, als ich meine Schuhe auszog und auf ihn zuging. Er drehte sich um, legte das Messer weg und betrachtete mein Gesicht.

„Was ist los?", fragte er. „Hat es nicht geklappt?"

Ich brauchte eine Sekunde, um zu begreifen, worauf er hinauswollte. „Es hat funktioniert. Wesley ist frei."

„Warum siehst du dann so unglücklich aus?"

„Mira hat mich angerufen. Der Fische-Alpha ist tot."

„Verdammt." Kaden schloss die Augen, sein Gesicht verzog sich vor Kummer. „Nicht auch noch Amos."

Er nahm mich in die Arme und drückte mich an sich, und ich klammerte mich an ihn, während die Trauer uns beide durchströmte. Wir brauchten keine Worte zu verlieren. Wir wussten beide, was für ein großer Verlust dies war, sowohl für uns persönlich als auch für die Wölfe der Tierkreise als Ganzes.

Ich drückte mein Gesicht an Kadens Schulter und ließ die Tränen fließen. Ich weinte nicht nur um Amos, sondern auch um die anderen Alphas, die gestorben waren, weil wir alle frei sein wollten. Ich weinte, weil die Aufgabe, die vor uns lag, noch unmöglicher schien als je zuvor, und weil uns die Zeit davonlief. Ich weinte, weil ich wusste, dass die Sonnenhexen nicht aufhören würden, bis wir sie besiegt hatten.

Kaden hielt mich die ganze Zeit über fest und streichelte langsam meinen Rücken. Er muss gespürt haben, dass ich mich ausweinen musste. Wochenlang hatte ich alles für mich behalten und versucht, für alle anderen stark zu sein, aber jetzt war es, als wäre ein Damm gebrochen, und die Gefühle strömten nur so heraus. Bei Kaden war ich sicher, dass ich sie alle fühlen konnte, weil ich wusste, dass er verstand, was ich durchmachte.

Als die Tränen aufhörten zu fließen und ich die Kontrolle über mich wiedererlangte, fragte Kaden: „Geht es Mira gut?"

Ich wischte mir über die Augen und nickte. „Körperlich geht es ihr gut. Aber ihr Gefährte ist jetzt der Fische-Alpha, und sie macht sich Sorgen um ihn."

„Verständlich."

Ich griff nach Kadens Shirt und sah zu ihm auf. „Machen wir einen großen Fehler?"

„Was meinst du?"

„Was ist, wenn es ein Fehler ist, alle Alphas zusammenzubringen? Sie riskieren ihr Leben dafür, aber was ist, wenn das Ritual nicht funktioniert?" Ich biss mir auf die Lippe, während sich meine Gedanken weiter drehten. „Wenn sie überhaupt auftauchen. Im Moment würde es mich nicht überraschen, wenn die Hälfte von ihnen untergetaucht wäre, und wer könnte es ihnen verdenken?"

Kaden streichelte mein Haar. „Die Alphas werden kommen. Sie sind verängstigt, aber sie werden kommen."

„Woher weißt du das?", fragte ich verzweifelt.

„Weil der Gedanke, dass ihre Kinder als Sklaven der Sonnenhexen aufwachsen, schrecklicher ist als alles andere."

Mir schauderte bei diesem Satz. Jetzt, da Kaden und ich verpaart waren, bestand die reale Möglichkeit, dass wir eines Tages Kinder haben würden. Im Stillen nahm ich mir vor, dass sie niemals in Angst vor den Sonnenhexen leben sollten, und dass ich auch für die anderen Rudel tun würde, was ich konnte. Selbst wenn nur ein paar der Alphas beim Neumond auftauchen würden, würde ich einen Segenszauber nach dem anderen aufheben, damit sie frei waren. Aber das wäre nur der Anfang. Wenn ich in den nächsten

Jahren zu jedem einzelnen Rudel reisen müsste, um die anderen Wölfe zu befreien, würde ich es tun. Und wenn die Sonnenhexen versuchten, mich aufzuhalten? Nun, ich hatte viele Freunde und Familienmitglieder, die mir den Rücken stärkten.

Ich holte tief Luft. „Du hast recht. Was auch immer passiert, wir werden damit fertig. Und wir werden nicht aufhören, bis alle Wölfe der Tierkreise frei sind. Selbst wenn wir die Sonnenhexen allein aufhalten müssen."

Kaden drückte mir einen Kuss auf den Kopf. „Wir sind eine Naturgewalt, mit einer Liebe, die wie die Sterne leuchtet. Wer könnte sich jemals gegen uns stellen?"

Ich lächelte zu ihm hoch und fühlte mich durch seine Unterstützung und Zuversicht gestärkt, doch unser Moment wurde unterbrochen, als Stella in die Küche stürmte, als würde sie noch bei uns wohnen.

„Nehmt euch ein Zimmer, ihr zwei", sagte sie grinsend.

„Hast du vergessen, dass du nicht mehr hier wohnst?", fragte Kaden, der immer noch seine Arme um mich gelegt hatte.

„Hey, du hast mich eingeladen." Sie trug eine abgedeckte Auflaufform und stellte sie auf dem Tresen ab. „Ich habe sogar deine Lieblingskartoffeln gemacht."

„Ich schätze, du kannst bleiben", sagte Kaden.

Larkin kam ein paar Sekunden später mit einem selbst gebackenen Zitronenkuchen. Sie sah uns an und errötete. „Sind wir zu früh?"

„Nein, ihr seid genau pünktlich", sagte ich und löste mich lächelnd von Kaden.

Wir hatten beschlossen, heute Abend ein Potluck Dinner zu veranstalten, damit jeder seine Lieblingsspeisen mit der Gruppe teilen konnte. Kaden bereitete ein klassisches Roastbeef als Hauptgericht zu, das herrlich duftete, und während er sich darum kümmerte, schnippelte ich die Möhren und Gurken für den Salat zu Ende.

Ein paar Minuten später tauchten die anderen auf. Zuerst Harper und Dane mit einer großen Schüssel Nudelsalat, dann Clayton und Grant mit einem Tablett voller Butterkuchen. Ich begrüßte jeden von ihnen mit einer Umarmung und einem Lächeln, und meine Stimmung hellte sich jetzt, da sie da waren, sofort auf.

Jack kam als letzter an, die Arme voller Bier und Wein. „Ich kann nicht kochen, also dachte ich mir, ich bringe Alkohol mit, um das auszugleichen. Viel Alkohol."

„Unser Held", sagte Harper und nahm ihm etwas von dem Wein ab, während Dane mit dem Bier half.

Kaden holte das Roastbeef heraus und schnitt es in Scheiben, während Jack Bier herumreichte und Stella eine Flasche Wein öffnete. Wir richteten das Essen auf der Kücheninsel an, und alle schnappten sich einen Teller und bedienten sich, wobei jeder ein bisschen von allem probierte. Unsere Freunde schienen alle gut gelaunt zu sein, lachten und scherzten miteinander, während sie am Esstisch saßen.

Ihre Stimmen verstummten, als Kaden groß und souverän am Kopfende des Tisches stand. Sein Blick schweifte über seine Freunde und seine Familie, seine Augen leuchteten vor Stolz, als er sein Glas Rotwein erhob.

„Meine Brüder und Schwestern", begann er mit fester und gleichmäßiger Stimme. „Der Neumond naht, und viele von uns werden zum Treffen der Alphas aufbrechen, während die anderen bleiben, um unser Dorf im Falle eines Angriffs zu verteidigen."

Das war etwas, das wir mit den Alphas bei unserem letzten Zoomgespräch ausgearbeitet hatten. Alle Alphas würden mit zehn ihrer stärksten Krieger an dem Treffen teilnehmen, aber die Gefährten der Alphas und die Betas des Rudels würden zurückbleiben. Nicht nur zu ihrem Schutz, sondern auch, um ihr Rudelgebiet im Falle eines Angriffs zu verteidigen, während die Alphas weg waren. Ich war die einzige Ausnahme von dieser Regel.

„Die Sonnenhexen werden versuchen, uns aufzuhalten", fuhr Kaden fort. „Sie wollen sicherstellen, dass die anderen Wölfe der Tierkreise niemals die Freiheit erleben, die wir im Ophiuchus-Rudel immer hatten. Wenn sie gewinnen, werden sie die Rudel wieder versklaven, auch unseres. Deshalb müssen wir kämpfen." Er sah jedem am Tisch in die Augen, während er sprach. „Jetzt bitte ich euch alle, eure Gläser zu erheben und mit mir auf unser Rudel anzustoßen, die Heimat der Außenseiter, Ausgestoßenen und Rebellen, und auf die Familie, die wir hier aufgebaut haben. Gemeinsam sind wir unschlagbar, und ich weiß, dass wir siegreich daraus hervorgehen werden."

„Auf den Sieg", sagte ich und hob mein Glas.

Alle hoben ihre Gläser und stimmten in meine Worte ein, die Begeisterung und Kameradschaft im Raum war förmlich zu spüren. Ich konnte nicht anders, als ein Gefühl des Stolzes und der Zugehörigkeit zu verspüren, als ich um den Tisch herum auf meine Rudelmitglieder, meine Familie und meinen Gefährten blickte.

„Und darauf, dass wir hoffentlich Gefährten finden, wenn das alles vorbei ist", sagte Jack grinsend. „Wenn all die anderen Wandler erst einmal frei sind, hat der Rest von uns vielleicht endlich eine Chance."

Harper lachte. „Ja, wenn wir uns mit jemandem aus diesem Rudel paaren würden, wäre es schon längst passiert. Wir brauchen frisches Blut."

„Seid ihr beide so erpicht darauf, verpaart zu werden?", fragte Grant und zog eine Augenbraue hoch.

„Vielleicht nicht sofort, aber eines Tages", sagte Jack achselzuckend. „Dafür kämpfen viele der Wandler."

Ich hatte nicht gewusst, dass das ein so großes Anliegen der Ophiuchus war, aber es ergab Sinn. Das war der Grund, warum Kaden sich den Wölfen der Tierkreise anschließen wollte, und warum er bereit gewesen war, es notfalls mit Gewalt zu tun. Das Rudel brauchte in der Tat frisches Blut, und unsere Leute mussten dafür ihre Gefährten finden. Sobald die anderen Wölfe frei waren, würden sie diese Chance bekommen.

„Ich wünschte nur, ich könnte mit euch gehen", sagte Stella und atmete tief durch. Kaden hatte sie überzeugt, zurückzubleiben, um Coronis zu beschützen, falls die Vampire oder Sonnenhexen angriffen. „Es juckt mich, ein paar Vampire zu töten."

„Wir wissen nicht einmal, ob die Vampire bei dem Treffen auftauchen werden", sagte Clayton. „Nach allem, was wir wissen, könnten sie es als Ablenkung benutzen, um hier erneut anzugreifen."

„Ich schätze das stimmt", sagte sie seufzend.

„Keine Sorge, ich werde welche für dich töten", sagte Harper.

Jack kippte grinsend den Rest seines Bieres hinunter. „Wir haben eine Wette gestartet, wer die meisten Vampire töten kann. Im Moment liegt Dane in Führung."

Dane sah stolz aus und grinste breit, während Harper mit den Augen rollte.

„Seid einfach vorsichtig, wenn ich nicht da bin, um euch den Rücken zu decken", sagte Stella.

„Wir haben monatelang trainiert", sagte Jack. „Wir werden uns von diesen Blutsaugern nicht unterkriegen lassen."

„Oder den Sonnenhexen", sagte Larkin. „Wenn sie auftauchen, werden wir auf sie vorbereitet sein."

Als der Abend voranschritt und die Party sich langsam dem Ende zuneigte, konnte ich mich des Gefühls der Traurigkeit nicht erwehren, dass sie sich ihrem Ende näherte. Egal, was passierte, nach heute Abend würde sich alles ändern, zum Guten oder zum Schlechten. Aber dann dachte ich daran, wie weit ich gekommen war, von einer verängstigten Krebs-Außenseiterin auf der Flucht vor meinem Gefährten zu einem Alphaweibchen mit Sonne und Mondmagie in meinen Adern. Ich hatte einen Gefährten, den ich liebte und respektierte, der mich wie eine Ebenbürtige behandelte, und ein Rudel, das für mich zu einer

Familie geworden war. Die Sonnenhexen hatten nicht die geringste Chance.

„Ayla, du bist so still“, sagte Clayton. „Ist alles in Ordnung?“

Ich lächelte ihn an. Er war einer der Ersten im Rudel, der mir seine Freundlichkeit entgegenbrachte. „Ja, ich bin nur dankbar für euch alle. Ihr wart immer so gute Freunde für mich, schon bevor ich im Rudel war.“

Harper stupste mich in die Seite, aber ihr Lächeln war sanft. „Werde jetzt bloß nicht emotional.“

„Ich kann es nicht ändern. Ihr habt mich alle akzeptiert und mir geholfen, als es sonst niemand getan hat. Ihr seid wirklich nicht nur mein Rudel, sondern zu meiner Familie geworden.“

„Du warst immer dazu bestimmt, eine von uns zu sein“, sagte Stella. „Wir alle wussten es von dem Moment an, als wir dich kennenlernten. Auch wenn Kaden eine Weile gebraucht hat, um es zuzugeben.“

Kaden stieß ein Grunzen aus, und alle am Tisch lachten. Plötzlich hatte ich eine Idee, stand auf und schnappte mir meine Kamera von einem Tisch neben der Eingangstür.

„Lasst uns auf die Veranda gehen und ein Foto machen“, sagte ich, als ich zurückkam. „Das könnte das letzte Mal sein, dass wir alle zusammen sind. Ich möchte mich an diesen Moment erinnern.“

„Sei nicht so dramatisch“, sagte Harper, während sie an ihrem Pferdeschwanz zupfte. „Wir kommen als Sieger zurück und werden das wiederholen.“

„Ja, und nächstes Mal haben wir sogar noch mehr zu

feiern", fügte Jack hinzu.

„Das hoffe ich", sagte ich und spürte, wie sich ein Kloß in meinem Hals bildete.

Alle begaben sich nach draußen auf die Veranda hinter dem Haus und versammelten sich dort, während ich an meiner Kamera herumfummelte, bis ich den Selbstauslöser eingestellt hatte. Ich stellte die Kamera auf einem der Tische im Freien auf und sorgte dafür, dass alle im Blickfeld waren. Meine Freunde grinsten, während sie sich zusammenkauerten, alberne Grimassen schnitten und lachten, als ich ein Testfoto schoss.

„Es geht los!" Ich drückte auf den Auslöser und rannte schnell los, um ins Bild zu kommen. Kaden streckte mir einen Arm entgegen, und ich schmiegte mich an seine Seite und lächelte so breit wie möglich. Alle anderen beugten sich vor und grinsten in die Kamera, bis es blitzte.

Ich eilte hinüber, um mir das Bild anzuschauen, und vergewisserte mich, dass niemand blinzelte oder ein komisches Gesicht machte. Zu meiner Erleichterung schauten alle in die Kamera und lächelten, ihre Gesichter waren fröhlich und ihre Augen strahlend. Es war perfekt.

Ich zeigte es allen und spürte, wie sich die Wärme in meinem Herzen ausbreitete. Wir gingen zurück ins Haus und schenkten uns noch etwas Wein ein, bevor wir uns das Dessert schmecken ließen. Nach dem heutigen Abend würde sich vielleicht alles ändern, aber im Moment war ich von meinem Rudel und der Wärme meines Zuhauses umgeben, und ich wusste, dass, wir alle zusammen hielten, egal, was passierte.

KAPITEL DREISSIG

Kaden musterte das Land vor uns mit stählernem Blick, und ich konnte nicht umhin, ein Gefühl des Unbehagens zu verspüren, als ich dasselbe tat. Vor uns erstreckte sich eine riesige Fläche flachen, trockenen Bodens, und die einzige Abwechslung in der Monotonie war ein gelegentlicher Strauch oder ein Stück hohes, braunes Gras. In Texas war es um diese Jahreszeit viel wärmer als in Kanada, und die Sonne warf ein grelles Licht auf alles und ließ die Luft dick und schwer erscheinen. Hier herrschte ein Gefühl der Leere und Isolation, als wären wir die einzigen Lebewesen im Umkreis von mehreren Kilometern. Es war der perfekte Ort für eine Schlacht, aber ich fühlte mich hier auch klein und unbedeutend. Ich konnte nicht umhin, mich zu fragen, ob dies der Ort war, an dem wir unseren letzten Widerstand leisten würden.

In der Ferne stand ein großes Bauernhaus, vor dem einige Pferde auf einer Koppel weideten. Sie gehörten wohl zu den menschlichen Verwandten des Jungfrau-Alpha. Wir hatten beschlossen, uns so weit wie möglich von der Familie fernzuhalten, um sie nicht in Schwierigkeiten zu bringen.

In der anderen Richtung glitzerte ein kleiner See, und einige der anderen Rudel hatten in der Nähe bereits ein paar Zelte aufgeschlagen. Es erinnerte mich an mein erstes Zusammentreffen, wenn auch in viel kleinerem Rahmen, und ich war erleichtert, als ich unter anderem die Symbole der Rudel der Waagen und Krebse sah. Aber es fehlten immer noch viele andere.

Keine Panik, sagte ich mir. *Es ist erst Mittag. Die anderen werden kommen.*

Unsere Krieger begannen, sich um uns zu versammeln, ihre Gesichter waren konzentriert und entschlossen. Sie waren alle in ihrer menschlichen Gestalt, aber ihre Augen hatten einen grimmigen Glanz angenommen, der ihren inneren Wolf verriet. Jeder Einzelne von ihnen war bereit, Kaden mit seinem Leben zu verteidigen, damit er das Ritual durchführen konnte, auch wenn es keine Auswirkungen auf sie haben würde. Sie waren bereits frei, aber sie wussten, dass wir niemals Frieden haben würden, solange die anderen Wölfe nicht auch frei waren.

„Jack, baue ein Kommandozelt auf und beginne mit den Patrouillen", sagte Kaden, wieder ganz im Alpha-Modus. Er schaute mich an und wartete darauf, dass ich meinen Beitrag leistete. Er versuchte wirklich, mich wie einen Gleichgestellten zu behandeln.

„Harper, du bleibst bei Larkin, während sie das Gebiet abriegelt. Kaden und ich werden die anderen Alphas begrüßen." Ich hielt inne und warf einen Blick auf Kaden. „Hast du noch etwas hinzuzufügen?"

„Nein, das klingt alles gut", sagte er mit einem kleinen Lächeln. „Wir treffen uns wieder am Zelt, wenn wir fertig sind."

Die anderen Krieger nickten und die Gruppe teilte sich auf, während die Leute in verschiedene Richtungen gingen. Kaden und ich gingen in Richtung des Sees, wo die anderen Gruppen warteten. Ethan und Wesley waren bereits auf dem Weg zu unseren Fahrzeugen und ich freute mich, sie zu sehen, obwohl ich sie beide erst kürzlich besucht hatte. Am Tag, nachdem ich Wesleys Segenszauber aufgehoben hatte, war ich nach Toronto gefahren, um auch den von Ethan zu entfernen. Jetzt waren sie beide frei und konnten nicht mehr von den Sonnenhexen kontrolliert und wie Marionetten benutzt werden. Vielleicht würden sie sogar ihre Gefährten wiederfinden, wenn das alles vorbei war.

Sie umarmten mich beide kurz und schüttelten Kaden die Hand. „Wurde auch Zeit, dass ihr beide auftaucht", sagte Wesley grinsend.

„Kaden hat uns verirrt", sagte ich und stupste Kaden mit meinem eigenen Grinsen an. Er grummelte daraufhin nur.

„Etwa die Hälfte der Rudel ist eingetroffen", sagte Ethan. „Steinbock, Schütze, Jungfrau und Skorpion sind bereits hier. Plus unsere Rudel, natürlich."

„Ich bin sicher, dass das Löwe- und das Fische-Rudel bald hier sein werden, aber die anderen ..." Ich schluckte. Sie hatten alle gesagt, dass sie kommen würden, aber die Attentate hatten alles verändert, und ich glaubte nicht, dass sie tatsächlich alle erscheinen würden, bis sie vor mir standen.

„Was machen wir, wenn sie nicht auftauchen?", fragte Wesley. „Du sagtest, für den Zauber müssten sich alle Alphas aufstellen."

„Wir versuchen es mit so vielen, wie wir haben", sagte ich. „Vielleicht klappt es ja."

„Wenn die Sonnenhexen kommen, versuchen wir es mit Plan B – wir holen uns den Stab von Evanora", fügte Kaden hinzu. „Dann kann Ayla ihn benutzen, um den Segen von großen Gruppen von Wandlern auf einmal zu entfernen."

Wesley legte den Kopf schief. „Und wenn die Sonnenhexen nicht kommen?"

„Das werden sie", sagte Jordan, als er hinter mir auftauchte.

Erleichterung durchflutete mich, als ich ihn ansah. Er sah müde aus, aber auch selbstsicherer, als ob es Wunder für sein Selbstvertrauen und seine geistige Stabilität bewirkte, wieder die volle Kontrolle über seinen Verstand und sein Rudel zu haben.

„Ich bin so froh, dass du es geschafft hast", sagte ich und umarmte ihn, als er auf mich zukam. Er schüttelte Kaden und Wesley die Hand und nickte Ethan höflich zu.

„Der Rest des Löwe-Rudels bringt sich in Position, und ich habe auch ein paar der abtrünnigen Sonnenhexen mitgebracht." Er warf sein Kinn über die Schulter, und ich sah, wie vier Sonnenhexen aus einem Van stiegen. Brea entdeckte mich und hob ihre Hand zu einem zaghaften Winken. Ich winkte zurück und freute mich, sie wiederzusehen. Sie war hier und bereit, mit uns zu kämpfen, und das war mehr, als ich je für möglich gehalten hatte. Es gab mir Hoffnung, dass auch die anderen Rudel ihre Ängste überwinden und sich uns anschließen würden.

„Wir werden auf alles, was passiert, vorbereitet sein", sagte Jordan.

„Das ist alles, was wir tun können", erwiderte Ethan mit einem Nicken.

Einer von Jordans Kriegern rief ihn zu sich, und er entschuldigte sich und ging zu ihm, um mit ihm zu sprechen. Ethan versprach, sich später mit uns zu treffen, und ging zurück zum Waage-Zelt. Wir wollten gerade nachsehen, ob das Ophiuchus-Zelt schon fertig war, als Wesley eine Geste in Richtung des Jungfrau-Zeltes machte.

„Kommt mit mir. Da ist jemand, den ich euch vorstellen möchte."

Die Jungfrauen hatten das wahrscheinlich einzige Stück grünes Gras in der ganzen Gegend gefunden und hatten dort ihr Zelt aufgebaut. Eine junge Frau in Flanellhemd und Jeans unterhielt sich mit zwei älteren Frauen, die ihr zunickten, bevor sie in Richtung See gingen.

„Hey, Wesley", sagte sie, als wir auf sie zukamen. Sie schenkte uns ein freundliches Lächeln, während sie ihr kastanienbraunes Haar zu einem Pferdeschwanz zurückband. Sie war auf eine bodenständige Art schön, aber sie hatte auch etwas Ungewöhnliches an sich, aber ich konnte nicht genau sagen, was es war.

Wesley grinste die Frau an. „Madison, das ist meine

Schwester Ayla und ihr Gefährte Kaden, sie sind die Alphas des Ophiuchus-Rudels."

Ihre moosgrünen Augen weiteten sich. „Oh! Ich habe schon alles über euch gehört. Es ist so schön, euch kennenzulernen." Sie streckte ihre Hand aus. „Ich bin Madison."

Als ich ihr die Hand schüttelte, wurde mir klar, was an ihr anders war. Sie war halb Mensch. So wie ich mich immer für einen gehalten hatte.

„Madison ist die neue Jungfrau-Alpha", erklärte Wesley. „Sie ist auch die beste Heilerin im Rudel. Sie ist diejenige, die mir das Leben gerettet hat, nachdem mich die Skorpione bei dem Zusammentreffen im Sommer fast getötet hätten."

Madison gab Wesley einen spielerischen Klaps auf den Arm. „Übertreibe doch nicht so. Wir sind alle gute Heiler. Ich war nur zufällig diejenige, die dich zuerst gefunden hat."

„Das ist das Land ihrer Familie", fuhr Wesley fort. „Sie war so freundlich, es uns heute Abend zu überlassen."

Sie nickte, und ein Anflug von Traurigkeit durchzog ihre Augen. „Ich habe nie erwartet, Alpha zu sein, aber ich hoffe, dass ich in die Fußstapfen meiner Tante treten kann, so gut ich kann. Das fängt damit an, dass ich ihr Versprechen einlöse, euch das Land für das Ritual heute Abend zur Verfügung zu stellen."

Ich war überrascht und beeindruckt zugleich, dass dieser Halbmensch irgendwie zum Alpha geworden war. Die Jungfrauen hielten sie wohl nicht für eine Ausgestoßene, was durchaus Sinn machte. Sie waren immer das vernünftigste und sympathischste Rudel gewesen, und das Einzige, das von einer Frau allein regiert wurde. Wenn irgendein Rudel jemanden mit gemischtem Blut akzeptieren würde, dann wären sie es.

„Das mit deiner Tante tut mir leid", sagte ich. „Wir waren alle am Boden zerstört, als wir davon hörten."

„Wir werden ihre Weisheit und Freundlichkeit sehr vermissen", fügte Kaden hinzu.

„Danke. Es war ein ziemlicher Schock." Sie richtete sich auf. „Aber ich werde heute Abend bei euch sein, und die Jungfrauen werden helfen, wo immer sie können."

Kaden und ich besuchten als Nächstes das Schütze-Rudel, um uns mit ihrem Alpha, Theo, zu treffen. Jetzt, da drei der ältesten Alphas den Vampiren zum Opfer gefallen waren, war er einer der ältesten Alphas, und ich schätzte ihn auf Mitte fünfzig. Sein Rudel bereitete seine Bögen vor, als wir uns näherten, da sie normalerweise zuerst in menschlicher Gestalt kämpften. Er schenkte uns ein warmes Lächeln, als wir uns näherten, und eine freundliche Umarmung.

„Es ist so schön, euch wiederzusehen", sagte er. „Besonders in diesen dunklen Zeiten."

„Ja, wir waren erleichtert zu hören, dass der Versuch der Vampire, dich zu töten, gescheitert ist", sagte Kaden. Die beiden kannten sich schon seit vielen Jahren – die Schützen waren einst die einzigen Verbündeten des Ophiuchus-Rudels, obwohl sie diese Tatsache vor dem Rest der Wölfe der Tierkreise geheim gehalten hatten.

Theo schnaubte. „Sie waren weder unseren Pfeilen noch unseren Krallen gewachsen."

„Wie geht es Mae?", fragte ich und erinnerte mich an seine freundliche, lustige Alphawölfin.

„Es geht ihr gut, danke." Auf seiner Stirn bildete sich eine Falte. „Ich muss zugeben, dass ich nervös bin, was mit uns passieren wird, wenn wir mit diesem Ritual Erfolg haben. Ich möchte die Bindung mit ihr nicht verlieren. Sie ist mein Ein und Alles."

„Hab Vertrauen", sagte Kaden und legte seine Hand auf die Schulter seines Freundes. „Sie ist deine wahre Gefährtin, ich weiß es."

Theo nickte, sein Gesicht war angespannt. „Ich bete zu Selene, dass du recht hast. Aber selbst wenn nicht, würde ich das Ritual trotzdem durchführen. Das Einzige, was noch schlimmer ist, als die Bindung mit meiner Gefährtin zu verlieren, ist, durch die Kontrolle der Sonnenhexe gezwungen zu sein, sich gegen sie zu wenden. Ich könnte nicht damit leben, wenn ich sie in irgendeiner Weise verletzen würde."

„Das wird nie passieren", sagte ich. „Selbst wenn wir heute Abend scheitern, werde ich den Segenszauber von dir entfernen. Ich schwöre es."

„Ich danke dir, Ayla."

„Kaden ...", sagte eine sanfte Frauenstimme hinter uns.

Kaden erstarrte bei diesem Geräusch. Wir drehten uns beide um und sahen eine wunderschöne Frau mit langen schwarzen Haaren am Eingang des Zeltes stehen. Eileen – Kadens erste Liebe. Sie war einst ein Ophiuchus gewesen, bis sich das Paarungsband mit einem Schützen aktiviert hatte und Kaden dabei das Herz gebrochen wurde. Aber dann starb ihr Gefährte bei einem unserer Kämpfe gegen die Sonnenhexen. Seitdem hatte ich sie nicht mehr gesehen.

„Ihr seid wirklich verpaart?", fragte sie und blickte zwischen uns beiden hin und her. In ihren Augen lag keine Feindseligkeit, nur eine anhaltende Traurigkeit, von der ich nicht glaubte, dass sie etwas mit uns zu tun hatte. „Ich gratuliere. Ich freue mich für euch."

„Danke, Eileen", sagte Kaden. „Was machst du denn hier?"

„Ich bin gekommen, um meinen Gefährten zu rächen." Ein kleiner Schauer der Rührung durchlief sie. „Und um meinen Alpha zu beschützen." Sie blickte zwischen Theo und Kaden hin und her. „Meine beiden Alphas."

Die Traurigkeit in ihren Augen berührte etwas in mir. Jetzt, da ich mit Kaden verpaart worden war, verstand ich bis zu einem gewissen Grad die Tiefe ihres Schmerzes. Mitanzusehen, wie dein Gefährte vor deinen Augen getötet wird, die Verbindung zu ihm in einem Augenblick zu verlieren ... Das wäre unerträglich.

„Du ehrst deinen Gefährten", sagte ich. „Sein Tod wird nicht vergeblich sein."

Sie nickte und spannte ihren Bogen fester, bevor sie aus dem Zelt ging. Ich atmete tief durch und fragte mich, ob ich sie lebend wiedersehen würde.

Als die Sonne tiefer am Horizont stand, kamen weitere Gruppen an. Zuerst die Zwillinge, angeführt von den goldhaarigen Zwillingen, gefolgt vom Stier-Rudel und dann den Fischen.

Als die Fische aus ihren Vans ausstiegen, verließ ich das

Ophiuchus-Zelt, um mit Aiden zu sprechen. Ich dachte daran, wie glücklich sie war, als er mit Mira verpaart wurde. Aiden war gutaussehend und muskulös, sein Haar hatte die Farbe von Sand, aber er sah viel müder aus als in meiner Erinnerung. Aber in letzter Zeit schien jeder müder zu sein.

Er lächelte mich zur Begrüßung an, obwohl er ein wenig nervös aussah. „Ayla. Es ist schön, dich wiederzusehen."

„Gleichfalls. Es tut mir leid, von Amos' Tod zu hören. Er war ein guter Mann, und ich werde ihn sehr vermissen. Aber ich bin froh, dass du dich entschieden hast, sein Wort zu halten."

„Natürlich", sagte Aiden mit einem schiefen Lächeln. „Ich bin mir ziemlich sicher, dass Mira mich umgebracht hätte, wenn ich dich im Stich gelassen hätte."

„Ihr könnt euch am See niederlassen, wenn ihr wollt", sagte ich und wies zum Ufer hinüber. „Es könnte ein guter Platz für deine Leute sein, falls sie angegriffen werden." Das Fische-Rudel konnte unter Wasser atmen, wie alle Wasserzeichen, aber sie konnten auch schneller schwimmen als jeder andere im Wasser. An Land waren sie keine Kämpfer, aber im Wasser waren sie unaufhaltsam.

„Gute Idee." Er winkte einen seiner Männer heran und sagte ein paar leise Worte zu ihm. Der Fisch nickte und machte sich auf den Weg, um den Wagen zu entladen.

„Wie geht es Mira?", fragte ich.

„Sie ist hochschwanger", sagte Aiden mit einem sanften Lächeln. „Aber gesund. Sie macht sich natürlich Sorgen. Sie vermisst dich."

„Ich vermisse sie auch. Ich möchte sie besuchen kommen, wenn das alles vorbei ist."

„Das würde ihr gefallen." Er fuhr sich mit einer Hand durch die Haare. „Ich hoffe nur, dass wir das hier überstehen."

„Das werden wir", sagte ich und versuchte, zuversichtlich zu klingen.

„Weißt du, ich sollte nie Alpha werden, aber niemand sonst wollte hierherkommen. Ehrlich gesagt, glaube ich nicht, dass ich dafür geschaffen bin."

„Die Tatsache, dass du hier bist, beweist, dass du die Stärke und den Mut hast, Alpha zu sein." Meine Stimme wurde weicher und ich drückte seinen Arm. „Ich weiß, dass Mira stolz auf dich ist."

Er seufzte. „Was wird geschehen, wenn es dir gelingt, den Segen zu entfernen? Werde ich dann immer noch mit ihr verpaart sein?"

„Ich weiß es nicht", sagte ich und wünschte, ich könnte ihn anlügen.

Aiden atmete zittrig aus, schüttelte dann aber den Kopf. „Ich glaube, wir werden immer noch Gefährten sein. Ich liebe Mira und ich will mit ihr zusammen sein. Wir werden unser Kind gemeinsam als Familie großziehen, egal, was nach heute Abend passiert."

„Mira fühlt genauso", versicherte ich ihm. „Sie liebt dich und will mit dir zusammen sein. Egal, was passiert."

Sein Gesicht hellte sich daraufhin auf, und ich war froh, dass ich ihm einige seiner Sorgen nehmen konnte. „Danke, Ayla."

Er ging, um seinen Rudelmitgliedern zu helfen, sich vorzubereiten, während ich zum Ophiuchus-Zelt zurückkehrte. Die Sonne näherte sich dem Horizont, und vom Widder-Rudel war noch immer nichts zu sehen. Es war ein Wunder, dass die anderen elf Rudel aufgetaucht waren, aber wir konnten es nicht mit nur zwölf schaffen. Wir brauchten alle dreizehn. Aber ich begann, die Hoffnung zu verlieren, dass sie kommen würden.

Als ich das Zelt betrat, kam Kaden sofort mit einem Teller voller Essen auf mich zu. „Hier. Iss das. Du brauchst deine Kraft."

„Danke", sagte ich und nahm ihm den Teller ab. Darauf waren ein Sandwich und ein paar Chips, aber ich war zu nervös, um wirklich etwas davon zu probieren. Ich aß trotzdem, denn Kaden hatte recht. Ich brauchte so viel Energie, wie ich aufbringen konnte, falls ich heute Abend meine Magie einsetzen musste.

Die anderen Ophiuchus nutzten die Zeit ebenfalls zum Essen, obwohl ich hörte, wie Jack Larkin damit neckte, dass sie ein Buch zum Lesen mitgebracht hatte. „Was?", fragte sie und schob ihn spielerisch von sich. „Wir wussten doch, dass wir lange warten würden."

„Jack ist nur neidisch, dass er nicht selbst auf die Idee gekommen ist", sagte Harper.

Kaden schnaubte. „Jack, ein Buch lesen? Reden wir über denselben Typen?"

„Hey, ich habe als Kind Harry Potter gelesen", sagte Jack und lachte.

„Das zählt nicht", sagte Harper. „Das hat doch jeder gelesen."

„Was ist Harry Potter?", fragte Larkin, was alle nur noch mehr zum Lachen brachte. Sie grinste und freute sich, dass sie an den Scherzen teilhaben konnten, und mir wurde warm ums Herz, als ich meinen Blick über meine Freunde im Zelt schweifen ließ.

Doch als Ethan seinen Kopf in unser Zelt steckte, um uns mitzuteilen, dass die Sonne untergegangen war, verflüchtigte sich die Wärme augenblicklich, als ich mich daran erinnerte, warum wir hier waren.

„Es ist Zeit."

KAPITEL EINUNDDREISSIG

Die anderen verließen das Zelt, um sich in Position zu bringen, aber Kaden und ich blieben zurück und warfen uns einen langen Blick zu. Die Vorfreude ließ mein Herz schneller schlagen, und obwohl ich auf diese Nacht gewartet hatte, fühlte ich mich jetzt, da sie da war, noch nicht bereit.

Kaden zog mich an sich, und ich vergrub mein Gesicht in seiner Brust, schlang meine Arme um ihn und lauschte dem gleichmäßigen Schlag seines Herzens. Er zog sich zurück und nahm meinen Kopf in seine Hände, so viele Emotionen wirbelten in seinen Augen, bevor er sich zu mir beugte und mich küsste. Ich schloss meine Augen und verschmolz noch einmal mit ihm, um diesen Moment für immer in meinem Gedächtnis zu verankern.

„Du darfst nicht noch einmal sterben", sagte ich und bemühte mich um Strenge. Es kam zittriger heraus, als es hätte sollen.

„Mach dir keine Sorgen. Einmal hat gereicht." Das Lächeln verschwand aus seinem Gesicht, und er strich mir mit seinem Daumen über die Wange. „Sei du auch vorsichtig. Ich darf dich nicht noch einmal verlieren."

„Das wirst du nicht", flüsterte ich. „Ich liebe dich."

„Ich liebe dich auch", erwiderte Kaden und drückte meine Hand noch einmal, bevor er sie losließ.

Er zog sich aus und faltete seine Sachen ordentlich zu einem Stapel zusammen. Ich ließ meine Kleidung an, griff aber nach meinem Mondhexengewand, einem dicken lilafarbenen, mit Monden bestickten Gewand, und zog es mir um. Kaden würde das Ritual im Kreis mit den anderen Alphas durchführen, aber ich? Ich war für den Fall da, dass alles schiefging.

Wir verließen das Zelt Seite an Seite. Die Sonne war inzwischen völlig untergegangen, und die Nacht war stockdunkel. Da es keinen Mond gab, ließen uns nur das Licht der Sterne und unsere Wandlersinne das trockene Land um uns herum sehen. Wir liefen zum See, zu einem Platz ohne Zelte, wo sich die anderen Alphas versammelten. Sie waren alle nackt und stellten sich schweigend in einer Gruppe zusammen, während die Krieger sich um uns herum verteilten. Unsere Verbündeten, die Sonnenhexen, warteten auf der einen Seite, sie trugen blassgelbe Roben, während Larkin auf der gegenüberliegenden Seite stand und ihre eigene violette Robe trug. Sie beäugte die anderen Hexen mit Abscheu und Misstrauen.

Die Alphas blickten alle zu mir, als ich mich ihnen näherte. Ich zählte, wie viele es waren, und mein Herz wurde schwer. Von dem Widder-Alpha gab es immer noch kein Zeichen, und ich glaubte nicht, dass es ohne ihn funktionieren würde. Aber wir würden es trotzdem versuchen.

Kaden nickte mir zu, aber als ich vor ihnen stand, hämmerte mein Herz in meiner Brust. Ich war noch nie jemand gewesen, der gerne in der Öffentlichkeit sprach, aber ich wusste, dass dieser Moment entscheidend war. Das Schicksal aller Wölfe der Tierkreise hing von diesem Moment ab.

„Danke, dass ihr alle gekommen seid", sagte ich und nahm mit jedem einzelnen Alpha Augenkontakt auf. „Ich weiß, dass es keine leichte Entscheidung war, aber ihr habt mit eurem Mut und eurer Selbstlosigkeit bewiesen, dass ihr wahre Alphas seid."

Viele von ihnen neigten daraufhin den Kopf, ihre Augen blitzten entschlossen. Andere blickten misstrauisch, wippten von einem Fuß auf den anderen oder starrten in die Dunkelheit, als fürchteten sie einen Angriff. Aber sie alle blieben.

„Heute Nacht werden wir alles tun, was nötig ist, um die Wölfe der Tierkreise von den unsichtbaren Fesseln zu befreien, mit denen uns die Sonnenhexen seit Generationen angekettet haben", fuhr ich mit erhobenem Kopf fort. „Es besteht eine große Chance, dass sie versuchen werden, uns aufzuhalten, aber wir haben wochenlang für diesen Moment trainiert und uns vorbereitet. Sie mögen denken, dass sie jetzt die Oberhand haben, da sie die Vampire dazu gebracht haben, ihre Drecksarbeit zu erledigen, aber sie kennen die Macht unserer Rudel nicht. Wenn unsere

Feinde kommen, werden wir für unsere Familien, für unsere Kinder und für die kommenden Generationen kämpfen. Wir werden mit jedem einzelnen Atemzug für unsere Freiheit kämpfen, damit sie uns nie wieder kontrollieren können. Wir sind stark, wir sind vereint, und wir werden die Sonnenhexen für immer aufhalten. Und wir werden siegen."

Die Alphas heulten als Antwort darauf, ihre Stimmen stiegen zu den Sternen auf in einem wilden und vereinten Schrei. Auch die Krieger um uns herum stimmten in das Heulen ein, und ich spürte, wie die Energie und Entschlossenheit der anderen Wandler die Luft erfüllte.

Als das Heulen verstummte, ging Larkin zu ihnen und verteilte Mondsteinketten an alle Alphas, die noch keine hatten, um sie davor zu schützen, kontrolliert zu werden, falls Evanora mit ihrem Stab kam. Larkin hatte meine Mutter neulich wieder besucht, und die Mondhexen hatten es geschafft, uns mit ein paar weiteren Edelsteinen zu versorgen. Zusammen mit denen, die wir bereits erhalten hatten, war das gerade genug, um alle Alphas zu schützen. Leider weigerten sich die Mondhexen immer noch, uns anderweitig zu unterstützen.

Larkin gab mir die zusätzliche Halskette, die für den Widder-Alpha bestimmt war. Ich seufzte und legte sie mir um den Hals, bereit, sie ihm zu übergeben, falls er doch noch auftauchen sollte.

Als die Alphas ihre Mondsteine trugen, fragte ich: „Seid ihr alle bereit und willens, euch zu verbünden?"

Jordan trat als Erster vor. „Das Löwe-Rudel ist bereit."

Wesley meldete sich als nächster zu Wort. „Dasselbe gilt für das Krebs-Rudel."

Ich lächelte den beiden zu und war dankbar, dass sie hier waren und auf der gleichen Seite standen. Ethan meldete sich als Nächster zu Wort, und die anderen Alphas traten einer nach dem anderen vor. Ein paar von ihnen zögerten, aber keiner von ihnen machte einen Rückzieher.

Kaden war der letzte Alpha, der das Wort ergriff. Seine Augen begegneten meinen mit Liebe und Entschlossenheit. „Das Ophiuchus-Rudel ist bereit und willig."

Ich nickte. „Bildet jetzt einen Kreis in der Reihenfolge eurer Sternzeichen und wir werden beginnen."

Die Alphas setzten sich in Bewegung, aber es gab eine unangenehme Pause, als der Stier-Alpha auf den Platz schaute, an der der Widder-Alpha stehen sollte. Er konnte seine Reaktion leicht verbergen, aber ich konnte sehen, dass alle wegen des fehlenden Alphas nervös waren. Sie stellten sich in der richtigen Reihenfolge auf, und ich überprüfte, ob auch niemand fehl am Platz war.

Als sie alle in der richtigen Reihenfolge im Kreis standen, nickte ich. Alle Alphas verwandelten sich gleichzeitig in ihre Wölfe, und der Anblick so vieler großer, prächtiger Wölfe in allen Farben war so schön, dass mir der Atem stockte.

Die Wandler bewegten sich vorwärts, bis sie fast Nase an Nase standen. Das war der Zeitpunkt, an dem der Widder-Alpha das Ritual beginnen würde, und wieder zögerten die Alphas. Der Stier-Alpha heulte als Erster, gefolgt von den Zwillingen. Sie drückten sich eng aneinander, ihre Schwänze waren ineinander verschlungen, da sie während des Rituals als ein Alpha agierten. Meine Brüder waren die nächsten, einer nach dem anderen, gefolgt von Madison und Ethan. Sie gingen im Kreis herum und fügten der Nacht ihr schönes, klagendes Heulen hinzu, die Nasen zu den Sternen gerichtet.

Ich hielt den Atem an und wartete darauf, dass sie zu leuchten begannen, aber nichts geschah. Die Luft veränderte sich nicht, und es gab auch kein Anzeichen dafür, dass der Zauber wirkte. Verdammt noch mal. Wir brauchten den Widder-Alpha. Ein Blitz von blinder Wut durchfuhr mich. Alle anderen Alphas hatten es geschafft, ihre Differenzen beiseite geschoben und sich ihren Ängsten gestellt, um hier zu sein. Warum konnte der Widder-Alpha nicht dasselbe tun?

Die Alphas merkten, dass es nicht funktionierte, verstummte ihr Heulen, sodass die Nacht wieder still wurde. Alle wandten sich an mich, um eine Lösung zu finden, und ich schluckte schwer.

Ich öffnete den Mund, um mich an sie zu wenden, doch dann hielt ich inne, als ich in der Ferne ein Flackern von Magie spürte, wie einen kleinen *Knall*. Mir sträubten sich alle Haare, als ich erkannte, dass die Schutzzauber durchbrochen wurden.

„Sie sind hier!", rief ich.

Bevor sich jemand von uns rühren konnte, schoss ein riesiger Sonnenstrahl durch die Lichtung und traf die Alphas, sodass sie alle nach hinten flogen. Im selben Moment tauchten Dutzende von Sonnenhexen in orangefarbenen Roben in einer Rauchwolke aus dem Nichts auf und bildeten einen Kreis um unsere Leute. Neben ihnen schlichen unnatürlich schöne Vampire in schwarzen Kleidern durch die Nacht, und zu meiner großen Überraschung auch eine Gruppe von Gestaltwandlern. Die grauen und braunen Wölfe knurrten, ihre Augen waren wild und ihre Zähne fletschten. Ich erblickte ein Rudelzeichen an einer ihrer Flanken, und mir gefror das Blut in den Adern.

Die Widder hatten sich gegen uns gewandt.

Unsere Feinde griffen an, und im Handumdrehen war der Kampf entfacht. Die Alphas erholten sich schnell, während ihre Krieger in Aktion traten und sich darauf vorbereiteten, ihre Anführer mit ihrem Leben zu verteidigen. Die Wandler stürzten sich mit animalischer Wut auf die Vampire, während Larkin, Brea und ihre Leute versuchten, die Sonnenhexen aufzuhalten. Ich errichtete Schilde um meine Verbündeten, um sie vor dem glühend heißen Sonnenlicht zu schützen, während ich nach einem Blick auf Evanora und ihren Stab oder Roxandra in ihrer roten Robe Ausschau hielt. Wenigstens eine von ihnen musste hier sein, aber ich konnte sie in dem Gewimmel von Körpern nicht sehen.

Schütze-Krieger feuerten Pfeile mit tödlicher Präzision von der Seite ab, während Steinbock-Wölfe ihren Bocksprung nutzten, um ihre Feinde mit einem Blitz aus Klauen und Reißzähnen anzugreifen. Ein Skorpion-Wolf in meiner Nähe stach eine Sonnenhexe mit seinem Schwanz und vergiftete sie auf der Stelle. Die Sonnenhexe schrie auf, aber bevor sie sich wehren konnte, wurde sie von einem Fische-

Wandler ins Wasser gezogen. Ihre Schreie wurden durch ein Gluckern unterbrochen, als sie unterging.

In der Zwischenzeit arbeiteten die Zwillinge paarweise zusammen, um die nächstgelegenen Vampire auszuschalten, denn ihre Zwillingsverwandtschaft machte sie zu brutalen, effizienten Killern. Die Zwillinge, die mir am nächsten waren, bewegten sich, als wären sie eine einzige Person, und arbeiteten im Tandem, um einen Vampir zu Boden zu ziehen und ihn mit präzisen Schlägen ihrer Klauen zu töten. Ein paar der Vampire schafften es, an ihnen vorbeizukommen, wurden aber von den Wassermann-Wölfen getroffen, die ihre Kraft der Voraussicht aktivierten, um vorübergehend jedem Schlag auszuweichen.

Aber niemand von uns hatte damit gerechnet, dass die Widder-Wölfe auch unsere Feinde waren. Ich wusste, wie tödlich ihr Rammstoß sein konnte, aber als das Widder-Rudel mit unvorstellbarer Geschwindigkeit nach vorne stürmte, formierten sich die Stier-Wölfe in einer Reihe und nutzten ihre Stier-Haltung, um so viele von uns vor dem Angriff zu schützen, wie sie konnten. Die Waagen bewegten sich neben ihnen und nutzte ihre Kräfte, um die Magie der Widder zu neutralisieren und sie sofort zu verlangsamen.

Ich stieß einen zischenden Atemzug aus, als ein Vampir meinen Arm erwischte und daran riss. Schnell schoss ich ihn mit einem Schwall Mondmagie zurück, direkt in das offene Maul eines Löwen. Ein Krebs-Wandler wich aus und half dem Löwen, ihn zu zerreißen, und der Anblick der beiden, die zusammenarbeiteten, machte mich kurzzeitig atemlos.

„Geht es dir gut?", fragte Madison und schreckte mich auf. Sie deutete auf meinen Arm. Ich nickte und bemerkte das Blut, das aus dem Schnitt in meinem Gewand tropfte, kaum, aber sie streckte eine Hand aus und heilte mich schnell, bevor sie sich dem nächsten Wandler, der sie brauchte, widmete.

„Danke", sagte ich, aber sie kniete schon neben einem gefallenen Wolf und hatte mich bereits vergessen.

Ich spürte durch unser Band, wie Kaden zusammenzuckte, als er verletzt wurde, nicht schwer genug, um ihn zu Fall zu bringen, aber genug, um zu schmerzen. Ich wirbelte herum und suchte nach ihm, konnte ihn aber inmitten des Kampfes nicht finden. Ich sah Wesley, der einige Vampire angriff und seinen Krebspanzer benutzte, um gegen ihre Angriffe unempfindlich zu sein, während Jordan an seiner Seite kämpfte und mit seinem Gebrüll andere Vampire in die Flucht schlug.

Als sie das taten, öffnete sich die Menge gerade so weit, dass ich Kaden erblicken konnte. Sein schwarzer Wolf glühte mit silberner Mondmagie, als er ihn als Schild gegen einen Feuerball der Sonnenhexe einsetzte. Dann wurde er für ein paar Sekunden unsichtbar, bevor er hinter der Hexe auftauchte und sein tödliches Ophiuchus-Gift in ihr versenkte. Sie ging schreiend zu Boden.

Kadens Wolfsaugen blickten mich an und Panik schoss durch unsere Verbindung. Ich hatte nur eine Sekunde Zeit, seine Warnung zu spüren, bevor ein riesiger rotbrauner Widder-Wolf auf mich zustürzte. Ich erstarrte, als ich mich daran erinnerte, dass ich schon einmal von einem Widderbock angegriffen worden war, doch dann gelang es mir, mich in letzter Sekunde wegzuteleportieren. Der Wolf zerriss ein Stück meiner Robe, obwohl ich dieses Mal knapp einem echten Schaden entgangen war.

Der Widder-Wolf wirbelte herum und knurrte mich an, Blut tropfte von seinen Zähnen. Er war riesig, und ich spürte, dass eine gewaltige Kraft von ihm ausging – er musste der Alpha sein. Die Wut über seinen Verrat kochte in mir hoch, bis ich seine Augen sah. Wild, glasig, fast seelenlos. Ich hatte das schon einmal gesehen, als Wesley mich bei dem Zusammentreffen im Winter angegriffen hatte.

Er wurde von den Sonnenhexen kontrolliert.

Wenn der Widder-Alpha unter der Kontrolle der Sonnenhexe stand, war es nur logisch, dass die anderen Widder es auch taten. Was bedeutete, dass Evanora irgendwo mit ihrem Stab hier sein musste.

Ich musste ihn holen.

Dieser Gedanke riss mich aus dem Nebel des Kampfes, und ich schoss Ketten aus Mondmagie auf den Widder-Alpha, bevor er mich wieder angreifen konnte. Ich wickelte sie um ihn, hielt ihn fest und zog ihn näher an mich heran. Er kämpfte wie eine wilde Kreatur, erhob sich auf seine Hinterbeine, seine Krallen schlugen überall ein, Spucke flog aus seinem Maul. Er war so stark, dass ich nicht sicher war, ob ich ihn halten konnte, bis Kaden auftauchte, den rötlich-braunen Wolf packte und ihn zu Boden brachte. Die beiden Alphas rangen in einem Rausch aus scharfen Zähnen miteinander, aber Kaden schaffte es, dem Widder einen

Giftzahn in die Flanke zu rammen, was gerade ausreichte, um ihn zu betäuben.

Ich griff nach der zusätzlichen Mondstein-Halskette und hob sie über meinen Kopf. Kaden hielt den Alpha fest und ich wickelte weitere silberne Ketten um die Schnauze, die mich zu beißen versuchte. Sie hielten nur ein paar Sekunden, so stark war der Widder-Alpha, aber es war gerade genug Zeit, um ihm die Mondsteinkette über den Kopf zu ziehen.

In dem Moment, als sie sich um seinen Hals legte, klärten sich seine Augen. Er blinzelte, schüttelte seinen riesigen Kopf und stieß ein leises Winseln aus. Kaden knurrte ihn an, während er ihn immer noch festhielt, aber als der Widder-Alpha nachgab, ließ mein Gefährte ihn los.

Der rötlich-braune Wolf verwandelte sich zurück in einen muskulösen Mann mit einem rothaarigen Kurzhaarschnitt. Er ließ sich vor mir auf die Knie fallen. „Danke."

„Wo ist Evanora?", fragte ich.

„Da hinten", sagte er und deutete auf eine Stelle bei den Zelten. Sie muss die Zelte benutzt haben, um sich zu verstecken.

„Gut. Und jetzt sag deinen Wölfen mit deinem Alpha-Befehl, dass sie gegen die Vampire und Sonnenhexen kämpfen sollen und nicht gegen die anderen Wandler."

Er verwandelte sich zurück, um den Befehl weiterzugeben, gerade als ein Steinbock-Wolf vom Himmel fiel und auf Kaden landete. Die beiden Wölfe wälzten sich und kämpften, während ich bemerkte, dass auch andere Wandler sich gegen ihre Verbündeten wandten und mit einer blinden, geistlosen Wut angriffen. Evanora kontrollierte jetzt auch sie.

Kaden brachte den Steinbock-Wolf mit einem schnellen Biss zur Strecke und betäubte ihn, aber ich bewegte mich bereits in Richtung der Zelte. Ich musste Evanora ausschalten. Das war die einzige Möglichkeit.

„Larkin!", rief ich und hoffte, dass sie mich über den Kampfeslärm hinweg hören würde. Sie flog von irgendwo über mir herunter und schwebte in der Luft. „Evanora kontrolliert unsere Wölfe. Kannst du so viele wie möglich abschirmen, bis die Alphas sie befreien?"

„Ich werde es versuchen", sagte sie, aber sie sah skeptisch aus, als sie über das Schlachtfeld starrte. „Aber es sind so viele."

„Ich weiß", sagte ich mit einem Anflug von Verzweiflung, weil ich wusste, dass jede Sekunde, die wir zögerten, zum Tod weiterer Wandler führen konnte. „Ich werde Evanora suchen und ihren Stab holen."

Ich teleportierte mich weg, zu den Zelten, auf die der Widder-Alpha hingewiesen hatte, aber ich konnte Evanora nirgends sehen. Ich wirbelte herum, um einen Blick auf ihr blasses Haar oder ihren Stab zu erhaschen, aber alles, was ich sah, waren Wandler, die gegen Vampire, Hexen und andere Wandler kämpften. Larkin schirmte so viele Wandler ab, wie sie konnte, aber das reichte nicht, und die Sonnenhexen hatten mitbekommen, was sie tat, und griffen auch sie an. Ein Skorpion-Wolf mit glasigen Augen griff mich an, und ich teleportierte mich weg wie ein Feigling, weil ich nicht bereit war, gegen ihn zu kämpfen. Eine Welle der Hoffnungslosigkeit durchflutete mich. Wenn ich Evanora nicht aufhalten konnte, hatten wir keine Chance zu gewinnen.

Ein kühles, helles Licht erschien plötzlich aus dem Nichts. Die Nachtluft füllte sich mit der Kraft des Mondes, und ich keuchte auf, als eine Frau mit reinem weißen Haar und einer silbernen Krone aus dem Licht trat. Meine Mutter! Ihr folgten ein Dutzend anderer Frauen in purpurnen Gewändern und ein wunderschöner, schwarzhaariger Vampir. Ich schrie vor Erleichterung auf, als ich sie sah. Die Mondhexen waren gekommen, um uns zu helfen. Sie waren tatsächlich gekommen!

Ich konnte es nicht glauben, aber ich riss mich zusammen und teleportierte mich zu Celeste. „Du bist da."

Sie umarmte mich schnell. „Ich habe es geschafft, ein paar Hexen davon zu überzeugen, dass wir es für immer bereuen würden, wenn wir nichts tun würden. Was können wir jetzt tun, um zu helfen?"

„Evanora und ihr Stab kontrollieren die Wandler und bringen sie dazu, sich gegenseitig anzugreifen. Wenn ihr sie abschirmen könnt, kann ich sie aufhalten."

„Ich werde dafür sorgen, dass dir nichts passiert", sagte Killian zu Celeste, während er ein Schwert aus einer Scheide zog.

„Geh", sagte Celeste. „Wir werden das schon regeln."

„Danke." Ich warf den beiden einen liebevollen Blick

zu, bevor ich mich umdrehte, um Evanora zu suchen. Ich spürte, wie die Mondhexen ihre Magie einsetzten und sie um die Wölfe legten, und ich fühlte mich leichter, weil ich wusste, dass wir ihre Macht auf unserer Seite hatten.

Wenn ich ihre Magie spüren konnte, konnte ich sicher auch eine große Menge an Sonnenmagie spüren, die von einer Person ausging. Ich schloss die Augen, beruhigte mich und streckte meine Sinne in die Nacht aus – und da, inmitten einer kleinen Gruppe von Vampiren, stand Evanora mit ihrem Stab.

„Jack!", rief ich. Ich würde Hilfe brauchen, um schnell an dieser Gruppe vorbeizukommen. Wenn ich zu lange brauchte, würde Evanora wieder verschwinden.

Nur wenige Sekunden später stupste Jacks schwarze Nase gegen mein Bein, und ich griff nach unten, um seinen pelzigen Kopf zu berühren. Ich entdeckte Harper und Dane, ebenfalls in ihren Wolfsgestalten, direkt hinter ihm.

Erleichterung durchströmte mich, als ich sah, dass sie alle am Leben und unversehrt waren. „Ich brauche Hilfe", sagte ich. „Von euch allen."

Jack und Harper stießen kleine Kläffer aus, um zu zeigen, dass sie verstanden hatten, und ich teleportierte uns so nah an die Vampire heran, wie ich konnte. Die drei Wölfe begannen sofort mit einem koordinierten Angriff, während ich mich Roxandra gegenübersah, die mir den Weg zu ihrer Mutter versperrte.

Sie trug ein rotes Gewand und hatte eine schreckliche Narbe auf der einen Seite ihres Gesichts, die durch meine

Krallen verursacht worden war, als wir das letzte Mal gekämpft hatten. Sie war immer so schön gewesen, aber jetzt passte ihr Gesicht zu ihrem abscheulichem Inneren. Ihre Augen glühten vor zorniger Magie, als sie sich mir entgegenstellte und mich daran hinderte, ihre Mutter zu erreichen.

„Ich werde dich bei lebendigem Leib häuten", knurrte sie, während sich Sonnenfeuer in ihren Händen sammelte.

„Nette Narbe", sagte ich zu ihr, während ich meine Krallen wachsen ließ. „Wie wär's, wenn ich mir auf der anderen Seite auch eine zulege?"

„Nein", sagte Jordan in Menschengestalt hinter mir. „Sie gehört mir."

„Jordan ...", begann sie, wurde aber unterbrochen, als sich sein riesiger goldroter Wolf auf sie stürzte. Sie schrie auf, als er sie zu Boden riss.

Ich sah einen Blitz von Magie, als sie kämpften, aber ich bewegte mich bereits an ihnen vorbei auf mein Ziel zu. Evanora erstrahlte in einem goldenen Gewand und einer Krone mit einem Sonnenschliff, der zu ihrem Stab passte, und ihr schönes, zeitloses Gesicht war kalt und grausam. Sie war von vier ganz in schwarz gekleideten Vampiren umgeben. Ich gab meinen drei Ophiuchus-Wölfe ein Handzeichen und sie stürmten los und vertrieben die Vampire. Evanora blieb allein zurück und stand mir gegenüber.

Ein Lächeln breitete sich auf ihren Lippen aus, als ich mich ihr näherte, aber es hatte nichts Freundliches an sich. „Danke, dass du alle meine Feinde an einem Ort versammelt hast. Jetzt kann ich sie alle auf einmal vernichten."

Sie beschoss mich mit Sonnenfeuer, aber ich benutzte meine Mondmagie, um einen Schild zu errichten. Ihre Sonnenmagie war jedoch so stark, dass ich die Zähne zusammenbiss, als ich spürte, wie sie meinen Schild durchbrach. Ich erinnerte mich an einen Zauberspruch aus Breas Tagebuch, den ich bisher noch mit niemandem hatte üben können, und sagte die Worte auswendig auf, die ich mir gemerkt hatte. Evanoras Sonnenmagie wurde zu meiner, und ich warf sie ihr zurück. Sie machte eine Geste mit der Hand und die Magie verschwand, aber ihre Augen weiteten sich vor Überraschung.

„Du hast ein paar neue Tricks gelernt."

„Das habe ich, Tantchen", sagte ich und rief einen Blitz aus Sonnen- und Mondmagie hervor.

Sie schniefte. „Das macht nichts. Du bist mir trotzdem nicht gewachsen."

Ich schleuderte einen Blitz aus Magie, aber sie warf ihren eigenen magischen Schild auf, um ihn zu blockieren, und richtete dann ihren Stab auf mich. Rote, heiße Sonnenmagie strömte aus ihm heraus, und ich stieß einen Schrei aus, als sie auf meinen Schild prallte und ihn zerriss. Der Hitzeschwall ließ mich zurückstolpern, und ich fiel direkt in den Weg eines ihrer Vampirwächter. Er schlug nach meinem Gewand und zerriss es mit seinen rasiermesserscharfen Nägeln, und ich fiel zu Boden, um seinem Angriff auszuweichen. Evanora schoss gleichzeitig auf mich zu, und ich konnte ausweichen, aber dann war der Vampir wieder da, und ich spürte einen Schmerz in der Seite, als er mich packte. Ich fand mich zwischen dem Vampir und Evanora eingeklemmt, die sich beide anschickten, mich zu töten. Ich versuchte, mich zu teleportieren, aber es ging nicht. Evanora blockierte meine Bemühungen irgendwie. Ich sammelte meine Magie, fürchtete aber, sie würde nicht ausreichen.

Doch dann tauchte ein grauer Wolf aus dem Nichts auf und stürzte sich knurrend auf Evanora, während sich zwei karamellfarbene Wölfe auf den Vampir stürzten. Harper und Dane brachten den Vampir zu Fall, während Jack den für mich bestimmten Sonnenfeuerstrahl abbekam. Es traf ihn in die Brust, gerade als er Evanora erreichte, und ich stieß einen wortlosen Schrei aus. Er brachte sie mit einem Gebrüll zu Fall, doch dann sackte sein Körper auf ihr zusammen, sein Fell war schwarz und rauchte.

„Nein!", schrie ich und stürzte auf sie zu.

Evanora schob Jacks Körper von sich, aber sie hatte Mühe, aufzustehen. Jack hatte ihr einen riesigen Bissen aus der Schulter gerissen, und sie blutete stark.

Ich ignorierte sie und rannte zu Jack, in der Hoffnung, ihn zu heilen, aber er war schon gestorben. „Nein, nein, nein", murmelte ich, strich mit meinen Händen über sein Fell und weinte um den Freund, der sein Leben gegeben hatte, um mich zu beschützen.

„Ich werde jeden deiner Wandlerfreunde töten, um dich zu kriegen", sagte Evanora. Sie drückte eine glühende Hand auf ihre Verletzung und versuchte, die Blutung mit ihrer Magie zu stoppen. Sie kauterisierte die Wunde, ihr Gesicht verzerrte sich vor Schmerz.

Wut und Verzweiflung, wie ich sie noch nie erlebt hatte,

erfüllten mich, und ich wollte jeden einzelnen Tropfen der Mond- und Sonnenmagie in mir nutzen, um sie in Stücke zu reißen. Ich wollte es gerade tun, als ich den Stab in einiger Entfernung von ihr auf dem Boden liegen sah. Sie muss ihn fallen gelassen haben, als Jack sie angegriffen hat.

Ich werde dich nicht umsonst sterben lassen, dachte ich, als ich mich auf den Stab stürzte. Ich umschloss ihn mit meinen Fingern und Evanora stieß einen Protestlaut aus. Mit der Kraft des Stabes könnte ich alle Wölfe hier von ihrem Segenszauber befreien.

Aber Evanora griff gleichzeitig nach dem Stab und hielt ihn fest umklammert. Wir schickten beide unsere Magie durch ihn hindurch und starrten uns gegenseitig an, unsere Gesichter nur Zentimeter voneinander entfernt, und keiner von uns war bereit, nachzugeben. Sonnen- und Mondmagie wirbelten durch uns und in den Stab, sodass er so hell leuchtete, dass ich geblendet wurde, aber ich gab nicht nach. Ich fletschte die Zähne, fuhr meine Klauen aus und war bereit, mir den Stab mit allen Mitteln zu holen, als ich einen lauten Knall hörte und von einem Lichtblitz zurückgeschleudert wurde.

Als sich meine Sicht klärte, lag ich auf dem Rücken im Dreck. Ich kämpfte mich auf die Beine, mein Kopf schwirrte, aber der Stab war weg. Alles, was blieb, waren ein paar verbrannte Metallsplitter und ein geschmolzener Kristall, die auf dem Boden verstreut lagen.

„Nein", schrie ich und stolperte vorwärts. Ich hob ein Stück von dem auf, was einmal ein Teil der Sonne an der

Spitze des Stabes gewesen war, aber ich konnte die anderen Teile nicht einmal sehen. Der Stab war weg, und mit ihm jede Chance, die Wölfe der Tierkreise allein zu befreien.

Unsere einzige Hoffnung bestand nun darin, dass sich die Alphas zusammenschlossen.

KAPITEL DREIUNDDREISSIG

Die Verzweiflung, die mich durchströmte, als ich auf die Scherben des Stabes und den gefallenen grauen Wolf neben mir blickte, zog mich fast wieder hinunter, doch dann gab es einen Funken Hoffnung. Ich beobachtete, wie eine der Schütze-Wandlerinnen den Kopf schüttelte, dem Skorpion-Wandler, den sie am Boden festhielt, zublinzelte und ihn dann aufstehen ließ. Direkt hinter ihnen hatte ein Krebs-Wolf eine Jungfrau in die Enge getrieben, ließ aber ein Heulen hören und wich langsam zurück. Überall auf dem Schlachtfeld kamen die Gestaltwandler wieder zur Besinnung, da der Kontrollzauber sich auflöste, nachdem der Stab zerbrochen war.

Ich drehte mich um, aber Evanora war verschwunden. Ich fluchte leise vor mich hin, während Harper und Dane klagend zu heulen begannen, als sie Jacks Leiche fanden. Sie hatten Evanoras Vampirwächter völlig auseinandergerissen, und ihre Schnauzen und Pfoten waren blutverschmiert, als sie den grauen Wolf anstupsten. Larkin landete an ihrer Seite, ihre Füße setzten anmutig auf dem Boden auf, sie schluchzte auf und presste sich die Hände auf den Mund.

„Er ist tot", sagte ich, und meine Stimme brach bei den Worten. „Aber wir können sein Andenken ehren, indem wir unsere Aufgabe zu Ende bringen. Harper, sag Kaden, er soll die anderen Alphas zurück in den Kreis holen. Larkin, sag den anderen Hexen, sie sollen einen Schild um die Alphas bilden, um sie zu schützen, während sie sich ausrichten."

„Was wirst du tun?", fragte Larkin.

Meine Hände ballten sich zu Fäusten. „Ich werde Evanora für immer ausschalten."

Harper senkte ihren pelzigen Kopf, und die beiden Wölfe machten sich auf den Weg, um die Nachricht weiterzugeben und die anderen Wandler in Position zu bringen. Larkin nickte ebenfalls und umarmte mich kurz, bevor sie wieder losflog, um die beiden Hexengruppen zu holen, die ihr helfen sollten.

Nachdem das erledigt war, riss ich mir die zerfetzte Roben vom Leib und warf sie beiseite. Ich hatte Evanora als Hexe bekämpft und dabei sowohl meine Mond- als auch meine Sonnenmagie eingesetzt, aber jetzt war es an der Zeit, sie als Wolf zu bekämpfen. Meine weißen Pfoten schlugen auf dem Boden auf, und mein Schwanz sauste hinter mir her, als ich mich in einem Wimpernschlag verwandelte. Ich hob meine Nase zum Himmel, atmete scharf ein und nahm die Gerüche des Kampfes in mich auf. So viele Gerüche, alle schrecklich und so stark, dass sie mich fast überwältigten. Aber da – Evanoras schwacher Geruch, eine Mischung aus Kohle und Zitrone. Ich rannte hinterher, fest entschlossen, meine Beute zu erlegen, und wusste, dass mich dieses Mal nichts aufhalten würde.

Ich huschte um Wandler herum, an Vampiren vorbei und durch Gruppen von Hexen, bis ich Evanora fand, die mit einer Gruppe von Sonnenhexen hinter dem Krebszelt stand. Ich schlich um das Zelt herum und hörte sie sprechen.

„Ich habe dir befohlen, einen Sonnenfall am Himmel zu erzeugen", schnauzte Evanora. „Warum zögerst du?"

„Das wird alle töten", protestierte eine der Frauen in den orangefarbenen Roben, ihre Stimme war nervös. „Auch unsere Verbündeten."

„Das ist mir egal! Tu es einfach!"

„Ja, Evanora", sagte die Frau, und ein paar andere murmelten ähnliche Worte.

Ich hatte keine Ahnung, was ein Sonnenfall war, aber es konnte nichts Gutes bedeuten. Ich bereitete meinen Angriff vor, als sich scharfe Klauen in meinen Rücken gruben und mich zurückzogen. Diese verdammten Vampire! Ich knurrte und drehte mich, fletschte die Zähne, aber der Vampir war zu verdammt schnell und stark. Er hatte sich eine Sonne auf die Schulter geheftet, und mir wurde klar, dass ich ihn schon vorhin gesehen hatte, wie er unsere verbündeten Wandler zerriss, als wären sie ein Stück Stoff. Er musste ihr Anführer sein.

„Nimm deine Hände von meiner Gefährtin", knurrte Kaden. Er schlich sich in Menschengestalt heran, die nackten Muskeln glänzten vor Blut, und warf den Vampir wie eine Puppe von mir herunter. Er warf mir einen Blick zu, der eine Mischung aus Wut und beschützender Liebe war. „Ich halte dir den Rücken frei. Mach sie fertig."

Ich hob meine Schnauze zum Dank und wirbelte herum, obwohl ich mich wegen meiner neuen Verletzungen etwas langsamer bewegte. Blut tropfte von meinem weißen Fell, als ich auf Evanora zustürmte.

Sie sang leise auf Altgriechisch mit fünf anderen Sonnenhexen. Sonnenmagie breitete sich über uns aus und hüllte uns alle in helles, warmes Licht, wie eine riesige Sonne, die tödliche Hitze auf uns abstrahlte. Das musste der Sonnenfallzauber sein, über den sie gesprochen hatten, und ich fürchtete, was für einen Schaden er anrichten würde, wenn sie ihn freisetzten. Ich dachte an Jacks verbrannten, geschwärzten Körper und erschauderte, als ich mir vorstellte, dass dasselbe mit allen hier geschehen würde.

Ich war nicht stark genug, um dagegen anzukämpfen. Zumindest nicht allein. Aber ich war nicht allein. Ich war von meinen Verbündeten umgeben. Formwandler jedes einzelnen Rudels. Brea und die rebellischen Sonnenhexen. Celeste und die Mondhexen. Sie hatten all die Magie, die ich brauchte.

Als ich Evanora gegenüberstand, schöpfte ich Energie aus allen um mich herum. Sonnen-, Mond- und Sternenmagie, alles an einem Ort, und alles zu meinem Nutzen. Ich atmete die Kraft ein, ließ sie mich erfüllen, und dann warf ich den Kopf zurück und heulte.

Ich tat es nicht, um die anderen Wandler zu warnen, oder als Kampfschrei, oder sogar als Lied für die Gefallenen. Ich rief zu den Sternen und bat sie, mir zuzuhören und mich als den Alpha anzuerkennen, der ich war. Ihre Magie regte sich, weit weg und schwach, aber ich spürte sie. *Bitte*, betete ich. *Evanora hat das Gleichgewicht zwischen Sonne, Mond und Sternen gestört, und jetzt muss es wiederhergestellt werden.*

Ich flehte Selene, die Göttin des Mondes, an und bat sie um Hilfe. Ich rief Helios, den Gott der Sonne, und bat ihn um Hilfe. Ich war die Tochter der Sonne, des Mondes und der Sterne, und ich brauchte sie alle in diesem Moment.

Und sie alle erhörten mich.

Mein Körper wurde von gewaltiger Kraft durchdrungen und ich wurde zu reiner Energie. Ich strahlte wie die Sonne. Ich leuchtete wie der Mond. Ich glitzerte wie die Sterne. Die himmlische Magie verwandelte mich in ein leuchtendes Wesen und wuchs dann über meinen Körper *hinaus*, sodass ich sie nicht mehr in meiner kleinen Wolfsgestalt halten konnte.

Ich richtete die Magie auf Evanora und stieß ein gewaltiges Brüllen aus. Feuer floss aus meinem Maul. Eis bildete sich auf meinen Pfoten. Elektrizität strömte durch mein Fell.

Sie warf einen Schild auf und konnte sich und ihre Hexen kaum schützen. „Unmöglich", stammelte sie. „Wie kannst du so eine Macht haben?"

„Du hast die Götter verärgert", sagte ich ihr. „Es ist vorbei, Evanora."

„Nein!", schrie sie. „Gebt den Sonnenfall frei!"

Die Sonnenhexen sangen schneller und lauter, und der

helle Sonnenstrahl am Himmel strahlte Hitze aus – und begann auf meine Freunde, meine Verbündeten und sogar meine Feinde herabzufallen. Sie waren alle wie erstarrt und sahen entsetzt auf ihren nahenden Tod hinauf, aber ich weigerte mich, dies als das Ende zu betrachten. Ich sandte meine Magie aus und bildete einen riesigen, leuchtenden Schild über allen, der sie alle mit meiner Magie schützte. Der Sonnenfall prallte mit einem Lichtstoß dagegen, der die Nacht zum Tag machte, doch dann verflüchtigte er sich. Mein Schild absorbierte alles und verstärkte meine Macht durch die zusätzliche Sonnenmagie der Hexen.

Evanora schrie und feuerte Magie auf mich, und die Hexen neben ihr taten dasselbe. Sie trafen meinen Körper, bewirkten aber nichts. Wenn überhaupt, machte es mich nur noch stärker. Ich öffnete meinen Mund und entließ meine Energie in einem leuchtenden Strom auf sie los, und sie zersprang in tausend kleine Lichtteilchen. *Das war für Jack, und für jedes andere Leben, das du gestohlen hast.*

Die Sonnenhexen neben ihr ereilte das gleiche Schicksal. Ich drehte mich um, um zu sehen, ob mich noch jemand herausfordern wollte, aber Kaden hatte den Vampir, der mich angegriffen hatte, bereits ausgeschaltet. Alle anderen waren auf der Flucht oder bereits tot. Aber ich hatte immer noch so viel Kraft, so viel Kummer und Wut, und ich musste sie an jemandem auslassen. Ich fand eine weitere Gruppe von Vampiren und öffnete meinen Mund, um sie zu vernichten, doch dann spürte ich Kadens Hand auf meinem Rücken.

„Das reicht, kleine Wölfin.“

Seine Stimme und seine ruhige Präsenz neben mir brachten mich wieder zu mir selbst zurück. Ich war Ayla, seine kleine Wölfin, seine Gefährtin. Mit einem langen Atemzug ließ ich die Magie langsam los und schickte sie wieder in den Himmel hinaus. Sie floss hinauf in die Nacht, und dann wurde alles wieder dunkel, und nur die fernen Sterne erhellten den schwarzen Himmel.

Mein Körper gab unter mir nach. Ich fühlte mich hohl, schwach, verloren. All die Kraft war jetzt verschwunden. Aber Kaden hatte seine Hände auf meinem Gesicht, rieb meine Schnauze und streichelte meine Ohren. Durch unsere Verbindung spürte ich seine Liebe, seinen Stolz und seine Erleichterung. Ich leckte über sein Gesicht, um ihm zu zeigen, dass es mir gut ging, und dann verwandelte ich mich zurück. Er hielt mich nackt in seinen Armen, während ich mich zitternd an ihn klammerte, überwältigt von allem, was geschehen war. Ich weinte um alles, was wir verloren und gewonnen hatten, und um alles, was wir noch zu tun hatten.

Mit tränengefüllten Augen schaute ich zu ihm auf. „Du musst dich mit den anderen Alphas zusammenschließen, sonst war das alles umsonst."

Er gab mir einen sanften Kuss und stand dann auf. Seine Stimme schallte über das Schlachtfeld. „Alphas, bildet einen Kreis!"

Er bewegte sich und ging in Position, während die anderen Alphas sich versammelten. Ich befürchtete schon, wir hätten einen von ihnen verloren, aber sie waren alle noch am Leben, wenn auch die meisten verletzt waren, einige schlimmer als andere. Ich sah, wie der Wassermann-

Alpha herüberhumpelte und schließlich den Kreis schloss, in dem alle dreizehn Rudel vertreten waren.

Als der Widder-Alpha seinen Kopf hob, hallte ein klägliches Heulen durch die Luft, das mir einen Schauer über den Rücken jagte. Der Stier-Alpha stimmte als Nächstes ein, und dann folgten die anderen, einer nach dem anderen, und es entstand eine eindringliche Melodie, die die Nacht durchdrang. Die Sterne lauschten, und die Alphas begannen zu leuchten, genau wie in der Vision, die Dane mir gezeigt hatte.

Ihre Schreie erreichten neue Höhen, während sie immer heller funkelten und ihr Fell so hell leuchtete, dass ich die Augen zusammenkneifen musste. Sternenmagie strahlte von jedem Alpha aus und wusch alle Spuren des Sonnenhexenzaubers auf ihnen weg, dann breitete sie sich aus und hüllte die anderen Wandler um uns herum in einen Schwall von Energie. Sie überflutete jeden in der Umgebung, auch mich, bevor sie wieder verschwand.

Als es vorbei war, stießen viele der anderen Wölfe um uns herum ein leises Heulen in die Nacht aus, manche triumphierend, manche traurig. Die Alphas wichen zurück und sahen einander überrascht und ehrfürchtig an, als wären sie immer noch ungläubig. Kadens Augen trafen meine, und er nickte mir kurz zu.

Es war vorbei. Wir waren frei.

KAPITEL VIERUNDDREISSIG

Ich sank zu Boden und erlag schließlich meinen Verletzungen und der Erschöpfung und Trauer, die genauso stark waren wie die Erleichterung. Die letzten verbliebenen Vampire und Sonnenhexen flohen schnell und verschwanden in einer Rauchwolke, wahrscheinlich zurück nach Solundra. Es waren nur noch wenige von ihnen übrig, aber wir hatten auch viele Leute verloren. Ich sah überall auf dem Schlachtfeld tote Wandler und gefallene Hexen von beiden Seiten. Wir hatten in einer Nacht so viel verloren, aber auch so viel gewonnen.

Einige Zeit später, vielleicht eine Minute, vielleicht eine Stunde, nahm mich Kaden in seine Arme. Er strich mit seinen Händen über mein Haar und wischte mir die Tränen von den Wangen. „Geht es dir gut?"

„Ich glaube schon", sagte ich mit zitternder Stimme. „Und dir?"

Er zuckte mit den Schultern. „Ich werde heilen."

Ich wusste, was er meinte. Wir waren alle verletzt, innerlich und äußerlich, aber wir würden mit der Zeit wieder gesund werden. Aber es gab andere, die das nicht würden.

„Jack ..." Meine Kehle schnürte sich zu, und eine weitere Träne rollte meine Wange hinunter.

„Ich weiß." Kadens ganzer Körper seufzte. „Ich habe es gesehen."

„Es tut mir leid. Ich konnte nicht ..."

„Hör auf. Du brauchst dich nicht schuldig zu fühlen. Jack war einer meiner engsten Freunde, aber er war auch mein treuester Krieger, und er starb, um sein Alphaweibchen zu schützen. Es gibt nichts Mutigeres als das. Ich kann nicht glauben, dass er von uns gegangen ist, und ich werde ihn schrecklich vermissen, aber wir werden sein Andenken bei den Ophiuchus immer in Ehren halten."

Ich schniefte und nickte. „Ich werde sein Opfer nie vergessen."

„Wenn wir zurückkommen, werden wir um ihn heulen und um alle anderen, die wir heute Nacht verloren haben."

Etwas in seiner Stimme beunruhigte mich. Ich setzte mich auf und sah ihn an. „Wen haben wir noch verloren?"

Kadens Gesicht war grimmig. „Jedes Rudel hat zu viele verloren."

„Meine Brüder?", flüsterte ich, voller Angst vor der Antwort.

„Es geht ihnen gut, aber ..." Kaden stand auf und reichte mir seine Hand. „Ich denke, du solltest mit mir kommen."

Das Aufstehen fiel mir schwer. Mir tat alles weh, und

ich blutete an mindestens drei Stellen, aber es heilte schnell. Schneller als sonst sogar. So viel Kraft in mir zu haben, muss dabei geholfen haben.

Kaden führte mich durch das dunkle Schlachtfeld in Richtung der Stelle, an der sich die Alphas aufgestellt hatten, wobei er darauf achtete, weder die Toten noch die Jungfrauen-Wandler zu stören, die sich um die Kranken kümmerten. Viele der Alphas hatten sich bereits auf den Weg gemacht, um sich um ihre Rudelkameraden zu kümmern, und wir trafen auf Wesley, der mit einem der Krebs-Krieger sprach. Er hatte ein paar Kleidungsstücke gefunden und hatte ein wenig getrocknetes Blut auf der Stirn, aber ansonsten schien er unverletzt zu sein.

Ich humpelte zu ihm hinüber und umarmte ihn ganz fest. „Ich bin so froh, dass es dir gut geht."

Wesley erwiderte die Umarmung. „Ich bin auch froh, dass es dir gut geht. Du warst ziemlich beeindruckend da draußen."

„Ich weiß immer noch nicht genau, was ich getan habe. Aber ihr Alphas seid die wahren Helden. Ihr habt alle hier befreit."

„Nur weil ihr zwei uns gesagt habt, wie es geht, und alle dazu gebracht habt, zusammenzuarbeiten." Wesley ließ seinen Blick über das Land schweifen. „Es ist schwer zu glauben, dass wir es wirklich geschafft haben."

„Ja, und das ist erst der Anfang", sagte Kaden. „Viele weitere Wölfe müssen befreit werden. Aber jetzt wissen wir, dass wir es schaffen können."

Als Nächstes fanden wir Jordan, der von einer der Jungfrauen in der Nähe geheilt wurde. Er zuckte zusammen, als sie ihre Hände über eine große Wunde in seiner Brust bewegte, aber sein Gesicht hellte sich auf, als er uns näher kommen sah.

„Geht es dir gut?", fragte ich und kniete mich neben ihn.

„Das hier? Nur ein Kratzer." Er grinste. „Du bist mich noch nicht los, sorry."

„Gut." Ich drückte seinen Arm. „Und Roxandra?"

Er schüttelte den Kopf, sein Gesicht verzog sich zu einer Grimasse. „Ich habe sie schwer verwundet, aber sie ist entkommen."

„Verdammt." Ich hatte gehofft, wir hätten sie zum letzten Mal gesehen. Solange sie noch am Leben war, würde sie immer noch eine Bedrohung darstellen, besonders für Jordan und seinen jüngeren Bruder.

Jordan rollte mit den Schultern. „Wenn sie zurückkommt, werde ich sie in Stücke reißen."

„Du brauchst nur zu rufen, und das Ophiuchus-Rudel wird dir helfen", sagte Kaden und reichte Jordan die Hand. Sie schüttelten sich die Hand, und ein Teil der Verzweiflung in mir schmolz dahin.

Wir gingen weiter, und meine Sorge wuchs, als Kaden mich zu etwas führte, das ich sehen sollte, und zwar auf der Lichtung, auf der sich die Alphas aufgestellt hatten.

„Wer hat es nicht geschafft?", fragte ich mit einem Kloß im Hals.

„Wir haben den Stier-Alpha früh in der Schlacht verloren", sagte Kaden. „Aber einer seiner Krieger hat sich zum

Alpha erklärt. Ich bin dankbar für sein schnelles Handeln, sonst hätte es nicht funktioniert. Aber Aiden ...“

Ich zuckte zusammen, als ich Aidens Körper auf dem Boden sah, umgeben von den anderen Fische-Wölfen, die überlebt hatten. Sie knieten mit gesenkten Köpfen neben ihm und betrauerten den Tod eines weiteren ihrer Alphas.

Ich stolperte vorwärts und fiel auf die Knie. „Nein“, sagte ich und nahm Aidens Hand. Seine Brust wies tiefe, tödliche Wunden auf, die von den Vampiren verursacht worden waren, und eine Seite von ihm war durch das Feuer der Sonnenhexe völlig verkohlt. Bei diesem Anblick wurde mir schlecht, und mir liefen die Tränen über das Gesicht.

Kaden stand hinter mir und legte seine Hand auf meine Schulter. „Trotz seiner vielen Wunden hielt Aiden lange genug durch, um das Ritual durchzuführen. Sobald es vorbei war, kehrte er zu den Sternen zurück. Er war seinem Rudel ein wahrer Alpha, wenn auch nur für kurze Zeit.“

Die Fische-Wandler nickten andächtig bei Kadens Worten. Ich weinte offen um Aiden, und obwohl ich ihn nicht gut gekannt hatte, empfand ich seinen Verlust zutiefst. Das Fische-Rudel war lange Zeit unser Verbündeter gewesen, und sie hatten so viel unter den Sonnenhexen gelitten. Aber mehr noch, Aiden war Miras Gefährte und der Vater ihres Kindes, das jeden Tag zur Welt kommen sollte. Mira würde am Boden zerstört sein, wenn sie erfuhr, dass ihr Gefährte gefallen war. Die beiden waren bereit gewesen, für ihre Zweisamkeit zu kämpfen, auch ohne ein Paarungsband, und Aiden hatte Mira bis zum Schluss wirklich geliebt. Ich weinte um das Leben, das sie gemeinsam hätten haben können. Aber Mira war stark, und sie hatte gewusst, worauf sie ihn losließ. Sie hatte ihn gehen lassen, weil sie wusste, dass er ihr Paarungsband und sein Leben riskierte, um sein Volk zu befreien. Sie würde um ihn trauern, aber hoffentlich würde sie sein Opfer auch als das Geschenk betrachten, das es war.

Schweren Herzens setzten Kaden und ich unsere Reise über das Schlachtfeld fort. Ich hatte das Gefühl, jeden einzelnen der Toten sehen zu müssen, um den Preis dessen zu erkennen, was wir heute erreicht hatten. Wir taten, was wir konnten, um auch den Lebenden zu helfen. Wir heilten die, die wir heilen konnten, und riefen die Jungfrauen, um denen zu helfen, die wir nicht heilen konnten. Wir brachten den Durstigen Wasser und trugen die Verletzten zurück zu den Zelten ihres Rudels. Doch dann stießen wir auf eine Leiche, die Kaden innehalten ließ.

Die schöne Frau, die einst Kadens erste Liebe gewesen war, sah friedlich aus, als sie zu den Sternen hinaufblickte, obwohl ihre Kehle aufgeschlitzt war. Eileen umklammerte ihren Bogen in der einen Hand und hielt die andere Hand über ihr Herz. Kadens Gesicht war blass, als er auf sie herabblickte. Ich wusste, dass er sie nicht mehr liebte, nicht mehr so wie früher, aber er kannte sie, seit sie Kinder waren, und er würde ihren Verlust immer noch betrauern. Ich nahm seine Hand, verschränkte unsere Finger miteinander und teilte leise meine Kraft.

„Sie ist jetzt bei ihrem Gefährten", sagte ich leise.

Kaden nickte und legte seine Hand fester um meine. Er beugte sich hinunter und schloss Eileens Augen, dann hob er sie hoch und brachte sie zum Schütze-Zelt, damit sie bei ihren Rudelkameraden sein konnte. Ich sah zu, wie er ging, und ging dann zu Madison, die einen verletzten Widder-Wandler heilte.

„Wir haben zu viel verloren", sagte Madison und sah mich mit verzweifelten Augen an. „Niemand sollte so sehr leiden müssen. War es das überhaupt wert?"

„Das war es", sagte Ethan und trat neben uns. Er sah erschöpft und traurig aus, aber seine Augen waren auch hell und hoffnungsvoll. „Die Wölfe, die den Kampf überlebt haben, sind jetzt frei, und ihre Kinder werden aufwachsen, ohne jemals zu wissen, wie es war, unter der Kontrolle der Sonnenhexe zu stehen. Evanora ist tot und ihr Stab ist verschwunden, sodass wir nie wieder in ihren Bann geraten werden. Aber das Wichtigste ist, dass wir wissen, dass das Ritual funktioniert, und wir können es wieder und wieder durchführen, so oft wie nötig, bis jeder Wolf die Freiheit genießt."

„Vorausgesetzt, wir können die Alphas davon abhalten, sich wieder gegeneinander zu wenden", sagte ich.

„Das werden wir." Ethan schenkte mir ein Lächeln. „Sie werden auf dich hören. Besonders nach dem, was sie heute Abend gesehen haben."

„Es war unglaublich", sagte Madison. „Ich habe noch nie eine solche Kraft gespürt."

Ich zog den Kopf ein. „Ich habe nur mein Bestes gegeben, genau wie ihr alle. Keiner von uns hätte diese Schlacht allein gewinnen können."

„Stimmt, aber ohne dich wäre keiner von uns hier", sagte

Ethan. „Du bist der Grund, warum sich die Alphas zusammengeschlossen haben, und der Grund, warum die Wölfe der Tierkreise eines Tages frei sein werden.“

Sein Lob ließ mich erröten, und ein wenig mehr von der Dunkelheit in mir wich. Ich hoffte, dass Ethan recht hatte und dass dies ein neuer Anfang für die Wölfe der Tierkreise war.

Larkin winkte mich zu sich, als sie neben meiner Mutter stand. Ihre Roben waren an einigen Stellen schwarz und an anderen zerrissen, aber im Großen und Ganzen sahen sie in Ordnung aus, worüber ich sehr erleichtert war.

„Ich bin so froh, dass es dir gut geht“, sagte Larkin, während sie mich fest an sich drückte.

Meine Mutter umarmte mich als Nächste. „Ich bin so stolz auf dich“, sagte Celeste und zog sich zurück, um mich anzuschauen. „Du bist wahrlich ein gesegnetes Kind.“

„Danke, dass ihr gekommen seid, um uns zu helfen“, sagte ich.

„Es war an der Zeit, dass wir uns nicht länger im Schatten verstecken. Auch wir mussten für unsere Freiheit kämpfen.“ Sie blickte zwischen mir und Larkin hin und her. „Ihr beide habt mich gelehrt, dass wir nicht in einem zeitlosen Reich bleiben können, um wirklich zu leben. Wir müssen hierher auf die Erde zurückkehren.“

„Glaubst du, dass ihr das tun werdet?“, fragte ich.

„Ich hoffe es, irgendwann. Ich bezweifle, dass alle gehen werden, aber vielleicht wären genug von uns bereit, irgendwo ein neues Leben zu beginnen.“

„Die Mondhexen werden bei den Ophiuchus immer willkommen sein", sagte ich.

„Es wäre schön, ein paar andere Hexen in der Nähe zu haben", fügte Larkin lächelnd hinzu.

„Apropos andere Hexen ...", murmelte ich, als Brea auf uns zukam.

Larkin und Celeste versteiften sich beide bei der Annäherung der Sonnenhexe, aber keine der Damen griff sich gegenseitig an, was ich als gutes Zeichen wertete.

„Frieden, Schwestern", sagte Brea und hob ihre Hände. „Ich komme zu euch als Freundin, nicht als Feindin."

Celestes Augen verengten sich. „Du warst noch nie ein Freund der Mondhexen."

„Nein, aber ich hoffe, das zu ändern." Sie schenkte Celeste ein kleines Lächeln, während ihre Augen über sie wanderten. „Es ist viele Jahre her, Celeste. Du siehst gut aus."

„Was willst du, Breanora?", fragte Celeste.

„Ich will Frieden und Sicherheit für mein Volk, genau wie du, und ich will wieder in die Gunst von Helios kommen." Sie richtete ihren zeitlosen Blick mit einem freundlichen Lächeln auf mich. „Du scheinst sie zu besitzen. Ich nehme das als ein Zeichen, dass ich auf dem richtigen Weg bin."

„Ich glaube, das bist du", sagte ich. „Jetzt, wo Evanora nicht mehr da ist, wird Helios dir vielleicht wieder wohlwollend gegenüberstehen."

„Ich hoffe es." Sie richtete sich ein wenig auf und

verkündete: „Ich werde mich zur neuen Hohepriesterin der Sonnenhexen erklären."

Ich zog eine Augenbraue hoch. „Roxandra könnte damit ein Problem haben."

Brea reckte ihr Kinn vor. „Sie kann mit mir um das Amt kämpfen, wenn sie es will. Aber ich glaube, ich kann die anderen Sonnenhexen überzeugen, mir zu folgen, jetzt, wo Evanora weg ist. Alle hatten zu viel Angst vor ihr, um sich ihr zu widersetzen, aber ich hoffe, dass ich sie auf eine andere Art und Weise führen kann." Sie sah Celeste noch einmal an. „Ich möchte damit beginnen, ein Bündnis mit den Mondhexen und den Wölfen der Tierkreise zu schließen."

Celeste verschränkte die Arme. „Wir werden darüber nachdenken."

„Mama ...", sagte ich sanft.

„Was?" Sie warf die Hände hoch. „Du kannst nicht erwarten, dass wir Hunderte von Jahren des Völkermords vergessen, nur weil diese Frau angeblich einen Sinneswandel hatte."

„Nein, du hast recht", sagte Brea mit nachdenklichem Gesicht. „Mir ist klar, dass es einige Zeit dauern wird, bis ein Bündnis zwischen uns allen zustande kommt. Ich kann nicht erwarten, dass einer von euch uns vertraut, aber ich verspreche, dass wir weder Hexen noch Wölfe jagen werden. Ich habe vor, zuerst die Kontrolle über die Sonnenhexen zu erlangen und sie auf einen neuen Weg zu führen, einen Weg des Friedens und der Harmonie. Sobald das geschehen ist, hoffe ich, dass wir wieder über diese Sache sprechen können. Das ist alles, worum ich bitte. Um eine Gelegenheit zum Reden.“

„Das würden wir gerne tun“, sagte Larkin, obwohl meine Mutter immer noch unsicher aussah.

„Und die Vampire?“, fragte Killians melodiöse Stimme, als er sich zu unserer Gruppe gesellte. Seine Kleidung war mit Blut verschmiert, aber ansonsten sah er so schön aus wie immer. „Ich weiß nicht, was für einen Deal sie mit den Sonnenhexen hatten, aber ich habe das Gefühl, dass wir sie nicht zum letzten Mal sehen werden.“

„Da bin ich mir auch nicht sicher“, gab Brea zu.

Kaden gesellte sich ebenfalls zu uns und legte seine Hand auf meinen unteren Rücken. „Wenn die Vampire wieder gegen uns kämpfen wollen, sind wir bereit.“

Ich lehnte mich an ihn und schätzte seine ständige Präsenz. Ich wusste, dass ich alles, was als Nächstes geschah, überstehen konnte, solange Kaden an meiner Seite war.

Ein plötzlicher Chor aufgeregter Heuler veranlasste uns alle, uns umzudrehen und den Tumult zu beobachten. Am See wälzten sich ein grauer Krebs-Wolf und ein rötlicher Skorpion-Wolf, knabberten und kraulten sich gegenseitig und wedelten mit den Schwänzen. Andere Mitglieder ihrer Rudel stürmten vor, sowohl in Wolfs- als auch in Menschengestalt, einige von ihnen besorgt, andere verwirrt, wieder andere lachend.

„Was ist hier los?“, fragte Larkin.

Ein breites Lächeln breitete sich auf meinem Gesicht aus, denn ich wusste sofort, was passiert war und wie sie sich fühlten. Ich wusste es, weil ich es selbst einmal gespürt hatte. Ich spürte es auch jetzt noch, als ich Kadens Hand nahm. Diese Freude. Das Gefühl, nach Hause zu kommen. Das Gefühl, vollkommen zu sein.

„Das Ritual hat funktioniert", sagte ich. „Sie haben ihre wahren Gefährten gefunden."

KAPITEL FÜNFUNDDREISSIG

Als die Nachmittagssonne unterging, wuchs meine Aufregung mit jedem Augenblick. Die letzten zwei Wochen waren eine Achterbahn der Gefühle gewesen, als wir uns nach der Neumondschlacht, die uns alle befreit hatte, wieder an ein normales Leben gewöhnt hatten. Wir waren zurück in Coronis, und obwohl wir um die Krieger trauerten, die wir verloren hatten, darunter auch Jack, war das Rudel dabei, sich langsam zu erholen und auf die Zukunft vorzubereiten. Ich vermutete, dass die anderen Rudel dasselbe taten. Angefangen mit der heutigen Nacht – dem Vollmond.

Jeder Vollmond machte die Wandler ein wenig wild, vielleicht wegen einer verbleibenden Spur des Mondfluchs in unserem Blut, vielleicht aber auch, weil jeder Vollmond ein anderes Rudel in die Läufigkeit brachte – und an diesem Vollmond waren es die Ophiuchus.

Diesmal war ich nicht rudellos, und ich hatte meinen

wahren Gefährten. Ich konnte es kaum glauben. Ich würde heute Nacht wirklich läufig werden, mit der Möglichkeit, schwanger zu werden. Der Gedanke daran jagte mir Schauer über den Rücken.

Aber zuerst würden wir auf die Jagd gehen.

Ich stand als Wolf am Rande des Waldes und atmete die frische, klare Luft ein. Das Ophiuchus-Rudel hatte bereits mit der Jagd begonnen, und der Geruch ihrer Verfolgung war leicht aufzuspüren. Ich rannte durch die Bäume, meine Pfoten schlugen auf dem Boden auf, während ich der Spur der anderen Wandler folgte. Der Nervenkitzel der Verfolgung durchströmte mich, und mein Herz pochte vor Aufregung, als ich Kadens großen, majestätischen Wolf durch das Gebüsch erspähte. Sein schwarzes Fell glänzte in der untergehenden Sonne, als ich mich näherte, und er begrüßte mich mit einem kurzen Bellen, dann schmiegte er sich an meine Seite.

Wird auch Zeit, dass du auftauchst, sagte er mit einem wölfischen Grinsen.

Ich kniff ihn spielerisch in den Nacken. *Ich dachte, du brauchst vielleicht einen Vorsprung.*

Daraufhin schnaubte er. *Vergiss nicht, wer dir das Jagen beigebracht hat, kleine Wölfin.*

Warum zeigst du uns dann nicht, wie man es macht?, fragte Stella, deren schwarzer Wolf uns amüsiert beobachtete.

Das würde ich gerne tun, antwortete Kaden. *Aber jetzt lasst uns endlich loslegen. Ich habe heute Abend noch etwas zu erledigen.*

Eher jemanden, sagte Harper, deren karamellfarbener Wolf sich vor Lachen auf dem Boden wälzte. Neben ihr blickte Dane zum Himmel, als wäre er über uns alle verärgert. Clayton und Grant kicherten beide in der Nähe.

Kaden hob seine Nase in die Luft und rannte los. Ich rannte neben ihm her, und zusammen verfolgten wir als wildes Duo ein Reh. Wir arbeiteten in perfekter Harmonie, wobei ich das Reh im Auge behielt, während Kaden sich anschlich, um es zu erlegen, und der Rest des Rudels hinter uns her schlich, bereit, zuzuschlagen. Das Reh hatte keine Chance gegen unsere kombinierte Kraft und Beweglichkeit, und wir brachten es mit Leichtigkeit zu Fall.

Nachdem wir es erlegt hatten, heulten Kaden und ich triumphierend in den Himmel. Der Rest des Rudels stimmte mit ein und ihre Stimmen erfüllten den Wald mit einem wilden und wunderschönen Chor. Ich hatte das Gefühl, wirklich Teil von etwas Besonderem zu sein, ein Mitglied des Rudels und sein wahres Alphaweibchen. Ich war endlich zu Hause, und nichts konnte mich jemals von diesem Ort wegreißen.

Die Sonne ging unter, und der Mond ging auf. Bald würde sich das Rudel auf den Weg zurück zum Grillfest im Zentrum des Dorfes machen, aber im Moment waren wir alle hier, gemeinsam, und nahmen an dieser alten und heiligen Tradition teil. Mein Herz schwoll an vor Stolz und Freude, als ich durch den Wald rannte, umgeben von meinen Rudelmitgliedern, mit meinem treuen Gefährten an meiner Seite.

Danach feierte das Dorf ein Fest, doch als der Mond

aufging, begannen die Leute, sich mit ihren Gefährten zu paaren, um sich auf eine lange Nacht einzulassen, in der sie läufig und hoffentlich schwanger wurden. Diejenigen, die noch nicht verpaart waren, blieben auf der Party, obwohl viele von ihnen zusammen weggingen, um sich in dieser schönen Nacht zu vergnügen.

Ich erwartete, dass Stella sich mit jemandem paaren würde, wie sie es bei anderen Vollmonden getan hatte, aber stattdessen sah ich sie mit Larkin zurück zur Hütte gehen. Obwohl viele der unverpaarten Männchen gerne die Nacht mit ihr verbracht hätten, hatte sie alle abgewiesen. Ich fragte mich, ob es aus Solidarität ihrer Freundin gegenüber geschah oder ob es einen anderen Grund gab, warum sie sie alle abgewiesen hatte. Vielleicht gab es jemanden, den sie begehrte, obwohl sie es sich nie eingestehen würde …

Ich hörte ein Knurren hinter mir, und das verdrängte alle Gedanken an Stella. Mein Herz schlug schneller, als ich mich umdrehte und ihn ansah. Natürlich wusste ich, wer es war. Ich konnte sein Verlangen durch unser Paarungsband spüren.

„Kaden", sagte ich atemlos, als die Hitze mich zu ergreifen begann, die Lust unter meine Haut kroch, das Verlangen zwischen meinen Schenkeln pulsierte.

Mit hungrigem Blick schritt er auf mich zu, und ich stieß einen Schrei aus, als er mich hochhob und über seine Schulter warf. Er trug mich zurück zum Haus, genau wie bei jenem ersten Vollmond, der nun schon so lange her zu sein schien. Ich lachte und trat um mich, aber ich bemühte mich nicht wirklich um einen Kampf. Nein, ich wollte unbedingt, dass er diesen Kampf gewann.

Verlangen brodelte zwischen uns, als er die Tür öffnete und mich in unser Haus trug. Ich zappelte in seiner Umarmung, wollte ihn berühren. „Lass mich runter."

„Noch nicht." Er gab mir einen Klaps auf den Hintern, woraufhin ich einen weiteren Schrei ausstieß. „Ich spüre es auch, aber ich werde mich heute Abend nicht hetzen lassen. Letztes Mal habe ich mich zurückgehalten, weil du noch nicht meine Gefährtin warst. Jedenfalls noch nicht ganz. Aber jetzt gehörst du ganz mir, und ich werde mich nicht länger zügeln."

„Das sind große Worte von jemandem, der mich nicht fickt", sagte ich atemlos.

„Immer mit der Ruhe." Er ließ mich nicht los, selbst als ich versuchte, mich an ihm zu reiben, ich konnte nicht anders. Er warf mich auf die Couch, auf der wir es zuerst getan hatten, und stellte sich dann über mich. Seine Augen waren schwer vor Lust, als er seinen Daumen auf meine Unterlippe legte und ihn hin und her bewegte, bis ich meinen Mund für ihn öffnete. Er schob seinen Finger hinein und ich saugte sanft daran, schaute ihn mit einem verführerischen Blick an und hoffte, dass er den Wink verstanden hatte.

„Ich liebe es, dich so zu sehen." Er zog seinen Finger weg, nahm mein Kinn in seine Hände und neigte meinen Kopf nach oben. „Du bist ganz rot von deiner aufsteigenden Läufigkeit und so bedürftig nach meinem Schwanz."

„Du weißt genau, wie du mich necken kannst", sagte ich und keuchte.

Ein Lächeln umspielte seine Lippen, und er drückte mich zurück auf das Kissen. „Wenn du glaubst, dass das neckisch ist, hast du noch nichts erlebt."

Seine Augen blitzten vor ursprünglicher Lust, als er seine Krallen ausfuhr. Er schob sie über mein Kleid und schlitzte es auf, als wäre es aus Seidenpapier. Dann hakte er eine Kralle in mein Höschen, und auch das ließ sich leicht zerreißen. In jeder anderen Nacht hätte ich mich vielleicht über meine ruinierte Kleidung beschwert, aber nicht jetzt, nicht während der Läufigkeit. Außerdem erregte es mich, wenn er seine animalische Seite ausleben konnte.

Er fuhr mit seinen Krallen über mein nacktes Fleisch, und die Andeutung von Schmerz machte es nur noch heißer. Ich wusste, dass Kaden mir niemals wehtun würde, und ich warf meinen Kopf zurück, als diese scharfen Krallen an meinen Brüsten entlangfuhren und sie zum Kribbeln brachten. Dann wanderten sie weiter nach unten, über meinen Bauch und meine Hüften, während ich mit jeder Berührung feuchter wurde.

Diese Krallen spreizten meine Beine weit, und dann war Kadens Gesicht zwischen meinen Schenkeln, seine Zunge schmeckte mich. „Verdammt, du bist so feucht", knurrte er, und ich spürte seinen heißen Atem an meiner Muschi. „Du schmeckst so gut."

Ich schrie auf, als er mit seiner Zungenspitze meinen Kitzler umkreiste und dann tiefer eintauchte, um meine Muschi herumwirbelte, bevor er in sie eindrang. Dann war sein Mund komplett auf mir, leckte und saugte, als könne er nicht genug bekommen. Ich frage mich, ob ich während der Läufigkeit anders schmeckte, oder ob es nur das wilde Verlangen in uns beiden war, das ihn mich wie ein ausgehungertes Tier verschlingen ließ.

Ich kniff die Augen zu und wölbte meinen Rücken, während er mich mit seiner Zunge fickte, und spürte, wie sich mein Höhepunkt schnell aufbaute. Mein Körper krümmte sich unter ihm, wollte mehr, wollte alles, was er mir zu geben hatte. Ich krallte meine Fäuste in sein Haar und hielt ihn fest, während ich meine Hüften im Takt mit seiner Zunge bewegte und spürte, wie das unkontrollierbare Verlangen meinen Körper übermannte. Aber das war nicht genug. Ich brauchte seinen Schwanz. Wir wussten beide vom letzten Mal, als ich läufig wurde, dass nichts anderes ausreichen würde.

Ich stemmte meine Hüften in die Höhe und versuchte, seinen Mund wegzudrücken, aber er hielt mich einfach nur fest, stieß gegen meinen Kitzler und ließ mich wieder aufschreien. „Bitte", flehte ich keuchend. „Ich brauche deinen Schwanz, Kaden."

Aber Kaden hörte nicht zu und er hörte nicht auf. Er verschlang mich weiter, seine Zunge machte mich verrückt, während die Lust zunahm und mein Orgasmus über mich hereinbrach. Ich erschauderte und biss mir auf die Lippe, als er versuchte, mir den letzten Tropfen meines Höhepunkts abzuringen. Es war eine Folter, eine wunderbare Folter, denn sie machte das Verlangen nach ihm nur noch stärker. Es war wie ein kleiner Vorgeschmack auf das, was ich brauchte, aber nicht annähernd genug. Die Läufigkeit verlangte nach mehr.

Er richtete sich auf und sah mich mit einem zufriedenen Lächeln an, sein Mund war feucht von meinen Säften. „Köstlich."

Ich stützte mich auf meine Ellbogen. „Genug der Neckerei. Du kannst mich an jedem anderen Abend stundenlang lecken, aber heute Abend brauche ich dich wirklich in mir."

„Tust du das?" Er leckte sich über die Lippen, während seine hungrigen Augen meinen nackten Körper abtasteten. Er hob eine Hand und fuhr damit meinen Oberschenkel hinunter, und als er meine Muschi erreichte, spreizte er meine Lippen auseinander und entblößte meinen geschwollenen Kitzler. Ich wimmerte, und er schob zwei Finger in mich hinein, um mich zu dehnen und zu öffnen. „Bist du sicher, dass du dazu bereit bist?"

Ich lehnte meinen Kopf zurück und stöhnte laut. „Ja. Beeil dich."

Er ließ seine Finger langsam in mich hinein und wieder heraus gleiten. Mein Kopf fiel zurück, das Verlangen spannte meine Wirbelsäule an und ich hob meine Hüften, um mehr Reibung zu bekommen. Er knurrte tief in seiner Kehle, und dann zogen sich seine Finger zurück. Ich wimmerte ein wenig.

„Willst du, dass ich dich ficke, oder nicht?", fragte er, während er sich das Shirt vom Leib riss und es zur Seite warf. Ich verschlang den Anblick seiner nackten Brust, all der wogenden Muskeln und harten Bauchmuskeln, und nickte eifrig. Dann öffnete er den Knopf seiner Jeans und zog seinen Schwanz heraus, wobei er mich mit einem amüsierten Gesichtsausdruck anstarrte.

„Endlich." Ich ergriff seinen Schwanz und streichelte ihn langsam, genoss es, wie groß und dick er sich in meiner Hand anfühlte. Er war ganz steif, und ich konnte die Erregung an ihm riechen. Ich beugte mich vor und fuhr mit meiner Zunge daran entlang, ich konnte nicht anders.

Er stöhnte, ein tiefes Geräusch der Befriedigung, und dann schob er mich auf die Kissen und drückte meine Beine auseinander, damit er zwischen sie gleiten konnte. Er küsste mich heftig und stieß einen Laut aus, der halb Fluch und halb Versprechen war, als sein Schwanz gegen meinen Eingang drückte. Der Schmerz zwischen meinen Schenkeln wuchs, ich wollte nichts mehr, als ihn in mir zu spüren, so prall und steif wie möglich.

Doch dann packten seine starken Hände meinen Körper und drehten mich um, sodass ich auf Händen und Knien stand. Das Tier in meinem Blut schrie bejahend auf, als er sich hinter mir in Position brachte.

„Nimm mich, beanspruche mich, zerreiße mich, tu was immer du willst, nur tu es endlich", flehte ich. „Ich gehöre dir."

„Meins", knurrte er.

Er richtete sich auf und vergrub seinen Schwanz in einer einzigen, sanften Bewegung in mir. Ich stöhnte auf, bewegte meine Hüften und versuchte, ihn tiefer aufzunehmen. Er fühlte sich so gut an, so groß und hart, er füllte mich völlig aus. Er war wirklich dazu gemacht, mein Gefährte zu sein.

Seine Hände fuhren an meinem Hintern entlang, drückten und kneteten ihn, als er sich zurückzog und wieder in mich eindrang. Er stieß heftig zu und ich grub meine Nägel in die Kissen und stöhnte laut auf. Ich konnte mich nicht davon abhalten, mich gegen ihn zu stemmen, während ich seinen Namen schrie.

Er gab ein zufriedenes Geräusch von sich und begann, mich ernsthaft zu ficken, so ursprünglich und wild, dass mir die Augen zufielen. Er packte meine Hüften und begann, kräftig und schnell in mich zu stoßen, wobei er sich meinen Bewegungen perfekt anpasste. Ich schrie meine Lust in die Kissen, als sein Schwanz den perfekten Winkel in mir fand und mich immer näher zum Orgasmus trieb.

Wir waren wie wilde Tiere, die Hitze nahm überhand und trieb uns dazu, allein nach unseren Instinkten zu handeln. Seine Krallen fuhren wieder aus, um über meine Haut zu streichen. Meine kamen ebenfalls hervor und zerrten an den Kissen. Kaden war absolut wild, als er immer wieder in mir versank, und ich liebte jede Sekunde davon. Ich warf meinen Kopf zurück und keuchte laut, während ich die Wellen der Ekstase auskostete, die meinen Körper durchfluteten.

Kaden beugte sich über meinen Rücken und knurrte, als sich seine scharfen Zähne in meinen Hals bohrten. Ich schrie auf, meine Sinne wurden von dem Biss überwältigt, der Schmerz mischte sich mit dem Vergnügen, als er mich wieder kommen ließ. Seine Hände umklammerten meine

Taille und er schob sich so tief, wie er nur konnte, in mich hinein. Er kam genauso wie ich, biss mir in den Hals und markierte mich erneut als seine Gefährtin.

Ich stieß einen Schrei aus und bebte um ihn herum, als er immer weiter kam, als könne er nicht aufhören. Sein Schwanz schwoll an und dehnte mich weiter aus, mehr als ich jemals zuvor gedehnt worden war, während er weiter in mich hineinstieß.

„O mein Gott", schrie ich, als mein Orgasmus mit diesem seltsamen neuen Gefühl immer weiter anstieg. „Was passiert hier gerade?"

Kaden stöhnte und wiegte sich gegen mich, was wieder Wellen von intensivem Vergnügen durch mich schickte. „Das nennt man Verknoten. Die Basis meines Schwanzes dehnt sich aus, um mich in dir zu halten, damit nichts ausläuft. Das erhöht die Wahrscheinlichkeit einer Schwangerschaft."

„Es fühlt sich so gut an", sagte ich, drückte mich gegen ihn und jagte diesem Vergnügen nach. Es war, als hätte ich genau das für diese Läufigkeit gebraucht, ohne es zu wissen.

Er griff in mein Haar und fuhr mit seiner Zunge die Bisswunde an meinem Hals entlang. „Ich werde so lange in dir bleiben, bis auch der letzte Tropfen meines Samens tief in deinem Inneren ist."

Ich stöhnte und nickte, stieß ihm erneut meine Hüften entgegen. Er knurrte, dann drängte er sich erneut in mich und löste damit eine weitere Welle der Lust aus, die ewig anzuhalten schien.

Schließlich ließ er uns auf die Couch sinken und

schlang seine Arme um mich, während sein Schwanz immer noch von hinten in mir steckte.

„Warum ist das nicht schon früher passiert?", fragte ich, während ich mich wieder an ihn schmiegte.

Kaden kraulte meinen Nacken. „Das passiert während der Läufigkeit zwischen zwei wahren Gefährten. Besonders bei Alphas."

„Ich hatte ja keine Ahnung."

„Unter den Wölfen der Tierkreise kam das wahrscheinlich selten vor", sagte Kaden. „Aber das sollte sich jetzt ändern. Mehr Leute werden ihre wahren Gefährten finden, und dadurch werden mehr Wölfe geboren."

Ich brummte, zufrieden mit dem Gefühl, dass er immer noch so groß und steif in mir war. „Daran könnte ich mich gewöhnen."

Er spielte müßig mit meinem Haar und zwirbelte es um seinen Finger. „Ich mich auch. Vor allem, wenn du dadurch schneller ein Baby in dir hast."

Ich drehte mich um und sah ihn lachend an. „Ich wusste gar nicht, dass du so ein Höhlenmensch bist, dass du mich so schnell schwängern willst."

„Das war mir bis jetzt auch nicht klar." Er beugte sich vor und drückte mir einen Kuss auf die Lippen. „Ayla, wir haben die Sonnenhexen besiegt, die Wölfe der Tierkreise befreit und eine Zukunft für das Ophiuchus-Rudel gesichert. Jetzt will ich nur noch eine Familie mit dir."

„Das will ich auch", sagte ich, und mein Herz schlug höher, als Kaden mich fester an sich drückte.

Einige Zeit später nahm Kadens Schwanz wieder seine

normale Größe an, und ich merkte, dass ich das Gefühl, dass er in mir steckte, bereits vermisste. Ich stöhnte und stemmte meine Hüften zurück, weil die Läufigkeit mich erneut übermannte. Er musste mich erneut ficken und ich musste wieder spüren, wie sein Schwanz uns verknotete.

Kaden zog sich gerade lange genug zurück, um mich zu sich zu drehen und mich dicht an seinen Körper zu ziehen. Er küsste mich, während meine Beine sich um ihn schlossen und sein Schwanz steif zwischen meinen Schenkeln steckte.

„Ich glaube, ich bin jetzt bereit, es noch einmal mit dem Baby zu versuchen", sagte er, während er wieder in mich hineinrutschte.

Ich hatte das Gefühl, dass wir die ganze Nacht so verbringen würden, aber ich war bereit dafür, und für alles, was mir mit Kaden bevorstand.

KAPITEL SECHSUNDDREISSIG

Ich blickte auf die weitläufige Wiese, die als Veranstaltungsort für das Zusammentreffen diente, und betrachtete die farbenfrohen Zelte der Rudel, die über die Landschaft verteilt waren. Die Sommersonnenwende stand vor der Tür, und die Luft war voller Energie und Aufregung, als die Wandler aus allen dreizehn Rudeln umherliefen, um Grüße auszutauschen und alte Freunde wiederzusehen. Die Geräusche von Jaulen und Heulen, zusammen mit dem Geruch von frischem Gras und brennenden Feuern, schufen eine Atmosphäre der Hoffnung und Freude.

Dieses Zusammentreffen war ein Neuanfang für die Wölfe der Tierkreise, und ich war unglaublich dankbar, daran teilhaben zu dürfen. Die alten Spannungen und Konflikte, die unsere Rudel früher bestimmt hatten, gehörten der Vergangenheit an, und zum ersten Mal seit Jahrhunderten kamen wir alle als Einheit zusammen, vereint und wirklich frei. Es war eine Zeit zum Feiern, und ich sonnte mich in der Wärme der Sonne und in der Liebe der anderen Wandler.

Ich beobachtete einige jüngere Wandler, die im Gras spielten und ihre Wölfe zum ersten Mal erlebten, da sie nun nicht mehr durch die Magie der Sonnenhexe gebunden waren. Ich erinnerte mich daran, wie verzweifelt ich mich nach meinem Wolf gesehnt hatte, und ich konnte nicht glauben, dass seit dem letzten Zusammentreffen im Sommer, mit dem all das begann, schon ein Jahr vergangen war. Meine letzten beiden Zusammentreffen waren überhaupt nicht gut verlaufen, aber ich spürte in meinem Herzen und in meiner Seele, dass es diesmal anders sein würde.

Immerhin hatte es einige große Veränderungen gegeben. Die erste war, dass alle Wölfe hier frei von jeglicher Sonnenhexenmagie waren. Die Alphas hatten letzte Nacht erneut das Neumondritual durchgeführt und den Sternen gedankt, dass es so genau mit der Sommersonnenwende zusammenfiel. Hunderte von Wandlern waren zu diesem Zusammentreffen gekommen, um sich von dem Segenszauber befreien zu lassen, und viele hofften, heute Nacht ihre wahren Gefährten zu treffen. Viele andere Wandler waren absichtlich zu Hause geblieben, um den Segenszauber aufrechtzuerhalten, damit sie ihre Paarungsbänder nicht verloren. Die Alphas hatten beschlossen, dass es jedem selbst überlassen war, diese Entscheidung zu treffen.

Ich hob meine Kamera, die an dem Gurt, den Kaden mir zu Weihnachten geschenkt hatte, um meinen Hals hing, und machte ein Foto von den spielenden Welpen. Die

Sonne ging gerade unter und warf einen wunderschönen Schatten auf die Zelte, also zoomte ich ein wenig heraus und machte auch ein Landschaftsfoto. Ich hatte es mir zur Aufgabe gemacht, alles zu dokumentieren. Das erste Zusammentreffen der neuen, befreiten Wölfe der Tierkreise. Dieses Mal waren keine Hexen anwesend. Nicht einmal Larkin.

Sie war natürlich eingeladen worden, aber wir hatten alle beschlossen, dass es besser wäre, wenn sie zurückbliebe. Ich hätte mich über ihre Gesellschaft gefreut, aber dies war ein wichtiger Zeitpunkt: das erste Zusammentreffen nur mit Wandlern. Obwohl sich ein Teil von mir insgeheim fragte, ob der Hauptgrund, warum Larkin beschlossen hatte, nicht zu kommen, der war, dass sie nicht sehen wollte, ob Ethan heute seine Gefährtin fand.

Larkin lebte im Moment noch bei Stella, und sie hatte sogar ein paar der anderen Mondhexen davon überzeugt, eine Weile bei den Ophiuchus zu bleiben. Sie hatte es sich zur Aufgabe gemacht, ihnen zu helfen, sich an das Leben auf der Erde anzupassen und sie langsam wieder in die Gesellschaft zu integrieren. Wir waren froh, dass sie uns so lange besuchen konnten, wie sie wollten, da sie in der letzten Schlacht eine so wichtige Rolle gespielt hatten, und Larkin hoffte, dass sie sich vielleicht irgendwo dauerhaft niederlassen würden. Meine Mutter stimmte zu, obwohl sie im Moment noch in Lunatera blieb. Schließlich war es das Ziel, die Mondhexen endgültig auf die Erde zurückzubringen, aber das würde Zeit brauchen. Viele von ihnen waren immer noch überzeugt, dass die Sonnenhexen eine Bedrohung darstellten, was in gewisser Weise auch stimmte. Roxandra war immer noch da draußen, obwohl die meisten Sonnenhexen beschlossen hatten, Brea zu folgen und sie als ihre neue Hohepriesterin akzeptiert hatten. Die Vampire waren verschwunden, und wir wussten nicht, wo sie waren oder was sie vorhatten, aber solange sie uns nicht belästigten, waren sie nicht unser Problem. Sollten sie wieder hinter uns her sein, würden wir bereit sein.

Ich knipste ein weiteres Foto und entdeckte Mira, die mit ihrer kleinen Tochter auf mich zukam, die fröhlich gurrte, als sie mich sah. Sie hatte einen dunklen Haarschopf, große braune Augen und die pausbäckigsten Wangen.

„Hey, ihr zwei", sagte ich und umarmte Mira kurz. „Ich bin so froh, dass ihr hier seid. Wie geht's meiner kleinen Freundin?"

Mira stützte Adriana auf ihrer Hüfte ab. „Es geht ihr gut. Endlich schläft sie ein bisschen besser. Nicht wahr, mein süßes Mädchen?"

„Sie ist schon so groß." Ich streckte meinen Finger aus und das Baby klammerte sich daran fest. „Und wie geht es dir?"

„Mir geht es so gut, wie man es erwarten kann", sagte Mira mit einem traurigen Lächeln. Sie hatte abgenommen, und in ihren Augen lag eine Traurigkeit, die es vorher nicht gegeben hatte. Nach dem Tod ihres Gefährten war Mira verzweifelt gewesen und wusste nicht, was sie tun sollte. Sie hatte keine Familie bei den Fischen und fühlte sich nicht zugehörig, aber sie wollte auch nicht zum Krebs-Rudel zurückkehren. Auch dort war ihre ganze Familie fort. Ich hatte sie in das Ophiuchus-Rudel gebracht, und dort hatte sie ihr Baby bekommen, beschützt und umgeben von ihren Freunden.

Wir hatten uns um sie gekümmert und ihr so gut wie möglich bei der Bewältigung ihres Kummers und den Herausforderungen einer neuen Mutter geholfen. Wir hatten ihr angeboten, dass sie so lange bleiben konnte, wie sie wollte, aber schließlich hatte sie beschlossen, zum Fische-Rudel zurückzukehren, damit Adriana dort aufwachsen konnte.

„Ich bin überrascht, dass du gekommen bist", sagte ich.

Mira zuckte mit den Schultern. „Ich hatte das Gefühl, dass ich kommen muss, um mit allem abzuschließen. Ich bin es Aiden schuldig, für ihn da zu sein und sein Opfer zu ehren."

„Ich verstehe", sagte ich leise. Heute Abend würden die Rudel eine große Zeremonie abhalten, um dieses neue Zusammentreffen zu feiern, und als Teil davon würden wir jeden ehren, der während der Neumondschlacht gefallen war, und sie als mutige Krieger feiern, die ihr Leben gegeben hatten, um uns zu befreien, wobei es einen besonderen Moment für Aiden geben würde. Ich konnte verstehen, warum Mira das nicht verpassen wollte.

Adriana gab laute Geräusche von sich, und Mira stützte sie auf ihrer Hüfte ab. Ich streckte meine Arme nach ihr aus. „Darf ich sie einen Moment halten?"

„Natürlich", sagte Mira und reichte sie mir.

Ich nahm Adriana in meine Arme und kuschelte mich an sie, und sie beruhigte sich sofort. „Ich habe dich vermisst, kleines Fische-Mädchen. Ich werde dich bald wieder besuchen kommen, okay?"

„Du kannst so gut mit ihr umgehen", sagte Mira. „Das ist eine gute Vorbereitung auf die Geburt deines eigenen Kindes."

Ich fuhr mit einer Hand über meinen Bauch und lächelte sanft. Es war noch nicht viel zu sehen, aber ich wusste, dass es nur noch ein paar Monate dauern würde, bis ich so rund war wie Mira vor nicht allzu langer Zeit. Kaden hatte sich in dieser Nacht seinen Wunsch erfüllt und mir sein Baby eingepflanzt.

„Ich bin so froh, dass unsere Kinder niemals den Segen der Sonnenhexe haben werden", sagte ich.

Mira seufzte, eine Mischung aus Erleichterung und Traurigkeit. „Ich auch."

„Ayla?", fragte jemand, und ich drehte mich um, als Wesley aus einem nahen Zelt trat. „Hast du Mi..."

Er brach ab, als sein Blick auf Mira neben mir landete. Sie starrten sich einen langen, hitzigen Moment lang an. Wesleys Brauen zogen sich zu einem schmerzhaften Ausdruck zusammen. „Mira gesehen", sagte er schließlich.

„Hey, Wesley." Mira holte scharf Luft und nahm mir ihr Baby ab. „Es war schön, dich zu sehen, Ayla, aber ich sollte zurück zum Fische-Rudel gehen. Ich möchte noch ein paar Minuten mit dem neuen Alpha sprechen, bevor die Zeremonie beginnt. Wir sprechen uns später wieder, okay?"

Sie eilte davon, bevor Wesley ein weiteres Wort herausbringen konnte, und er sah aus, als wollte er ihr folgen, als wollte er etwas sagen, hielt sich aber zurück.

Ich legte eine Hand auf seinen Arm. „Sie hat gerade ihren Gefährten verloren. Sie braucht Zeit."

„Ich weiß." Er atmete aus und schüttelte dann meinen Arm ab. Als er sich aufrichtete, sah er plötzlich wie der Krebs-Alpha aus, nicht nur wie mein Bruder. „Alle versammeln sich. Sollen wir rübergehen?"

„Wartet nicht auf mich. Ich will erst noch ein paar Fotos machen."

Wesley grinste. „Ich bin froh, dass du wieder an einer Kamera hängst. Genau wie in alten Zeiten."

„Nur besser."

„Besser", stimmte er zu. Er schenkte mir ein warmes Lächeln, bevor er zu dem Platz ging, an dem sich alle versammelt hatten.

Ich nahm mir ein paar Augenblicke Zeit, um noch ein paar Fotos von all den Wandlern aus den verschiedenen Rudeln zu schießen, die sich mit dem schönen Wald im Hintergrund vermischten. Dieses Zusammentreffen fand an einem Ort in Kanada statt, den die Schützen auf ihren Reisen benutzten und den sie als Teil ihres großen Rudelgebiets betrachteten. In vielen Zoom-Telefonaten mit den Alphas hatten wir beschlossen, dass wir keinen der bisherigen Plätze mehr nutzen konnten, da sie den Sonnenhexen gehörten. Stattdessen würde jedes Rudel ein Zusammentreffen ausrichten, so wie jede Olympiade in einer anderen Stadt stattfand. Wir würden im Laufe der Jahre zwischen allen dreizehn Rudeln rotieren, sodass jeder die Chance hätte, das Zusammentreffen in seinem eigenen Rudelgebiet abzuhalten. Die Schützen hatten sich bereit erklärt, das erste Treffen auszurichten, und die Steinböcke würden das Zusammentreffen im Winter später in diesem Jahr organisieren. Um allen gerecht zu werden, würden wir in der Reihenfolge der Sternzeichen weitermachen, wobei die Ophiuchus als Letzte an der Reihe wären. Das würde unseren Leuten genügend Zeit geben, sich an den Gedanken zu gewöhnen, Teil der Wölfe der Tierkreise zu sein.

Das war die andere große Veränderung bei diesem Zusammentreffen – das Ophiuchus-Rudel hatte endlich einen offiziellen Platz neben den anderen Rudeln. Kaden und die anderen hatten zweifelsfrei bewiesen, dass wir zu den Wölfen der Tierkreise gehörten, und niemand würde es mehr wagen, unser Recht zur Teilnahme an dem Zusammentreffen infrage zu stellen. Wir waren nicht mehr die Buhmänner der Wölfe der Tierkreise, sondern gleichberechtigt. Helden, sogar.

Ich machte gerade ein letztes Foto, als ich aus dem Augenwinkel eine Bewegung wahrnahm. Mein Blick wurde von Stella angezogen, die mit einem finsteren Gesichtsausdruck aus dem Wald stürmte.

Jordan tauchte einen Moment später an der gleichen Stelle auf und sah erschöpft aus, als er versuchte, sie einzuholen. „Stella, warte!", rief er.

Sie ging direkt an mir vorbei, ihre Verärgerung war deutlich zu spüren, und schnauzte: „Sag deinem Bruder, er soll sich von mir fernhalten." Sie verschwand in ihrem Zelt und ich hörte, wie sie es grob hinter sich schloss.

Ich zog meine Augenbrauen hoch und blickte Jordan an. „Was war das denn?"

Jordan fuhr sich mit einer Hand durchs Haar und starrte auf ihr Zelt. „Nichts."

„Es sah aber nicht nach nichts aus."

Er stieß ein frustriertes Schnaufen aus. „Nun, wenn du es herausgefunden hast, lass es mich wissen."

Damit machte er auf dem Absatz kehrt und ging davon. Ich war versucht, ihm nachzugehen oder Stella zu fragen, was zwischen den beiden vorgefallen war, beschloss aber, dass das nicht mein Problem war. Zumindest nicht heute Abend. Wenn sie mich brauchten, würde ich immer für die beiden da sein, aber es schien, als müssten sie einige Dinge selbst regeln.

Die Sonne war untergegangen, und so verließ ich die Zelte und ging zu dem Kreis, in dem sich alle versammelt hatten. Anders als bei den früheren Zusammentreffen gab es bei dieser Zeremonie keine geteilten Rudelgrenzen. Wandler aus Rudeln, die einst verfeindet waren, unterhielten sich nun frei miteinander, mischten sich und setzten sich, wo immer sie wollten. Ich wusste, dass es nicht immer so einfach sein würde, aber ich hoffte, dass wir uns ohne die Magie der Sonnenhexe, die uns dazu brachte, uns gegenseitig zu hassen, besser verstehen würden.

Ich entdeckte Ethan unter den Alphas und winkte ihm zu. Er war in den letzten Monaten wie ein Bruder für mich geworden, und ich würde nie vergessen, was er alles getan hatte, nicht nur für mich, sondern für alle Ophiuchus. Neben ihm stand Madison, die mir ein zaghaftes Lächeln schenkte. Eine neue Freundin, die ich gerne besser kennenlernen wollte, und der erste halb menschliche Alpha. Ich hoffte, dass dies der Beginn einer Veränderung unter den Wölfen der Tierkreise war, eine Chance für uns, toleranter gegenüber denjenigen unter uns zu werden, die ein wenig anders waren.

Wesley und Jordan gingen zu ihnen hinüber und begrüßten Ethan und Madison herzlich, als sie alle ihre Positionen für die Zeremonie einnahmen. Vier junge, aufgeweckte Alphas, die bereit sind, die Wölfe der Tierkreise in die Zukunft zu führen. Ich war gespannt, was sie als Nächstes tun würden, und freute mich, sie meine Familie nennen zu dürfen. Und jetzt, da sie alle frei waren, hoffte ich, dass auch sie ihre Gefährten finden würden.

Als sich der Himmel verdunkelte, entdeckte ich Kaden in der Menge und folgte dem gleichmäßigen Brummen unseres Paarungsbandes. Er nahm meine Hand und beugte sich vor, um mich zu küssen, während ich mich an ihn schmiegte.

Seine Hand strich sanft über meinen Bauch. „Wie fühlst du dich?"

„Mir geht's gut." Es war niedlich, wie überfürsorglich er war, jetzt, da ich sein Kind trug, selbst wenn ich die wohl mächtigste Person auf dem Zusammentreffen war. Ich betrachtete sein Gesicht, das noch ernster war als sonst. „Wie geht es dir?"

„Es ist mein erstes Zusammentreffen als Mitglied der Wölfe der Tierkreise", sagte Kaden.

Ich drückte ihm einen Kuss auf die Wange. „Deine

Eltern wären stolz auf dich. Du hast ihren Traum zum Leben erweckt und ihn zu deinem eigenen gemacht."

Kaden drückte meine Hand. „Ich habe es nur wegen dir geschafft."

Ich lehnte mich an ihn. „Wir haben es gemeinsam geschafft."

Die letzten Alphas gesellten sich zu uns, und ich sah sie alle an, die neuen und die alten, alle gespannt auf das, was als Nächstes kam. Theo trat vor und hielt die Hand seines Alphaweibchens Mae, und die Hunderte von Wandlern, die sich um uns versammelt hatten, verstummten. Ihr Paarungsband hatte überlebt, was bewies, dass einige von ihnen schon immer echt gewesen waren.

„Das Schütze-Rudel heißt euch zum ersten Zusammentreffen der freien, vereinigten Wölfe der Tierkreise willkommen", sagte er, und seine Stimme hallte durch die Nacht.

Kaden und ich sangen ein paar Worte auf Altgriechisch, und der schwarze Himmel erhellte sich mit einem schillernden Lichtspiel aus einer Mischung von Sonnen- und Mondmagie. Wir ließen die Lichter wie das Polarlicht wirbeln und tanzen, dann funkelten sie wie ein Feuerwerk in allen möglichen Farben, und zum Schluss standen alle Symbole unserer Rudel in einem Kreis über uns. Als die Magie in der Nacht verblasste, heulten und jubelten die Wandler.

Kaden zog mich näher zu sich, während der Schütze-Alpha seine Rede über die Ehrung derer, die wir verloren hatten, und das Feiern all dessen, was wir gewonnen hatten, fortsetzte. Als seine Lippen meine berührten, erinnerte mich das daran, dass dies zwar in gewisser Weise ein Ende, aber auch ein Anfang war.

Wir blickten gemeinsam zu den Sternen hinauf, und mir wurde klar, dass ich nie von ihnen verflucht worden war, wie ich immer gedacht hatte. Nein, ich war gesegnet. Gesegnet, meine Bestimmung in den Armen von Kaden und dem Ophiuchus-Rudel gefunden zu haben. Gesegnet, entdeckt zu haben, wer ich wirklich war, und meine wahre Familie kennengelernt zu haben. Gesegnet, dass ich die Wölfe der Tierkreise vereinen und sie in die Freiheit führen konnte.

Zum ersten Mal fürchtete ich mich nicht mehr vor meiner Zukunft. Mit Kaden war ich bereit, mich allen Herausforderungen zu stellen, die auf uns zukommen könnten.

Unsere Liebe stand schließlich in den Sternen geschrieben.

ÜBER DIE AUTORIN

Elizabeth Briggs ist eine New-York-Times- und Top-5-Amazon-Bestsellerautorin von paranormalen und Fantasieromanen mit verworrenen Handlungen, viel Würze und einem garantierten Happy End. Sie hat eine Krebserkrankung überlebt, mit Teenagern in Pflegefamilien gearbeitet und sich ehrenamtlich bei Tierrettungsorganisationen engagiert. Sie lebt in Los Angeles mit ihrem Mann, ihrer Tochter und einem Rudel flauschiger Hunde.

Besuchen Sie Elizabeths Website unter: www.elizabethbriggs.com

9 781948 456760